Imposture sous les tropiques

J'AI LU

MARNIE DE MAREZ

Un mari sous contrat	*J'ai lu* 4019/**J**
L'amant du bout du monde	*J'ai lu* 4321/**I**
Celle par qui le bonheur arrive	*J'ai lu* 4607/**I**
Imposture sous les tropiques	*J'ai lu* 5283/**K**

Marnie De Marez

Imposture sous les tropiques

Éditions J'ai lu

A Maurice De Marez, mon mari

PROLOGUE

Des gens étonnamment expéditifs, ces Leroy!

A la mairie de Cormieux, les formalités du mariage durèrent six minutes exactement et ce, compte tenu des quelques secondes de réticence dues à la mauvaise volonté de la mariée et à l'intempestive quinte de toux de son tuteur au moment même où le maire se mit à décliner les noms des père et mère de l'épousée.

Et les adieux de la jeune femme à sa famille furent plus brefs encore, au grand ébahissement de M. Houdé, ingénieur agronome dans la plantation des Beauclerc, venu de la Réunion accompagné de sa femme, pour représenter le fils de son patron et épouser en son nom Mlle Leroy.

Accoutumés à la nonchalance des îles, les Houdé s'étaient laissé bousculer sans réagir. A peine arrivés à Lille où les Leroy habitaient à demeure, ils avaient été emmenés dare-dare à Cormieux, petite ville côtière de la Manche où était située la résidence d'été des parents de la future mariée.

L'encre des signatures du registre d'état civil n'était pas encore sèche que M. et Mme Houdé se retrouvaient sur le quai de la gare de Cormieux dans l'attente d'un train omnibus qui les conduirait à Lille et ce, sans avoir eu le temps d'échanger deux mots avec la jeune épousée.

Un petit chien blanc dans les bras, la jeune

femme, impassible, regardait droit devant elle. Après la cohue du départ et tandis qu'il s'installait dans leur compartiment, M. Houdé se rembrunit, titillé par un souvenir diffus. Deux fois rien. Un oubli et un lapsus.

Pourquoi diable la jeune femme n'avait-elle esquissé aucun mouvement vers son père ? Pourquoi appelait-elle Mme Leroy « ma tante » ?

M. et Mme Leroy attendirent que le dernier wagon ait disparu avant de quitter le quai.

— Ouf ! Une bonne chose de faite, soupira Bertrand Leroy. Il était temps que cette comédie se termine, je commençais à me sentir mal à l'aise. Quant à Lysiane, elle aurait pu me saluer avant son départ. Je ne sais pas ce qui m'a retenu de lui en faire la remarque.

Son épouse lui tapota le bras.

— Ta bonne éducation, mon cher. Nous n'avons pas l'habitude de nous laisser aller devant des étrangers. L'important est que Lysiane soit heureuse.

— Pourquoi ne le serait-elle pas ? rétorqua son mari avec une grimace d'exaspération. Rohan est jeune, riche et fils unique. Que faut-il de plus à cette petite ? Un nabab ? Un prince du sang ? Si notre fille n'était pas mariée, c'est avec joie que j'aurais accordé sa main au fils de mon ami Martial.

— Tu es le meilleur des pères. Toutefois... il me semble que nous avons un peu forcé ta pupille.

— Que vas-tu chercher là ? Nous avons œuvré pour elle, et tu le sais.

— Tu as raison, mon ami. Je te connais, va, je sais bien que, malgré tes soucis financiers, tu ne ferais jamais rien de contraire à la morale.

— Jamais ! clama-t-il vigoureusement.

Fasse le ciel que personne n'ait un jour l'occasion d'en douter !

En vérité, il avait bel et bien forcé la main de sa nièce, car ce mariage était sa seule chance. L'idée de perdre tout ce pour quoi il avait tant œuvré le rendait fou. A un point tel qu'un après-midi sa nièce, refusant d'écouter une fois de plus son plaidoyer en faveur de ce mariage, lui avait fait perdre son sang-froid. Que Dieu lui pardonne, mais il avait presque cédé à la tentation de pousser la petite coriace au bas de la falaise. Finalement, Lysiane en avait été quitte pour la peur, et lui pour une confession.

Son absolution lui semblait méritée. Après tout, des années durant le destin ne lui avait-il pas envoyé mille épreuves ?

Son père, Arthur Leroy, avait eu trois fils. Patron d'une petite filature de lin, il n'avait pas eu assez d'envergure pour remplacer en temps et en heure les vieux métiers à filer à bout de course par des machines modernes et plus compétitives.

Michel, l'aîné, s'était cloîtré au fond d'un monastère pour oublier la fin tragique de sa fiancée.

Après une terrible dispute, Régis, le cadet, avait quitté la maison familiale en jurant de ne plus y remettre les pieds.

Ces coups du sort ayant gravement affecté sa santé, le vieux filateur avait été contraint d'abandonner la direction de ses affaires au seul fils resté à ses côtés.

Désormais patron de la petite usine, Bertrand, à force de rogner sur les salaires des ouvriers et de pousser à fond les machines essoufflées, s'était constitué petit à petit un pécule qu'il destinait à la modernisation du matériel.

Malheureusement, à l'annonce du décès de son

plus jeune fils, le cœur du père Leroy n'avait pas résisté.

Une fois de plus, Dame Fortune crachait à la face de Bertrand. L'héritage fut divisé en trois parts égales. Une pour chaque fils. Que Bertrand tienne l'usine à bout de bras depuis de longues années n'entrait pas en ligne de compte. Pis encore, un codicille de dernière minute précisait que, en cas de décès de Régis, sa part devait revenir à sa fille, une enfant dont Bertrand ignorait jusqu'à l'existence. A sa grande surprise, il en devint même le tuteur légal et, à ce titre, il lui incombait de gérer le capital de sa nièce et pupille jusqu'au mariage de celle-ci ou, à défaut, jusqu'à ce qu'elle ait atteint sa vingt-cinquième année.

Où trouver l'argent pour racheter la part de ses frères ? Un certain capital lui était indispensable pour financer le roulement de la filature, assurer les appointements de ses deux fils, cadres à l'usine. Sans oublier sa fille, qu'il devrait doter, le moment venu.

Du fond de son monastère, le frère Michel, informé de la situation par son cadet aux abois, lui avait donné pleins pouvoirs pour gérer au mieux sa part d'héritage.

Pour ce qui était de la fille de Régis, Bertrand avait le temps de voir venir. Elle n'avait que quatorze ans et était en pension. Sous couleur de la réconforter, les Leroy avaient alors proposé de prendre la gamine à Cormieux, pendant la durée des vacances d'été. Sans faire la moindre allusion à l'héritage de son grand-père, bien entendu.

L'année suivante, les Leroy père et fils durent entreprendre une épuisante course contre la montre. Comme il fallait s'y attendre, les banques sollicitées exigeaient des garanties plus fiables que le matériel hors d'âge de la vieille filature. Après d'interminables pourparlers, les Leroy avaient dû se satisfaire d'un compromis selon lequel ils obtiendraient un prêt d'un montant équivalent à la somme de leur épargne.

L'espoir renaissait, père et fils discutaient déjà du choix de l'entreprise qui leur fournirait de nouvelles machines. L'année 1890 semblait débuter sous les meilleurs auspices. Jusqu'au jour où une lettre du père supérieur du monastère vint les frapper de plein fouet : le décès de frère Michel, lequel léguait la totalité de ses biens terrestres à sa communauté religieuse. La mort dans l'âme, les Leroy avaient été contraints de se soumettre.

Quant au remplacement des machines... on n'en était même plus à en évoquer la date. La filature Leroy prenait lentement le chemin de la faillite.

Alors que le pauvre Bertrand se désespérait, la Providence vola à son secours en la personne d'un arrière-petit-cousin de sa femme. Martial Beauclerc, planteur de canne à sucre à la Réunion. Son fils unique et lui, venus en France régler la succession d'une vieille tante lilloise, profitaient de l'occasion pour découvrir leur petite-cousine du Nord.

Mis au courant de la situation, les Réunionnais décidèrent de leur avancer, à un taux raisonnable et pour une durée de cinq ans, une somme correspondant à l'achat de dix nouvelles machines à filer. Prêt assorti, selon les usages en cours, d'une reconnaissance de dette signée devant témoins.

Le matériel renouvelé, quatre années s'écoulèrent pendant lesquelles la pupille de Bertrand fut traitée en parente pauvre par les Leroy. Lesquels ne lui voyaient qu'une qualité : celle de jouer gentiment du piano.

Le temps de payer leur dette se profilait à l'horizon. L'argent s'amassait lentement à la banque. C'est alors qu'une partie de l'usine fut dévastée par un incendie.

Trop affairés à épargner le plus possible, les Leroy, se fiant à leur bonne étoile, avaient négligé de payer les primes d'assurance.

C'était l'usine ou s'acquitter de leur dette. Pas d'autre alternative à cette situation désespérée.

Une lettre quémandant un report du remboursement envoyée à la Réunion reçut une réponse par retour de courrier. Martial Beauclerc leur accordait un délai de trois ans. Sursis assorti d'une condition : la main de leur fille pour son fils Rohan.

Mariée depuis peu, Liliane, l'unique fille de Bertrand, était, hélas, indisponible. Jamais à court d'idées, le filateur mit au point un stratagème dont le bon sens n'échappa à personne : pourquoi Lysiane n'épouserait-elle pas le fils Beauclerc ? N'était-elle pas la pupille de Bertrand, quasiment sa fille adoptive ? N'était-ce pas une merveilleuse chance pour eux de garder l'héritage de la petite à l'abri d'éventuelles questions ? Plus loin serait Lysiane, moins elle aurait l'occasion de découvrir qu'elle n'était pas une miséreuse, comme le lui laissaient entendre les membres de la famille.

Plus que rétive, la jeune Lysiane ne s'était pas rendue sans combattre. Toutefois, constamment en butte à l'acharnement et aux menaces de son tuteur, elle avait dû rendre les armes.

Nouvel échange de courrier. Son père étant tombé malade, Rohan Beauclerc ne pouvait venir en France. Un employé de la plantation, accompagné de son épouse, se présenterait à sa place pour que puisse être célébré un mariage par procuration.

Habile en écritures, le fils aîné se chargea des lettres et certificats nécessaires à cette union.

LILIANE fut adroitement transformé en LYSIANE et le tour fut joué.

Après huit mois de transactions, les formalités du mariage eurent lieu à Cormieux, loin du nez fureteur des notaires lillois.

Dès le lendemain, les Houdé se mirent en route pour Marseille et, avec eux, la nouvelle Mme Beauclerc. Et son petit chien. Ce bichon blanc, aux origines mal définies, trop gâté par sa maîtresse, devait vite se révéler une véritable calamité ambulante.

1

L'index de Mme Houdé pointé en direction de la terre attira l'attention de Lysiane.

— Nous voici presque arrivés, on commence à apercevoir le Grand Bénare.

Accoudée à la rambarde du pont supérieur, son petit chien sous le bras, la jeune femme contempla l'éminence qui semblait émerger lentement de l'océan.

— Vous voyez, Lysiane, ceci est une planèze, celle du Grand Bénare. C'est un plateau de balsate situé au flanc d'un volcan, expliqua M. Houdé qui aimait faire étalage de son savoir.

La planèze du Grand Bénare dominait le port de la Pointe des Galets, pour descendre en pente douce jusqu'à la mer.

En ce début de mai délicieusement chaud, de l'autre côté de la distance qui s'amenuisait entre le paquebot et la terre, là où Lysiane allait entamer une nouvelle phase de son existence... un homme attendait.

La pensée de rencontrer sous peu celui qui ne s'était même pas donné la peine de se déplacer pour l'épouser obsédait la jeune femme au point de lui couper, par intermittence, la respiration.

Que se passerait-il si elle ne lui plaisait pas ? S'ils ne s'entendaient pas ? Si elle ne se montrait pas une épouse à la hauteur ? Si elle ne parvenait pas à s'adapter ? Et si les amis de cet homme ne l'acceptaient pas ?

Si, si, si... Il y en avait trop, la tête lui tournait.

— Alors, votre nouveau pays vous plaît ? s'enquit gentiment M. Houdé. Ne cherchez pas ici de récif écumeux ou de plage de sable fin, vous n'en trouverez pas. Par contre, le port où nous allons accoster est toujours un objet de curiosité pour les Réunionnais. Et pourtant, il est en fonction depuis sept ans déjà.

Incapable de parler, Lysiane approuvait par des petits coups de tête.

Plus le navire approchait de son but, plus s'amplifiait son angoisse. Bientôt, la Pointe des Galets, avec ses petites maisons construites au-delà du port, ne fut plus séparée du navire que par quelques brasses. On voyait nettement la route serpentant sur le versant droit de la planèze, où des baraquements étaient groupés autour du quai.

La sirène du bateau mugit par trois fois, prenant au dépourvu le bichon qui hurla à la mort.

M. et Mme Houdé se saisirent aussitôt de leurs valises et enjoignirent Lysiane d'en faire autant pour retrouver les passagers pressés devant la passerelle que des matelots s'apprêtaient à descendre.

La jeune femme, immobile, avait l'impression que ses pieds lourds comme du plomb étaient fixés au pont.

— Il faut y aller maintenant, mon petit. Prenez votre bagage. Nos malles attendront d'être remontées de cale. Allons-y.

M. Houdé prit délicatement la jeune femme par le bras et ajouta :

— Posez donc Poppy, ce chien peut marcher.

A l'énoncé de son nom, le bichon se tortilla comme un ver pour se dégager des bras de sa maîtresse qui s'empressa de le remettre sur ses pattes. Aussitôt, il se mit à aboyer et à tournoyer sur lui-même, avant de tirer sur sa laisse pour suivre les passagers qui prenaient leur tour pour descendre à terre.

— Allons-y, mesdames. Je vous préviens, vous allez ressentir les effets du roulis pendant un moment, les avertit M. Houdé. Ne vous inquiétez pas, cela passera vite.

Il se haussa sur la pointe des pieds.

— Lysiane ! Regardez, regardez ! Le jeune Beauclerc nous attend sur le quai.

Trop fière pour demander lequel parmi ces hommes était M. Beauclerc, la jeune femme fit mine de s'intéresser à l'activité du port.

— Avancez un peu, l'encouragea Mme Houdé qui la suivait de près.

La jeune femme n'était nullement pressée de quitter le paquebot à bord duquel elle avait trouvé un refuge provisoire pour affronter un monde nouveau où elle ne serait qu'une étrangère livrée à un individu qu'elle n'avait jamais vu. Pas même en photographie.

Mâchoires crispées, mains derrière le dos, Rohan Beauclerc ne se souciait guère de la foule agglutinée au pied de la passerelle, bien trop occupé qu'il était à contenir l'envie de fuir qui lui serrait la gorge.

Qu'était-il venu faire ici, bon sang ? Avant même d'apercevoir la silhouette de la femme épousée pour lui par le père Houdé, il se sentait bouillir à l'idée que ce mariage était une terrible erreur. Pourquoi avait-il cédé à son père ? Pour protéger

Solange des calomnies ? La pauvre chérie n'avait rien à se reprocher. Lui non plus, d'ailleurs. Quoi qu'en puisse penser leur entourage.

Solange, irréprochablement fidèle à son mari, entendait le rester. Mais allez faire entendre cela à des personnes à l'esprit mal tourné ! Tous les avaient jugés et condamnés sans leur accorder le bénéfice du doute. Et maintenant, pour sauvegarder les apparences, il était sur ce quai à attendre une jeune personne venue de la métropole.

En dépit de tout et de tous, il était amoureux de Solange Escrebieux. Alors, la fille du père Leroy... il s'en fichait comme de sa première chemise.

Tiens, Houdé commençait à descendre la passerelle. Mme Houdé derrière lui et une passagère intercalée entre eux. Une femme d'allure jeune. Que tenait-elle dans ses bras ? Un manchon en fourrure ? Par une si belle journée ! Les yeux gris du jeune homme parcoururent une fois encore la file des passagers piétinant le plancher de la passerelle.

Bien que la température soit clémente, Rohan transpirait de contrariété et d'énervement. Une partie de lui souhaitait en terminer au plus vite avec cette histoire farfelue, l'autre déprimait à tout-va.

En vérité, il était sans illusion sur ce mariage qui, en réalité, n'était qu'une solution boiteuse et plutôt lamentable à son problème.

Cependant, tout n'était pas perdu, car à première vue, les Houdé semblaient rentrer bredouilles.

Aucune trace de Mlle Leroy. De cette grande, longue et maigre fille qu'il n'avait fait qu'entrevoir lors de son bref séjour chez ses arrière-cousins. Si, avant de partir, son père n'avait photographié la famille Leroy à titre de souvenir, Rohan aurait même complètement oublié la jeune fille. A l'heure où un éventuel mariage avait été évoqué, la photo, ressortie d'un tiroir et longuement examinée, lui avait remis en mémoire la demoiselle Leroy. Devant l'insistance de son père, Rohan s'était résigné à accepter cette union. Depuis, il se rongeait les sangs. Bien inutilement, puisque Mlle Leroy paraissait ne pas être du voyage.

Tant mieux pour lui ! Et tant pis pour Martial Beauclerc, lequel avait annoncé le mariage de son fils à tous les échos. Surtout, qu'il ne compte pas se décharger sur lui du soin d'annoncer la dérobade de sa lointaine fiancée. Son père était le seul fautif dans ce coup-là, à lui de prendre ses responsabilités. D'ores et déjà, Rohan s'en lavait les mains.

Le pied sur la dernière marche de la passerelle, Mme Houdé fit de grands gestes pour attirer l'attention d'une jeune femme debout à côté d'une voiture qui, en retour, lançait des signes dans leur direction.

Aussitôt descendus, M. et Mme Houdé se précipitèrent dans les bras de la jeune dame visiblement aussi émue qu'eux.

Puis ils se dirigèrent vers Rohan, suivis de la personne au manchon blanc.

— Bonjour, monsieur Beauclerc ! s'écria Mme Houdé. Quel plaisir de rentrer au pays ! Notre fille Marie est venue nous attendre pour nous emmener chez elle. Nous y passerons la soirée et la nuit.

M. Houdé tendit une main vers Rohan tout en poussant doucement sa femme vers leur fille.

— Va retrouver Marie. Je fais un bref compte-rendu et je te rejoins. Quant aux détails, Rohan, nous en discuterons demain, lorsque nous viendrons nous installer chez vous.

Il ne faisait pas de manières avec celui qu'il avait connu tout gamin.

— A demain, donc. Juste un mot, monsieur Beauclerc, votre épouse est adorable, ajouta Mme Houdé avant d'embrasser la demoiselle qui les accompagnait.

Puis, elle s'éloigna vers la voiture où l'attendait sa fille.

Comment ça, son épouse ? De qui parlait-elle ?

Muet de stupeur, Rohan ne put lui répondre que par un hochement de tête.

Il se tourna vers M. Houdé. Ce dernier, tout sourires, entoura d'un bras les épaules de la jeune fille, laquelle tenait toujours son espèce de manchon.

— Mon cher Rohan, comme l'a si justement dit Mme Houdé, votre épouse est la plus agréable personne qu'il m'ait été donné de rencontrer. Mis à part ma femme et ma fille, bien entendu, plaisanta-t-il avec un rire d'homme heureux. Maintenant, si vous le permettez, reprit-il plus sérieusement, je vais rejoindre ma famille. Dès demain, je serai chez vous pour répondre à toutes les questions que vous voudrez bien me poser. En attendant, voici les documents afférents au mariage par procuration, compléta-t-il en tendant une serviette de cuir noir. Il ne reste qu'à célébrer la cérémonie religieuse. Mais ceci n'est plus de mon ressort. Au revoir, je vous laisse tous les deux. A demain, monsieur et madame Beauclerc.

— A demain, monsieur Houdé, lança Rohan.

— A demain, monsieur Houdé, répéta la jeune personne avant de poser à terre le manchon blanc qui se mit aussitôt à japper en sautant dans tous les sens.

— Qu'est-ce que c'est que ça ? jeta Rohan, sursautant en reculant vivement.

Le sarcasme qu'elle crut entendre dans sa voix fit frémir d'indignation la jeune femme.

— Un chien, que voulez-vous que ce soit ?

Un chien ? Cette horreur à poil blanc ! Il eut toutefois la sagesse de se taire et observa un moment la jeune femme avant de demander :

— Et vous ? Qui êtes-vous ?

— Vous plaisantez ? Je suis votre femme, celle que M. Houdé a épousée en votre nom.

— Comment ça, ma femme ? Vous n'êtes pas Mlle Leroy !

— Bien sûr que si. Je suis Lysiane Leroy.

Bien entendu, il comprit « Liliane »...

— Ce n'est pas vrai !

Fébrilement, elle sortit de son sac un passeport qu'elle brandit sous le nez du contestataire.

— Lysiane Leroy ! C'est écrit noir sur blanc, si toutefois vous savez lire.

D'un hochement de tête, il indiqua qu'il avait lu mais ne fit aucun commentaire.

— Allez-vous prétendre, monsieur, que vous ne m'avez pas fait venir ici ?

L'air soudain désemparé qu'arbora le visage de Rohan l'incita à ajouter :

— Croyez bien que je n'ai pas choisi de vous imposer ma présence.

Interprétant le silence du jeune homme comme un acquiescement, elle poursuivit :

— Je suis la nièce et la pupille de Bertrand Leroy. Son insistance pressante m'a contrainte à accepter ce mariage, c'est la raison pour laquelle je suis ici.

D'un geste de la main, Rohan signifia que ces détails n'avaient pas d'importance.

— Redites-moi votre prénom. Comment ? Ly-SI-ane ? Jamais entendu !

Agacée, la jeune femme décida de le remettre en place.

— Je n'ai jamais entendu le vôtre non plus. Pour

moi, Rohan est une ville mais certainement pas un prénom chrétien. Pour votre gouverne, sachez que ma patronne sainte Lise se fête le 17 novembre. Ma mère s'appelait ainsi. Elle est morte en me mettant au monde. Au prénom de ma mère a été ajouté celui de ma grand-mère maternelle, Anne.

Une orpheline ! Voilà qui modifiait l'aspect de cette affaire.

— Vous n'avez pas de famille ?

— A part mon oncle, sa femme et leurs enfants, je n'ai plus personne au monde.

Non, non et non ! Il ne se laisserait pas apitoyer.

— Hum, je vois...

Il voyait surtout qu'il était dans de sales draps. Tant qu'il avait été question de la fille de Bertrand, une grande asperge montée en graine, cette union ne prêtait pas à conséquence. Mais présenter cette ravissante créature à Solange... voilà qui était une autre paire de manches.

— Que vais-je faire de vous ?

Tandis que Rohan l'observait du coin de l'œil, Lysiane sentit le rouge lui monter aux joues.

— Mon sort dépend de votre bon vouloir. Je présume que la situation sera plus claire après la cérémonie religieuse. A moins que vous n'ayez changé d'avis.

— Puis-je vous faire remarquer que j'ai demandé la main de la *fille* de Bertrand Leroy, c'est-à-dire Liliane Leroy. Li-li-ane, insista-t-il lourdement.

— La main de Liliane ? s'étonna-t-elle avec une consternation qu'il jugea hypocrite. Je l'ignorais, je vous l'assure.

— Je n'en crois rien, rétorqua-t-il avec un regard qui ne laissait rien augurer de bon. Vous êtes complice d'une imposture. Ou même, qui sait ? l'instigatrice.

Elle vacilla sous l'accusation. Une indignation ulcérée s'empara d'elle. Comment osait-il être aussi injuste ?

— Pour qui me prenez-vous ? Pour une aventurière ? Une usurpatrice ?

Rohan la toisa de toute sa hauteur et, comme s'il ne la jugeait pas digne d'une réponse, il haussa les épaules.

— Croyez ce que vous voulez, cela m'est bien égal, affirma-t-elle d'une voix aiguë qui contrastait avec la froideur de son « mari ».

Ah, et puis qu'il pense ce qu'il veut ! Elle était trop décontenancée pour discuter avec lui. Son mépris achevait de la déstabiliser ; à l'heure où elle avait besoin de chaleur humaine, on lui imposait une situation de conflit. Manifestement, le pli buté sur son front, le nez pincé, la bouche serrée et les épaules raidies, tout en l'individu debout devant elle proclamait une extrême contrariété.

Pourquoi ne l'avait-on pas mariée à un gentil garçon ?

Un homme ordinaire lui aurait parfaitement convenu. Dieu en était témoin, elle n'avait jamais souhaité épouser un adonis. Et surtout pas être mariée à cet homme aux cheveux sombres et à la peau bronzée qui, ne se contentant pas d'être beau comme un dieu et bien bâti, dominait ses congénères de sa haute taille.

Elle releva la tête et croisa son regard. Ce fut un véritable choc. Ses yeux étaient gris comme un ciel d'orage et glacés comme une banquise.

Ils se dévisagèrent longuement. Rohan se reprit le premier et fronça les sourcils d'un air perplexe.

Le mince visage aux traits fins, sa... heu... enfin, « elle » était d'une beauté délicate avec le teint légèrement hâlé par l'air du large. Et s'il n'y avait que cela à mettre à son actif! Mais non! Ses immenses yeux d'un bleu violet, brillant d'un éclat incomparable, auraient ensorcelé le diable en personne. Et n'importe quel homme entre quinze et soixante-quinze ans.

En outre, la chevelure blonde, entrevue sous le chapeau, avait dû prendre plus d'un mâle à son piège. Et rendre plus d'une femme folle de jalousie.

Une vague d'irritation le saisit : à quoi donc avait pensé le père Leroy? Il aurait quand même pu lui envoyer quelqu'un de plus... de moins... sa fille, par exemple.

A présent, il devait bon gré mal gré s'accommoder de cette fleur de porcelaine!

— Lysiane, puisque Lysiane il y a...

La voix autoritaire la tira de sa réserve.

—... allons, il est temps de partir pour la gare, ordonna-t-il comme s'il s'adressait à une domestique.

Son air hautain proclamait clairement qu'il l'estimait tout juste bonne à obéir.

Devant ce nouveau coup porté à sa fierté, le courage de se rebeller lui manqua.

— Allons-nous voyager en train jusqu'à votre domicile?

— Il nous dépose à trois kilomètres de la maison. Une voiture nous attend à la gare pour le reste du parcours. Nous arriverons là-bas avant la nuit.

Prise d'une soudaine envie de pleurer, la jeune femme murmura d'une voix lasse :

— Encore tout ce chemin à faire...

Sur le quai, elle déambula de long en large pour se dégourdir les jambes. Au bout de sa laisse, Poppy sautait en tous sens dans l'espoir d'attraper les insectes qui passaient à sa portée. Lorsque le train fut en gare, Rohan aida Lysiane à s'installer dans un compartiment vide. Du menton, il désigna la boule de poils blancs et soupira avec une résignation feinte.

— De quelle race est votre...

— Poppy ? Il est bichon par sa mère. Pour le père, on ne sait pas. La personne qui me l'a donné en cadeau de mariage prétend que c'est un enfant de l'amour.

— Autrement dit, un bâtard.

Lysiane posa ses mains sur les oreilles du chien et se pencha pour chuchoter très sérieusement :

— Chut, il comprend tout, vous savez.

— On jurerait même qu'il va parler, persifla-t-il.

— Vous l'aviez remarqué ?

L'espace d'une seconde, Rohan se demanda si la jeune femme n'était pas un peu sotte, mais il rencontra son regard, et la lueur d'humour qu'il vit dans ses yeux bleus le rassura.

— Devant lui, je mesurerai mes paroles, promit-il.

Lysiane sourit puis acquiesça, avant d'appuyer sa tête contre la vitre. Repoussée un moment par cet échange de paroles légères, sa lassitude revenait en force.

— Vous êtes malade ?

— Non, seulement très fatiguée.

Elle n'allait tout de même pas lui avouer que l'appréhension de cette rencontre l'avait tenue éveillée deux nuits de suite. Sachant cela, peut-être se serait-il montré plus compréhensif, après tout ? Mais depuis l'instant où ses yeux s'étaient posés sur Rohan, elle ressentait trop vivement son autorité, son aisance d'homme sûr de lui et de son pouvoir.

Un cabriolet les attendait à la gare. Rohan lança la valise à l'intérieur puis aida la jeune femme à prendre place et saisit les rênes.

Lysiane se laissa tomber sur le siège avec l'impression qu'un régiment de cavalerie galopait dans sa tête. Vaincue par la fatigue, bercée par la cadence régulière de la voiture et le bruit des sabots du cheval, elle finit par s'assoupir. Sur ses genoux, le bichon dormait en poussant des petits jappements à intervalles réguliers.

Peu à peu, Lysiane glissa sur la banquette et, inconsciemment, se cala contre l'épaule du conducteur.

Celui-ci resta un long moment à la contempler. Lorsqu'un brusque cahot faillit la faire glisser de son siège, il enlaça la jeune femme et l'attira doucement contre lui.

A présent que le chapeau avait glissé vers l'arrière, il pouvait examiner son visage tout à loisir : un beau front où frisottaient des mèches légères échappées du chignon blond clair à demi défait, un nez parfaitement dessiné, une bouche à la fois tendre et généreuse... Rien de cela n'allait plaire à Solange. Oh non, pas du tout, même !

Son regard devint flou et un demi-sourire se dessina sur ses lèvres.

Ah, Solange ! Comment oublier cette divine créature ?

Au cours d'une soirée chez un planteur, lorsque Rémi Escrebieux, quinquagénaire, grand ami de Martial Beauclerc, et grand coureur de jupons devant l'Eternel, avait émis publiquement le souhait qu'il avait de fonder une famille, cela avait été pris pour une boutade.

Rémi, frère aîné de quatre filles, toutes mariées et mères de famille, possédait le Rhumé, la plus grosse plantation de canne à sucre de l'île, près de laquelle Girasol, celle des Beauclerc, avec ses huit mille hectares, faisait figure d'exploitation de moyenne envergure.

A peine la déclaration d'Escrebieux avait-elle été prise au sérieux que déjà la garde-robe des filles à marier était renouvelée. En pure perte. L'aîné des Escrebieux ayant trouvé chaussure à son pied dans une famille française habitant l'île Maurice.

La réception en l'honneur de la jeune épouse s'était déroulée au Rhumé. Là, descendant l'escalier devant les yeux émerveillés des messieurs, les regards envieux des femmes et ceux dépités des demoiselles, était apparue la belle Solange. Royale, avec ses cheveux très noirs encadrant un visage au teint clair, elle était d'une beauté saisissante.

Rohan s'en souvenait comme si c'était hier. Lui, qui se croyait immunisé contre le charme féminin, s'était épris de cette femme avant même de lui adresser la parole. Belle à damner un saint, Solange, d'une caresse de ses magnifiques yeux noirs, l'avait rendu aussi gauche qu'un adolescent. Sous le choc de ce coup de foudre, il avait été incapable de terminer sa phrase de bienvenue. La toute belle avait souri, mettant alors le comble à son émoi. Et son cœur s'était mis à palpiter dans sa poitrine tel celui d'un jouvenceau. Quant à son esprit... il s'était vidé de toute autre préoccupation hors le sentiment inouï qu'il venait de tomber éperdument amoureux de la belle Mme Escrebieux.

Dire qu'il l'aimait aveuglément était en dessous de la vérité. Au point que quelques mois plus tard, un soir de fête, à demi fou de passion, il n'avait pu se retenir de lui avouer ses sentiments. Solange, ses grands yeux écarquillés, avait murmuré les mots d'honnêteté, de fidélité, de devoir envers son mari, un homme qu'elle respectait. Cependant, au fil de leurs rencontres, ses protestations étaient émises de plus en plus faiblement. Jamais, jamais elle ne tromperait Rémi. Même si celui-ci n'était plus tout jeune, même s'il lui arrivait fréquemment de se mettre en colère, jamais, elle ne manquerait à ses devoirs.

Alors, Rohan soupirait et allait faire un tour dans une maison galante de St-Denis où il avait ses habitudes. Heureusement qu'il existait des établissements tels que *Le Bougainvillier* pour se défouler, sinon, il aurait été bon à enfermer.

Deux années s'étaient écoulées. Années au cours desquelles il avait participé à toutes les sorties où il était certain de rencontrer son bel ange brun. Il avait contracté l'inconsciente habitude de s'assurer constamment de sa présence, évaluant la distance qui les séparait et inventant des raisons de lui effleurer le bras ou les épaules lorsqu'elle se trouvait près de lui.

Leur entourage n'avait pas tardé à en faire des gorges chaudes. Tandis que fleurissaient de toutes parts des allusions plus ou moins voilées sur leur relation.

Seul Rémi Escrebieux semblait ne rien voir. Visiblement, il s'en désintéressait.

Quelques bonnes âmes — car il y en avait, peu, mais il y en avait — juraient que le mari ignorait son infortune. Les autres prétendaient qu'Escrebieux s'en fichait éperdument. Toujours était-il que les mauvaises langues s'en donnaient à cœur joie. Aussi confus qu'exaspéré, Martial Beauclerc avait cédé à la pression. Des mesures s'imposaient, il fallait d'urgence trouver une parade à cet engouement ridicule. Bien que platonique, cette passion prenait des proportions exagérées. Tous en parlaient. C'était intolérable. Et pour faire cesser les commérages, Beauclerc père n'avait suggéré rien de moins qu'un mariage de convenance. De préférence avec une demoiselle n'ayant pas eu vent des ragots.

Jamais Rohan n'oublierait le jour où, lors d'un rendez-vous pris sous le fallacieux prétexte d'une promenade à cheval, il avait rencontré celle dont il aurait tant aimé faire sa maîtresse.

Une fois de plus, après maintes protestations et quelques baisers, sa belle amie avait refusé d'aller plus loin. Les mots qu'il haïssait, «honnêteté, fidélité, devoir», avaient été remis sur le tapis. Soudain refroidi, l'envie de la chagriner l'avait poussé à lancer que son père avait décidé de le marier. La chère âme s'était figée, attendant qu'il en dise davantage, avant de l'accuser d'avoir renoué avec son ancienne fiancée.

Deux années auparavant, en tout bien tout honneur, il avait beaucoup vu Andrée Lardenois, une jeune fille de St-Denis. Puis, son cœur avait été fauché par celle qu'on appelait à présent la Belle Escrebieuse. Voulant atténuer l'effet de sa déclaration, Rohan avait alors juré que si, contraint et forcé, il devait prendre femme, son choix se porterait sur une jeune fille étrangère à l'île. Solange, ne le croyant qu'à moitié, lui avait alors vivement reproché de mentir dans le seul but de l'amener à céder à ses avances. Puis, se hissant sur sa jument, elle s'était penchée pour frôler ses lèvres d'un baiser. «Je n'en crois pas un mot, avait-elle murmuré. Vous m'appartenez, Rohan. Vous ne vous marierez jamais.»

Piqué au vif, il était directement parti voir son père, qu'il avait trouvé, une missive timbrée de métropole à la main. Son ami français, se débattant avec un problème d'héritage compliqué, réclamait un délai pour le remboursement de sa dette. Après en avoir discuté, les Beauclerc étaient tombés d'accord : le paiement en serait reporté à une date ultérieure ; intérêts majorés, cela allait de soi.

En outre, puisque l'occasion s'en présentait, Martial Beauclerc demandait pour Rohan, son fils unique, la main de Liliane Leroy.

Pour Martial, ce mariage arrangerait tout. Plus vite il serait célébré, plus rapidement cesseraient les commérages.

Toutefois, en ce qui concernait Rohan, ce n'était pas aussi simple. A peine la lettre partie, il se rongeait les ongles jusqu'au sang. A l'annonce de la demande en mariage adressée à une jeune Française, Solange avait piqué une crise de nerfs. Après quoi, elle s'était montrée jalouse et larmoyante à chacun de leurs rendez-vous. « Votre femme va être plus belle que moi. Dès que vous l'aurez épousée, vous m'oublierez. » Oublier sa Solange adorée ! Jamais ! Il lui avait juré ses grands dieux que la fille plutôt quelconque qu'il s'apprêtait à épouser n'était qu'un paravent. Qu'elle comprenne, la pauvre chérie, qu'en agissant ainsi, il préservait le peu qui restait de leur réputation en lambeaux.

Et, à présent, il roulait vers sa maison, une épouse belle comme un ange endormie contre son épaule.

Dès que la voiture s'immobilisa, Lysiane se redressa vivement. Avait-elle dormi la joue appuyée contre l'épaule de son mari ? Oh, non ! Eh bien, si ! Comme si elle avait besoin d'un embarras supplémentaire !

— Vous sentez-vous mieux ? Un peu plus reposée ? questionna-t-il sans la regarder.

Dans la lumière du soleil couchant qui baignait la voiture d'une couleur orangée, la présence rude et décidée de cet homme donnait à Lysiane l'impression de ne pas être à sa place.

— Un peu, merci.

L'intonation dolente de sa voix la surprit elle-même et elle avala péniblement sa salive.

— Sommes-nous arrivés, monsieur ?

— Oui. Et désormais appelez-moi par mon prénom, ordonna-t-il. N'oubliez pas que nous sommes mariés.

Il n'ajouta rien mais Lysiane comprit qu'il accueillait la fin du trajet avec soulagement.

Et elle donc !

Depuis qu'ils avaient lié connaissance, la tension entre eux n'avait cessé de croître. Souvenir qui la fit rougir de confusion ; elle aurait dû se contrôler pour dissimuler son agressivité.

Mais franchement, un tel ours le méritait-il ?

2

Baptisé Girasol, on ne savait plus pour quelle raison, par le premier des Beauclerc installé dans l'île, le domaine comptait huit mille hectares de canne à sucre, une usine à mélasse et une rhumerie.

Derrière l'habitation principale, une ceinture de tamariniers dissimulait les petites maisons dans lesquelles vivaient les familles et les baraquements où logeaient les célibataires. Tous employés à la rhumerie.

D'autres lotissements similaires étaient disséminés sur l'ensemble du domaine pour les coupeurs de canne et le personnel d'encadrement.

La maison des maîtres se dressait au centre d'une petite éminence. Grande bâtisse en bois, construite du temps où Martial n'était pas encore né, elle révélait son style créole par ses colonnes et son fronton ornementé. En retrait, des portes-fenêtres ouvraient sur de grandes vérandas appelées « varangues ».

Donnant sur le sud, l'arrière de la maison était flanqué d'un arêtier dont l'inclinaison s'avançait au-delà de la varangue que le toit transformait en refuge contre la chaleur du jour. Les hautes colonnes en bois, autrefois jaunes et à présent décolorées par le soleil, viraient au blanc cassé.

Girasol : le nom s'étalait en grosses lettres, au-dessus du large portail en fer forgé, duquel partait une longue allée menant à l'entrée principale.

Au fur et à mesure qu'ils se rapprochaient de la grande demeure, un sentiment d'appréhension occultait toute autre émotion de l'esprit de Lysiane.

Rohan arrêta la voiture devant une porte encadrée de colonnes. Une femme d'une trentaine d'années se précipita sur le perron pour les accueillir. Grande et large, la peau très brune, ses cheveux à demi couverts par un fichu élégamment noué au sommet de la tête, ses yeux marrons plissés de contentement, elle s'exclama d'une voix perçante :

— M'sieur Rohan est revenu !

Un rire fusa, un autre, de l'intérieur, lui répondit.

Il y eut un bruit de pas précipités et une demi-douzaine de femmes plus ou moins jeunes surgirent de toutes parts en poussant des cris de joie.

— Vous voilà donc rentré, m'sieur Rohan ? Vous nous avez amené la jeune mariée ?

Rohan ouvrit la portière, sauta à terre et tendit une main à Lysiane.

Les servantes se précipitèrent le cou tendu pour regarder leur nouvelle maîtresse ; des sourires éclatants s'épanouirent alors sur tous les visages.

— Que votre dame est jolie, m'sieur Rohan !

Désemparée par cet accueil chaleureux, Lysiane lança un coup d'œil à Rohan qui leva les bras au ciel en signe d'impuissance.

D'aussi loin qu'il se le rappelle, il en avait toujours été ainsi. Chez les planteurs voisins, les domestiques, plus pondérés, restaient à leur place. Ici, chacun agissait à sa guise. Des éclats de voix et des rires retentissaient dans tous les coins de la maison. Et les maîtres se satisfaisaient de cet état de fait. Parfois pourtant, après une visite à des personnalités plus ou moins importantes de l'île, les Beauclerc en appelaient à Reine, leur gouvernante, pour tenter de mettre un peu d'ordre dans la domesticité. Ils n'exigeaient pas le silence absolu, non — ils connaissaient les limites de leur pouvoir —, mais simplement un peu moins d'agitation, de rires aigus, d'exclamations bruyantes. Avec de la chance, cela durait un jour ou deux pendant lesquels les portes claquaient fort pour exprimer la désapprobation du personnel. Martial et Rohan faisaient mine d'apprécier ce semblant de calme. Puis, petit à petit renaissait le chahut. « Un jour ou l'autre, affirmaient les maîtres, il faudra bien que cesse cette anarchie. » Et puis, ils n'y pensaient plus.

Pour Lysiane, qui se rappelait la stricte discipline régnant au sein du personnel chez son oncle, ce laisser-aller bon enfant était tout bonnement invraisemblable.

Rohan dut forcer la voix pour se faire entendre :

— Est-ce ainsi qu'on accueille sa nouvelle maîtresse ?

— La bienvenue chez vous, ma'ame, lança une femme.

Les autres reprirent en chœur :

— Bienvenue à Girasol, ma'ame.

La jeune femme adressa un coup d'œil oblique à

Rohan. Lequel la regardait, l'air de vouloir vérifier son comportement.

— Merci beaucoup, dit-elle. Dès demain, j'aurai le plaisir de faire plus ample connaissance avec chacune d'entre vous.

Quant à Rohan, il y mit moins de formes :

— Où est Reine ? Je constate une fois de plus que, quand le chat n'est pas là, les souris dansent. Hein ?

Cette dernière remarque déchaîna les rires. Lysiane sentait que nulle force au monde n'aurait pu éloigner les servantes de la porte, à présent grande ouverte.

— C'est m'sieur Martial qui va être heureux...

— Dame, oui ! Avec une aussi jolie bru, il serait mal'venu de se plaindre !

Un sourire éclaira le visage de Rohan. Se retournant vers la jeune femme, il mit une main au creux de sa taille et la guida dans le hall d'entrée. Puis il haussa les épaules comme pour s'excuser :

— Que voulez-vous y faire ? Depuis toujours c'est ainsi.

Il fut interrompu par l'exclamation d'une femme d'une cinquantaine d'années qui dévalait l'escalier.

— Allez, allez ! Retournez à votre travail, gronda-t-elle gentiment à l'adresse des servantes.

Celles-ci, sans cesser de rire et de papoter, se retirèrent d'un pas nonchalant.

— Il faut avoir l'œil à tout si on ne veut pas que la maisonnée soit sens dessus dessous.

Visiblement ravie de l'arrivée du jeune maître et de son épouse, la gouvernante affichait un sourire épanoui qui démentait la feinte sévérité de ses paroles.

— Lysiane, je vous présente Reine, la gouvernante de Girasol. Si tant est que cette maison soit gouvernable.

La jeune femme, un tantinet désorientée par ce nouvel environnement, plongea son regard dans les bienveillants yeux gris de Reine comme pour y puiser du réconfort.

— Soyez la bienvenue, ma'ame Beauclerc.

Puis Reine enchaîna avec un clin d'œil approbateur vers Rohan :

— Ainsi, vous avez quand même ramené une épouse ? Je commençais à croire que vous nous aviez monté un bateau. Mais que doit penser notre dame de cette maison bruyante comme une volière ?

La gouvernante enveloppa d'un rapide coup d'œil le visage tendu et les vêtements froissés de la jeune femme.

— Pourquoi ? La maison est plus calme d'habitude ? maugréa Rohan. Je n'ai jamais eu la possibilité de m'en apercevoir !

— Hum ! toussota Reine. Vous êtes de mauvaise foi. Dites-moi plutôt comment vous avez fait pour nous dénicher une maîtresse aussi adorable.

Elle dédia à Lysiane un sourire amical que celle-ci lui rendit aussitôt.

— Donnez-moi votre sac, ma'ame. Et votre chapeau. M. Martial vous attend tous les deux au salon, avec une grande impatience, vous pouvez me croire.

— Je m'en doute. Reine, envoie quelqu'un demander à Hector de dételer et de rentrer la voiture. Qu'il ne la laisse pas encore une fois passer la nuit dehors !

Il la rappela :

— Attends ! Qu'on lui dise aussi de donner double ration au cheval ! Il n'a rien mangé depuis ce matin.

« Hector est le mari de Reine, ajouta-t-il à l'intention de Lysiane. C'est un peu l'homme à tout faire de la maison.

Il posa une main sur son épaule pour la conduire vers une porte. Avant de l'ouvrir, il glissa à l'oreille de la jeune femme d'un ton sans réplique :

— N'oubliez pas que mon père se remet à peine d'un grave accident cardiaque. Il doit être ménagé. Aussi, ni controverse ni polémique devant lui, compris ? Quoi que je raconte, surtout ne me contredisez pas.

Tandis qu'il ouvrait la porte, Lysiane chuchota :

— J'ai un peu peur.

Avec un soupir impatient, Rohan lui prit la main pour la rassurer.

— Ne vous inquiétez pas. Mon père n'est pas un ogre. Au contraire ! Il n'existe pas de meilleur homme sur terre.

Malgré ce semblant de réconfort, la jeune femme entra dans le salon en proie à une sourde appréhension.

La pièce, aux vastes proportions, était chaleureuse et claire, avec ses murs couverts de boiseries. Le style disparate des meubles était tempéré par de nombreuses plantes et bouquets de fleurs ; quelques bibelots chinois donnaient une note exotique à l'ensemble. La photo de la famille Leroy, prise lors de la visite des Beauclerc à Lille et encadrée tout récemment, trônait sur le buffet de façon à attirer l'œil de la nouvelle maîtresse dès son arrivée afin que, pour celle-ci, la maison semble un peu moins étrangère.

A côté d'une porte-fenêtre ouverte, devant laquelle s'agitait doucement un arbrisseau couvert de fleurs blanches, un homme était assis, très droit, dans un fauteuil.

Il fit mine de se lever mais Rohan se précipita pour l'en empêcher.

— Reste assis, papa.

— Vous voilà enfin... Je vous attends depuis des heures.

— Le bateau a accosté plus tard que prévu. Je t'avais pourtant dit de ne pas t'inquiéter. Comment te sens-tu ?

— Bien. Très bien.

L'affection que se portaient le père et le fils transparaissait dans chacune de leurs paroles.

— Papa, j'ai une surprise pour toi.

Il fit signe à Lysiane d'avancer.

Malgré les protestations de son fils, Martial se mit debout en s'appuyant sur lui. Ses yeux, de la même couleur que ceux de Rohan, dévisagèrent l'étrangère qui s'approchait timidement. La jeune femme détailla discrètement les traits de son beau-père : un teint bronzé, une bouche dure, faite pour commander, identique à celle de Rohan. Beauclerc père était presque chauve, exception faite d'une couronne de cheveux blancs, assortis à une moustache tout aussi blanche.

— Papa, j'ai l'honneur de te présenter Lysiane, mon épouse.

Le regard de Martial passa de la jeune femme à la photo sur le buffet, avant de revenir se poser, interrogateur, sur son fils. Lequel se contenta de hausser les épaules.

— Lysiane, papa, précisa-t-il en détachant les syllabes du prénom, la nièce de Bertrand Leroy.

Après un instant d'hésitation, le visage de Martial s'éclaira et il esquissa un léger sourire.

La jeune femme s'avança vers lui, la main tendue.

— Votre fils m'a informée qu'il y avait erreur sur la personne. Vous attendiez Liliane. Malheureusement, mon oncle ne pouvait accorder sa main à Rohan, pour la bonne raison que sa fille est déjà mariée.

La bouche du vieux monsieur se pinça brusquement.

— Et, bien sûr, vous vous êtes dit : « Pourquoi ne pas profiter de la situation ? »

— Oh ! non, monsieur. Je n'ai pas eu le choix. Mon oncle sait se montrer extrêmement persuasif lorsqu'il défend ses intérêts.

— Dois-je comprendre qu'il a fait pression sur vous pour vous obliger à accepter ?

— On peut dire les choses comme ça, concéda-t-elle.

Au bout de quelques secondes qui parurent des siècles à la jeune femme, il prit sa main tendue.

— Bienvenue à la maison, Ly-si-ane. Je suis très heureux de vous accueillir dans notre famille.

— Heureux et surpris, n'est-ce pas, papa ? Il faut avouer que nous ne nous attendions pas à cet échange de personnes.

L'air désemparé, la jeune femme se tourna vers Rohan et croisa son regard qui ordonnait le silence.

Sentant l'animosité de son fils, Martial se hâta de proposer un rafraîchissement.

— Si nous nous asseyions ? Rohan, appelle Reine, s'il te plaît. Et maintenant, ma chère enfant, si vous me présentiez ce petit chien ? Je crois n'en avoir jamais vu de pareil dans l'île. De quelle race est-il ?

Rohan répondit à sa place :

— C'est un enfant de l'amour, papa. Il s'appelle Poppy.

Lysiane hésita, désireuse de remettre en place ce si peu galant mari ; finalement, elle se baissa pour caresser le bichon, puis s'adressa à son beau-père :

— Monsieur, avec votre permission, j'aimerais le sortir.

— Un petit rafraîchissement, d'abord ?

— Je crains fort que ce ne soit assez urgent. Je

connais mon Poppy, lorsqu'il est désorienté, il a tendance à s'oublier.

Martial appela une domestique et lui demanda d'apporter un châle pour Madame. D'un léger coup de menton, il fit signe à son fils d'escorter la jeune femme à l'extérieur.

— Non, assura-t-elle, je préfère être seule le temps de prendre l'air et de me dégourdir les jambes. D'ailleurs, Poppy a besoin de remuer un peu. De plus, votre père et vous avez certainement beaucoup à vous dire. Restez avec lui, je vous en prie.

Rohan y consentit d'autant plus volontiers qu'il avait grand besoin des conseils avisés de son père.

— Ne vous éloignez pas trop, conseilla-t-il.

Lysiane acquiesça d'un hochement de tête tandis que déjà le bichon trottinait allégrement en s'arrêtant tous les dix pas pour renifler le gazon d'une truffe circonspecte avant de lever la patte.

La soirée était belle et fraîche. Sous les reflets de la pleine lune, les arbustes ressemblaient à d'énormes animaux tapis dans l'ombre. Des lumières brillaient du côté des communs, d'où montaient les cris joyeux et les rires des domestiques qui fêtaient l'arrivée de leur nouvelle maîtresse.

Lysiane se retourna et contempla la maison.

« Y serai-je heureuse ? Ou resterai-je à jamais une étrangère sous ce toit ? »

Qu'importe, elle n'avait plus le choix.

— Nous rentrons, Poppy.

Hâtant le pas, elle emmena le petit chien à la cuisine où les rires s'arrêtèrent net.

— Il a faim et soif, expliqua-t-elle. Voulez-vous vous en occuper, s'il vous plaît ?

Quatre voix se firent entendre avec vigueur :

— Pour sûr, qu'on va s'en occuper ! Laissez-le-nous, ma'ame, on va bien le chouchouter.

— Merci. Je viendrai le reprendre après dîner.

Elle s'apprêtait à frapper à la porte entrebâillée du salon lorsqu'elle entendit la voix acerbe de Rohan :

— ... pas plus que toi. Je ne sais rien d'elle.

— Sauf qu'elle est diablement jolie, répliqua Martial.

Indécise, Lysiane se demandait si elle devait retourner à la cuisine récupérer son chien et ressortir avec lui, quand une exclamation l'incita à regarder à travers un interstice d'où il lui était possible d'entrevoir Martial assis dans son fauteuil et, par intermittence, Rohan qui arpentait la pièce de long en large.

— Diablement ou pas, cela m'est complètement indifférent.

La jeune femme se figea et tout le sang reflua de son visage.

— Je ne vois pas où est le problème, mon garçon. Ta jeune femme est belle, avenante et sympathique.

— Quel dommage que tu ne l'aies pas épousée à ma place !

La voix de Martial monta de deux octaves.

— C'est TOI qui es la cible des ragots, pas moi ! MOI, je n'ai pas à m'inquiéter des réactions de Rémi Escrebieux. Ce n'est pas MOI qui fréquente sa femme. Je n'ai pas à prendre épouse pour sauver les apparences, MOI !

— Ne remets pas encore une fois cette discussion sur le tapis. Tu sais très bien que je ne suis pas l'amant de Solange, fulmina Rohan.

— Ce n'est pas faute d'essayer, ironisa Martial, goguenard.

— La question n'est pas là, papa. Solange est une femme honnête et fidèle.

Martial poursuivit sur un ton doucereux, comme s'il ne tenait pas compte de l'agressivité de son fils :

— Trop honnête pour être ta maîtresse, mais pas suffisamment pour refuser tes rendez-vous secrets. Et quand je dis secrets... vos rencontres prétendument fortuites, personne n'y croit, tu sais.

— Ce sont MES affaires.

— Dans la mesure où cette histoire a pris des proportions effarantes, ce sont NOS affaires. Et si tu veux mon opinion sur la Belle Escrebieuse...

— Je ne veux rien entendre !

— Eh bien, tu m'écouteras quand même ! Cette femme n'est qu'une allumeuse.

— Ça m'est égal, je suis amoureux d'elle.

— Pourtant ce bel amour ne t'empêche pas d'aller visiter les demoiselles du *Bougainvillier*.

— Ça n'a strictement rien à voir et tu le sais parfaitement. Ah ! tu as dû être au septième ciel lorsque j'ai accepté d'en passer par où tu voulais. Oui, je sais, tu vas me dire que tu ne m'avais jamais rien demandé et que le moins que je puisse faire pour notre famille était d'en passer par le mariage. J'ai épousé une jeune femme que je croyais être la fille de Bertrand Leroy pour une seule raison : parce que Solange n'est pas libre. Et que les ragots risquaient de compromettre nos relations d'affaires avec ton ami Escrebieux.

L'emportement manifeste du ton de son fils heurta Martial, mais ne l'empêcha pas d'insister d'une voix calme :

— Je ne comprends pas ce que tu reproches à ce mariage. La jeune Lysiane est adorable. Un homme ne peut rien rêver de plus agréable qu'une jolie femme dans son lit.

— Par pitié, papa, laisse-moi en paix. Je t'accorde que Lysiane est charmante mais je te le redis une fois de plus : Solange est la femme de ma vie.

Derrière la porte, Lysiane reçut l'aveu comme un coup de poignard. L'homme qu'elle avait épousé aimait une femme mariée. Cette union n'avait d'autre but qu'éviter un scandale. Quelle idiote elle était d'avoir cru qu'une nouvelle et heureuse vie l'attendait par-delà les océans !

Elle appuya son front contre le mur et des larmes embuèrent ses yeux. Soudain, elle perçut un soupir, elle se retourna et se retrouva nez à nez avec Reine qui, de toute évidence, avait tout entendu de la déclaration du fils Beauclerc. La jeune femme se détourna vivement pour cacher son visage.

— Ne le prenez pas trop à cœur, ma'ame. Rohan n'est pas aussi stupide en temps ordinaire. Si vous me permettez un conseil, entrez et imposez votre présence. Vous verrez, il ne faudra pas longtemps pour que tout rentre dans l'ordre, affirma Reine, autant pour se persuader elle-même que pour convaincre sa maîtresse.

Lysiane hocha la tête en s'essuyant les yeux. Elle frappa à la porte et entra, la gouvernante sur ses talons.

— Permettez-moi de me retirer, monsieur, demanda-t-elle à son beau-père en feignant d'ignorer l'air hostile qu'affichait le visage de Rohan.

— Ne pouvez-vous attendre un peu ? Nous allions passer à table.

— Je suis exténuée, monsieur, insista-t-elle.

— Eh bien, allez, ma chère, mais nous regretterons votre absence.

La gouvernante s'enquit sur un ton doucereux :

— Où dois-je installer notre dame ? Le mariage religieux ne doit avoir lieu que dans trois semaines.

Il faut respecter les convenances et attendre qu'il soit célébré pour que Madame partage l'appartement de M. Rohan. Pourquoi ne pas la loger à côté des chambres qu'occuperont M. et Mme Houdé ? Après la cérémonie, les jeunes mariés pourront s'installer dans l'appartement destiné aux maîtres.

Devant l'air nettement réprobateur de Rohan, Martial s'empressa de rappeler que depuis son accident cardiaque, et pour des raisons de commodité, il disposait d'une chambre située au rez-de-chaussée.

— L'appartement conviendra parfaitement aux jeunes mariés.

— Est-ce trop exiger qu'on me demande mon avis ? se rebiffa Rohan. Cet arrangement ne me convient pas du tout.

Martial capitula d'un geste de la main, signifiant qu'il ne lutterait pas davantage ce soir-là.

— Nous verrons cela en temps utile.

— Si vous voulez bien me suivre, ma'ame Beauclerc, je vais vous installer dans la plus jolie chambre de la maison, déclara alors Reine, prenant la jeune femme par le bras pour l'entraîner vers l'escalier. Je vais m'occuper de vous comme il faut. D'abord, je vais vous faire monter un plateau. Il faut manger un peu avant de dormir.

La gouvernante précéda Lysiane dans une pièce située au premier étage au fond d'un long couloir. Elle ferma les volets avant d'allumer une lampe. De belles proportions, la chambre était tapissée de clair. Ce fut tout ce que vit la jeune femme car l'épuisement lui obscurcissait les yeux, l'empêchant de distinguer ce qui l'entourait.

— Et maintenant, ma'ame, que diriez-vous d'un bain chaud pour effacer les fatigues du voyage ?

suggéra Reine en retirant le châle des épaules de Lysiane pour le suspendre dans une penderie.

— Vous êtes très gentille, mais non, merci, je suis trop lasse. Je vais me coucher tout de suite. Cependant, si vous vouliez m'amener Poppy. Mon pauvre trésor doit se sentir perdu sans moi.

— Ne vous inquiétez pas pour lui. Il a mangé comme un ogre. Maintenant, il dort comme un bienheureux. Allons, j'ouvre votre lit et je cours le chercher. En attendant, asseyez-vous devant la coiffeuse, je vais vous brosser les cheveux. Votre femme de chambre a refusé de venir avec vous ? ajouta-t-elle d'une voix étonnée.

— Je n'ai pas de femme de chambre, répondit Lysiane, un peu sur la défensive.

Elle eut la surprise de voir Reine hocher la tête, d'un air résolu.

— Compte tenu de votre position dans cette maison, il vous en faut une. Je vais vous présenter Cora-Lou, la nièce de la cuisinière. C'est une petite qui a du goût et n'a pas peur de se fatiguer. Je crois qu'elle a toutes les qualités requises. Elle est aussi habile en coiffure qu'en couture, ce qui est appréciable. Enfin, vous déciderez vous-même si cette fille vous convient. Sinon, nous trouverons quelqu'un d'autre.

Elle lui souriait gentiment dans la glace et Lysiane s'étonna de trouver des yeux gris, dans ce visage couleur pain grillé.

— Vous êtes apparentée aux Beauclerc ?

— Nous avons le même père, M. Martial et moi. Ma mère était une de leurs esclaves. Après son affranchissement, elle a quitté Girasol et le maître m'a gardée dans la maison, avec les servantes. Avant de mourir, il a demandé à Martial de me trouver un bon emploi. C'est comme ça que je suis devenue gouvernante. Mais je ne fais pas partie de la famille.

Lysiane hocha la tête d'un air entendu : le père de Martial devait être du genre de l'oncle Bertrand, tyrannique et prêt à tout pour répondre à ses exigences.

— Je suis heureuse de vous connaître, madame.

— Allons, il faut m'appeler Reine, comme tout le monde le fait ici.

— Avec plaisir, Reine. De votre côté, appelez-moi Lysiane.

— Je crains que ce ne soit impossible. Les distances doivent être respectées entre maîtres et serviteurs.

— Lorsque nous serons seules, alors ?

— J'en serai honorée... Lysiane.

Pour cacher son embarras, Reine se précipita vers la porte.

— Un mot encore, la retint Lysiane. Rohan est votre neveu, n'est-ce pas ?

— Si vous habitiez ce pays depuis un certain temps, vous ne verriez pas les choses sous cet angle.

— Les faits sont là, vous êtes la demi-sœur de mon beau-père, donc la tante de Rohan.

La gouvernante eut beau secouer la tête, la jeune femme n'en continua pas moins :

— Le connaissez-vous bien ?

— Si vous entendez par là que je le connais depuis longtemps, la réponse est oui. Je l'ai vu naître et grandir.

— Parlez-moi de son caractère.

— Il aboie plus qu'il ne mord. Il crie fort et souvent, mais ses colères ne durent jamais longtemps. Et, bien qu'il s'en cache, il a un bon fond. Que vous dire d'autre ? sinon que, l'aimant beaucoup, je suis loin d'être impartiale.

— Maintenant, parlez-moi de Solange Escrebieux.

— Moins on en parlera, mieux ce sera.

— Je vous en prie, Reine. Il y a des choses que je dois savoir si je veux me défendre.

Le silence s'installa pendant de longues secondes, puis la gouvernante hocha la tête.

— Que voulez-vous savoir ?

— Tout.

— La Belle Escrebieuse, c'est ainsi qu'on l'appelle, est une sournoise dont il convient de se méfier. A la voir si réservée, on lui donnerait le bon Dieu sans confession. Elle a épousé le plus vieux et le plus riche célibataire de l'île alors qu'un tas de beaux jeunes gens se traînaient à ses pieds, ce qui donne la mesure du personnage. En apparence, elle est la plus convenable des épouses. Mais dès que son mari part sur ses plantations plusieurs jours d'affilée, l'Escrebieuse est constamment sur les talons de qui vous savez...

— Rohan ?

— Eh oui ! Elle s'attarde en promenade, arrive chez nous à l'improviste et s'invite à dîner.

— En d'autres termes, elle court après les jeunes gens.

— Pas après les jeunes gens, après un seul.

— Rohan ?

— Oh, il ne demande qu'à être rattrapé. Un peu par inclination, beaucoup par vanité. Mais je vous en ai déjà trop dit.

— Juste ce qu'il fallait. Solidarité familiale oblige.

Devant le regard étonné de Reine, elle expliqua :

— Ne suis-je pas votre nièce par alliance ?

La gouvernante arbora un sourire amer.

— D'ici quelques jours, vous ne direz plus ça.

3

Levée tôt par habitude, Lysiane prit son petit déjeuner pendant que, promue femme de chambre, Cora-Lou remplissait la baignoire de l'unique salle de bains de la maison.

— Tout le confort, ma'ame. On met des seaux d'eau chaude dans le réservoir et on n'a qu'à tourner le robinet pour remplir la baignoire. Et pour la vider, vous savez quoi ? souffla-t-elle avec une mine de conspiratrice. On a juste à tirer la chaînette et voilà tout !

Elle renforça son affirmation d'un large signe de tête.

— Le maître dit que le progrès est une belle chose. Moi, je dis pareil, quand je pense qu'avant il fallait vider la baignoire seau par seau...

La jeune Réunionnaise lui adressa un beau regard noir brillant d'une profonde satisfaction avant de se retirer, abandonnant Lysiane à ses ablutions.

Celle-ci se laissa glisser dans l'eau tiède et s'étira longuement avant de passer sur son corps un savon parfumé.

Les yeux à demi fermés, elle savourait la douceur de son bain lorsqu'un mouvement sur le sol attira son attention.

Un cafard monstrueux ! Noir, luisant, avec des pattes aussi grosses que des barreaux de chaise. Une horreur !

Elle se redressa dans la baignoire et essaya de chasser l'énorme insecte en faisant de grands gestes.

— Va-t'en! cria-t-elle en proie à une panique grandissante.

Peine perdue! Un deuxième cafard, puis un troisième couraient sur le dallage.

Saisie d'épouvante, elle hurla de toute la force de ses poumons. Attirée par ses cris, Cora-Lou, pour ne pas être en reste, ouvrit la bouche toute grande et laissa échapper un glapissement aigu.

— Lysiane! bon sang, que se passe-t-il?

Alerté par les clameurs, Rohan fit irruption dans la pièce, suivi de près par Nestine.

Au bord de l'hystérie, Lysiane, les yeux fixés au sol, ne pouvait retenir ses hurlements, tandis que Cora-Lou s'égosillait de tout son cœur.

— Du calme! rugit Rohan pour couvrir leurs braillements. Cora-Lou, tais-toi! Et vous aussi, Lysiane.

Debout dans la baignoire, la jeune femme trépignait dans l'eau en frissonnant de tout son corps.

— Des monstres, bégaya-t-elle en désignant le sol d'un doigt tremblant. Des tas de monstres, là!

— Quels monstres? Ça? Mais... ce sont des cafards.

Aussitôt, Cora-Lou interrompit ses hurlements.

— Ah? des cafards? répéta-t-elle, confuse. Moi, j'ai pas peur des cafards.

— Alors, pourquoi hurlais-tu, idiote?

— Ben... Ma'ame criait, alors...

Rohan leva les yeux au plafond comme pour implorer le ciel de l'aider à supporter la bêtise des deux femmes.

Pendant ce temps-là, Nestine écrasait les insectes à sa portée en maugréant: «Si c'est pas malheureux, un raffut pareil! A-t-on déjà vu une petite bête en manger une grosse, hein, Cora-Lou?»

Pour se faire oublier, cette dernière prit une serviette et la posa sur Lysiane qui s'en couvrit en hâte pour tenter de dissimuler au mieux son anatomie. Quoique, à présent, il n'y ait plus rien à cacher, le regard de Rohan avait déjà suivi de haut en bas la ligne élancée de son corps, s'arrêtant sans aucune gêne sur ses seins pleins et ronds avant de revenir à son visage rouge d'embarras.

— Pas d'affolement. Enfilez ce peignoir et rejoignez-moi au salon. Un verre de rhum vous remettra les nerfs en place. Cora-Lou aurait dû vous avertir, les cafards pullulent dans l'île. Il faudra vous y faire.

— J'ai horreur de tous les insectes. Et plus encore de ces bestioles dégoûtantes.

Rohan se tourna vers la porte, intrigué par des rires qui fusaient dans le couloir.

— Cora-Lou, aide ta maîtresse, et la prochaine fois, informe-toi avant de paniquer comme une hystérique. Compris ?

Comme il regardait de son côté, Lysiane prit la remarque à son compte. Elle qui, l'espace de quelques minutes, l'avait cru capable d'un minimum de civilité... au temps pour elle. Un nouvel éclat de rire résonna.

— Ah, cette fois, c'en est trop ! fulmina Rohan en s'élançant hors de la pièce.

Il buta contre Nestine. Appuyée au mur, son gros ventre tressautant, la servante essuyait ses yeux avec son tablier en gloussant d'une voix aiguë :

— Notre maîtresse... Notre maîtresse est blonde de partout, m'sieur Rohan. J'ai jamais...

Elle s'esclaffa et tenta de terminer sa phrase qui finit dans un éclat de rire.

— ... jamais vu ça ! Jamais !

Il l'observa, amusé malgré lui avant de saisir le sens exact de sa remarque. A dire vrai, lui non plus n'avait jamais vu de vraie blonde.

— Bon, maintenant, on se reprend, hein, Nestine ? Allez, retourne à ton travail, ordonna-t-il, du rire plein la voix.

Une fois seul, il se remémora le gros bedon de Nestine secoué par l'hilarité. Et brusquement, la drôlerie de ce souvenir le frappa davantage. Adossé au mur, plié en deux, les mains sur les genoux, il éclata d'un rire à se décrocher les mâchoires.

Lysiane entendait parfaitement les manifestations d'hilarité de son mari. Ne doutant pas un instant de faire les frais de ses moqueries, elle pressa ses phalanges contre sa bouche en les mordant pour endiguer la colère qu'elle sentait monter en elle.

— Ma'ame, l'exhorta Cora-Lou en la tirant doucement par la manche, le maître a dit qu'il vous attendait dans le salon. C'est un bon maître mais guère patient.

— Il n'est pas patient ? Quel dommage ! Va lui dire qu'il n'attende pas plus longtemps, je n'aime pas le rhum.

Pendant le déjeuner, Lysiane écoutait les deux hommes discuter. Son beau-père lui décochait de temps à autre des regards furtifs. Toute affabilité s'était évanouie entre Rohan et elle. Il l'ignorait purement et simplement. Et Martial, dans ses petits souliers, tentait vainement d'associer la jeune femme à leur conversation.

— Vous semblez être bien remise de la fatigue du voyage. Vous pourriez peut-être accompagner Rohan cet après-midi, il vous fera visiter la rhumerie.

Ce qui n'eut pas l'heur de plaire à l'intéressé qui balaya la proposition d'un geste agacé de la main.

— Je n'ai pas le temps aujourd'hui.

C'était péremptoire et net.

— Très bien, répliqua sèchement Martial.

Toutefois, à l'entendre, il ne trouvait pas ça bien du tout.

Lysiane haussa les épaules et lui adressa un sourire contraint. Que croyait-elle au juste en déjeunant avec eux ? Que Rohan proposerait aimablement de faire avec elle le tour de la propriété ? Quelle naïveté ! Une vague d'amertume l'envahit, et elle dut faire un effort pour ne pas fondre en larmes. Visiblement, ce rustre la dédaignait. Elle s'y était préparée. Cependant, entendre de la bouche de cet homme qu'elle ne méritait même pas quelques heures de son attention, de son temps... la pilule était amère à avaler.

— Quel dommage que je ne puisse vous accompagner ! regretta Martial. J'aurais pris plaisir à vous faire découvrir notre domaine.

Sa voix avait pris un timbre apaisant. Quel contraste avec son malappris de fils ! Celui qui pensait « tel père, tel fils » ne connaissait certainement pas les Beauclerc.

Rohan reposa brusquement son couvert, puis regarda tour à tour son père et Lysiane.

— Ne m'attendez pas pour dîner, dit-il en se levant de table.

Il traversa la salle à manger à grands pas et s'engouffra dans le couloir, suivi par le regard soucieux de Martial.

Quand celui-ci se retourna vers la jeune femme, un pli creusait son front et Lysiane s'étonna de son changement d'humeur.

— C'est la première fois qu'il se montre aussi mal élevé, se désola-t-il, visiblement contrarié.

De fait, le sentiment de rejet ressenti par la jeune femme se renforça. Depuis son arrivée, Rohan ne lui faisait-il pas comprendre qu'elle était une intruse dans sa vie, dans sa famille, dans sa maison ?

— Monsieur, permettez-moi de me retirer.

Martial soupira bruyamment. De toute évidence, il en avait gros sur le cœur.

— Ma chère enfant, restez donc un peu avec moi. Nous n'avons pas encore eu le temps de faire vraiment connaissance. Parlons de vous, de moi, de Rohan, de la maison. Vous verrez que tout n'est pas déplaisant, à Girasol.

Pourquoi pas, après tout ? De toute façon, elle n'avait rien de mieux à faire que ruminer les propos surpris la veille au soir. Comment les chasser de sa mémoire ? C'était si clairement exprimé ! Les convenances respectées, Rohan n'était plus celui par qui le scandale peut arriver. A présent, il avait pris femme et son épouse occupait la place qui lui était assignée. Rien ne l'empêchait plus d'aller retrouver sa dulcinée quand et comme il lui plairait, sans se soucier le moins du monde de celle qui portait son nom.

Elle poussa un profond soupir. De quoi se plaignait-elle ? A part ce Rohan de malheur, tous l'avaient bien reçue à Girasol. Et son beau-père se montrait le plus aimable des hommes.

— Entendu, monsieur, faisons connaissance, acquiesça-t-elle.

Pour leur premier tête-à-tête, Martial choisit la longue et fraîche véranda. Il s'installa dans un fauteuil en rotin, et pria Reine de leur apporter un grand verre de citronnade glacée.

Pensive, Lysiane suivait des yeux la gouvernante qui franchissait la porte-fenêtre pour entrer dans la maison. Puis, elle se retourna en souriant vers son beau-père en cherchant une façon agréable de rompre le silence. En dépit de son apparence un peu rude, il émanait de cet homme une indéniable distinction.

— Quel âge avez-vous, Lysiane ?
— Dix-neuf ans.
— Vous êtes encore une enfant...
— Certainement pas, répliqua-t-elle, piquée au vif.

Le silence retomba tandis que, l'air satisfait, Martial observait la jeune femme.

— Que ma bru soit une jolie femme me comble de fierté, j'ai toujours été sensible à la beauté d'un visage, affirma-t-il d'une voix bienveillante.

Lysiane soupira, tout en suivant des yeux son geste pour étendre ses jambes sur un tabouret.

— Puis-je m'informer de votre état de santé, monsieur ?
— Je me remets d'une crise cardiaque.
— Je suis désolée.
— Laissons cela, voulez-vous, ma chère ? coupa-t-il. De quoi allons-nous parler ? reprit-il gentiment en prenant le verre posé près de lui.
— De ce qu'il vous plaira, monsieur.
— Parlez-moi de vos parents.

C'était presque un ordre, elle s'exécuta.

— Ils étaient musiciens et faisaient partie de l'orchestre de l'Opéra de Paris ; ma mère était harpiste, mon père violoniste. Hélas, ma pauvre mère est morte en me mettant au monde. J'ai été élevée par ma grand-mère maternelle qui m'a donné toute son affection. Excellente pianiste, non seulement elle m'a transmis son goût pour la musique classique, mais m'a également appris tout ce qu'elle savait. Aussi, sans avoir ses dons exceptionnels, je suis bonne musicienne.
— Pianiste ?
— Oui.
— Alors, j'ai le plaisir de vous informer que vous allez trouver votre bonheur dans le grand salon.

Déjà, elle se levait.

— Plus tard, Lysiane, nous n'avons pas terminé. Vous en étiez à votre grand-mère.

Elle se souvenait parfaitement des funérailles de son aïeule. L'après-midi même, alors qu'elle se cachait, écrasée par son chagrin, son père avait décidé de l'emmener immédiatement en pension.

— J'avais onze ans quand grand-mère est morte. Elle m'a laissé sa maison, son piano et ses économies. En précisant que l'argent devait servir à payer les frais d'une pension dans un établissement de son choix où était enseigné, outre les matières habituelles, tout ce que doit connaître une jeune fille pour être une bonne maîtresse de maison. De plus, un pécule était mis à la disposition d'une pianiste mondialement réputée, à charge, pour elle, de me donner des leçons. Mon père m'a donc mise en pension et inscrite au cours de Mme Solovnia. Malheureusement, il a rapidement été contraint de tout vendre pour subvenir à nos besoins.

— Même le piano ?

— Hélas, oui, même le piano.

Martial acquiesça, un éclair de colère traversant ses prunelles. Elle l'entendit marmonner entre ses dents, mais il se reprit rapidement.

— Vous étiez très attachée à votre père ?

— Honnêtement, j'aimais l'image que je m'en faisais. Il venait me voir une ou deux fois par an. Je rêvais d'un père tendre et compréhensif. Et chacune de ses visites me laissait plus déçue de ne pas le voir conforme à mes désirs.

— Comment était-il en réalité ?

— D'après les confidences de ma grand-mère, il avait été trop gâté dans sa jeunesse. Un jour, après une violente dispute avec son père, il a quitté la maison paternelle pour ne plus y revenir. Il n'avait aucune notion de la valeur de l'argent, toujours d'après ma grand-mère. C'était un artiste.

— A-t-il laissé des dettes ?

Elle haussa les épaules en signe d'ignorance.

— L'année de mes treize ans, il s'est tué en descendant d'un train en marche. Quelque temps après sa mort, j'ai appris qu'il était le frère cadet de Bertrand Leroy, des filatures Leroy de Lille, et que, conformément aux dernières volontés de mon grand-père paternel, cet homme devenait mon tuteur.

« Je suis restée en pension. Toutefois, à partir de cette époque, j'ai pu passer les grandes vacances chez mon oncle, à Cormieux, une petite ville côtière située à douze kilomètres de Boulogne-sur-Mer.

— Parlez-moi d'eux.

— Ma tante, votre arrière-petite-cousine, férue d'antiquités et de vieilles pierres, enquêtait sur les origines de sa villa, construite, disait-on, sur les fondations d'une ancienne auberge appelée « l'auberge des contrebandiers ». Je l'aidais d'autant plus volontiers dans ses recherches que, durant les vacances, je n'avais pas l'occasion d'approcher un piano et que cela me manquait. A force de fouiller dans les archives de la ville, ma tante a fini par retrouver l'emplacement des fondations d'origine, lesquelles recelaient un souterrain qui, partant d'une porte dérobée dans la bibliothèque, aboutissait à la mer. Les contrebandiers débarquaient dans une sorte de grotte naturelle dissimulée par des rochers, où ils accédaient par une passe étroite entre deux récifs.

— Vous décrivez admirablement cet endroit dont vous semblez bien vous rappeler.

Comment aurait-elle pu l'oublier ? Les moments terribles qu'elle y avait vécus étaient encore si vivaces dans son esprit qu'il lui suffisait de fermer les yeux pour les revivre. Rien qu'en y pensant, elle frissonnait de peur. Et le souvenir des traits crispés de son oncle et de ses vociférations de dément la faisait encore trembler.

Martial la dévisagea gravement.

— Contez-moi cela, ma chère enfant.

— C'est là-bas que mon oncle m'a montré son vrai visage. Jusqu'à ce moment-là, je le croyais non pas bienveillant — ce n'est pas dans sa nature —, mais plutôt indifférent à mon égard. Néanmoins, sa rudesse, pour ne pas dire son hostilité, m'a durement affectée.

— La vérité est parfois contrariante, mais n'est-elle pas préférable à l'ignorance ?

— Je n'en suis pas si sûre. Mais puisque vous êtes prêt à m'écouter, voici les faits. L'été dernier, alors que j'étais en vacances à Cormieux, mon oncle m'a déclaré qu'un parent éloigné de son épouse lui avait demandé ma main pour son fils. J'ai refusé, arguant que je ne voulais pas commettre une bêtise que je regretterais peut-être toute ma vie. A partir de ce jour-là, dès que le sujet était évoqué, tout allait de travers entre mon oncle et moi.

Martial lui servit une citronnade, puis, son verre à la main, dévisagea la jeune femme avec attention.

— Une telle situation devait être perturbante.

Elle fut une nouvelle fois émue par la sympathie qu'il lui témoignait.

Les événements, cet après-midi-là, l'avaient frappée en effet. Tant par leur intensité que par leur brièveté. Pendant la traversée, ce souvenir avait hanté ses nuits, la réveillant en sursaut. Elle s'asseyait alors sur sa couchette, le temps que son esprit reprenne conscience du lieu et que les battements fous de son cœur s'apaisent.

Aujourd'hui, sous ce beau ciel d'azur, il lui était difficile de croire à la réalité de ces faits à la limite de la crédibilité. Et impensable de les raconter.

C'était une de ces chaudes journées d'août au parfum enchanteur. Le soleil flamboyait au-dessus des flots bleus et la beauté de ce spectacle transportait Lysiane d'un enthousiasme émerveillé. Pour elle qui arrivait tout droit du pensionnat, le dépaysement était total. Chaque année, il était extraordinaire pour elle de se retrouver en famille au bord de la mer. A part le différend qui l'opposait à son oncle et les pressions auxquelles il la soumettait, le séjour à Cormieux était un plaisir toujours renouvelé.

Ce dimanche-là, les Leroy recevaient des amis. Après un excellent repas, ceux-ci, d'humeur aventureuse, avaient décidé d'explorer le passage souterrain qui menait à la mer. Sous prétexte d'ouvrir le chemin aux invités partis chercher des lainages afin de se protéger de la fraîcheur de l'endroit, l'oncle Bertrand avait saisi une lanterne.

— Prenez votre temps, Lysiane et moi allons repérer les lieux, avait-il crié à la ronde en l'entraînant dans l'escalier étroit où flottait une odeur de moisi.

Le froid les gagnait à mesure qu'ils descendaient.

— A nous deux, ma petite, parlons de notre affaire, avait-il proféré d'une voix coupante.

Prise de peur, elle avait voulu rebrousser chemin. Trop tard ! La main de l'oncle s'était abattue sur son épaule et la poussait avec violence. Projetée vers l'avant, elle avait fini par courir jusqu'au fond de la grotte au pied de laquelle la mer commençait à monter.

— Mon oncle ! Par pitié, ne m'imposez pas ce mariage. Je vous en prie, l'avait-elle supplié.

Comme possédé par le démon, l'oncle Bertrand, le regard fou, la poussait encore et encore, l'acculant dangereusement vers l'extrême bord de la grotte et hurlant à pleine voix : « Je t'ordonne d'accepter ce mariage. Je ne vais pas laisser une gamine me mettre sur la paille. Tu vas m'obéir ! Crois-moi, tu vas m'obéir ! »

Alors que tout semblait perdu, la voix de sa tante leur était parvenue. L'air hébété, comme au sortir d'un cauchemar, son oncle l'avait alors lâchée.

— Mon oncle ne pouvait vous accorder la main de sa fille, puisqu'elle était déjà mariée. C'est pourquoi il exigeait que je me rende à votre proposition. Il était vraiment menaçant, assura-t-elle.

Martial réfléchit quelques secondes avant de poser sur Lysiane un regard empreint de gravité.

— Menaçant ? S'est-il montré brutal ?

La jeune femme marqua une pause, le temps de reprendre son souffle, puis se pencha vers lui, la mine résolue.

— Suffisamment pour que j'évite de rester seule avec lui. La peur me tenaillait si fort que j'aurais épousé le diable pour échapper à cet homme aux yeux glacés. Ayant finalement eu gain de cause, mon oncle a donc pu vous écrire que j'accueillais favorablement la demande en mariage de votre fils, conclut-elle en donnant un coup de poing sur le bras de son fauteuil comme pour confirmer sa défaite.

L'espace d'un instant, elle perçut dans les yeux de son interlocuteur une lueur d'étonnement.

Cependant, il se contenta de froncer les sourcils sans formuler de commentaire.

— Si j'ai bien saisi, votre cousine étant déjà mariée, votre oncle n'avait que vous sous la main pour honorer cette demande en mariage ?

— Exactement. Toutefois, je ne comprends pas pourquoi il lui était si important que j'accepte.

Par contre, Martial le saisissait très bien ! Il se rembrunit imperceptiblement. Ce salaud de Bertrand, dans l'impossibilité de le rembourser à la date prévue, avait tout simplement accepté la demande en mariage pour sa nièce et ce, contre sa volonté. Un éclair de colère traversa ses yeux gris. Comment réagir contre cette imposture ? Existait-il un recours pour ce genre de situation ? Ils étaient riches, bien plus que les Leroy ne le seraient jamais. Mais, en l'occurrence, l'argent était-il synonyme de pouvoir ? Quoi qu'il en soit, il était hors de question de renvoyer Lysiane chez les Leroy ! D'une part parce qu'elle était la victime de cette affaire. D'autre part, Rohan l'avait bel et bien épousée. Tout compte fait, n'était-ce pas cela le plus important ?

— Essayez d'oublier cette triste histoire, Lysiane. Nous allons très bien nous entendre, vous verrez. Vous n'aurez aucun mal à assimiler les changements de votre nouvelle vie. Demain, les Houdé viennent s'installer ici, ils vous chaperonneront comme ils l'ont si bien fait au cours de votre voyage. Les convenances seront respectées, Mme Houdé aura mission de vous emmener chez une couturière afin de vous constituer une nouvelle garde-robe. Remettez-vous-en à elle pour que vous soit confectionnée la plus jolie des robes de mariée. Et sachez que, dès à présent, vous êtes la maîtresse de cette maison. Nul ne discutera vos ordres. Quant à moi, ma chère petite, je vous suis déjà tout dévoué.

Lysiane soutint son regard, s'attendant qu'il avoue que tout cela n'était qu'une plaisanterie à laquelle elle ne devait pas attacher d'importance. Mais il se contenta de la considérer avec bienveillance.

Tout à coup, elle se sentit apaisée et comme vidée de toute émotion.

— Merci, monsieur. J'espère me montrer digne de votre confiance.

Pour lui, cela ne faisait pas l'ombre d'un doute.

4

Comme annoncé, Rohan ne rentra pas dîner. Lysiane passa une nouvelle nuit blanche à se remémorer les événements qui l'avaient conduite jusqu'à cette île de l'océan Indien.

Au petit jour, elle résolut de balayer les pensées qui la torturaient inutilement, puisque désormais tout retour en arrière lui était impossible.

Le petit déjeuner terminé, elle s'étonna de se sentir d'humeur légère. Après des semaines de tension et d'inquiétude, quel soulagement de vivre au milieu d'autant de belles choses ! Quel bonheur aussi que de pouvoir se remettre au piano ! Lequel avait bien besoin d'être accordé. Mais chaque chose en son temps.

Ce matin-là, un soleil radieux incitait à la promenade. Martial lui proposa de l'emmener faire un tour au jardin.

La jeune femme poussa un soupir de soulagement. Son beau-père se comportait comme si ses confidences sur l'indélicatesse de son oncle étaient oubliées.

Tandis qu'il appelait un domestique, pour l'aider à descendre les quelques marches accédant au jardin, elle l'observa à la dérobée. Cet homme avait dû être très beau au temps de sa jeunesse. De plus, il se montrait compréhensif et gentil. Combien la vie pourrait être merveilleuse, si son diable de fils en faisait autant ! se prit-elle à rêver.

Martial, une main sur l'épaule de sa bru, se dirigea vers l'allée qui contournait une pièce d'eau d'où jaillissaient de hautes plantes aquatiques inconnues de Lysiane.

A petits pas, ils suivirent l'allée, le bichon gambadant autour d'eux. Dès que sa maîtresse l'appelait : « Ne t'éloigne pas, Poppy ! », le chien accourait vers elle en frétillant de la queue et sautait sur place pour être pris dans ses bras. Mais, dès qu'elle se penchait pour l'attraper, il s'enfuyait en aboyant. Chaque fois que, désarmée, Lysiane éclatait de rire, Martial secouait la tête. Eblouie par le soleil, la jeune femme distinguait mal l'expression de son visage, mais elle aurait juré qu'il arborait une expression satisfaite.

L'allée se divisait en deux ; un côté s'incurvant vers la maison, tandis que l'autre conduisait vers les arbres.

— Si nous rentrions, monsieur ? proposa Lysiane. Je crains qu'une trop longue marche ne vous fatigue.

— Je vous remercie de me le proposer. Avant mon accident cardiaque, j'avais l'habitude de marcher vite, et trottiner me fatigue désormais énormément, expliqua-t-il. J'espère cependant que notre courte promenade vous a plu.

La jeune femme se tourna vers la demeure et la contempla avec admiration.

— Tout est si merveilleux ici. Le paradis doit ressembler à cet endroit enchanté.

Agréablement surpris, Martial balaya des yeux le paysage, pour essayer de le voir avec le regard enthousiaste de sa bru.

— Sans doute, répondit-il pensivement.

Il aimait Girasol. Néanmoins, l'habitant depuis toujours, il avait oublié sa beauté.

— Est-ce vous qui avez fait construire cette maison ?

— Non. Elle a été bâtie l'année de ma naissance.

Lysiane resta songeuse, et les deux promeneurs poursuivirent leur chemin en silence jusqu'à la maison. Puis, avant d'accepter la main de Reine venue à sa rencontre pour l'aider à gravir les quatre marches, Martial se tourna vers sa bru.

— Le domaine et ses plantations sont une acquisition de mon père. Vous plairait-il d'entendre son histoire ?

— J'en serais ravie, monsieur. Excusez-moi un instant... Poppy ! Veux-tu bien rentrer à la maison !

Le regard que l'espiègle animal lui décocha signifiait clairement qu'il était d'humeur joueuse et n'avait nullement l'intention d'obéir.

— Viens ici tout de suite ! Poppy !

Le nez au vent, le chien gambadait de-ci de-là, s'esquivant d'un bond dès que sa maîtresse s'approchait de lui.

Finalement, des quatre servantes sorties pour jouir du spectacle, ce fut Cora-Lou qui attrapa le petit chenapan. A peine fut-il dans les bras de sa maîtresse, qu'il redressa la tête et se mit à haleter, la langue pendante, avec l'air affairé du bon chien qui n'a fait que son travail et attend des félicitations.

— Petit fripon ! le réprimanda Lysiane d'une voix attendrie.

Pour le coup, il se mit à lui lécher les mains.

— Comment être fâchée contre lui ? Ne dirait-on pas un petit ange ?

Martial lui lança un vague sourire. Un ange, ce fléau sur pattes ? Cependant, il gratifia le bichon d'une petite tape affectueuse avant d'entrer dans la maison.

Un moment plus tard, assise sous la véranda, Lysiane attendait que son beau-père ait fini d'allumer son cigare.

— Pas un mot à Rohan, dit-il en montrant l'allumette avant d'en souffler la flamme. Le médecin prétend que c'est mauvais pour mon cœur. Entre nous, je n'en crois rien. Mais mon fils s'inquiète pour ma santé.

Il secoua sa tête presque chauve.

— S'inquiète-t-il à tort, monsieur ?

— Et comment ! Un petit cigare par-ci par-là n'a jamais tué personne. En outre, je n'aime pas que Rohan se fasse du souci à mon sujet.

— Alors je n'en parlerai pas, monsieur.

— Merci. J'ai encore une faveur à vous demander : me ferez-vous la grâce de m'appeler père ?

Le silence qui s'ensuivit se prolongea suffisamment pour que Martial commence à s'interroger. Allait-il trop vite ? Il finit par esquisser un sourire contraint.

— Peut-être préférez-vous attendre que la cérémonie religieuse soit célébrée ? temporisa-t-il gentiment.

Sa bienveillante compréhension la touchait infiniment. Toutefois, par une sorte de pudeur due à un trop long manque d'affection, elle hésitait à extérioriser son émotion. Pour éviter de répondre, elle changea de sujet.

— D'où vient le nom de votre propriété ?

— Je n'en sais rien, reconnut-il, après une courte pause pendant laquelle il souffla un nuage de fumée. Mon père affirmait que c'était en souvenir d'un ami. Sans plus de précision.

Robert Beauclerc, son père, avait l'art de couper court aux commentaires et autres questions. Et ce que savait Martial se résumait à ceci : le premier des Beauclerc à s'installer dans l'île était originaire d'une petite ville du Morbihan : Rohan, d'où il était parti sans un sou en poche. Après avoir bourlingué sur toutes les mers et océans du globe, il était arrivé dans cet endroit, appelé à l'époque « île Bourbon », assez riche pour acheter des terres et des esclaves. D'où lui venait sa fortune ? Par quels moyens, honnêtes ou malhonnêtes, l'avait-il acquise ? Mystère ! Il ne l'avait jamais révélé, pas même sur son lit de mort.

— Mon père était un homme imposant qui avait coutume de mener son entourage à la baguette. Il m'a toujours fortement impressionné, je l'avoue.

S'adossant plus confortablement, il poursuivit :

— Il s'est marié sur le tard. Ma mère étant d'une famille très à l'aise, Girasol a alors pris de l'importance : quinze mille hectares et près de trois mille esclaves.

Il se tut pour vérifier que son récit n'ennuyait pas son interlocutrice.

— Vous êtes fils unique, monsieur ? demanda-t-elle avec une pensée pour Reine.

Il acquiesça d'un signe de tête. Pas question de mentionner les bâtards de son père, à cette innocente !

Robert Beauclerc n'était pas homme à batifoler dans les maisons galantes. Certes pas ! Il avait de la morale, lui ! Et de la décence. Il préférait copuler avec ses jeunes esclaves, lesquelles, après tout, lui appartenaient au même titre que son épouse. Quant aux bâtards… nourris, logés et, à l'âge requis, pourvus d'un travail dans les champs de canne à sucre, ils faisaient partie de son cheptel. Le vieux Beauclerc prétendait s'être toujours conduit en parfait honnête homme et avoir la conscience tranquille. Et comme personne ne se serait avisé de le contredire, tout allait pour le mieux dans le meilleur des mondes.

Revenu au présent, Martial reprit son récit :

— En 1848, le décret du 27 avril, prononçant l'affranchissement des esclaves, a été durement ressenti par les planteurs. J'étais très jeune à l'époque mais je me le rappelle très bien.

— Comment cela s'est-il passé ?

— Dans l'ordre et le calme. Le commissaire de la République, Sarda Garriga, chargé de cette mission, a habilement conseillé aux nouveaux affranchis de continuer à travailler en tant que salariés chez leurs maîtres. Cependant, beaucoup de petits planteurs, ruinés par l'obligation de payer des salaires à leurs anciens esclaves, n'ont pu tenir le coup. Même une grande plantation comme Girasol a accusé le choc. L'exploitation a été ramenée de quinze mille à cinq mille hectares, et n'a plus employé que six cents de ses esclaves nouvellement affranchis. Par la suite, les planteurs ont reçu de l'Etat une indemnité les dédommageant des pertes subies par l'émancipation des esclaves. Mon père a remis en culture trois mille hectares de canne à sucre et embauché deux cents ouvriers supplémentaires. Il faut dire que vers 1860, face à la demande de sucre, la production battait des records.

« Malheureusement pour l'île — désormais appelée « Ile de la Réunion » —, le percement du canal de Suez allait détourner d'elle le trafic maritime qui jusqu'alors empruntait le cap de Bonne-Espérance et mouillait à la Réunion, seule base française de l'océan Indien.

Il contempla pensivement son cigare avant de conclure :

— Aujourd'hui, le trafic maritime se réduit aux seuls transporteurs ayant pour but la Réunion et l'île Maurice.

Croisant le regard de la jeune femme, il sourit avant d'écraser son cigare dans le cendrier.

— Voilà, je pense n'avoir rien oublié.

— A présent, auriez-vous la gentillesse de me parler de vous ?

— De moi ? Il y a si peu à dire... J'ai vécu la vie d'un fils de planteur, à la fois facile et laborieuse. L'année de mes vingt ans, mon père m'a envoyé en Europe, avec pour instructions : ouvrir les yeux et apprendre. Sa propre expérience l'ayant convaincu qu'avant d'entrer dans la vie active un changement d'horizon et un coup d'œil sur le vaste monde aidaient un jeune homme à mieux se connaître et à fonder un jugement plus positif sur autrui.

— Au cours de votre tour d'Europe, avez-vous...

— Je suis resté une année en France et je m'y suis marié, coupa-t-il.

— Vraiment, monsieur ?

Une Normande mignonne, un garçon fougueux : le coup de foudre. Le temps pour les parents de s'informer des moyens d'existence du prétendant et ils se retrouvaient mari et femme. Dire qu'il était dans ses petits souliers en approchant de Girasol était très en dessous de la vérité. Il mourait de peur à l'idée d'affronter son père. Il aurait pu s'épargner ces heures d'angoisse. Beauclerc l'ancien avait accueilli sa bru à bras ouverts. Seule exigence de sa part, que l'enfant dont elle était visiblement enceinte se prénomme Rohan en souvenir de sa propre jeunesse. Trop heureux de s'en tirer à si bon compte, les jeunes mariés avaient accepté de bon cœur. En espérant toutefois que l'enfant attendu serait une fille afin d'échapper au ridicule d'un prénom jusqu'alors inconnu.

— Mon père est mort peu après la naissance de Rohan. Plus tard, mon épouse, un peu faible de constitution, est rentrée en France pour s'y faire soigner.

Roseline, son épouse, venant d'une petite ville où tout le monde se connaissait, ne s'était jamais adaptée à la solitude et au calme de la plantation.

« Je ne m'habitue pas à cette maison retirée de tout. Les domestiques sont indolents, peu empressés et me manquent d'égards », se plaignait constamment cette enquiquineuse de première. A tout propos, elle menaçait de faire ses valises et de retourner en France, dans la ville qu'elle n'aurait jamais dû quitter.

A tant le répéter, elle l'avait fait. Dieu merci, Martial l'avait rattrapée sur le port. Que la geignarde s'en aille, bon débarras ! Mais seule. Il était revenu à Girasol avec le bébé. Pour tous, la jeune femme était partie se faire soigner, et lui n'attendait que sa guérison pour aller la chercher. Il ne l'avait jamais fait. De son côté, Roseline n'avait jamais exprimé le désir de rentrer à Girasol. Lorsque l'annonce du décès de son épouse lui était parvenue, il n'en a averti personne. Rohan, âgé de huit ans à l'époque, ne devait apprendre la mort de sa mère que beaucoup plus tard. Quand Martial avait jugé que la nouvelle ne l'affecterait plus.

Une rhumerie avait été construite, ajoutant une nouvelle corde à leur arc. Avec le sucre et la mélasse, le rhum et l'alcool entraient pour cinquante pour cent dans les valeurs exportées. Et, recruté un an plus tôt, Gaston Houdé, ingénieur agronome, les secondait activement.

Alors que Rohan allait sur ses dix-huit ans, Martial apprit par hasard que son fils fréquentait un établissement mal famé où sévissaient des filles de bas étage. A tort ou à raison, elles avaient la réputation d'être affligées de maladies honteuses. Martial avait été pour lors confronté à un véritable dilemme : la santé de son fils était-elle plus importante que la décence ? Non ! Mille fois non ! Il ne se conduirait pas comme son hypocrite de père, ce moraliste à la noix, ce presque parfait honnête homme qui, interdisant tout écart à autrui, s'accordait toutes les indulgences pour des péchés qu'il qualifiait de véniels.

Une conversation entre quat'z-yeux qui les mit au supplice, Rohan et lui, se termina par ces mots :

— Va faire un tour au *Bougainvillier* et demande à voir Mme Nelly. Celle-ci te conseillera. Ensuite, suis ton inspiration.

Belle preuve de confiance qui renforça encore leur mutuelle affection. Chacun sortait de son côté. Toutefois, si par un malencontreux hasard père et fils se croisaient au *Bougainvillier*, un accord tacite dû au respect et à la pudeur les amenait à quitter le lieu sans avoir consommé autre chose que de la boisson.

Pour les vingt-quatre ans de son fils, Martial lui fit un cadeau merveilleux. Depuis longtemps, tous deux projetaient un grand voyage en France, patrie de leurs aïeux. Repoussées d'année en année, ces vacances idéales commençaient à faire figure de vœu pieux. La lettre d'un notaire français leur annonçant le décès d'une tante inconnue, laquelle leur laissait un héritage assez conséquent, en soufflant sur les cendres de leur vieux rêve, l'avait fait renaître. Avec le compétent Houdé aux commandes, leur voyage pouvait être entrepris sans dommages pour la plantation. Un beau matin, les Beauclerc embarquèrent donc pour la France, bien résolus à la parcourir de long en large. L'étude du notaire étant située dans la banlieue de Lille, Martial s'était alors rappelé une arrière-petite-cousine. Celle-ci, d'après la rapide enquête effectuée, était mariée à un filateur lillois. Les Beauclerc avaient alors décidé de rendre une courte visite à la dernière représentante connue de leur famille. Arrivés à Lille après un long périple dans le beau pays de France, ils avaient été fort bien reçus par leur parente et le filateur, Bertrand Leroy, son mari. Ce dernier et Martial avaient sympathisé, les Beauclerc avaient même été invités à séjourner chez les Leroy aussi longtemps qu'ils le souhaiteraient. Ils y étaient restés deux jours. Le temps pour eux de régler la succession de la plus jeune sœur du fondateur de Girasol. Et de faire plus ample connaissance avec la famille Leroy, laquelle se composait de Bertrand, son épouse, deux fils et une fille, grande bringue de seize ans maigre comme un coucou.

Mis en confiance par la simplicité des Réunionnais, Bertrand avait pris Martial à part pour lui soumettre un sérieux problème à la fois familial et financier. Après en avoir discuté en tête à tête et s'être entourés de sérieuses garanties, les Beauclerc lui avaient proposé un prêt étendu sur cinq ans, à un taux d'intérêt équivalant à celui des banques, pas un sou de moins. Car, bien que complaisants, les Beauclerc n'étaient pas plus philanthropes qu'il ne fallait.

Enfin, satisfaits de leur beau voyage, ils retournèrent dans leur île. Où ils déclarèrent à qui voulait les entendre que, si la France était le plus merveilleux pays du monde, rien ne valait son chez-soi.

Des années avaient passé sans faits marquants. Jusqu'à ce que Rémi Escrebieux, l'ami de Martial, ramène de l'île Maurice une ravissante épouse. Littéralement subjugué par la beauté de celle qu'on appelait déjà la Belle Escrebieuse, Rohan s'était alors conduit comme le dernier des crétins. Amoureux fou, rien au monde n'existait pour lui hors des charmes de sa belle. Les planteurs des environs n'avaient pas leurs yeux dans leur poche, leurs épouses encore moins, quant à leurs filles... elles en étaient à prier Lucifer de punir cette moins que rien qui leur ôtait tout espoir d'épouser le beau Rohan. Le temps d'un soupir, cette malencontreuse passion devenait l'objet de toutes les conversations. Embarrassé à la fois pour son fils et son ami Rémi, Martial ne savait plus à quel saint se vouer. Sans cesse il adjurait Rohan de lui épargner cette honte. En pure perte. Pour sa défense, le jeune homme arguait que Solange et lui s'aimaient, mais que leur conduite était irréprochable. Si les habitants de Ste-Suzanne n'avaient rien de mieux à faire qu'à papoter... et bien qu'ils le fassent! Ce qui devait arriver arriva. Un soir, une personne bien intentionnée avait ouvertement fait allusion à ce qui était en passe de virer au scandale. Pris de court, Martial n'avait cependant pas hésité un seul instant: ce n'étaient que des calomnies propagées par de mauvaises langues. D'ailleurs, son fils était sur le point de se marier. Mis au courant de l'histoire,

Rohan avait rué dans les brancards. Se marier? Jamais de la vie! Son cœur était bien trop engagé pour qu'il puisse envisager de causer la moindre peine à sa divine Solange.

Contrariété ou mauvais coup du sort? Martial avait fait un malaise cardiaque. Du coup, Rohan, fou d'inquiétude, s'était rendu aux arguments de son père. Toutefois, il n'était pas question d'épouser une fille de l'île. Toutes, autant qu'elles étaient, avaient par trop jasé sur Solange et lui. Père et fils cherchaient un terrain d'entente, lorsque était arrivée la lettre de Bertrand Leroy demandant un report de sa dette aux conditions qu'exigeraient les Beauclerc.

Martial en avait une en tête, toute prête à lui servir: la main de sa fille pour Rohan.

Cependant, il connaissait suffisamment la vie pour taire ce passif à la charmante personne qui l'écoutait avec une attentive curiosité. Ce qu'elle ignorait ne pouvait lui faire de peine.

5

D'habitude, il savait garder son calme. Mais sa... presque épouse l'énervait prodigieusement.

Par bonheur, ils ne se croisèrent pas de la journée. En fin d'après-midi, au moment où il rentrait d'une tournée dans la plantation, son père le héla depuis la véranda.

— Viens t'asseoir près de moi, Rohan. Nous nous sommes très peu vus depuis hier soir. Heureusement pour moi, Lysiane est une compagne attentionnée et patiente.

Le regard du jeune homme passa du visage aux

traits fins de Lysiane, vivante image de l'indifférence pour le nouvel arrivant, à celui de son père, souriant.

— J'espère que tu n'as pas oublié que les Houdé viennent s'installer à la maison aujourd'hui ? Ni qu'ils soupent avec nous ce soir ?

Martial ponctua ses paroles d'une tape affectueuse sur l'épaule de son fils.

— Comment pourrais-je l'oublier ? Tu n'arrêtes pas de me répéter que les convenances doivent être respectées.

Par égard pour son père, Rohan réprima son agacement.

— Pour des motifs honorables à tes yeux, certes, mais absolument vains aux miens, j'ai été contraint au mariage. Maintenant c'est chose faite, alors que souhaites-tu de plus ?

La jeune femme devinant son irritation fut brusquement prise d'un accès de mauvaise humeur.

— Bonté divine ! M'accuseriez-vous encore d'imposture ?

Malgré la fugitive expression de doute qui traversa le visage de Rohan, elle poursuivit vivement :

— Si j'avais eu le choix, j'aurais préféré entrer au couvent plutôt que de vous épouser.

Martial regarda tout à tour les deux jeunes gens visiblement emportés par leur ressentiment.

— Tu as du caractère, mon fils. Mais il est clair que Lysiane n'en manque pas non plus. La vie de famille ne risquera pas d'être ennuyeuse avec vous deux. Ta femme ne se laissera pas marcher sur les pieds. Quant à toi, obstiné comme je te connais... ajouta-t-il, laissant la phrase en suspens.

Obstiné ! Lysiane avait en tête une douzaine d'épithètes plus appropriées qu'elle jugea préférable de passer sous silence. Aussi se contenta-t-elle d'incliner la tête avant de se lever.

— Si vous le permettez, messieurs, je vais aller me préparer pour la soirée.

Les deux hommes hochèrent la tête de concert, puis Rohan, se ravisant, demanda :

— Pourriez-vous m'accorder un entretien avant l'arrivée des Houdé ?

La jeune femme acquiesça d'un hochement de tête avant de les quitter. La porte refermée, elle étouffa une exclamation horrifiée.

Ses petits crocs pointus plantés dans une chaussette, Poppy la déchirait allégrement en la maintenant au sol des deux pattes.

— Poppy ! ordonna-t-elle à mi-voix, veux-tu lâcher ça !

Les domestiques n'en usant pas, l'objet ne pouvait appartenir qu'à un des deux hommes. Ce rustre de Rohan supportant déjà mal la présence du chien, si en plus Poppy mangeait ses chaussettes, il risquait fort de piquer une colère.

— Lâche ça, petite canaille, ordonna-t-elle à voix basse en luttant pour lui arracher l'objet du délit. Nous allons nous faire sonner les cloches.

Elle le força à ouvrir la gueule en disant plus vigoureusement :

— Veux-tu bien obéir, vilain garçon !

Comme s'il était sensible à l'autorité inhabituelle de sa maîtresse, Poppy obtempéra docilement et se coucha à ses pieds en agitant faiblement la queue.

Lysiane ne tergiversa pas une seconde ; la chaussette fut promptement escamotée sous un gros cache-pot.

Les voix de Martial et de Rohan parvenaient jusqu'à elle. Ils donnaient l'impression de bavarder gaiement. Visiblement, les deux hommes s'entendaient à merveille. Rejetée par leur complicité évidente, elle se sentit esseulée, misérable.

Rohan l'attendait dans le couloir.

— Une question, Lysiane!

La jeune femme sursauta:

— A-t-on idée de surgir ainsi de l'ombre! Vous espériez me faire peur?

Au lieu de s'excuser, il ironisa:

— L'ombre, les cafards, les insectes... vous avez peur de tout, il me semble.

Il se trompait, elle n'était pas peureuse d'ordinaire. Mais allez le faire comprendre à un âne bâté! Campé devant elle, yeux mi-clos et front plissé, il se donnait des allures d'homme dont la patience à des limites.

Eh bien, celle de Lysiane aussi avait ses limites.

— Croyez ce que vous voulez, cela m'indiffère.

— Tant mieux! Cependant, ce n'est pas ce qui me préoccupe, déclara-t-il, désireux d'en venir au sujet principal. Arrêtons de nous chamailler, cela ne peut que rendre nos relations plus difficiles. Tout d'abord j'ai une question à vous poser: avez-vous, à un moment ou à un autre, confié nos problèmes aux Houdé?

Il y avait dans ses paroles une nuance de hauteur déplaisante qui n'échappa pas à la jeune femme.

— Je n'ai pas pour habitude de faire part à tout venant de mes affaires personnelles...

— Parfait! coupa-t-il. Maintenant, venons-en au fait. Nous sommes très connus à Ste-Suzanne et dans toute l'île. Si l'on apprend que notre mariage est une mascarade, nous ne pourrons plus regarder personne en face. Aussi, devant les Houdé ou si nous nous trouvons avec des étrangers à la famille, j'aimerais que nous fassions semblant de nous entendre à merveille. A moins que cela ne vous paraisse insurmontable ?

Elle le dévisagea longuement avant de répondre :

— Ne craignez rien, je suis parfaitement capable de feindre, répondit-elle enfin.

— La façon dont vous vous y êtes prise en remplaçant votre cousine au pied levé est la preuve évidente que vous savez vous adapter aux circonstances.

Elle l'observa en silence, puis poussa un soupir de découragement.

— Votre opinion sur moi est déjà faite, vous n'en démordrez pas.

Rohan réprima de justesse une exclamation excédée.

— Si nous en revenions à notre affaire ? suggéra-t-il.

Le ton sur lequel il prononça cette phrase révélait qu'il commençait à se lasser de ce dialogue.

— Allons, Lysiane, soyons francs, reprit-il, nous sommes victimes de ce qu'il convient d'appeler une incompatibilité de caractère...

Elle appréciait de moins en moins la tournure de la conversation. Il était temps de mettre les choses au point.

— Par conséquent, il ne nous reste qu'une seule conduite raisonnable à adopter : efforçons-nous de surmonter notre mutuelle antipathie, riposta-t-elle. D'autant que nous sommes censés nous unir devant Dieu dans un peu moins de trois semaines. Je vous le rappelle en passant, au cas où vous l'auriez oublié.

Rohan lui jeta un regard hostile. En même temps sur ses lèvres se dessinait un sourire amer.

— Pas de danger que j'oublie !

Ils se défièrent un instant d'un regard froid comme du métal.

— Mettons fin aux amabilités, ma chère, persifla-t-il. Reprenons, voulez-vous ? Je vous propose de surveiller notre conduite en public. Nous observerons une attitude courtoise l'un envers l'autre, échangerons des propos banals et éluderons toute parole susceptible de paraître blessante. Grâce à ce *modus vivendi*, nous parviendrons à rester dignes. Enfin... je l'espère.

Lysiane devait bien admettre que c'était là la moins mauvaise des solutions à leur problème.

Ce diable d'homme gâcha tout, une fois de plus :

— Vous connaissez le sens de l'expression *modus vivendi* ? Sinon, je me ferais un plaisir de vous l'expliquer.

Exaspérée, elle renifla avec mépris, signifiant par là qu'une question aussi stupide ne méritait pas d'autre réponse.

Quelle fille désagréable ! L'amabilité était inutile devant une telle insolence. Sans plus tarder, il se dirigea vers l'escalier. Au moment de s'y engager, il se retourna et lança un coup de menton arrogant à la jeune femme qui, pour toute réponse, se contenta de hausser les épaules.

Le dîner avec les Houdé, que Lysiane redoutait comme une épreuve, se déroula dans une ambiance décontractée. D'autant que Rohan, empressé et plein d'humour, incarna l'image même du fiancé épris.

De son côté, soucieuse de préserver ces instants de trêve, la jeune femme fit de son mieux pour paraître amicale et gaie. Puisque Rohan en était capable, elle ne le serait pas moins que lui.

— Reprenez-en un peu, *chérie,* proposait ce faux-jeton en désignant les plats. Nestine nous fera grise mine si vous ne faites pas honneur à son dîner.

— Merci, *chéri*, répliquait-elle en insistant sur le dernier mot. Vous êtes la gentillesse même.

Charmants comme toujours, les Houdé ne tarissaient pas d'éloges sur la jeune Mme Beauclerc.

— Votre épouse est une jeune femme tellement adorable, si gaie, si enjouée...

Ah, oui ? Première nouvelle ! La personne qu'ils décrivaient là, Rohan n'avait pas encore eu l'occasion de la rencontrer. La Lysiane qu'il connaissait ne savait que mordre les mots avant de les lui jeter au visage.

Néanmoins, fidèle au personnage qu'il donnait à voir, il décocha un sourire épanoui à l'intention de Lysiane. Et quel sourire ! Etincelant, au charme dévastateur.

Intriguée par la manœuvre, la jeune femme scruta le visage de l'hypocrite qui, en retour, lui lança un regard éloquent signifiant : « Et alors ? C'est bien ce dont nous étions convenus, non ? »

Lorsque M. Houdé proposa de porter un toast aux mariés et à leur bonheur, Lysiane mesura toute l'ironie de la situation. Rohan aussi, probablement, car il lui jeta un coup d'œil sarcastique.

Décidément, ce dîner était riche en incohérences.

Blanche Houdé, dont la préoccupation dominante était, semblait-il, de fourrer son nez dans ce qui ne la regardait pas, insista lourdement.

— Et qu'en sera-t-il du jour où leurs noces religieuses seront célébrées ? Beaux comme ils le sont, nos deux tourtereaux vont éblouir l'assistance. Vous allez être la plus jolie des mariées, Lysiane. Vous verrez, ma chère, nous allons vous choisir une robe... (elle embrassa le bout de ses doigts)... dans laquelle vous serez divine.

Momentanément à court de reparties, la jeune femme mourait d'envie de disparaître dans un trou de souris. Tandis que Mme Houdé continuait, continuait...

Heureusement, le dîner tirant à sa fin, les dames se retirèrent pour permettre aux messieurs de fumer leur cigare.

Dès la première semaine, la meilleure couturière de Ste-Suzanne vint s'installer chez les Beauclerc. Lancée dans une course contre la montre, elle établit les patrons des modèles retenus par Lysiane pour les robes et la lingerie. Puis, après maintes recommandations, elle céda la place à ses assistantes et à leurs machines à coudre, se réservant l'honneur de s'occuper elle-même de la robe de mariée.

Les jours passèrent à une vitesse folle. A mesure que progressaient les préparatifs du mariage, Lysiane sentait croître son appréhension.

Lorsqu'elle n'était pas demandée pour des essayages, la jeune femme, aidée efficacement par Mme Houdé, rédigeait les faire-part. Tâche fastidieuse au possible car la liste des invités comptait au moins une centaine de personnes.

Lysiane et Rohan réalisaient que chaque jour écoulé rendait leur rôle plus difficile. S'ils le jouaient bien en public, ils se montraient d'une politesse aussi glaciale qu'une banquise dès qu'ils se retrouvaient seuls. A l'exclusion de Martial qui, lui, savait à quoi s'en tenir, les futurs époux s'efforçaient de donner le change au seul bénéfice de leur entourage. Néanmoins, la comédie se faisant de plus en plus pesante, ils en vinrent à souhaiter que la cérémonie religieuse soit enfin célébrée.

Dieu merci, Lysiane pouvait se défouler grâce à la musique !

Chaque soir, à la demande générale, elle se mettait au piano et, là, oubliait le reste du monde jusqu'à ce que les applaudissements des Houdé, de leurs hôtes et des domestiques la ramènent inexorablement sur terre.

Une semaine, jour pour jour, avant la cérémonie, Cyril Brevigny et son épouse, les plus proches voisins des Beauclerc, donnèrent une réception en l'honneur des futurs mariés. Ils avaient vu naître Rohan qu'ils considéraient un peu comme un fils cadet.

Il faisait presque nuit, mais Lysiane distinguait, à travers la fenêtre de sa chambre, l'immense pelouse qui s'étendait jusqu'aux zones sombres des grands arbres. Soudain, l'image de Rohan se superposa au paysage. Décidément, quoi qu'elle fasse, il ne quittait pas ses pensées.

Par bonheur, Blanche Houdé ne cessait de houspiller gentiment Cora-Lou.

— Ne touche pas à cette robe. Pour l'instant, elle est bien où elle est. Tu la décrocheras du cintre à la dernière minute.

Assise devant sa coiffeuse, ses longs cheveux enroulés sur des papillotes, son bichon tendrement serré entre ses bras, Lysiane ressemblait à une petite fille sage.

— Quelle chance pour vous, Lysiane, que vos robes soient toutes terminées ! dit Blanche dans le but de la tirer de sa rêverie.

— Sauf la robe de mariée, intervint Cora-Lou, toujours prête à ajouter son grain de sel.

Ses longs doigts bruns s'activaient à dérouler les papillotes pendant que Mme Houdé plaçait une à une des fleurs en soie rose sur la coiffeuse. La jeune femme était une véritable boule de nerfs, même si, grâce au ciel, cela ne se voyait pas. Du moins, l'espérait-elle.

— Dépêche-toi de brosser les cheveux de Mme Beauclerc. Elle devrait déjà être prête. Ce que tu peux être lambine, ma petite Cora-Lou !

Ainsi secouée, cette dernière accéléra le mouvement. Bientôt, Lysiane fut coiffée. Ses cheveux, relevés de chaque côté de la tête et retenus par des peignes, retombaient gracieusement jusqu'à sa taille en longues boucles piquetées de minuscules fleurs en soie rose pâle.

Enfin, Blanche et Cora-Lou l'aidèrent à enfiler sa robe. Une merveille de mousseline de soie blanche : la jupe, au volant en dentelle relevé en arcades par des rubans rose pâle, était soulignée à la taille d'une ceinture rose qui retombait jusqu'à l'ourlet du bas. Sans doublure, l'empiècement et les petites manches ballon en dentelle d'Alençon du corsage laissaient transparaître le satin rosé de la peau de la jeune femme.

Lysiane recula de deux pas pour admirer son reflet dans la glace. De toute sa vie, jamais elle n'avait été aussi somptueusement parée.

— On dirait une princesse, soupira Cora-Lou.

— M. Rohan va être fier de vous, renchérit Blanche Houdé en hochant la tête vers la porte de façon éloquente, pour signifier combien Rohan allait être heureux de pouvoir enfin contempler sa jeune femme dans toute sa splendeur.

« Maintenant, il faut y aller, petite Lysiane. Sinon, Rohan va s'impatienter.

Eh bien, qu'il s'impatiente ! De toute façon, cette soirée allait être un désastre, Lysiane le pressentait.

En silence, elle passa devant Cora-Lou qui tenait la porte ouverte.

— Bonne soirée, ma'ame Lysiane, souffla la femme de chambre. Vous serez la plus belle de ces dames.

Le bout du couloir n'était pas encore atteint que la voix de Rohan la cloua sur place.

— Une minute ! Madame Houdé, je voudrais parler à Lysiane en tête à tête.

Les nerfs en pelote, la jeune femme lui fit face, tandis que Blanche Houdé s'empressait de disparaître. Ce monstre d'homme osait l'étudier de la tête au pied en s'attardant sur sa coiffure, sa poitrine et ses hanches. Et non content de cela, il marmonnait entre ses dents !

« Ça peut aller », crut-elle entendre.

Furieuse à juste titre, elle le soumit au même examen détaillé : chaussures, hanches, poitrine. Puis, remontant lentement au visage :

— Passable, accorda-t-elle.

Plus intimidant que jamais, Rohan la dominait de sa haute taille.

— N'en faites pas trop, *chérie*.

Quoique submergée de rancœur, elle parvint à contrôler sa voix.

— De votre côté, *chéri*, ôtez-vous de l'esprit l'espoir de diriger ma vie à votre convenance.

— Cela ne dépend que de vous. N'oubliez pas que notre union est un arrangement à l'amiable. Mon père m'a informé que ce sont les menaces de votre oncle qui vous ont contrainte à ce mariage. Vous êtes encore mineure, *chérie*, donc entièrement à sa merci. Quant à moi, j'avais un problème à résoudre et, pour mon père, vous étiez la seule solution. Aussi, inutile d'attendre l'un de l'autre le moindre attachement sentimental.

— Soyez tout à fait rassuré. Je n'attends rien de vous. Menez votre vie comme vous l'entendez mais, en retour, je vous prierai de me laisser conduire la mienne à ma manière.

— Ne comptez pas sur trop de complaisance de ma part. Ici, les choses ne se passent pas comme en France. Une femme mariée a une place bien définie dans la société. Et elle y reste, rétorqua-t-il sur un ton qui n'admettait aucune réplique.

— Vraiment ? J'ai entendu un tout autre son de cloche, pourtant.

— Que voulez-vous dire ? Expliquez-vous.

— Ne haussez pas le ton avec moi, nous ne sommes toujours pas unis devant Dieu, et je peux encore changer d'avis.

Son hochement de tête résolu démontra que ce n'était pas une menace en l'air.

Puis, le plantant sans façon, elle s'éloigna dignement en ignorant le cri d'indignation qui résonna dans son dos.

— Revenez !

Il la rattrapa en deux enjambées.

— Je n'ai pas terminé. A l'avenir, j'apprécierai que vous évitiez ces fâcheux débordements. C'est indigne de vous, de moi et du nom de Beauclerc que vous portez déjà, ne vous déplaise.

Mais... il la grondait comme une gamine ! Elle ouvrait la bouche pour lui dire son fait lorsqu'il reprit :

— Donnez-moi votre main. Non, pas celle-là, la gauche, soupira-t-il, excédé, avant de passer un superbe diamant à son doigt. Les gens s'étonneraient si vous ne portiez pas de bague de fiançailles.

Sans un regard pour le bijou, la jeune femme haussa les épaules pour manifester que cela ne l'intéressait guère.

Les chevaux trottinaient, la voiture bringuebalait doucement. C'était une soirée magnifique. Le soleil couchant jetait ses derniers feux sur la cime des arbres. Au loin, les collines mauves se découpaient sur le ciel orangé tandis que l'odeur enivrante des fleurs les enveloppait.

Assise entre Martial et Blanche Houdé, son « presque » mari et M. Houdé face à eux, Lysiane se prit à rêver du romantisme que représenterait une telle soirée avec l'homme qui l'aimerait et qu'elle aimerait. Elle bénissait Blanche Houdé et le ronronnement continu de ses commentaires qui l'empêchaient de se laisser envahir par le trac. Soudain, la voix de Martial interrompit le cours de ses réflexions.

— Nous sommes arrivés.

« Seigneur, faites que tout se passe bien », pria-t-elle tandis que le cocher arrêtait ses chevaux devant l'entrée d'une belle maison créole, aux portes grandes ouvertes. Sur le seuil, les attendaient leurs hôtes.

Encadré de Cyril Brevigny et de son épouse, Rohan, Lysiane à son bras, pénétra dans un vestibule qui donnait sur une grande pièce illuminée par des dizaines de bougies et de lampes à pétrole. Des fenêtres ouvertes s'échappait un brouhaha de voix ponctué par des éclats de rire.

Ils marquèrent un temps d'arrêt sur le seuil de la salle de réception pour attirer l'attention générale.

Tandis que de ses bras il entourait affectueusement les épaules des deux jeunes gens, Cyril Brevigny proclama d'une voix forte :

— Chers voisins et amis, je vous présente la jolie épouse de Rohan Beauclerc, jeune gaillard que vous connaissez tous puisqu'il est non seulement notre ami mais également le fils de mon ami d'enfance.

Quelques rires amicaux se firent entendre.

Lysiane, très droite à côté de Rohan, murmurait une formule de politesse à chacune des personnes qui la saluait. De toutes parts fusaient les compliments. Les demoiselles enviaient l'objet de tant d'attentions et les femmes mariées, attendries, se rappelaient le temps béni de leurs fiançailles, le temps des robes blanches et roses, des tendres regards de leur promis. Quant aux messieurs, ils souriaient à la vue de cette belle fleur épanouie, innocente et timide, telle qu'une jeune fille doit l'être à quelques jours de son mariage.

Une demi-heure plus tard, désorientée par le flot des invités, Lysiane, ne sachant plus où donner du sourire, affichait une décontraction qu'elle était loin de ressentir.

Alors qu'elle se prétendait une fois de plus ravie de faire la connaissance de..., elle sentit Rohan se raidir à son côté. L'atmosphère s'alourdit brusquement dans la salle et la jeune femme réalisa que la plupart des invités avaient les yeux braqués sur eux.

Soudain, elle en découvrit la cause. Fendant la foule, une femme belle à damner un saint se dirigeait vers eux, sourire aux lèvres. Elle portait une somptueuse robe bleu nuit qui soulignait son opulente poitrine. Des diamants brillaient sur sa gorge largement décolletée, à ses oreilles et aux poignets.

Un teint d'ivoire et de grands yeux noirs frangés de longs cils mettaient en valeur la délicatesse de ses traits. Telle était la femme qui ondulait vers eux d'une démarche féline.

Dans un sourd bourdonnement, les noms du jeune Beauclerc et de la Belle Escrebieuse se chuchotaient de bouche à oreille. Le regard de Lysiane se leva sur Rohan. Celui-ci, les yeux fixés sur la femme en bleu, semblait sous l'effet d'un charme.

Immédiatement, Martial s'efforça de copier la physionomie de son fils pour en banaliser l'expression, y ajoutant de son propre chef une légère touche d'étonnement qui dura jusqu'à ce que leur hôte présentât Rémi Escrebieux à Lysiane. Il était l'image même du mari écrasé par une éblouissante épouse, malgré son allure imposante, son visage cramoisi et creusé de profondes rides. Tout à ses pensées moroses, la jeune femme n'entendit pas la moitié de sa phrase de bienvenue. Elle eut à peine le temps de lui renvoyer une formule banale que, déjà, il entraînait Martial un peu plus loin.

Ce fut le moment choisi par Solange pour arriver à la hauteur de l'invitée d'honneur à qui elle tendit mollement une main soignée aux ongles pointus. Les grands yeux noirs glissèrent sur elle comme sur un insecte répugnant.

— Voici donc la petite... Liliane, c'est ça?

Pas si petite que ça! Lysiane se redressa de toute sa taille sans se soucier de rectifier l'erreur de prénom.

— On m'avait prévenue que vous étiez jeune mais je ne m'attendais pas à voir une enfant, ajouta l'autre, l'air suffisant.

Sa voix chaude et modulée recelait une nuance de dédain.

Une bouffée d'amertume submergea la jeune

femme. Non seulement cette vipère était à l'origine de tous ses ennuis mais, pour couronner le tout, elle la snobait.

Eh bien, non, elle n'ignorerait pas plus longtemps son attitude méprisante. D'un caractère égal, pour autant qu'on évite de lui marcher sur les pieds, Lysiane, si on s'avisait de l'agresser, montrait qu'elle possédait bec et ongles. Cédant à la tentation d'effacer son air arrogant des traits de la venimeuse, elle ouvrit des yeux innocents, avant de susurrer d'une voix veloutée :

— On m'a aussi beaucoup parlé de vous. Je vous croyais plus... enfin, moins... J'avoue que je ne m'attendais pas à rencontrer une femme mûre.

Solange s'étrangla d'indignation.

Une femme mûre ! Elle qui n'avait que trente-trois ans ! Il ne serait pas dit qu'elle resterait là à subir les sarcasmes de cette mijaurée ! S'approchant de Lysiane et faisant mine de poser un baiser sur sa joue, elle chuchota à son oreille :

— Petite peste !

Le sourire de Lysiane s'élargit tandis qu'elle rétorquait d'une voix suave :

— Vous en êtes une autre...

Puis, baissant timidement les yeux à la façon d'une jeune fille effarouchée, elle acheva dans un souffle :

— ... chère vieille amie.

— Vieille amie, répéta Solange, abasourdie.

Faisant celle qui n'a rien entendu, Lysiane appuya tendrement sa joue contre l'épaule de Rohan qui se raidit, étonné autant par cette initiative que par l'air furibond de Solange. D'autant plus intrigué que le brouhaha des conversations l'avait empêché de saisir un mot du dialogue échangé par les deux femmes.

— Solange ! appela-t-il.

Cette dernière, oubliant pour une fois sa démarche féline, lança sans se retourner :

— Oh, vous ! Laissez-moi !

Elle lui semblait si lointaine à cet instant. Il mourait d'envie de la rattraper pour lui expliquer... lui expliquer quoi, au juste ? Sa belle amie lui en voulait-elle de ne pas lui avoir présenté la jeune personne dont il lui avait vanté le peu d'attraits ? Un mot malheureux de Lysiane peut-être ? Mais non, voyons ! Celle-ci ignorait tout de son amour caché. D'ailleurs son sourire innocent ne prouvait-il pas sa candeur d'âme ?

En tapant dans ses mains, le maître de maison le tira de ses réflexions amères.

— Votre attention, s'il vous plaît ! Notre ami Martial me signale à l'instant que la toute jeune Mme Beauclerc possède un beau talent de pianiste.

Il se tourna vers Lysiane avec un sourire engageant :

— Accepteriez-vous de nous interpréter un morceau de votre choix ?

La jeune femme jeta à Martial un regard plein de reproche, alors que, côté invités, les mines s'allongeaient. Tous avaient subi ce genre de situation ; se retrouver otages de parents désireux d'étaler les dons exceptionnels de leurs petits prodiges. Chacun s'apprêta à subir l'épreuve en étouffant un soupir de résignation. Les plus hardis arboraient même un sourire moqueur.

Lysiane avait une sainte horreur de se faire prier, aussi se dirigea-t-elle vers le piano, s'y installa et fit courir ses doigts sur le clavier. Lorsqu'elle attaqua une polonaise de Chopin, le salon résonna des accords vibrants de la musique et, peu à peu, les chuchotements s'éteignirent en même temps que s'effaçait le sourire ironique de la Belle Escrebieuse qui se transforma graduellement en rictus de dépit.

— Tant qu'à attirer l'attention, cette péronnelle aurait pu choisir un air à la mode, maugréa-t-elle à l'oreille de son mari.

L'animosité à peine voilée de son épouse à l'encontre d'une jeune femme que Rémi trouvait parfaite à tout point de vue lui arracha un regard froid.

— Tais-toi, sotte ! Non contente de te donner en spectacle, tu cherches à dénigrer un talent dont tu es totalement dépourvue.

Bouche ouverte, Solange s'efforça de soutenir le regard de celui qui lui avait toujours laissé la bride sur le cou et ne s'en était jamais plaint. Que lui arrivait-il donc ce soir ?

Et, lorsque des bravos et des cris ovationnèrent la pianiste, Rémi se leva et applaudit plus fort que les autres.

Une lueur de colère brilla dans les beaux yeux noirs de Solange ; elle marmonna entre ses dents, suffisamment haut pour que son mari entende :

— Imbécile !

— Appelle une servante et demande ton châle.

— Mais, Rémi…

— Plus un mot !

Il parut se faire violence pour ne pas céder à la colère, puis déclara d'une voix excédée :

— Je ne veux plus t'entendre, compris ?

La Belle Escrebieuse ne s'attendait pas à essuyer les foudres de celui qui s'était toujours montré le plus accommodant des maris.

— Puis-je au moins saluer nos amis ?

— Non. Nous partons.

De tous côtés on se précipitait pour féliciter Lysiane et les mots « virtuosité », « talent », « brio » fleurissaient sur toutes les lèvres lorsque M. et Mme Escrebieux franchirent les portes du salon.

Un bon moment passa entre les congratulations et l'installation des musiciens qui ouvrirent le bal sur une musique rythmée et entraînante. Des couples prirent place au milieu du grand salon dont les sièges avaient été repoussés contre les murs. A la grande surprise de Lysiane, les danseurs se lancèrent dans ce qui sembla être une valse syncopée.

Se penchant vers la jeune femme, Martial murmura :

— Il ne m'est malheureusement pas possible de vous inviter à danser mais Rohan va se faire un plaisir de le faire.

Il se tourna vers son fils, lequel, trop occupé à chercher des yeux sa belle amie, n'écoutait pas.

— N'est-ce pas, Rohan ? insista-t-il.

— Quoi, papa ?

Le sourire de Martial tint bon malgré tout.

— Invite Lysiane à danser.

Le jeune homme haussa des épaules résignées avant de présenter son bras à Lysiane pour la conduire sur la piste improvisée.

— Vous savez danser, j'espère ?

Toujours délicat, ce Rohan !

— Et vous, écrasez-vous les pieds de vos cavalières ?

Toujours acerbe, la petite !

— Enfin, soupira-t-il, puisqu'il le faut...

Il l'enlaça. Instinctivement, elle esquissa un geste pour le repousser, mais, se rappelant son rôle, elle se laissa entraîner. Dieu merci, il était bon danseur et elle parvenait facilement à suivre ses évolutions.

Soucieux de donner d'eux l'image d'un couple

épris, Rohan l'attira contre sa poitrine. Et elle, machinalement, se serra contre lui. Une langueur délicieuse l'envahit. Infiniment troublée, l'envie la prit de poser sa tête sur l'épaule de son cavalier. Et, miracle, lorsque Rohan baissa la tête, une lueur d'approbation brillait dans ses yeux.

Brusquement, Lysiane, se rappelant les rumeurs qui couraient sur le compte de son mari, s'écarta de lui. D'ailleurs, ne l'avait-elle pas entendu affirmer que la Belle Escrebieuse était « la femme de sa vie » ?

Et elle, pauvre pomme, avait déjà oublié pourquoi il l'avait invitée à danser ! « Ressaisis-toi, bon sang ! » se sermonna-t-elle alors qu'il baissait à nouveau ses yeux gris sur elle.

— Vous excellez aussi bien dans l'art de la danse que dans celui de la musique, murmura-t-il pour amadouer la jeune femme qu'il avait sentie se raidir entre ses bras.

Des compliments ? A quoi jouait-il donc ?

Elle ne trouva rien à répliquer. D'ailleurs, ses cordes vocales paralysées par l'émotion avaient momentanément déclaré forfait. Pourtant, elle se reprit. Et, bien qu'elle ne lui arrive qu'à l'épaule, elle se redressa pour le toiser.

Comme de bien entendu, il comprit de travers et serra doucement sa main pour lui montrer qu'il appréciait son attitude tendre, destinée à l'édification de l'assistance. Lysiane sentit ses joues s'embraser de contrariété, ce qui ajouta à son irritation. Puis, sa nervosité s'apaisa et elle s'exhorta à une plus juste mesure.

Pourquoi attacher tant d'importance à cet être obtus ? Ne dit-on pas que le silence est le plus grand des mépris ?

La danse terminée, Rohan cherchait toujours sa

belle soudainement envolée. Ils rejoignirent Martial et Rohan tapota le coussin à côté de lui pour inviter la jeune femme à s'asseoir. Elle fit mine de ne pas remarquer son geste et s'installa à côté de son beau-père. Rohan haussa des sourcils mécontents. Etait-ce trop demander à cette pécore que de prendre place sur le même canapé que lui ? N'avaient-ils pas autant à gagner l'un et l'autre à jouer le jeu ? Mais non ! Mademoiselle montrait une mauvaise volonté flagrante qui devait sauter aux yeux de tous. Décidément, elle avait le chic pour le mettre hors de lui.

Le lendemain, au cours du déjeuner, Blanche Houdé, toujours au courant des derniers potins, amena la conversation sur la réception de la veille. Et, au grand dam des Beauclerc, elle aborda le départ brutal de Rémi Escrebieux et de son épouse, s'attirant ainsi une question apparemment anodine de Lysiane :

— Rémi Escrebieux ? Est-ce le mari de cette grande et forte femme en robe bleue ?

Un ange passa.

Lysiane gonfla légèrement ses joues et, d'un geste des deux mains, à la fois furtif et discret, esquissa la forme d'une énorme poitrine.

Une lueur de colère brilla dans les yeux gris de Rohan. Si jusqu'alors son mari avait paru distant et froid, ce n'était rien comparé à l'air glacial qu'il affichait à présent. Le temps de passer une serviette sur ses lèvres et déjà il se levait de table.

— Lysiane, voulez-vous m'accompagner ? J'aimerais vous parler.

Elle n'eut d'autre choix que de le suivre. Fulminant en silence, elle lui emboîta le pas et faillit le percuter lorsqu'il s'arrêta brusquement devant le petit salon. Sans ménagement, il claqua la porte dès qu'elle l'eut franchie, et montra le canapé du menton.

— Asseyez-vous, fit-il d'un ton bref.

Poings sur les hanches, il l'observa froidement avant de se diriger vers la fenêtre. Quand il se tourna vers elle, la fureur assombrissait son visage.

— Je ne tolérerai pas que vous ridiculisiez mes amis.

— De quels amis parlez-vous, Rohan ?

— Vous le savez fort bien, ne faites pas l'innocente !

Le ton disait clairement qu'elle venait de poser une question parfaitement déplacée.

— Voyons ? Seraient-ce des Escrebieux qu'il s'agit ?

— Oui, et à ce sujet, il me serait agréable que vous ne vous mêliez pas de mes affaires.

La jeune femme se mettait rarement en colère, mais elle ne put se maîtriser. Comment osait-il lui parler ainsi ?

— vos affaires ? Il me semble que vous oubliez un peu vite que des époux sont censés tout partager.

A sa mine furieuse, elle vit que la riposte l'atteignait à un endroit sensible. Ce petit monsieur n'était visiblement pas accoutumé à être remis en place. Surtout par une femme.

— Partager, vous et moi ? Vous prenez vos désirs pour des réalités, ma parole !

Quel être immonde !

— Ce n'est pas moi mais bien vous qui devez sauver les apparences ! cria-t-elle en brandissant un doigt accusateur vers lui.

— Vous dites n'importe quoi, répliqua Rohan d'une voix qui trahissait un certain désarroi.

— Voyez-vous, mon cher Rohan, j'ai eu le désagréable privilège de surprendre une conversation portant sur votre coupable passion pour Mme Escrebieux.

Il lui jeta un regard soupçonneux.

— Si vous écoutez les cancans des servantes...

— Oh que non ! C'est votre père et vous-même qui en discutiez.

— Holà ! Un ton plus bas, ma petite ! N'est-il pas suffisant que vous vous soyez livrée à une imposture...

Elle ouvrit la bouche mais il ne lui laissa pas le temps de protester.

— ... en plus, vous nous espionniez ?

Lysiane ne put s'empêcher de rougir.

— Je m'en serais bien volontiers passée.

— Je n'en crois rien.

— Ça m'est égal.

Rohan passa une main dans ses cheveux, affichant l'attitude d'un homme parvenu au bout de sa patience, et reprit sur un ton menaçant :

— J'en ai plus qu'assez de cette histoire. Ce mariage ne me plaît pas plus qu'à vous. Il se trouve, ma chère, que je chéris mon indépendance. Alors, un bon conseil, cessez de me compliquer la vie. Car non seulement la cérémonie religieuse tombera à l'eau, mais de plus je vous emmènerai moi-même à bord du prochain bateau partant pour la France.

— J'ai horreur du chantage ! riposta-t-elle. Faites ce que vous voulez, homme sans scrupule. Et débrouillez-vous avec vos ennuis.

Rohan ne fit aucun commentaire mais ses pensées s'évadèrent vers les « ennuis » en question. Son visage se fit soucieux. Il s'assit dans un fauteuil, se cala contre le dossier puis laissa glisser son regard sur le visage de la jeune femme avant de s'attarder rêveusement sur sa poitrine. Il détestait l'idée de perdre sa liberté. Néanmoins, autant pour son père que pour lui, tout valait mieux qu'une cérémonie annulée à la dernière minute.

— Bien, conclut-il en réponse à ses pensées. Il n'est plus temps d'arrêter la comédie. Pour tout le monde, nous faisons un vrai mariage d'amour...

Lysiane poussa une exclamation de dérision. N'en tenant pas compte, il poursuivit :

— ... autrement dit, nous formons un couple d'amoureux impatients de vivre ensemble.

La jeune femme détourna la tête pour cacher ses yeux emplis de larmes.

— Faut-il que vous teniez à votre maîtresse pour accepter une telle corvée !

Renonçant à réfuter les termes employés par Lysiane, il déclara simplement :

— Solange est la femme que j'aime.

Le visage de Lysiane s'empourpra et son cœur se mit à battre à coups précipités.

— Dans ce cas, notre union ne sera qu'une formalité. Rien de plus.

— Exactement. Plus tard, quand tout sera apaisé, nous annulerons ce mariage. Et vous pourrez alors rentrer en France où une belle rente vous sera versée.

Ainsi tout était déjà planifié ?

La jeune femme aurait dû se sentir délivrée d'un énorme poids. Pourquoi alors avait-elle le cœur si lourd ? En proie à un soudain désarroi, elle s'interdit d'y penser plus avant. Puisque tout dans cette histoire lui échappait, elle ne se révolterait plus.

— En attendant, ne vous mêlez plus de mes affaires. En contrepartie, la maison sera votre domaine réservé. Vous y ferez ce qu'il vous plaira.

Exprimez vos désirs, ils seront satisfaits ; bijoux, vêtements ou... enfin, n'importe quoi.

— Très bien, je veux qu'en public vous me montriez tous les égards dus à une épouse...

— Je l'entendais ainsi.

Elle ignora l'interruption.

— ... d'autre part, ne vous avisez jamais de m'humilier devant des tiers.

— Je ne... Quelle piètre opinion vous avez de moi !

— Qu'avez-vous fait pour que j'en aie une autre ?

Soufflé, Rohan inspira un grand coup, prêt à clamer son indignation. Trop tard ! L'air satisfait, Lysiane lui coupa l'herbe sous le pied.

— Maintenant, puis-je me retirer ?

Vaincu, il baissa les bras.

— Un mot encore pour clore cette discussion. Désormais, nous devons nous tutoyer. Il se peut qu'en France les époux se vouvoient, mais ici ce n'est pas la mode.

— Laissez-moi la soirée pour m'y habituer et, dès demain, je ferai de mon mieux pour vous satisfaire, je vous le promets.

— Ne vous leurrez pas, *chéri*, le jour où nous nous séparerons, ce sera parce que MOI je l'aurai décidé, murmura Lysiane en refermant la porte derrière elle.

6

Debout devant son miroir, la Belle Escrebieuse s'examinait sur toutes les coutures, ne laissant passer aucune imperfection. Chaque vêtement, chaque bijou avait été choisi dans le but d'attirer et retenir le regard des messieurs.

Invitée à la cérémonie qui déplaçait tout ce que l'île comptait de personnalités, Solange incarnait le type même de la beauté classique, avec l'arc parfait de ses sourcils, son profil régulier et sa séduisante bouche aux lèvres pleines. Une magnifique robe rouge faisait ressortir sa sombre chevelure et ses magnifiques yeux noirs. Quelles que soient les circonstances, elle ne passait jamais inaperçue. Il en serait de même aujourd'hui.

— Quand tu auras fini de t'admirer, nous pourrons peut-être nous mettre en route ? lança son mari.

— Une jolie femme doit toujours se faire attendre, minauda-t-elle.

Puis, tentant de l'amadouer, elle gloussa :

— Tu es très beau, toi aussi.

Elle attendit un instant, certaine qu'il allait lui retourner le compliment. Au lieu de cela, il se contenta de jeter un œil excédé sur la pendule de la cheminée.

— Voilà, voilà ! Je suis prête.

Rémi sourit froidement et regarda sa femme avec attention avant de lui tourner le dos pour sortir de la chambre.

— Qu'est-ce que j'ai encore fait ? cria-t-elle dans un accès d'exaspération.

— Tu aurais pu t'habiller de façon moins voyante, nous allons à un mariage, pas au carnaval.

Un instant suffoquée, Solange le suivit en courant.

— Qu'aurais-je dû mettre pour honorer cette bécasse de Lysiane ? Du gris ? Du noir ?

Il la foudroya d'un regard dur et sa voix se fit sèche.

— Cette journée est la sienne, Solange. Tâche de

t'en souvenir! Laisse-la tranquille. Prends soin d'afficher une indifférence polie à l'égard de Rohan et efforce-toi de te comporter en épouse fidèle, sinon, il t'en cuira. Compris?

Quelque chose avait changé. Jamais auparavant il n'avait fait la moindre allusion à son penchant pour le jeune Beauclerc.

— Je ne vois pas de quoi tu parles.

— Ça ne m'étonne pas, tu as toujours eu la vue courte. Mais, peu importe, il est temps de partir.

Le cabriolet s'ébranla et Solange ouvrit son ombrelle pour protéger son teint d'ivoire de l'ardeur du soleil. Sans pour autant cesser de remâcher ses griefs à l'encontre de son enquiquineur de mari.

Pour tuer le temps, elle fit une liste de ses défauts. Trop grand, trop gros, trop sanguin et de vingt ans son aîné. La pudibonderie de ses parents ne l'avait pas préparée à une nuit de noces transformée en cauchemar par l'impatience de son époux. Depuis ce moment-là elle ressentait une incurable aversion physique pour le côté sexuel de l'amour.

Pendant près de trois ans, Rémi avait fermé les yeux sur ses conquêtes. Voilà que maintenant cet imbécile se montrait jaloux. Il y avait de quoi! Rohan était si différent de lui. Jeune, beau, il n'exigeait jamais plus que ce qu'elle voulait bien lui accorder.

C'est-à-dire rien. A part quelques chastes baisers.

Quant à Rémi, fatigué des minauderies affichées de celle qu'il avait eu la malencontreuse idée d'épouser, il ruminait sa rancœur.

A vingt-trois ans, il avait passionnément aimé une belle mulâtresse, fille d'une ancienne esclave. La famille Escrebieux avait poussé les hauts cris.

Un mariage avec une fille de couleur! Pas de ça chez nous! Sourd aux récriminations et autres menaces de son père, Rémi avait continuer à fréquenter sa bien-aimée.

Sa belle maîtresse avait plus d'une fois eu recours aux services d'une sorcière vivant dans une plantation éloignée, d'où elle revenait libérée d'une grossesse, souci que Rémi ne voulait pas assumer. Oui, mais voilà, la vieille ayant accompli sa répugnante besogne une fois de trop, sa belle amante y avait laissé la vie. A cette nouvelle, le soulagement bruyant du père Escrebieux avait publiquement éclaté. « Une sacrée épine retirée de mon pied », jubilait-il à tout venant. Aussi, quand le vieux était mort, Rémi n'avait pas versé une larme.

Désormais maître de la plantation, il avait peu à peu repris sa vie de célibataire en compagnie de Martial, un ami d'enfance libéré par le départ de son épouse. Les deux compagnons étaient accueillis à bras ouverts au *Bougainvillier* où Mme Nelly les traitait avec les égards dus à leur situation d'hommes riches. Et les rieuses pensionnaires de l'établissement, conscientes des bienfaits qu'elles pouvaient en tirer, batifolaient gaiement entre leurs bras. Tout allait donc pour le mieux.

Jusqu'au jour maudit où il était allé à Maurice visiter sa plus jeune sœur qui venait de mettre au monde son deuxième enfant. A peine arrivé dans l'île, il avait fait la connaissance d'une famille qui ne comptait pas moins de huit filles dont Solange, l'aînée, en était le plus beau fleuron. Les trois cadettes étant déjà casées, il avait été impossible de trouver dans toute l'île un mari pour Solange. L'orgueil et la langue de vipère de celle-ci faisaient reculer tous les célibataires de la région qui s'étaient alors rabattus sur les cadettes moins jolies mais plus accommodantes. Au fil des années, le célibat prolongé de la belle Solange s'était transformé en véritable affront pour sa famille.

Or, voici que débarquait d'une autre île un célibataire aisé. Que faire en pareil cas lorsqu'on est affligé d'une fille incasable et qu'il vous en reste encore quatre à marier ? D'un côté, leur harpie d'aînée qui faisait de l'ombre aux petites, de l'autre, un quinquagénaire riche, libre de toute attache, lequel, grâce à Dieu, ignorait la naturelle propension de leur fille à se prendre pour une déesse descendue tout droit de l'Olympe pour mettre les hommes à ses pieds. On se passa le mot de bouche à oreille : priorité absolue à l'éventuelle demande du Réunionnais. Alléchée par la perspective d'un mariage lui apportant richesse et honneur, avec en prime l'espoir de pouvoir exercer ses charmes sur des messieurs sensibles à sa beauté, Solange n'avait pas tergiversé ; Rémi serait à elle ! Après une subtile manœuvre d'encerclement rondement menée, le Réunionnais, séduit par les seins lourds et les larges hanches de la jeune femme, fut mené pieds et poings liés à l'autel.

Le jour des noces, il découvrit que sa femme n'avait pas vingt-cinq ans, comme on le lui avait laissé entendre, mais trente. De vingt ans son aîné, il n'allait pas faire d'histoires pour si peu. Hélas, la nuit suivante lui avait apporté une belle déception : la ravissante, la sublime Solange était tellement frigide qu'à côté d'elle la banquise faisait figure de région tempérée. Pauvre de lui, il avait eu la malchance d'épouser la plus froide de toutes les filles des Mascareignes*. Deux ans et demi plus tard, elle n'était toujours pas décongelée.

* Ancien nom de l'archipel, dans l'océan Indien, formé principalement par la Réunion et l'île Maurice.

Migraines, lassitudes, crampes d'estomac et autres maux typiquement féminins lui prenaient brusquement au moment de se mettre au lit. Si le vilain mari passait outre à ses manœuvres de diversion, elle faisait de chaque étreinte une bataille qu'il payait de longues heures de bouderie. Aussi ne fallait-il pas s'étonner si l'héritier tant souhaité tardait à venir. Puis, il avait dû se résigner lorsque la stérilité de Solange s'était avérée une certitude. Paradoxalement, cette banquise était une allumeuse. Il en avait été chagriné au début de leur mariage. Mais, à présent, il s'en fichait. Les allusions sur sa légèreté lui passaient par-dessus la tête. Elle voyait souvent le fils Beauclerc ? Grand bien lui fasse ! Rohan ne faisait pas le poids. Telle qu'il la connaissait, Solange avait dû promettre monts et merveilles mais n'avait pas cédé au petit Beauclerc qui resterait sur sa faim. Jamais le pauvre garçon ne parviendrait à dégeler cette glacière. Pour un peu, il aurait même eu pitié de lui.

Aujourd'hui, le fils de Martial se mariait. Tant mieux, sa femme et lui méritaient d'être heureux. Et si Solange s'avisait de leur poser problème, elle s'en mordrait les doigts. Désormais, il ne se sentait plus d'humeur à supporter ses méchancetés.

Le soleil resplendissait, garantissant une magnifique journée pour la cérémonie. Depuis l'aube, les allées et venues se multipliaient dans la maison. Les corbeilles de fleurs, apportées par les messagers des nombreux invités, arrivaient par dizaines, tandis que tous s'affairaient en vue de la messe prévue à onze heures.

Le temps filait. Lysiane ne s'appartenait plus. Excité comme une puce, Poppy courait d'un bout à l'autre de la chambre en sautant sur tout ce qui bougeait. Et, comme tout avait tendance à tomber des mains de Blanche Houdé, de Reine et de Cora-Lou qui ne tenaient plus en place, ce coquin de bichon s'en donnait à cœur joie. Ce qui s'aggrava avec l'arrivée de Mme Maréchal, la couturière, et de son assistante en charge de la robe de mariée. Véritable merveille, la toilette fut mise sur un cintre accroché sur une corde tendue pour l'occasion en travers de la pièce. Sans ce petit monstre de Poppy toujours à l'affût d'une bêtise, la robe aurait été délicatement étalée sur le lit. Hélas, la mauvaise volonté de la mariée à se séparer de ce bâtard de bichon n'arrangeait pas les choses.

— Dès que vous serez prête, je vous habillerai, décréta Mme Maréchal. Tu es la femme de chambre ? demanda-t-elle à Cora-Lou. Alors, prépare les épingles à cheveux, car, dès que Mme Beauclerc aura enfilé sa robe, je mettrai la couronne en place.

Elle tenta une nouvelle fois de fléchir Lysiane :

— Tout irait bien mieux si nous pouvions faire sortir votre chien.

— Non. Poppy reste avec moi.

La question étant réglée, la jeune femme se posta derrière la fenêtre pour observer l'arrivée des premiers invités ; des voisins proches qui escorteraient la calèche de la mariée jusqu'à l'église. Quant à ceux qui habitaient de l'autre côté de la ville, ils les attendraient sur le parvis.

Dans la pièce, les femmes surexcitées papotaient à qui mieux mieux. Et, comme si l'ambiance n'était pas suffisamment survoltée, une dame d'âge mûr coiffée d'une immense capeline fit irruption dans la chambre, se rua sur Lysiane et s'accrocha à son cou en laissant libre cours à une jubilation bruyante.

— Quel beau jour pour vous, ma chère ! Et pour moi qui suis la marraine de Rohan ! Cette journée merveilleuse me rappelle mon mariage. Je portais une robe de soie incrustée de...

Lysiane n'écoutait plus. Trop concentrée sur ses pensées pour supporter l'exubérance de la nouvelle venue, elle acquiesçait de la tête, les yeux agrandis par l'appréhension.

La marraine, lancée dans la description de ses noces, oubliait son âge. Plongée dans les réminiscences du passé, elle mettait en œuvre les minauderies féminines en usage jadis, au temps de sa jeunesse.

Souvenirs émouvants, certes, mais Mme Maréchal avait d'autres préoccupations. Elle frappa dans ses mains pour ramener son petit monde au présent.

— Mesdames ! Mesdames ! Ce n'est pas le moment d'énerver la mariée. Mon assistante et moi allons l'habiller. Aussi vous prierai-je de sortir pour nous laisser travailler.

Les quatre femmes incriminées se récrièrent aussitôt qu'aucune force au monde ne les ferait quitter les lieux.

Sans plus discuter, la couturière décrocha précautionneusement la toilette en laissant échapper un soupir résigné.

— Allons, mon petit, il faut mettre votre robe. Ensuite, j'épinglerai le voile à votre couronne.

— Un instant, madame Maréchal, je veux auparavant faire un câlin à Poppy.

A l'énoncé de son nom, le bichon, qui s'était enfin endormi sur le lit, sauta sur le plancher et, de là, directement dans les bras de sa maîtresse.

— Je vous rappelle que nous ne disposons que de quelques minutes, signala la couturière, énervée par ce contretemps.

— Juste une minute, madame Maréchal, sinon mon Poppy va croire que je ne l'aime plus.

D'un même geste, les femmes présentes haussèrent les épaules. En pure perte.

— Oh ! mon petit trésor, murmura la jeune femme, le visage enfoui dans la fourrure du chien. Je t'aimerai toujours. Tu le sais, toi, que ce n'est pas un vrai mariage. Et aussi que je ne voulais pas cela. Oh non, pas une vie de tricheries avec un homme qui n'éprouve aucune sympathie pour moi !

Lysiane essuya furtivement les larmes qui roulaient sur ses joues.

— Au moins, toi, tu m'aimes.

Les minutes filaient à une allure vertigineuse. Exaspérée par ces messes basses, la couturière se résolut à prendre le taureau par les cornes.

— Si vos adieux sont terminés, nous pourrions peut-être envisager de passer aux choses sérieuses.

— Donnez-moi votre chien, proposa Blanche Houdé. Il me connaît bien. La preuve, il ne m'a mordue que deux fois aujourd'hui.

Puis, saisissant le bichon qui grondait comme une petite locomotive, elle le tendit à Cora-Lou qui s'empressa de l'emporter à la cuisine. D'où elle ressortit en courant, percutant presque la marraine de Rohan qui se précipitait pour accompagner son filleul dans la première voiture escortée par quelques invités.

Fier de conduire la calèche fleurie de la jeune mariée et M. Martial, le cocher arrêta le véhicule pile devant les portes grandes ouvertes de l'église, sauta de son siège pour aider le maître à descendre, puis tendit les deux mains à Mme Lysiane pour l'aider à son tour. Elle fut immédiatement entourée de dames qui s'exclamaient : « Attention au voile ! », « La robe est légèrement remontée, là. A gauche ! » Elles tapotaient le voile, la robe, faisaient mine de redresser la couronne qui n'en avait nul besoin. Chichis inutiles mais de circonstance dans ce genre de cérémonies.

Dès que Martial prit le bras de la jeune femme, l'orgue résonna d'un choral de Bach.

— Allons-y, ma chère fille, chuchota Martial.

Il semblait rajeuni, comme si un poids énorme avait été ôté de ses épaules ; son sourire épanoui fit fondre le cœur de Lysiane.

— Que de monde, voyez tous ces amis qui nous attendent.

L'esprit engourdi par les circonstances particulières de cette union, Lysiane n'éprouvait que de vagues sensations ; le poids de sa traîne, la main de Martial sur son bras. En haut des marches, la porte franchie, un murmure l'accueillit. Tous les yeux étaient fixés sur elle. Seul Rohan, face à l'autel illuminé de cierges blancs, ne se retourna pas.

Devant tant de visages, pour la plupart inconnus, Lysiane faillit faire demi-tour. Sentant son hésitation, Martial referma sa main sur la manche de satin et, s'appuyant sur le bras de la jeune femme, l'obligea à faire un premier pas, puis un autre et un autre encore.

La démarche lourde de Martial les contraignit à remonter lentement la nef, ce qui laissa aux femmes de l'assistance tout le loisir de bien détailler la toilette splendide de la mariée ; en satin, à peine drapée sur le devant, ourlée dans le bas d'une guirlande d'oranger rattachée sur le côté par un petit bouquet de fleurs blanches, fermée sur le corsage à manches longues par une guirlande s'achevant sur l'épaule gauche par un autre bouquet. Une traîne très longue sur laquelle tombait en flots vaporeux le long voile de tulle tenu par un diadème de fleurs d'oranger, orné en son milieu d'un bouquet de minuscules fleurs en soie blanche. La jeunesse et la beauté de la mariée ajoutées au talent de la couturière suscitaient des « oooh ! » émerveillés.

Dans la tribune qui surplombait la nef, la chorale entonna un cantique. Mais Lysiane n'entendait rien. Les yeux baissés comme il sied à une jeune épousée, elle avait une classe folle.

Fiers de leur petite protégée, M. et Mme Houdé suivaient le couple. Sans se douter que la jeune femme était rongée par les regrets.

Que savait-elle de l'homme qu'elle allait épouser ? Sur celui qui ne daignait même pas lui faire l'aumône d'un regard ? A quoi pensait-il ? Ou plutôt à qui ? Facile à deviner tant il paraissait distant et lointain !

Tandis qu'ils s'agenouillaient sur le prie-dieu, Martial, escorté par M. Houdé, se plaça au premier rang.

Rohan tourna enfin la tête vers Lysiane. Et la cérémonie commença.

Complices d'une sinistre comédie, ils promirent de s'honorer, de se prêter assistance et de se chérir jusqu'à leur dernier souffle.

L'envolée des cloches ne parvint pas à dissiper l'engourdissement dû au choc ressenti par la jeune femme lorsque, le curé les ayant déclaré mari et femme, Rohan s'était tourné vers elle. Son regard brillait d'une telle intensité qu'elle avait failli se laisser prendre à une émotion illusoire, au sourire tendre qu'elle avait dû lui rendre. Puis, il l'avait attrapée fermement par la taille, et forcée à accepter son baiser. Sur le moment, elle lui en avait été reconnaissante. Surtout, pour Martial. Toutefois, confuse de cet accès de sensibilité romanesque, ses yeux s'étaient remplis de larmes. Heureusement, elle s'était reprise. « N'y crois surtout pas. Venant de Rohan, ce ne sont que simagrées destinées à donner le change. »

Elle revint à la réalité au moment où, au bras de Rohan, elle descendit la nef dans un frou-frou de satin, entourée d'un bourdonnement de voix, et suivie de regards qui épiaient chacun de leurs gestes, chaque expression de leur visage.

L'esprit taraudé par la crainte de payer un jour ou l'autre pour cette comédie absurde, Lysiane avait suivi la messe sans y participer. A présent, son âme s'élevait vers Dieu. « Pardonnez mon angoisse, Seigneur. Ne la prenez pas pour un manque de confiance en Vous. Je ferai pénitence. J'essaierai même de ne pas haïr le parfait indifférent que Vous m'avez permis d'épouser. »

Une nuée de gens les entourèrent. Ils riaient, plaisantaient, embrassaient les mariés. Dans la file des amis et connaissances qui se pressaient pour féliciter le jeune couple, se présentèrent M. et Mme Escrebieux. Lui toujours sympathique, elle toujours saisissante de beauté. Et d'hypocrisie.

— Tous mes vœux de bonheur, balbutia-t-elle d'une voix mourante avant de planter froidement son regard noir dans celui de la jeune mariée.

Bien que plus petite que cette vipère, Lysiane la toisa, l'air satisfait, et le sourire narquois qui s'esquissa sur ses lèvres signifiait clairement qu'elle avait remporté la victoire.

Tout en reculant pour faire place à la personne suivante, Solange fusilla l'insolente du regard.

En vain, la mariée ne se troubla pas le moins du monde. Pourtant, si les beaux yeux noirs avaient été des pistolets, la nouvelle Mme Beauclerc serait tombée raide morte sur les dalles en pierre du parvis.

Trois longues tables étaient installées sous les arbres. L'efficace Reine surveillait la mise en place du repas de noces et donnait des instructions aux servantes venues des plantations voisines pour aider au service. De son côté, liste à la main, Blanche

Houdé, consciente de l'importance de son rôle, plaçait les invités au fur et à mesure de leur arrivée.

Le repas s'avéra être une magnifique réussite, l'atmosphère fut détendue et conviviale. Lorsque Martial, verre en main, porta un toast aux jeunes mariés, tous entonnèrent le premier couplet du sentimental *A toi pour la vie, à toi, mon amour,* vieille chanson réunionnaise écrite au temps de l'esclavage. Faisant montre d'un bel organe de baryton, Rohan reprit le refrain, accompagné de voix féminines qui tournèrent au trémolo par excès d'émotion. Et bien des mouchoirs tapotèrent discrètement des yeux humides. Après les dernières paroles *Je meurs heureux de t'avoir tant aimée,* quelques femmes emportées par leur élan se précipitèrent pour serrer Lysiane sur leur cœur.

Attendrie par la vieille complainte, la jeune femme avait la gorge nouée. Elle connaissait pourtant les chances de succès de leur couple et ne doutait pas un instant de l'issue de ce mariage. « Dire que tous ces gens me croient heureuse », pensa-t-elle sans se départir d'un sourire de circonstance.

Le repas terminé, chacun alla se dégourdir les jambes dans les allées du grand jardin. Rémi Escrebieux et quelques planteurs en profitèrent pour entamer une discussion professionnelle. Avant de s'y lancer, Martial appela sa belle-fille d'un signe de la main.

— Où est Rohan ? s'informa-t-il à voix basse.

— Je l'ignore. Reine et Blanche ont voulu m'entretenir de la suite de la soirée et je n'ai pas prêté attention à l'absence de Rohan.

— Voilà qui est ennuyeux. Tous attendent que les mariés ouvrent le bal. Voulez-vous envoyer quelqu'un à sa recherche ?

— Je vais y aller moi-même.

Lentement, elle se dirigea vers une petite clairière

où elle avait pris l'habitude de se réfugier lorsque le besoin d'un peu de solitude se faisait sentir.

Un bruit de voix lui parvint.

— Vous n'allez pas déjà partir ? J'attends que vous m'apportiez votre soutien dans l'épreuve que je traverse.

— Qui a besoin de soutien ? Vous ou moi ? Soyez franc, Rohan, m'avez-vous aimée un jour ?

— Vous aimer ? Je vous adore depuis l'instant où je vous ai rencontrée. Pourquoi sinon me serais-je tant escrimé à vous éviter des ennuis ?

Envahie par une sensation de vide, Lysiane fit demi-tour. Par une trouée dans les taillis, elle aperçut le couple. Ses bras encerclant le cou de Rohan, Solange lui offrait ses lèvres. Lysiane observa l'expression de son mari pendant qu'il parlait bouche à bouche avec celle qu'il aimait. Un regret poignant marquait ses traits.

Le cœur atrocement serré, elle se détourna en hâte et repartit d'un pas vif vers la table où des divergences de vue serrées opposaient les planteurs.

Au premier regard en direction de sa belle-fille, le sourire de Martial s'effaça.

— Lysiane ? appela-t-il.

Elle s'approcha à contrecœur.

— Avez-vous trouvé Rohan ?

— Votre fils est très occupé en ce moment. N'y a-t-il personne d'autre pour ouvrir le bal ?

Inutile d'en dire davantage, il avait compris. D'un coup d'œil, il s'assura que Rémi s'absorbait dans la discussion.

— Voulez-vous me mener à lui ? la pria-t-il.

— Désolée, monsieur. Je n'ai aucune envie de retourner là-bas. Toutefois, je peux vous envoyer Reine, elle vous accompagnera à la clairière.

Une fois seule, elle réprima un gémissement et resta prostrée dans l'ombre dense d'un tamarinier.

Jamais elle n'avait éprouvé un tel sentiment d'exclusion, même aux pires heures de son enfance solitaire.

Incapable de maîtriser les battements désordonnés de son cœur, la jeune femme gardait les yeux fixés sur le chemin qui venait d'avaler Martial et Reine.

Décidément, Rohan ne semblait pas vouloir se ranger. Cette constatation humiliante eut un effet désastreux sur son esprit habituellement calme. Le jour de son mariage, Rohan aurait pu éviter l'aparté avec sa dulcinée. Et si Rémi, brusquement excédé de son rôle de dindon de la farce, faisait un éclat ? Comment Martial et elle feraient-ils face à la réprobation générale ?

Quant à Rohan et Solange, qu'ils se débrouillent !

Comme plusieurs personnes s'approchaient d'elle en souriant, elle s'efforça d'arborer un visage décontracté. Allons, il valait mieux abandonner ce triste jeu des devinettes car il ne faisait qu'envenimer les choses !

Enfin, Martial apparut au détour du chemin, appuyé au bras de son fils. Elle les fixa l'un après l'autre tout en se penchant pour suivre la conversation d'une dame âgée dont le chapeau ressemblait à un parterre de fleurs.

Dieu merci, la détestable Solange n'accompagnait pas les deux hommes comme Lysiane l'avait un instant redouté.

Le temps d'installer son père à la table où l'attendaient ses amis et Rohan rejoignit sa jeune épouse.

— Viens, on nous attend pour ouvrir le bal.

Lysiane se détesta de n'avoir pas le cran de refuser, détesta Rohan pour sa suffisance et détesta aussi son interlocutrice au chapeau fleuri lorsque celle-ci leur sourit d'un air attendri.

— Quel grand et merveilleux jour pour vous, mes enfants!

Un peu gênée, la toute nouvelle Mme Beauclerc affecta de ne pas avoir entendu la remarque de la vieille dame.

— Viens danser, dit Rohan en l'entraînant sur la terrassc où des musiciens attendaient les mariés pour ouvrir le bal.

Conscient de tous les regards, il l'enlaça et la serra étroitement contre lui.

— Souris-moi, chacun nous observe. N'oublie pas que tu es la plus heureuse des femmes.

— A ta place, je ne jouerais pas les malins, rétorqua-t-elle sèchement en s'efforçant de garder le sourire. Si tu crois duper ton monde, tu te trompes.

— Vraiment? Alors ceci devrait les édifier.

Elle leva vers lui un regard interrogateur et se raidit entre ses bras en enregistrant le mouvement qu'il amorçait. Avant qu'elle ne puisse réagir, il posa sur ses lèvres un baiser froidement conventionnel. Puis, il lui sourit tendrement.

— Lâche-moi, souffla-t-elle. Tu es immonde.

Le sourire s'effaça des lèvres de Rohan. Ses yeux brillèrent d'un éclat menaçant.

— Ne fais pas la fine bouche, ma chère, car tu portes le nom de cet être immonde.

Furieuse, elle s'efforça de le repousser discrètement. Cependant, elle aurait pu s'éviter cette peine car Solange venait d'apparaître et se dirigeait vers la table de son mari. Rohan la fixait avec une telle intensité que nul ne pouvait douter des sentiments qu'il éprouvait pour la Belle Escrebieuse et la situation risquait de tourner à la catastrophe s'il ne se contrôlait pas mieux. Lysiane devait empêcher cela à tout prix.

Prise d'une soudaine inspiration, la jeune femme déroba un baiser à son mari avant de se cacher le visage contre son épaule. Lorsqu'elle releva les yeux, Rohan la gratifia d'un regard foudroyant.

Tant pis ! Puisqu'il ne contemplait plus Solange de cet air avide, peu importait !

Tout faillit à nouveau basculer lorsque Solange se tourna vers eux. Quelle femme superbe ! Comment rivaliser avec elle ? Une risette à Rohan et celui-ci la caressa des yeux d'un air mélancolique.

— Arrête de faire cette tête-là, murmura Lysiane en lui pinçant l'épaule. Tu es complètement ridicule avec tes airs de martyr.

Il la fusilla du regard.

— Garde tes commentaires pour toi.

Tout en saluant d'un signe de tête un vieux monsieur qui lui faisait un geste amical, la jeune femme poursuivit :

— Je ne te comprends pas. De ton propre aveu, tu te maries pour échapper aux ragots qui ont gravement perturbé la santé de ton père... La noce n'est pas terminée que déjà tu te donnes en spectacle en affichant clairement tes sentiments.

— Je te retrouve, ma chère. En vérité, je te préfère au naturel, revêche et désagréable. Tout à l'heure, tu arborais un air pathétique à fendre les cœurs les plus endurcis.

— Sauf le tien.

— Comment as-tu deviné ? Mais trêve d'amabilités, je t'ai épousée, tu as ce que tu voulais...

Lysiane esquissa un geste, il crut qu'elle voulait l'interrompre.

— Aucun homme n'apprécie qu'on lui passe la corde au cou contre sa volonté. Encore moins s'il est victime d'une imposture, chuchota-t-il d'une voix dure à son oreille.

Ulcérée par ses accusations iniques, Lysiane se raidit.

— Ta mauvaise foi est révoltante. Car toi seul as

fixé les règles du jeu. Mais ça m'est égal, fais aujourd'hui et demain ce que bon te semble. Aucune explication ne sera nécessaire. De telle sorte que tu n'auras pas à mentir. Si tu veux retrouver ta... Solange, tu es libre. Une seule chose me tient vraiment à cœur : ta discrétion. Epargne à ton père les soucis qu'occasionne ta conduite. Et évite à M. Escrebieux la honte de te voir tourner autour de sa femme. Lui non plus ne mérite pas d'être traité ainsi.

— Madame donne des leçons, railla-t-il.

Le sarcasme la fit frémir d'indignation. Heureusement, la musique s'arrêtait et Rohan passa son bras sous le sien.

— Souris, nous sommes toujours sous les feux des regards. D'ailleurs, je pense que, maintenant, il est temps de filer.

Oh, oui ! Plus que temps. Lysiane n'en pouvait plus d'être épiée par les invités à la mine attendrie.

— Devons-nous prendre congé de tous ces gens ?

— Au contraire, nous sommes censés nous éclipser discrètement afin de nous retrouver seuls avec notre amour.

Rohan ne s'était jamais distingué par une délicatesse excessive mais, cette fois, il avait vraiment dépassé les bornes !

La gorge de la jeune femme se noua sous l'effet d'une sensation désormais familière ; un sentiment de dépit et de faiblesse qui lui faisait monter les larmes aux yeux.

Rohan secoua la tête comme pour chasser un mauvais rêve. Comment diable avait-il fait pour se retrouver dans l'escalier menant aux appartements des maîtres, aux côtés d'une épouse obstinément silencieuse ? Elle savait bien, pourtant, qu'ils devaient s'y installer. Il le lui avait dit, Martial le lui avait dit, ainsi que Reine. Depuis toujours les maîtres occupaient la chambre qui donnait sur les champs de canne et leurs épouses l'autre chambre, celle dont la fenêtre s'ouvrait sur le parc. Lysiane arborait une mine de condamnée à mort. Cela avait-il un quelconque rapport avec son aparté en compagnie de Solange ? Et pourquoi donc ? Ils s'étaient rencontrés par hasard. Parfaitement ! Par hasard. Alors, que signifiait cette figure allongée ? Que leur mariage n'était que subterfuge ? Tous deux le savaient pertinemment !

A peine arrivée sur le palier, la jeune femme se dirigea d'un pas décidé vers son ancienne chambre.

— Lysiane ! Où vas-tu ? Il était convenu que nous occuperions désormais l'appartement des maîtres. L'aurais-tu oublié ?

— J'ai bien le droit d'aller chercher mon chien, non ?

Le ton de la jeune femme frisait l'exaspération.

— D'accord, d'accord ! approuva-t-il vivement.

Il adopta un ton plus raisonnable pour ajouter :

— Sois assurée que je vais faire tout mon possible pour maintenir la paix entre nous.

Elle lui tourna le dos et fit un pas. Un léger sourire frissonna sur les lèvres de Rohan.

— Toutefois... continua-t-il.

Elle soupira bruyamment et revint sur ses pas.

— Oui ?

— Toutefois, chacun ici supposant que nous partagerons des moments d'intimité, il est indispensable que nous fassions bonne figure.

La jeune femme acquiesça d'un signe avant d'esquisser un nouveau pas vers sa chambre.

— Cependant... reprit-il.

Elle s'immobilisa.

— Quoi encore ?

— Cependant, nous devons y mettre de la bonne volonté, car il est hors de question de vivre réellement comme mari et femme.

Enoncée sur un ton ironique, l'allusion à une possible intimité fit bondir Lysiane. Elle fronça les sourcils et répondit sèchement :

— Nos exigences respectives sont nettement définies ; aucune relation conjugale n'existera entre nous. De plus, mon expérience en ce domaine avoisinant le zéro, je n'ai nulle envie d'aborder la question.

L'air déterminé, elle avança vers son époux pour ajouter :

— En clair, je n'envisage pas de partager quoi que ce soit avec toi. Je veux me garder intacte pour l'homme que j'aimerai. A présent, tu peux retourner à table, la fête ne fait que commencer... et la Belle Escrebieuse a peut-être envie de tenir le rôle de la jeune mariée.

Le sourire de Rohan fut bref mais éblouissant.

— Jalouse, madame Beauclerc ?

La raillerie inattendue la réduisit au silence.

Jalouse ? Quel imbécile prétentieux ! Cet arrogant n'était rien d'autre pour elle que le moyen d'attendre le jour où elle ne dépendrait plus de personne et pourrait enfin mener sa vie à sa convenance.

— Faux ! rétorqua-t-elle. Je veux seulement te faire comprendre que tu es aussi libre ce soir que tu l'étais ce matin avant la cérémonie.

— Je n'en attendais pas moins de...

Rohan s'interrompit en voyant qu'elle s'éloignait vers son ancienne chambre. Il la rejoignit et lui coupa la route.

— Ne nous fâchons pas. Cette discussion est idiote. Nous avons tout intérêt à être amis. En nous gardant toutefois d'espérer que cette amitié a des chances d'évoluer vers un sentiment plus tendre.

Evocation qui ne suscita qu'un haussement d'épaules, après quoi elle rétorqua :

— Laisse-moi passer au lieu de dire des inepties. Ce que tu feras ou pas m'indiffère. Sache toutefois que l'hypocrisie me révulse. Aussi, inutile de faire semblant d'entretenir une amitié qui n'existe pas et n'a, de ce fait, aucune chance d'évoluer en tendre sentiment. Vu ? Maintenant, j'aimerais aller me coucher dans la chambre qui m'est dévolue, mais avant, je vais récupérer Poppy.

Le sourire avenant de Rohan s'effaça, au profit d'un regard noir.

— Je fermerai ma porte à clé ! précisa-t-elle avant de s'engouffrer dans la pièce où Poppy l'accueillit par des bonds de joie.

En dépit des aboiements du bichon, la voix de Rohan lui parvint.

— Ce ne sera pas nécessaire ! cria-t-il à travers la porte. Je n'ai ni l'envie ni le désir de passer la nuit avec une personne aussi peu aimable que toi.

Immédiatement, la porte s'entrouvrit et Poppy en profita pour se faufiler dans le couloir.

— C'est mieux ainsi, riposta-t-elle. Car je ne suis pas d'humeur à me laisser marcher sur les pieds ! Viens, Poppy, rentrons.

Le petit chien trottina vers elle, puis, comme s'il comprenait tout à coup qu'il était de son devoir de défendre sa maîtresse et de montrer à qui allait sa sympathie, il revint en courant aboyer contre Rohan.

— Veux-tu filer, petite saleté ! se fâcha Rohan, hors de lui.

Dompté par le ton impérieux, le chien rampa vers sa maîtresse qui le prit tendrement dans ses bras et pénétra dans sa nouvelle chambre après avoir lancé un regard belliqueux à l'insensible. Fallait-il avoir un mauvais fond et un cœur dur pour effrayer un petit chien sans défense !

Ce dernier, se sentant à l'abri, montra ses dents menues en grondant contre l'homme.

— N'aie pas peur, mon tout petit, je ne laisserais personne faire du mal à mon cher trésor.

Rohan leva les yeux au ciel pour implorer la providence de lui accorder la patience de supporter cette mégère et son affreux bâtard de bichon. Qu'ils aillent au diable tous les deux ! Il rentra dans sa chambre pour en finir une bonne fois avec cette nuit de noces à nulle autre pareille.

Alors seulement, elle claqua la porte et donna un tour de clé en espérant de toutes ses forces que ces bruits caractéristiques soient nettement perçus dans la pièce d'à côté.

Après quoi, elle réprima un soupir de désespoir.

— Maudit Rohan ! Je le hais, je le hais, je le hais », scanda-t-elle en arpentant la pièce de long en large, tandis que Poppy lui sautait dans les jambes en jappant pour manifester son affection.

Lysiane avait lutté toute la nuit contre la certitude de s'être mise dans une situation inextricable. Une évidence s'imposait nettement ; elle avait commis une erreur en épousant Rohan, un individu persuadé d'être le nombril du monde. Et qui, en outre, était épris d'une superbe oie dodue. Tant pis pour lui ! Et pour la pauvre idiote qui avait eu le douteux honneur de l'épouser.

Au matin, la jeune femme prit la résolution de vivre au jour le jour et de ne voir que les côtés positifs de la situation : un beau-père aimable, une belle maison dont elle était désormais la maîtresse incontestée. Sans oublier l'affection de Reine, la gentillesse des servantes et leur joie de vivre. Elle se fit la promesse d'être heureuse malgré tout, et utile autant que faire se pouvait.

Aujourd'hui commençait une nouvelle vie.

Si, pour le lendemain de ses noces, Lysiane avait espéré faire la grasse matinée, elle déchanta vite car Reine se chargea de la réveiller au petit matin.

Debout près du lit, la gouvernante la regardait, l'air inquiet.

— J'espérais vous trouver dans la chambre de votre mari, reprocha-t-elle gentiment.

— Nous l'avons décidé ainsi, déclara Lysiane, niant l'affrontement de la veille et la mortification qui en découlait.

Les yeux perdus dans le vide, la jeune femme se remit à ruminer ses griefs à l'encontre de son singulier conjoint.

La voix de Reine la tira de sa rêverie morose.

— Lysiane ! Une nouvelle vie vous tend les bras. Pourquoi ne pas saisir cette chance ?

Le timbre chantant de la gouvernante apaisa ses nerfs à vif.

— Enterrez le passé, mon petit, pensez plutôt à ce qui vous attend, ici à Girasol.

— C'est justement ce qui me fait peur, avoua la jeune femme. Les rumeurs qui circulent sur Rohan ne sont pas de nature à me rassurer quant à mon avenir.

— Ce ne sont que des rumeurs, Lysiane.

— Confirmées par Rohan lui-même. Il ne m'a rien caché de son inclination pour l'Escrebieuse.

— Au diable le passé ! Ne regardez pas en arrière. Il y a deux façons d'envisager l'avenir de votre mariage. Soit vous refusez de lui donner une chance, et votre vie ne vaudra pas un clou, soit vous luttez et vous vous donnez toutes les possibilités d'être heureuse.

— Je ne me battrai pas pour garder un mari qui aime une autre femme.

— Pourquoi ? Pourquoi, Lysiane ?

Pour toute réponse, la gouvernante n'obtint qu'un haussement d'épaules. Lysiane arborait un air obstiné que Reine connaissait déjà bien. Lorsque la jeune femme était d'humeur chicaneuse, inutile d'essayer de la faire changer d'avis.

— Grands dieux ! murmura Reine. Rien ne viendra à bout de vos raisonnements, n'est-ce pas ?

Elle posa une main sur l'épaule de Lysiane et chuchota sur un ton apaisant :

— Allons, prenez sur vous. Faites un effort. Promettez-moi de tenter de vivre en bonne harmonie avec Rohan. Essayez et je vous assure que tout se passera le mieux du monde.

La jeune femme soupira :

— Dans un monde sans Solange, ce serait peut-être possible mais pas dans celui-ci.

Elle jeta un coup d'œil furtif à Reine pour épier sa réaction.

— Vous ne voulez pas entendre raison, soupira la gouvernante. Je vous en prie, Lysiane, ne sortez pas vos griffes, Rohan est plus coriace que vous ne le supposez. Croyez-moi, abstenez-vous de le pousser à bout. J'aime Rohan comme un fils. Mais j'ai aussi beaucoup d'affection pour vous.

Lysiane perdit contenance. Ses yeux s'emplirent de larmes et c'est d'une voix fêlée par l'émotion qu'elle balbutia :

— Je vous aime aussi, Reine. N'en doutez jamais.

— Allons, mon petit, ne nous attendrissons pas. Aujourd'hui, vous prenez officiellement votre rôle de maîtresse de maison. Ce moment est attendu avec impatience par l'ensemble du personnel, moi y compris. Bon, maintenant, je m'en vais.

Lorsque la gouvernante eut quitté la chambre, Lysiane se laissa aller contre les oreillers en contemplant d'un œil morne le miroir accroché au mur d'en face.

Elle examina attentivement l'image renvoyée. Ce qu'elle vit n'était pas repoussant. Loin de là ! Une lueur d'espoir s'alluma dans son regard. Mais l'évocation de la rayonnante déesse brune s'immisça entre le miroir et la pauvre mortelle qu'elle était. Alors, elle détourna les yeux, avec l'impression qu'une pierre pesait sur son cœur.

— Garde Rohan, et grand bien te fasse, Solange Escrebieux ! la défia-t-elle à voix haute.

Du jour au lendemain, Lysiane prit la maisonnée en charge avec compétence et fermeté. Et Reine, qui aimait l'ordre tout en étant incapable de le faire régner, fut heureuse de se décharger de cette responsabilité sur la nouvelle maîtresse de maison.

La jeune femme adopta peu à peu le rythme de la plantation et se mit à l'heure de son charme nonchalant, doucement mélancolique.

Le matin, les devoirs de sa charge la retenaient auprès des servantes. L'après-midi se déroulait très agréablement. Qu'ils soient seuls où en compagnie d'invités, Martial ne manquait jamais de prier sa bru de leur jouer quelques sonates, ballades ou mélodies qu'elle se faisait une joie d'interpréter au piano.

Ce matin-là, les servantes la dérangèrent sans arrêt pour des problèmes mineurs. Si bien que, sous couleur de sortir Poppy pour une courte promenade hygiénique, Lysiane s'esquiva dans le jardin avant que l'énervement ne la gagne.

Dans sa hâte, elle heurta involontairement Rohan

qui pénétrait dans la maison. Elle s'écarta de lui promptement et sortit sans se retourner.

Entre eux, la tension, accrue depuis le soir de leurs noces, subsistait et embellissait de jour en jour.

— Ne t'excuse surtout pas ! lança Rohan en la rattrapant.

La jeune femme lui jeta un regard incisif et, s'abstenant de tout commentaire, accéléra le pas sans se retourner sur le visage dépité de son mari.

Pour ne pas être en reste, Poppy choisit ce moment pour grogner en montrant les dents. Rohan réprima un mouvement agacé.

— Vas-tu te taire, vilain cabot !

Avec la satisfaction du devoir accompli, le bichon gambada autour de sa maîtresse en aboyant joyeusement. Un léger sourire joua sur les lèvres de Lysiane. Incapable de résister au petit coquin qui attendait des félicitations, elle se pencha pour lui ébouriffer gentiment les poils.

— Satanée bestiole ! Je vais le dresser, moi ! Il obéira, sinon j'irai le perdre en forêt, lança Rohan d'une voix qui ne tolérait aucune objection.

Cette fois, Lysiane perçut le message menaçant.

— Ce chien est à moi seule, protesta-t-elle en s'efforçant de dissimuler la crainte que les paroles de son mari provoquaient en elle.

Rohan esquissa un pas dans sa direction. Elle prit Poppy dans ses bras.

— N'essaie pas de le toucher ! menaça-t-elle.

— Lysiane ! Tu oublies trop souvent que Poppy est un animal, pas un enfant.

Sous l'effet de la colère, les joues de la jeune femme s'embrasèrent.

— Un animal, peut-être... mais il est à moi !

Le sourire mi-amusé mi-cynique qui flotta sur les lèvres de Rohan mit le comble à la fureur de son épouse.

Tournant brusquement les talons, elle s'engagea dans l'allée au pas de charge en marmonnant entre ses dents. Rohan saisit les mots « sadique », « tourmenteur d'animaux innocents ».

— Innocent, ce petit monstre ? Tu parles ! cria-t-il avant d'éclater de rire en réalisant l'absurdité de la scène.

Jamais, il n'avait fait de mal à une bête. Il n'avait pas l'intention de commencer avec cette bestiole. Inutile cependant d'en informer Lysiane. Ne dit-on pas que la peur est le commencement de la sagesse ?

Lysiane réprima son envie de revenir sur ses pas pour lui assener ses quatre vérités. Puis, résolument, elle chassa la tentation de son esprit. A quoi bon s'appesantir sur ce qui aurait pu être, au risque d'affaiblir sa position en attaquant l'armure dans laquelle, jour après jour, elle tentait de se barricader ?

Elle franchit une grille en fer forgé et emprunta le sentier caillouteux qui menait à une charmille recouverte d'un épais treillis de feuilles et de fleurs : hibiscus, jacarandas, bougainvillées, flamboyants aux somptueuses fleurs écarlates, et atteignit un muret contre lequel elle s'adossa pour savourer pleinement ces instants de paix et le spectacle enchanteur qui s'offrait à ses yeux.

7

Les émotions de la journée l'empêchèrent de trouver le sommeil. Dès qu'elle eut réussi à chasser Rohan de son esprit, elle s'inquiéta pour Martial. Comment oublier le teint plombé qu'avait pris le visage de son beau-père au cours de l'après-midi ?

Bien qu'il ne se plaigne jamais, elle savait qu'il souffrait parfois de violentes douleurs dans la poitrine. Au bord du soir, Martial avait recouvré ses couleurs et exigé son silence sur ce qu'il appelait « des petites misères de rien du tout ». Surtout, pas un mot à Rohan. Inutile de l'ennuyer avec des broutilles.

Lysiane parvint enfin à s'endormir d'un sommeil lourd.

L'aurore pointait à peine, lorsqu'elle fut réveillée en sursaut. Elle ouvrit les yeux sur Reine qui la secouait doucement.

— Martial ! s'exclama-t-elle anxieusement. Il est arrivé quelque cho...

Reine se hâta de la rassurer.

— Martial va très bien. Il s'agit de tout autre chose. Un gamin des Moques-en-Tôle* est venu m'avertir qu'une femme du camp, une nommée Zouzou, est en train d'accoucher seule.

— Il n'y a pas de sage-femme ?

Reine secoua la tête.

— Elles refusent d'y aller.

Pour lors, Lysiane fut tout à fait réveillée.

— Pourquoi refusent-elles de l'aider ?

— Autant que vous le sachiez, cette Zouzou est un peu la femme de tous les hommes du camp. N'importe lequel d'entre eux peut être le père de l'enfant. Et vous savez ce que c'est, l'une entraînant l'autre, toutes les femmes soupçonnent leur mari, même le plus fidèle. Elles en veulent terriblement à la pauvre fille. Aussi aucune sage-femme ne se risquerait-elle à venir les contrarier.

A juste titre bouleversée, la jeune femme essayait de réfléchir.

— C'est inhumain de la laisser sans soins.

* Boîte de conserve, en langue créole.

— Ici, tout le monde dort encore. Cependant, je voulais vous avertir que je m'absentais. Je vais aller là-bas. Etant de la maison des maîtres, elles n'oseront pas s'attaquer à moi.

— Le temps de m'habiller et je vous rejoins.

La voix de Reine vibra de sympathie quand elle objecta sur un ton faussement grondeur :

— Ce n'est pas votre place, Lysiane.

— Au contraire, en l'occurrence ma place est à vos côtés.

Reine acquiesça à regret.

— Si vous en êtes sûre... je vais demander à Hector d'atteler la carriole.

— Pendant ce temps, je vais me préparer et écrire un mot pour expliquer où nous sommes.

— N'en dites pas trop, mon petit. Rohan pourrait bien rappliquer aux Moques-en-Tôle pour nous ordonner de rentrer à la maison. Les hommes n'apprécient guère ce genre d'histoire.

Lysiane haussa les sourcils, et Reine décela une expression déterminée sur son visage.

— Peuh, les hommes ! Que peuvent-ils comprendre à ceci ? Toutefois, vous avez raison. Je vais juste mentionner que nous nous sommes absentées pour une affaire de femmes. Qu'ils comprennent ce qu'ils veulent !

Il leur fallut une heure pour atteindre le camp constitué de baraquements délabrés aux toits en tôle ondulée. A peine eurent-elles quitté la voiture qu'une cacophonie, composée de sifflets et d'ustensiles entrechoqués, retentit à leurs oreilles.

— Qu'est-ce que ce bruit ? s'inquiéta Lysiane.

— Le charivari. Dans certaines circonstances, les femmes se rassemblent devant la maison d'une fille perdue pour la huer. J'ai bien peur que ce charivari ne soit en l'honneur de Zouzou.

— C'est horrible !

— Une véritable horreur. Mais si elles s'imaginent que nous allons abandonner Zouzou à leur hargne, elles se trompent.

Après discussion, il fut entendu qu'Hector laisserait Lysiane et Reine à l'entrée du camp et les y attendrait en veillant à ce que personne n'approche de la voiture. Le soleil brillait dans toute sa gloire, tandis que la cacophonie reprenait de plus belle.

— Qu'allons-nous trouver là-bas ? murmura Reine.

Lysiane n'était guère plus rassurée. Pour ne pas aggraver l'appréhension de Reine et dissimuler la sienne, elle se redressa en s'efforçant de faire bonne contenance.

La gouvernante observa la jeune femme à la dérobée et hocha la tête en signe d'incompréhension. Rohan avait-il un bandeau sur les yeux ? Comment n'était-il pas tombé en adoration devant tant de grâce ? Devant ce fin visage aux traits réguliers, et cette lourde chevelure retenue par un large ruban ? Lysiane, vêtue d'une simple robe bleue boutonnée jusqu'au cou, était sublime. Dix fois plus jolie que cette grosse dinde d'Escrebieuse. Lysiane était la tentation faite femme, elle avait tout pour faire pâlir un homme de désir. Quel idiot, ce Rohan ! Quel aveugle !

Le silence tomba brusquement, interrompu par un bruissement de feuilles qui les fit sursauter.

— Que se passe-t-il ? s'affola Lysiane.

— Nous n'allons pas tarder à l'apprendre car nous sommes presque arrivées. Si vous avez peur, vous pouvez retourner à la voiture, Hector vous tiendra compagnie.

L'espace d'une seconde, Lysiane hésita. Dans quelle aventure allait-elle se lancer ? Elle ne savait même pas à quoi elle s'exposait. Néanmoins, il était trop tard pour reculer. Surtout pas devant Reine qui paraissait ne ressentir aucune crainte.

— Non. Je reste avec vous, décréta la jeune femme en redressant le menton.

Un bourdonnement de voix se fit nettement entendre. Les deux femmes se prirent par la main en quête de réconfort. Au détour du chemin, elles tombèrent sur une trentaine de femmes rassemblées devant un baraquement.

Tête bien droite, Lysiane et Reine se frayèrent un passage jusqu'au pauvre logis dont la porte était grande ouverte. Le cri d'un nouveau-né les fit se hâter. Reine ne se sentait pas d'humeur à supporter les oppositions, aussi, lorsqu'une grande matrone noire tenta de s'interposer, elle lui lança en avertissement :

— Je vous préviens... si vous nous empêchez d'entrer, le patron en sera informé. Et Mme Beauclerc, ici présente, témoignera de ce qui se passe dans ce camp.

Puis elle se tourna vers Lysiane avant de franchir le seuil du baraquement.

— Restez devant la porte et ne laissez entrer personne.

Méfiantes, les femmes s'approchèrent pour discuter.

— C'était une moins que rien, attaqua l'une d'elles.

— Elle pouvait pas approcher un homme sans lui mettre la main où je pense, renchérit une autre.

Une géante noire, ronde comme une barrique, ajouta :

— Elle savait même pas qui était le père du gosse.

Une voix anonyme renchérit :

— Une salope !

Bouleversée, Lysiane était incapable de bouger. Et ce fut bien pis lorsque Reine revint lui annoncer que la mère était morte mais qu'apparemment le bébé se portait bien.

— Quelqu'un peut-il me dire ce qui se passe ici ? explosa Reine.

Une petite femme âgée fit un pas vers elle.

— Cette garce a détourné le mari de ma fille. Aussi, quand on l'a entendue crier, on s'est pas gênées pour lui faire son charivari.

Reine lui lança un coup d'œil mauvais avant de faire demi-tour. Lysiane s'apprêtait à la suivre quand une autre femme vint joindre sa voix au concert des récriminations.

— On a ouvert sa porte en grand et, chaque fois qu'elle criait, on l'accompagnait avec nos casseroles et nos sifflets.

— Quelle cruauté ! s'écria Lysiane, révoltée. Vous n'avez donc pas de cœur ?

Une autre encore vint ajouter sa hargne à celle de ses compagnes.

— C'était notre droit. Oui, ma'ame, notre droit ! A la voir ouvrir son lit à Pierre, Paul, Jacques, on s'est toutes senties cocues. Pas vrai, les autres ?

Toute l'assistance hocha la tête vigoureusement.

— La vengeance, c'est humain, non ? conclut celle qui venait de parler.

Elles leur signifiaient ainsi que ni l'une ni l'autre ne devaient attendre un appui de leur part. Quoi qu'elles objectent, la maîtresse de Girasol et sa gouvernante ne toucheraient pas leur cœur. En s'en prenant à leurs hommes, Zouzou les avait gravement offensées. Aussi la vengeance leur semblait-elle légitime.

Reine fit un pas vers la porte, mais la vieille se posta devant elle.

— Quand on a entendu crier le bébé, on a arrêté le charivari. La Zouzou ne bougeait plus. La garce était morte.

Les femmes hochèrent la tête.

— Et maintenant ? Que comptez-vous faire du bébé ? Etes-vous d'accord pour que nous l'emmenions ? demanda Reine.

Après un court conciliabule, une dizaine de femmes hochèrent à nouveau la tête, les autres réservaient leur verdict.

Lysiane était terriblement émue mais elle ne devait surtout pas le montrer. Reine et elle auraient tout le temps de pleurer de soulagement dans les bras l'une de l'autre lorsque le bébé serait à l'abri.

— J'attends une réponse. Ecoutez-moi attentivement, reprit Reine d'une voix ferme. L'une d'entre vous connaît-elle la famille de Zouzou ?

— Une coureuse comme elle n'a pas de famille, prétendit une grande maigrichonne.

— Moi, je la connais, lança une jeune métisse aux cheveux crépus. Sa mère habite de l'autre côté de la plantation. Au camp des « Pu l'sur ».

Reine savait reconnaître quand une partie était gagnée.

— Je fais la toilette du bébé. Ensuite, Mme Beauclerc et moi l'emmènerons chez sa grand-mère.

— Elle en voudra pas, affirma la métisse.

— Nous verrons bien. Lysiane, nous allons bientôt partir. Attendez-moi ici.

Elle glissa à l'oreille de la jeune femme :

— Gardez-les à l'œil. Il en faudrait peu pour qu'elles changent d'avis.

Lysiane tremblait comme une feuille dans la tempête. La colère de ces mégères lui avait ôté toute indulgence. Une terrible envie de fuir cet endroit la prit à la gorge. Jusqu'à ce qu'elle aperçoive un groupe d'enfants massés près de leurs mères. Les enfants avaient depuis toujours le don de l'émouvoir. Et quand elle vit une grosse créole, un petit bonhomme de quelques mois dans les bras, caresser la tête d'un gamin de six ou sept ans venu se blottir contre elle, son cœur fondit.

— Votre fils n'est pas à l'école ?

La femme haussa les épaules mais Lysiane sentait que son indifférence était feinte.

— L'école, elle est trop loin. De toute façon le gamin ira bientôt travailler dans les champs de canne.

Plusieurs femmes, qui s'étaient approchées pour les écouter, approuvèrent de la tête.

— S'ils savaient lire, écrire et compter, vos enfants trouveraient un emploi moins pénible et mieux rémunéré, leur fit remarquer la jeune femme.

Elle dut leur expliquer ce dernier mot avant de poursuivre.

— Certains même pourraient espérer être un jour chefs d'équipe...

Un grognement d'approbation courut dans l'assemblée. Chef d'équipe... ça, elles comprenaient. C'était l'ambition cachée de toutes ces mères. Mais l'école se trouvait à l'autre extrémité de la ville, loin du camp.

Lysiane marqua une pause avant de poursuivre :

— Je vous propose un marché. Quelques hommes de Girasol vont venir ici pour enterrer Zouzou. Promettez-moi de ne pas les en empêcher. De mon côté, je m'engage à faire la classe à vos enfants trois matinées par semaine, et...

Une femme à la peau très sombre lui coupa la parole.

— C'est pas des menteries, ça ?

Lysiane secoua la tête, alors qu'une autre questionnait :

— Et pour combien de temps ? Un mois ? Deux ?

— Tout le temps qu'il faudra. Je vais demander à mon mari de vous faire construire une école ici même. Nous engagerons un instituteur.

— Et si l'patron y veut pas ?
— Il voudra, affirma Lysiane en espérant que ce vœu se réalise.
Les femmes se groupèrent et chuchotèrent un moment. Puis, l'une d'elles s'adressa à Lysiane :
— C'est d'accord. Pas la peine d'envoyer quelqu'un de Girasol. On a décidé d'enterrer Zouzou nous-mêmes. C'était qu'une garce mais, si grâce à elle on a une école, on va pas faire la fine bouche.
— Vous me le promettez ?
Un hochement de tête collectif lui répondit.
— Si vous nous faites pas confiance, vous aurez qu'à envoyer un homme de Girasol pour vérifier, lança leur porte-parole. De votre côté, j'espère que vous tiendrez votre promesse.
— Je la tiendrai.
Le regard de l'autre en disait long mais Lysiane devina qu'elle la croyait.

Traversant la plantation sur toute sa largeur, ils roulèrent durant plusieurs heures, la voiture cahotant sur les chemins pierreux.
Les deux femmes s'occupaient du nourrisson chacune à son tour. Lysiane était tombée sous le charme du petit bout de chou. Une douce tendresse pour le petit corps serré dans ses bras l'avait envahie. « Si seulement ce bel enfant était à moi ! » songeait-elle. C'était un petit garçon superbe à la peau dorée comme le miel, et à la chevelure laineuse. Bien qu'elles eussent fouillé de fond en comble la case de Zouzou, elles n'avaient pas découvert la moindre layette. Après avoir coupé le cordon ombilical, Reine avait enroulé autour du ventre du nouveau-né une bande de tissu déchirée dans son jupon. Enlevé carrément, celui de Lysiane enveloppait le bébé. Parfois, la jeune femme l'entrouvrait

pour admirer ce petit être parfait dont elle épiait les mouvements inconscients ; elle élevait parfois l'enfant jusqu'à son visage.

— Que tu es beau, mon bébé ! murmurait-elle en déposant des baisers sur ses cheveux crépus.

Enfin, ils découvrirent le Pul'sur. Le camp des Moques-en-Tôle était minable, mais celui-ci... des cases délabrées aux fenêtres bouchées par des feuillages, des détritus jonchaient le sol, des chiens erraient sur des amas innommables.

Une femme âgée, les cheveux en bataille, vêtue d'une jupe en haillons et d'un caraco d'une saleté repoussante, se précipita sur les visiteurs et s'enquit d'une voix pâteuse :

— C'que vous voulez ?

Faisant fi de sa répugnance, Reine l'informa du décès de sa fille et de la naissance de son petit-fils.

— Votre fille Zouzou a accouché d'un petit garçon...

Les yeux de la femme se contractèrent et son expression se fit hostile.

— M'en fous ! s'écria-t-elle. Débarrassez le plancher avec votre môme. J'en veux pas.

— Inutile d'insister, intervint Hector. La vieille est ivre.

Devant cette remarque qu'elle estimait injurieuse, la femme piqua une colère.

— Foutez l'camp ! Si vous laissez l'gosse ici, y crèvera devant ma porte avant que j'm'en occupe !

— Allons-nous-en, proposa Reine, cette folle me semble capable de tout.

Sur le chemin du retour, Reine ne cessa de marmonner des imprécations et Lysiane ne chercha pas à retenir ses larmes.

— Que comptez-vous faire, maintenant ? demanda Hector avec la prudence d'un homme redoutant les hauts cris qu'elles ne manqueraient pas de pousser.

— Je le garde ! s'exclama Lysiane, bouleversée mais résolue.

Elle tenta d'associer Reine à sa décision.

— Que pourrions-nous faire d'autre ?

— Lysiane ! Voyons, mon petit, on n'adopte pas un enfant sur un simple claquement de doigts, rétorqua la gouvernante. Il faut envisager une autre solution sinon tous les bébés non désirés vont être abandonnés devant votre porte.

Le sang de Lysiane ne fit qu'un tour. Avant que Reine n'ait le temps de réagir, elle lui arracha l'enfant des bras et le serra contre sa poitrine en ripostant :

— Et quand bien même ! La place ne manque pas à Girasol !

— Ne nous emballons pas. Nous allons...

— Marie-Edmée ! s'interposa Hector avant que la situation ne prenne des proportions regrettables.

— Marie-Edmée... répéta lentement Reine en hochant la tête d'un air entendu.

Subitement inquiète, Lysiane fronça les sourcils.

— Qui est cette Marie-Edmée ?

— La sœur aînée de Cora-Lou, expliqua Hector.

Après un énorme soupir, Reine commenta :

— Mariés depuis douze ans, les Bonpain essayent en vain d'avoir un enfant. Marie-Edmée est stérile mais la pauvre fille ne peut s'empêcher d'y croire encore. Et chaque mois elle vient à Girasol pleurer son espoir déçu dans les bras de sa cadette.

Le regard chargé de méfiance de Lysiane lui arracha un geste d'impatience.

— D'un côté, ce bébé a besoin d'une famille, de l'autre, Marie-Edmée et son mari veulent désespérément un enfant. Tout peut s'arranger au mieux. Marie-Edmée est une personne charmante, très douce. Quant à Pierre, son mari, c'est la crème des hommes. De plus, il gagne très bien sa vie.

— Pourquoi ne pas lui donner sa chance, à cet angelot ? renchérit Hector.

Ainsi présenté, l'argument était raisonnable. Toutefois, Lysiane ne put s'empêcher d'esquisser un signe d'incertitude.

— Et s'ils refusent de s'en occuper ? demanda-t-elle, une note d'espoir dans la voix.

— Il sera alors temps d'aviser, répondit sagement Hector.

Lysiane le jugea trop accommodant, réaction normale dans la mesure où ses sentiments n'entraient pas en jeu.

— N'oubliez pas d'où vient le bébé. Ce couple supportera-t-il les commérages qui vont courir sur l'enfant de Zouzou ?

La gouvernante se crispa. Lysiane ne faisait qu'énoncer ce que d'autres penseraient, et elle frémit à l'idée de ce qui attendait Marie-Edmée et son mari. Elle haïssait déjà les regards faussement apitoyés que les gens ne manqueraient pas de leur jeter.

— Cet enfant n'est pas responsable des fautes de sa mère, proclama-t-elle sur un ton qui ne souffrait aucune contradiction. Dès que nous serons rentrés, nous raconterons tout aux maîtres. Ils sauront quelles mesures prendre pour faire cesser les ragots. Bon ! A présent, il est temps de nous presser un peu car on doit commencer à s'inquiéter à la maison.

Après s'être épongé le front, Hector caressa de son fouet la croupe du cheval pour lui faire accélérer l'allure.

— En route pour chez Marie-Edmée ! D'accord, madame Beauclerc ?

Martial avait beau lui répéter sur tous les tons qu'il n'avait aucune raison d'être inquiet, lorsque Rohan réalisa que sa femme n'était toujours pas rentrée à l'heure du dîner, il se mit à faire les cent pas, sous le regard circonspect de son père qui, pour le rassurer, lui rappela que Reine et Hector l'accompagnaient et veillaient sur elle, et qu'il serait toujours temps de s'alarmer s'ils n'étaient pas de retour avant la tombée de la nuit.

La nuit tomba sans ramener Lysiane et ceux qui l'escortaient.

A présent, ils étaient deux à arpenter la maison de long en large, en maugréant sur l'inconséquence des femmes insouciantes des tracas qu'elles infligent à leur entourage.

Enfin, une voiture s'arrêta devant la porte des communs, les faisant sursauter.

Lysiane sauta à terre et aspira une grande bouffée d'air avant d'attraper le bébé que lui tendait Reine. Et tandis qu'Hector ramenait le cheval à l'écurie, les deux femmes se dirigèrent d'un pas ferme vers les communs.

Sans se concerter, Rohan et son père se ruèrent dans la cuisine d'où jaillissaient des exclamations et les explications précipitées de Reine.

Le nouveau-né avait été posé sur une couverture hâtivement pliée sur la table. Soudain Lysiane entendit des éclats de voix dans le couloir. Dès que le maître de maison et son fils entrèrent dans la pièce, l'agitation cessa et les servantes les observèrent à la dérobée.

Si soulagé qu'il soit du retour de sa femme, Rohan ne put se retenir de questionner sèchement :

— Où étiez-vous, tous les trois ?

Blessée par son ton brusque, Lysiane lui jeta un regard brillant d'énervement. C'est alors qu'il aperçut l'enfant endormi.

— Qu'est-ce que... Veux-tu m'expliquer ce que fait ici ce marmot ?

La jeune femme prit le bébé contre elle, déposa un baiser sur le sommet de son petit crâne et répondit d'une voix ferme :

— Sa mère est morte en couches et sa grand-mère ne veut pas entendre parler de lui. J'ai fait ce qui m'a semblé le mieux.

Réponse qui ne plut guère à Rohan dont la mâchoire se crispa.

— Tu comptes le garder ?

— Il serait préférable de l'envoyer à l'orphelinat de St-Denis. Là-bas, des religieuses très compétentes pourront s'occuper de lui, intervint Martial.

Le regard glacial qu'ils obtinrent les réduisirent instantanément au silence.

Soudain, un brouhaha s'éleva parmi les servantes. Toutes se mirent à parler en même temps. Reine narrait d'une voix rageuse les tribulations subies depuis les petites heures du matin, Nestine exigeait l'assurance que le pauvre petit ne serait pas abandonné dans un orphelinat et Cora-Lou jugeait nécessaire d'énumérer les qualités de sa sœur aînée. Ce qui plongea les Beauclerc dans une grande perplexité. Que venait faire la sœur de Cora-Lou dans cette histoire ?

Martial réclama le silence. Bien qu'il n'ait pas élevé la voix, Lysiane comprit qu'il était en colère. Aussi décida-t-elle de prendre les devants.

— Je sais ce que vous pensez de Zouzou. Mais pour moi, ce qu'elle a fait ou qui elle était n'a aucune importance. Même si ce bébé avait été le fils d'une meurtrière, je ne l'aurais pas abandonné.

Ses nerfs étaient si tendus et elle redoutait tant d'essuyer de nouvelles récriminations qu'elle perdit toute mesure.

— Regardez cet enfant ! Quel crime a-t-il commis ? Aurions-nous dû le laisser mourir avec sa mère ? Le jeter dans une mare ?

— Voyons, Lysiane, calmez-vous. De telles extrémités sont hors de question.

Elle essaya de se ressaisir mais, incapable d'y parvenir, elle éclata en sanglots.

Aussitôt le chahut reprit de plus belle et chacune se remit à crier. Reine accusant Martial d'être un sans-cœur de la pire espèce. Nestine se montra aussi catégorique : à son avis, les remontrances des Beauclerc père et fils envers Lysiane n'étaient que cruauté gratuite. Pour ne pas être en reste, Cora-Lou criait comme une sourde qu'un jour ou l'autre ma'ame Lysiane tomberait malade tellement on lui faisait de misères.

— Assez ! hurla Martial d'une voix vibrante de colère.

Toutes se turent. Eberlué lui-même par cet accès d'autorité, il se retourna vers son fils qui n'en revenait pas, lui non plus.

Il marqua une pause et interrogea d'un ton mesuré :

— Reine, maintenant que tu es calmée, veux-tu nous résumer la situation ? Sans monter sur tes grands chevaux, s'empressa-t-il de recommander lorsqu'il la vit inspirer profondément.

Une lueur impatiente traversa les yeux de la gouvernante, mais elle s'exécuta et entreprit de raconter le désastreux accouchement de Zouzou. Elle s'apprêtait à dérouler l'enchaînement des faits lorsque Lysiane lui coupa la parole. Avec des mots justes et forts, elle cria sa révolte contre la démentielle hystérie des mégères des Moques-en-Tôle, s'indigna de l'agressivité ignoble de la grand-mère du pauvre petit. Enfin, elle reprit souffle et reporta son attention sur le bébé, émerveillée par la perfection de ce petit d'homme.

Malgré leurs objections prêtes à fuser, les Beauclerc père et fils contemplaient attendris le spectacle de la belle Lysiane avec ce bébé dans les bras. Une forte émotion leur emplit le cœur.

Cependant, dès qu'une femme se met ce genre d'idées en tête, la vie risque vite de devenir intenable.

— Lysiane, si vous terminiez votre récit ? la relança Martial.

A son intonation, la jeune femme réalisa que son beau-père était plus apitoyé qu'il ne le laissait paraître.

Aussi trouva-t-elle les mots pour narrer la visite impromptue chez Marie-Edmée et l'enthousiasme manifesté par cette dernière à la perspective d'avoir un poupon à chérir. Puis, avec l'espoir secret de pouvoir garder le bébé, elle développa des arguments destinés à modérer l'emballement de Marie-Edmée : en tout état de cause, Pierre, son époux, avait son mot à dire quant à cette adoption, non ? Il était hors de question de prendre une telle décision en son absence. L'enfant devait être accepté de bon cœur par les deux membres du couple.

Martial loua la sagesse de l'argumentation, mais Rohan ne se gêna pas pour regretter que son épouse n'applique pas ce raisonnement à son propre compte.

— Comment peux-tu décider de ce qui est bon ? Et d'ailleurs, connais-tu toi-même les besoins d'un bébé ? Je suis sûr que non.

Il avait raison, évidemment. Mais Lysiane refusa de l'admettre. Aucune importance, décida-t-elle, elle prendrait conseil auprès des servantes et finirait bien par s'en sortir. Et, quoiqu'elle soit ignorante en la matière, elle fit preuve de beaucoup d'assurance pour lui démontrer combien, avec elle, l'enfant serait en de bonnes mains.

Lorsqu'un appel retentit, venant de la cour des communs, la jeune femme se figea sur place. Reine ouvrit la porte.

Marie-Edmée et son époux se tenaient sur le seuil. Lysiane, pétrifiée, était incapable de détacher son regard des Bonpain qui arboraient un sourire tremblant.

Heureusement, Rohan s'aperçut qu'elle s'apprêtait à leur claquer la porte au nez.

— Connais-tu Pierre Bonpain ? demanda-t-il gentiment en passant son bras sous le sien.

Lysiane acquiesça d'un signe de tête. Elle l'avait entrevu à plusieurs reprises.

— Sais-tu qu'il est chef d'équipe à Girasol ?

Cela lui était bien égal. Son unique désir était d'arracher le nouveau-né des bras de Reine et de le garder serré contre son cœur.

— Fais-les entrer, s'il te plaît.

Elle obéit. L'homme, un Martiniquais au teint café au lait, s'exprima calmement :

— Marie-Edmée m'a parlé du bébé et de votre proposition, nous l'acceptons de grand cœur. Elle m'a fait part de vos scrupules. Soyez rassurés, nous sommes prêts à l'aimer, à l'élever et à lui faire une belle place dans notre vie. N'ayez aucun doute là-dessus.

L'attitude un peu raide de Lysiane indiquait qu'elle était, coûte que coûte, déterminée à faire bonne figure.

Sa voix était ferme quand elle déclara :

— J'en suis heureuse. Voulez-vous le voir avant de vous engager définitivement ?

— Dés l'instant où nous le prendrons dans nos bras, il sera notre fils à jamais, assura solennellement Pierre Bonpain.

Il prit sa femme par la main et ajouta :

— Maintenant, allons voir notre enfant.

Reine déposa le nouveau-né dans les bras de Marie-Edmée dont les yeux se remplirent de larmes.

— Regarde, Pierre, comme notre fils est merveilleux.

— Vous l'aimerez, n'est-ce pas? s'inquiéta Lysiane. Les enfants ont besoin d'affection.

Tous deux hochèrent la tête avec un ensemble touchant.

— Nous avons beaucoup d'amour à lui donner, assura le nouveau père.

Lysiane s'écarta de Rohan et se plaça face au couple.

— Que Dieu vous garde et vous bénisse tous les trois!

Elle se tut, incapable de poursuivre. Rohan passa un bras autour de ses épaules, l'attira à lui et demanda aux nouveaux parents:

— Comment allez-vous appeler votre fils?

— Pierre, comme mon mari. Et si vous le permettez, Rohan, pour remercier Mme Beauclerc de nous l'avoir amené.

— Non seulement je permets, mais je vous en remercie. Et, à moins que vous n'ayez prévu une autre personne, je vous propose d'être son parrain.

Le soulagement de Marie-Edmée était presque tangible, personne ne s'aviserait de traiter de bâtard le filleul de M. Rohan. Le fils Beauclerc n'étant pas de ceux dont on se gausse impunément, chacun dans la plantation se le tiendrait pour dit.

Lysiane, refusant le dîner tardif, se réfugia dans sa chambre. Elle avait tellement cru qu'elle aurait enfin quelqu'un à aimer de tout son cœur! Un bébé à chérir. Et à présent... plus rien.

Après une heure de tergiversation, Rohan décida de la rejoindre. Il la trouva installée devant la fenêtre, les yeux perdus dans le vide. Il prit sa main et lui parla amicalement comme l'eût fait un grand frère.

— La journée a été difficile pour toi ?

Elle ne répondit rien à cette évidence.

— Le bébé sera très bien soigné, et heureux, j'y veillerai.

Les yeux fermés, elle appuya sa tête contre l'épaule de son mari.

— N'aie pas trop de regret. Plus tard, lorsque tu seras libre de te remarier, toi aussi tu auras des enfants à aimer.

Lysiane ne mit qu'une seconde à réaliser le sens de ses paroles. Elle redressa la tête et darda sur son mari un regard lourd de colère. Elle ne s'était jamais fait trop d'illusions sur son mariage, mais le peu qui lui restait venait de s'envoler.

— Va-t'en, Rohan. L'heure de tes élucubrations est passée.

Quelles élucubrations ? Il n'avait jamais dit quelque chose de plus sensé.

Brusquement tiré de la satisfaction éprouvée par sa propre sagesse, il répondit sur un ton excédé :

— La déception te rend méchante. Je préfère m'en aller avant que nous ne nous disputions une fois de plus.

Il sortit de la chambre à grands pas pour retrouver son père à qui il posa la question lui pesant sur le cœur :

— Crois-tu que Lysiane va s'en remettre ?

Martial n'hésita qu'une fraction de seconde avant de répondre d'un ton affectueux :

— Mais oui. Elle s'est emballée à l'idée de pouponner un marmot. Tu sais, mon fils, il ne tient qu'à toi de réaliser son rêve.

Sa compassion envers sa femme s'évanouit aussitôt.

— Ne recommence pas, s'il te plaît, papa. Ne

fais pas semblant d'oublier que ce mariage est provisoire et...

— Provisoire? coupa Martial d'une voix dure. Provisoire jusqu'à quand? Jusqu'à ce que Lysiane déclare forfait? Jusqu'à ce que l'Escrebieuse devienne veuve? Ou qu'elle divorce?

Cette fois, Rohan ne sut que répondre. Martial en profita pour enchaîner:

— Ne compte pas sur elle pour quitter Rémi. C'est une sotte mais elle sait de quel côté son pain est beurré.

Il lissa sa moustache. Son fils avait depuis longtemps remarqué que ce geste trahissait chez lui une certaine agressivité, ce qui ne l'empêcha pas de rétorquer:

— Si tu essaies de me décourager, c'est raté. J'aime Solange. Un jour, d'une façon ou d'une autre, nous serons libres et je l'épouserai. Et ça, j'en suis sûr!

Martial croisa les bras, prit une profonde inspiration, et déclara avec force hochements de tête:

— Je ne te comprends pas, Rohan. Tu es un garçon équilibré. Alors, abandonne tes rêves impossibles. Si la Belle Escrebieuse n'a pas déjà quitté son mari, ce n'est pas maintenant qu'elle le fera. Oublie cette histoire sans avenir et deviens *vraiment* le mari de ta femme.

— Je suis désolé, papa. Je croyais que toi, tu me comprendrais. N'as-tu pas laissé partir ma mère?

Martial dansa d'un pied sur l'autre et toussota.

— Personne au monde n'aurait pu la retenir, dit-il après une hésitation.

— Je comprends simplement que tu es un ferme partisan du «fais ce que je dis mais ne fais pas ce que je fais».

Le sourire de Martial fut bref mais éblouissant.

— Crois-en mon expérience, j'ai souvent regretté

mon mariage. Mais, sans vouloir médire de ta mère, elle ne ressemblait en rien à Lysiane, à cette perle des perles.

Et voilà ! Ils en étaient toujours au même point !

8

Par un dimanche pluvieux de mai, la grand-messe terminée, le curé procéda à la cérémonie de baptême du bébé adopté par Pierre et Marie-Edmée Bonpain.

La présence des Beauclerc n'était pas à proprement parlé un fait rare. Toutefois, aujourd'hui, l'un d'entre eux devenait le parrain de l'enfant d'une traînée notoire, ce qui avait donné naissance à des tas d'hypothèses tendancieuses et pas trop catholiques du genre : « Le parrain serait-il le papa ? »

La moue désapprobatrice de chacun signifiait à l'évidence que cette question, formulée à mi-voix et d'un ton neutre, laissait entrevoir une vérité pas belle du tout.

Absorbée dans ses pensées, Lysiane n'avait cure des regards curieux que les gens portaient sur son mari, sur son beau-père et sur elle.

La brève cérémonie allant sur sa fin, le parrain rejoignit le banc réservé aux maîtres de Girasol.

Lysiane se retrouva coincée entre son mari et son beau-père. Alourdie par l'humidité, une fleur de son chapeau penchait sur le côté. Rohan la redressa d'un geste presque tendre. La jeune femme le dévisagea. Parviendrait-elle un jour à le comprendre ?

Dès que son épaule frôlait celle de Rohan, son cœur battait plus fort, couvrant même le martèlement régulier de la pluie sur le toit. L'ombre d'une espérance effleura son esprit. Rohan était-il prêt à la considérer comme son épouse à part entière ?

Elle se raidit pour contenir l'émotion qu'elle sentit poindre à l'idée qu'elle allait prendre son bras pour suivre la foule qui déjà s'écoulait dans l'allée centrale. Précautions inutiles. Bien qu'il sourie en l'invitant à le suivre, toute chaleur avait disparu de ses yeux.

La jeune femme secoua la tête, atterrée par sa naïveté. Rohan parviendrait-il un jour à résister à des arguments aussi convaincants que la somptueuse poitrine et les rondeurs impressionnantes de Solange ? Et si elle frémit lorsque son mari la prit par le bras, ce fut parce qu'une sensation de fraîcheur brusquement la saisit tout entière.

— Tu frissonnes ? As-tu froid ?

— L'humidité pénètre partout, riposta-t-elle avec indifférence pour couper court à ses questions.

Le service terminé, les Bonpain s'arrêtèrent sous le porche pour présenter leur fils aux amis et connaissances.

Rejoignant le groupe formé par les heureux parents, leur bébé, son parrain et Lysiane, Rémi Escrebieux fut hélé par Martial. Une seconde plus tard, Solange fut devant eux, toujours aussi magnifique et d'une classe folle dans son manteau rouge, avec ses superbes bijoux et ses cheveux noirs impeccablement coiffés. Rivale d'autant plus redoutable qu'elle était certaine de tenir le jeune Beauclerc sous son charme. Elle lui dédia un sourire par-dessus l'épaule de son mari.

— Vous avez une mine un peu soucieuse, Rohan, constata-t-elle d'une voix veloutée. Serait-ce le fait d'être parrain qui vous pose problème ?

Elle le dévora des yeux avant de lancer un regard indifférent vers Lysiane qu'elle ignora superbement.

De même qu'elle ne daigna pas s'intéresser au poupon endormi dans les bras de sa mère.

Cette dernière écarta la légère couverture qui protégeait l'enfant niché contre elle pour le présenter à M. Escrebieux.

De profondes rides marquaient le coin des yeux et de la bouche de Rémi. Ses cheveux gris et son visage rougeaud accusaient la différence d'âge qui le séparait de celle qu'il avait eu la malchance d'épouser. Bouleversé, il se pencha vers l'adorable petite frimousse couleur de miel. Les enfants qu'il aurait pu avoir de sa maîtresse bien-aimée auraient ressemblé à cet angelot. Si seulement... Si seulement il ne s'était pas conduit en égoïste et n'avait pas refusé d'assumer ses responsabilités... Même si elle était à la hauteur de son péché, la punition se révélait sévère.

Marié à une harpie au cœur de pierre, stérile par-dessus le marché, il ne pouvait que se ronger de remords et de regrets.

— Il est superbe, ton bébé, Marie-Edmée, la complimenta-t-il, le cœur lourd.

Puis, se tournant vers Lysiane :

— Cet enfant est là grâce à vous, m'a-t-on dit.

Tout sourire pour accueillir Rohan et son père, dès que les yeux de Solange se posèrent sur Lysiane, ils prirent un éclat si glacial que la jeune femme se sentit agressée.

— Quelle idée d'amener ce marmot à Girasol ! s'exclama-t-elle.

Ah non ! Lysiane n'avait nul besoin de nouvelles tensions, ses rapports avec Rohan lui en fournissaient suffisamment ! Aussi resta-t-elle d'un calme olympien pour affronter l'acrimonie de « la femme de la vie » de son mari.

— Qu'aurais-je dû faire à votre avis ? Le laisser mourir ? interrogea-t-elle d'une voix doucereuse.

— La question n'est pas là, rétorqua la belle Solange comme si l'éventualité en était tout à fait envisageable. Si vous l'aviez laissé là où était sa place, au moins seriez-vous sûre de ne pas récolter tous les bâtards de la région !

Elle se tourna vers son mari, avec l'espoir d'obtenir son approbation, et ajouta :

— C'est l'évidence même, n'est-ce pas, Rémi ?

Celui-ci la foudroya du regard et s'éloigna d'elle comme s'il craignait de se laisser aller à de regrettables extrémités.

— Pauvre type ! soupira Solange.

A titre de représailles, elle posa sur le bras de Rohan une main plus possessive que jamais.

— Très cher, je dois aller saluer mes amis. Dès que ce sera fait, je reviendrai bavarder avec vous.

— Prenez tout votre temps, lança Martial, mécontent du comportement de l'épouse de son ami de jeunesse.

Solange n'en avait cure : le père Beauclerc était de la même génération que Rémi et, à ce titre, il ne comptait pas aux yeux d'une jeune et belle femme comme elle. D'ailleurs, qui avait le temps d'écouter les anciens radoter ?

— Nous rentrons, intervint Rémi.

— Mais... je n'ai pas eu le temps de saluer mes amis, s'indigna la belle Mme Escrebieux.

— Tant pis. Et ne t'avise pas de discuter, je ne suis pas d'humeur à le supporter.

— Ce n'est pas parce que tu es jaloux des enfants des autres qu'il faut me traiter ainsi. Est-ce ma faute s'il m'est impossible d'en avoir ?

— Ma patience est à bout, Solange. Alors, si tu tiens à partir sans éclats, tais-toi.

Elle persista quand même :

— Rohan dis que...

— Rohan est un jeune imbécile. Il ne voit que la

surface des choses. S'il était un peu plus malin, il s'apercevrait que tu n'es qu'un décor de théâtre : par-delà la façade, il n'y a rien. Que du vide !

Les yeux étincelants de colère, la belle Solange tourna les talons et, le menton levé, s'éloigna du cercle des parents et amis de Pierre et Marie-Edmée Bonpain.

Si Rohan n'était pas rentré quand sonnait l'heure du dîner, Lysiane s'efforçait de se raisonner. « Il a un rendez-vous dont il ne peut se libérer », pensait-elle avec un pincement au cœur. Puis, elle essayait de se convaincre que cela n'avait pas d'importance. Rohan pouvait bien voir qui il voulait !

Heureusement, elle avait des raisons de se sentir utile et appréciée. Elle passait de longues heures à instruire les enfants des Moques-en-Tôle, et prenait toujours le temps de s'assurer que tous avaient bien assimilé les leçons.

Quel intérêt avait-elle à se presser ? Si Rohan rentrait à l'heure, ils dînaient, chacun à une extrémité de la grande table de la salle à manger. Lorsque sa santé le lui permettait, Martial leur tenait compagnie. Invariablement, il demandait à sa bru comment s'était passée sa journée, ce à quoi elle répondait aimablement « tout à fait bien, merci », avant de lui retourner la question. Et la conversation se poursuivait agréablement entre la maîtresse de maison et son beau-père. Sans s'occuper de Rohan qui observait le plus souvent un silence absolu. Pour couronner le tout, ce mufle parfait semblait méditer inlassablement sur les prétextes dont il pourrait user pour se soustraire à l'ennui de ces repas pris en commun.

Lorsqu'ils en étaient réduits à leur seule compagnie, ils tombaient dans le mutisme qui caractérisait leurs relations. Pourtant les sujets de discussion ne manquaient pas. A commencer par la détermination de Lysiane à faire la classe aux enfants des Moques-en-Tôle. Motif de controverse s'il en était. Rohan n'acceptait pas le compromis offert par son épouse aux mégères du camp. Pour embrouiller un peu plus leurs affaires, Martial prenait systématiquement le parti de sa bru.

Rohan n'avait émis aucune objection quant à la construction d'une école. Au contraire, il était d'autant plus favorable à cette innovation que Rémi Escrebieux avait suggéré d'être pour moitié dans cette entreprise à la fois philanthropique et avisée. A condition toutefois que le bâtiment soit érigé à la limite est des Moques-en-Tôle, là où leurs domaines se jouxtaient. D'accord aussi pour prendre en charge la moitié du traitement de l'instituteur. Lequel n'attendait que la fin des travaux pour emménager dans une petite maison attenante au bâtiment.

Que Lysiane passe trois ou quatre heures de son temps à instruire des garnements, Rohan n'y voyait rien à redire. Mais qu'elle fasse le trajet entre Girasol et les Moques-en-Tôle — aller et retour — quatre fois par semaine, avec tous les mauvais drôles qui rôdaient... non! Après force disputes, il avait obtenu qu'elle se fasse accompagner par Hector. Arrangement provisoire qu'elle lui avait concédé, non sans recevoir un avertissement : cet accommodement n'avait rien d'une capitulation, que sa douce épouse se le tienne pour dit.

Comme Lysiane n'accordait aucune attention aux mises en garde de son mari, interdictions ou approbations, ses paroles ne faisaient qu'entrer par une oreille et sortir par l'autre.

Les Moques-en-Tôle n'était pas l'endroit idéal pour enseigner. Par ailleurs, elle avait vite découvert que, si un petit noyau d'enfants avides d'apprendre et désireux de sortir ainsi de leur misère lui donnait de belles satisfactions, les autres élèves lui faisaient parfois passer des moments difficiles. Petit à petit, elle s'était aguerrie et, en attendant que la salle de classe soit terminée, elle aidait de son mieux les élèves méritants. Bientôt, elle céderait la place à un véritable enseignant. Et ce jour-là, elle partirait la tête haute, sûre de n'avoir pas démérité. Ses élèves lui manqueraient, et aussi son travail car il lui offrait un prétexte commode pour éviter de s'interroger sur les anomalies de son absurde mariage et l'ambiguïté de sa situation.

Avec la fatigue accumulée pendant les deux derniers mois, il lui était de plus en plus difficile de rester sereine face à l'indifférence marquée de Rohan. D'autant que la Belle Escrebieuse avait repris l'habitude de s'inviter à dîner dès que Rémi partait en tournée d'inspection pour plusieurs jours.

Ces soirs-là, Lysiane devait refréner son envie de hurler sa rage et de mordre à pleines dents le bras trop dodu de la maudite Solange. D'une voix onctueuse, elle s'excusait auprès de son beau-père puis, sans un regard pour Rohan ni pour « la femme de sa vie », montait dans sa chambre avec la triste perspective d'une nouvelle nuit sans sommeil.

Elle avait beau se répéter que, si sa rivale était jolie, sa beauté cachait un cœur de pierre, rien n'y faisait. D'après les propos échangés entre les domestiques du Rhumé et ceux de Girasol — rapportés fidèlement par ces derniers —, Mme Escrebieux était une véritable mégère qui rendait la vie infernale à ce pauvre M. Rémi et à son personnel. Cette mauvaise femme s'évertuait à monter son mari contre tous ceux qui avaient le malheur de lui déplaire. Comme elle était difficile à satisfaire, tous, à un moment ou à un autre, passaient au crible de sa froide méchanceté.

En proie à un véritable complexe d'infériorité, Lysiane s'estimait très ordinaire. Si quelqu'un lui avait dit que le mouvement souple de ses cheveux blonds, la clarté lumineuse de son teint et le bleu pur de ses yeux exaltaient la grâce innée qui se dégageait de sa personne, elle ne l'aurait pas cru.

Puis, sans que rien le laisse prévoir, les intrusions intempestives s'arrêtèrent.

Rémi avait-il enfin ouvert les yeux ? Martial avait-il laissé entendre à Mme Escrebieux que ses visites étaient importunes ? A moins que, embarrassé par ses attentions gênantes, Rohan ne l'ait dissuadée de venir à Girasol sans son mari ? Mystère.

Quoi qu'il en soit, Lysiane n'eut plus l'occasion de croiser Mme Escrebieux en dehors de la messe dominicale. Il va sans dire que les deux femmes s'évitaient autant que faire se pouvait.

Mécontente d'elle-même, agacée à la perspective des commentaires de leurs amis et connaissances, Lysiane ruminait sans cesse d'impossibles représailles à l'encontre de la mégère.

Le plus horripilant était l'obligation de lui faire bonne figure, afin de prouver à chacun que cette femme ne menaçait en rien la paix de son ménage

En dépit de sa mélancolie, la dernière semaine de cours se déroula sans incident. Le nouveau maître d'école, un jeune métisse à l'air résolu, avait terminé son installation. Dès le lundi, il prendrait la relève. Et Lysiane n'aurait plus à parcourir la longue route conduisant aux Moques-en-Tôle.

9

Ce soir-là, agitée d'émotions contradictoires, Lysiane n'aspirait plus qu'à retrouver la solitude de sa chambre.

Conduite par Hector, la carriole allait cahincaha, oscillant de droite à gauche au gré des fondrières. Soudain, un cahot plus violent faillit la faire tomber.

— Oh, Hector ! Que se passe-t-il ?

— Je sais pas, ma'ame Lysiane, répondit-il en tirant sur les rênes pour arrêter la voiture. J'ai cru voir quelque chose rouler dans le fossé.

Elle se leva, prête à sauter à terre.

— C'est pas pour vous contrarier, ma'ame Lysiane, mais j'aimerais mieux y aller seul. On sait jamais ce qu'on peut trouver.

— Je préfère vous accompagner.

Hector se contenta de hausser les épaules ; elle était la patronne.

Après avoir longé la route en examinant attentivement les lieux, ils aperçurent une forme immobile, gisant au fond d'un fossé à demi asséché. Hector dévala la pente, indifférent aux cailloux qui roulaient sous ses pas, puis il hissa une vieille femme noire inconsciente. Lysiane, agenouillée au bord du fossé, l'aida à faire glisser le corps sur le talus.

— C'est pas Dieu possible, ma'ame Lysiane, c'est la Finette du Rhumé ! La nounou de M. Rémi.

Les doigts de Lysiane glissèrent sur la gorge de la femme, et elle perçut de faibles battements de cœur.

— Rien n'est perdu, elle respire, je crois même qu'elle reprend conscience.

La pauvre gisait toujours inerte sur le talus, mais ses paupières étaient entrouvertes.

La prenant par les épaules, Lysiane lui souleva précautionneusement le buste.

— Finette, m'entendez-vous ? Pouvez-vous parler ?

La vieille femme plongea un regard trouble dans les yeux de Lysiane.

— Oui, murmura-t-elle d'une voix presque inaudible.

Lysiane saisit dans les siennes une main froide qui s'abandonna.

— Ecoutez-moi, Finette, articula-t-elle doucement. Vous êtes sauvée. Nous allons vous ramener au Rhumé.

— Non, ma'ame. Pas au Rhumé. Par pitié, pas au Rhumé !

— Il le faut. Nous ne pouvons pas faire autrement.

— Laissez-moi ici. Je dois aller à l'autre bout du domaine. Une case m'attend là-bas. Seulement, j'aurais dû tourner à main gauche et... voilà.

— Allons, Finette, ce n'est pas grave, tout le monde peut se tromper. M. Rémi ne vous en voudra pas pour si peu.

— M. Rémi est pas là. Il est parti pour... pour... je sais plus où, loin dans ses terres.

— Mme Escrebieux comprendra bien que...

— Non, elle comprendra pas. C'est elle qui m'a forcée à partir de la maison.

Elle tendit ses mains noires déformées par l'arthrite et reprit d'une voix brisée :

— Je sers plus à rien maintenant. Mme Escrebieux dit aussi qu'avec mes mauvaises jambes je traînasse dans la cuisine et j'empêche les autres de travailler.

Lysiane respira très fort pour se retenir de hurler d'indignation.

L'immonde vipère n'avait donc pas de cœur? Comment pouvait-elle jeter dehors une pauvre femme qui n'avait comme tort que d'avoir travaillé toute sa vie au service des Escrebieux? Et Rémi? Valait-il mieux que son horrible épouse?

Sa décision fut prise en un instant. Un coup d'œil à Hector pétrifié et :

— Nous emmenons Finette à Girasol.

— Oui, ma'ame Lysiane! Oh oui!

Ils soulevèrent la vieille nounou et l'installèrent sur le siège de la voiture. Assise près d'elle, Lysiane l'entoura d'un bras compatissant et, d'une légère pression, l'obligea à s'appuyer contre son épaule pour la protéger des cahots.

— A la maison, Hector!

Allongé sous la véranda, Martial glissait lentement vers la somnolence. Son esprit dérivait au gré d'une douce rêverie. A demi assoupi, il entendit la voix de Lysiane chuchoter :

— Père? Vous dormez?

Un sourire indécis flotta sur ses lèvres.

— Presque. Mais à présent, je suis réveillé.

L'air embarrassé, elle se pencha vers lui.

— Pardonnez-moi de vous avoir dérangé mais j'ai besoin de vos conseils.

Le ton grave de sa bru l'alarma. Jusqu'à quand allait-il devoir subir le contrecoup de la conduite de son fils?

— Rohan? avança-t-il d'une voix inquiète.

— Non. Rohan n'est pas en cause. Il s'agit de

Finette du Rhumé. Je suppose que vous savez qui elle est.

— La vieille Finette ? Bien sûr, je la connais ! Elle habite le Rhumé depuis toujours. Lui est-il arrivé quelque chose de fâcheux ?

Lysiane n'hésita qu'une fraction de seconde avant de déballer toute l'histoire.

Au fil du récit, le visage de Martial s'était considérablement rembruni.

N'ignorant rien de la haine profonde portée par Lysiane à Mme Escrebieux, il se sentait cependant tenu à un rôle de modérateur. S'il n'avait pas craint de jeter de l'huile sur le feu, que n'aurait-il dit sur le comportement de cette détestable garce !

— Pauvre Finette ! se contenta-t-il de soupirer.

— Vous pouvez le dire ! Pauvre Finette ! A son âge ! Jetée à la rue sous prétexte qu'elle n'est plus bonne à rien. Après une vie de labeur, n'a-t-elle pas mérité un peu de repos ? Si, bien sûr. Mais l'ignoble Solange ne le voit pas ainsi. Croyez-vous qu'elle éprouve des remords ?

Martial s'apprêtait à répondre mais Lysiane le devança.

— Non, pas le moindre, elle est odieuse, tout simplement.

Le visage de Martial s'assombrit davantage. Ainsi qu'il l'avait redouté, la discussion s'envolait allégrement vers le règlement de comptes. Il esquissa un geste de la main pour tempérer la véhémence de sa bru. Mais, comme si elle avait lu dans ses pensées, celle-ci revint à la charge.

— Evidemment, vous ne voulez pas accabler l'amie de votre fils.

Les mots avaient à peine franchi ses lèvres qu'elle les regretta. Elle n'avait pas envie d'avoir une altercation avec son beau-père dont la santé précaire lui tenait tant à cœur.

— Pardonnez-moi, père, mes paroles ont dépassé ma pensée.

Il haussa des épaules indulgentes.

— Vous avez parfaitement le droit de vous révolter devant le mauvais traitement subi par Finette. Toutefois, je vous conjure de me croire, aujourd'hui Mme Escrebieux n'est plus pour Rohan qu'une vieille habitude. Depuis qu'il vous a épousée, il ne s'est plus jamais retrouvé seul avec elle.

La jeune femme ne parvenait pas à en croire ses oreilles.

— En vérité, père? Expliquez-moi alors pourquoi il rentre si tard chaque soir.

— Tout simplement parce qu'une grande plantation exige énormément. Et que Rohan se charge d'effectuer mon travail en plus du sien. Voilà, ma fille, pourquoi Rohan passe autant d'heures à parcourir les champs de la plantation.

Lysiane aurait dû s'en réjouir, mais, curieusement, ce qu'elle ressentait ressemblait fort à de l'incrédulité.

N'était-ce pas un nouveau mensonge pour protéger son fils? Finalement, elle préféra n'en rien savoir et terminer là leur discussion. Elle contempla pensivement le visage fatigué de son beau-père et ses rares cheveux blancs jadis aussi bruns et fournis que ceux de son fils... à ce qu'il prétendait.

— Où est Finette? demanda Martial pour revenir au sujet de leur conversation.

— Nous lui avons fait prendre un bain et l'avons mise au lit. La pauvre femme était épuisée et pas en état de monter un étage, aussi l'ai-je installée dans la chambre bleue au rez-de-chaussée.

— Parfait! A présent que comptez-vous faire? Avertir Mme Escrebieux?

— Certainement pas! D'après Finette, M. Escrebieux est en tournée pour quelques jours. C'est ici que vos conseils me seront fort utiles. A votre avis, devons-nous attendre le retour du maître pour l'aviser que nous avons recueilli sa vieille nounou ?

— C'est la meilleure solution. Nestine est parente avec la cuisinière du Rhumé, n'est-ce pas ? Qu'elle s'informe de la date du retour de Rémi. Dès qu'il sera rentré, nous lui demanderons de venir ici.

Exactement ce que Lysiane projetait de faire. Néanmoins, elle remercia vivement son beau-père pour ses avis judicieux.

Martial regarda autour de lui d'un air satisfait, puis affirma avec une certaine fatuité :

— J'ai toujours eu la réputation d'être de bon conseil.

Appuyée contre la porte grillagée de la véranda, Lysiane scrutait le ciel assombri. Le soir tombait. D'ici une demi-heure, il ferait nuit noire. Déjà quelques lucioles scintillaient là où l'ombre était plus dense. Au dernier tournant, un cavalier s'engagea dans la longue allée au petit trot. Rohan, enfin !

Dans l'ultime éclat du jour mourant, ses cheveux noirs prenaient des reflets bleutés. Ses larges épaules révélaient les harmonieuses proportions de sa musculature sous la chemise de lin blanc ouverte du col à la ceinture.

Lysiane ne put résister à la tentation de jeter un regard furtif sur la poitrine bronzée à demi dénudée. Puis, ses yeux remontèrent vers le visage, irrésistiblement attirés par la bouche parfaitement dessinée.

Le cœur de la jeune femme manqua un battement lorsque Rohan mit pied à terre et lança la bride à Hector.

Pensive, elle le regarda entrer dans la véranda.

Avait-elle tort d'espérer que tout pouvait encore s'arranger entre eux ? La perspective d'exister enfin aux yeux de son mari la rendait presque euphorique, ce qui avait de quoi surprendre, après la somme d'épreuves accumulées depuis son arrivée à Girasol. Dire que la veille elle était prête à jurer que Rohan ne l'intéresserait jamais ! Elle songea aux longues nuits passées à ressasser des plans de vengeance contre lui. Et là, en cet instant, une réconciliation lui paraissait possible. Si seulement Rohan y mettait un peu du sien, elle ne s'emporterait plus contre son attitude ambiguë, ne l'accablerait plus des mille reproches qu'elle ruminait en secret depuis le jour funeste où elle avait surpris la conversation des deux amants.

Que lui arrivait-il ? Son émoi n'était-il pas le résultat des allégations de son beau-père affirmant que Rohan évitait tout tête-à-tête avec Solange ? Elle ne cessait d'y penser. Et bien qu'elle ne puisse prétendre connaître davantage son mari aujourd'hui qu'hier, elle était cependant sur le point de lui accorder quelques qualités.

Elle se sentait légère, dans une expectative euphorique, comme si des changements favorables allaient lui apporter des raisons d'espérer.

La vie serait tellement plus facile si Rohan ne prenait plus systématiquement le parti de sa belle ténébreuse.

Un frisson d'appréhension parcourut le dos de Lysiane. Comment Rohan allait-il réagir en apprenant les derniers événements ?

Vingt minutes plus tard, elle était fixée.

Tant que se déroula le récit des faits amenant Finette jusqu'à Girasol, Rohan ne fit qu'approuver l'initiative de son épouse, mais dès qu'elle en mentionna la cause, le visage de Rohan se durcit.

— Finette est très âgée. Ce qu'elle a pris pour un

renvoi du Rhumé n'était certainement qu'une incitation à se reposer.

Lysiane se tourna vivement vers lui, les joues enflammées.

— Une incitation au repos ? A l'autre extrémité de la plantation ! Bien sûr ! Mais l'idée n'a pas effleuré un seul instant l'esprit de ta précieuse Solange de faire accompagner une vieille servante quasiment invalide.

Rohan faillit perdre son sang-froid, il ne permettrait à personne de dénigrer Solange.

— Tu es jalouse, affirma-t-il froidement.

— De la grosse dondon qui te fait les yeux doux ? Il faudrait une femme pourvue d'un peu plus d'humanité pour que je le sois.

— Le ressentiment et la jalousie t'aveuglent.

— La jalousie, encore ! s'emporta-t-elle. Cesse de m'assommer avec cela. Ignores-tu qu'il faut aimer pour éprouver ce sentiment ?

— Et, grâce au ciel, tu ne m'aimes pas.

La jeune femme releva le menton.

— L'ai-je jamais prétendu ?

En fait de réponse, Lysiane dut se contenter d'un grognement. Rohan s'empara d'un journal et, sans un mot, quitta la pièce en claquant la porte derrière lui.

Bien décidé à ne pas se mêler de leur querelle, Martial agitait le fond de son verre de citronnade avec une grande application.

— S'il croit que je vais m'abaisser à le rappeler, il se trompe, marmonna-t-elle entre ses dents.

— Lysiane… commença Martial quand ils furent seuls.

— N'essayez pas d'excuser la conduite de votre fils. Rien de ce que vous pourrez dire ne me réconfortera. Qu'il soit amoureux de cette mauvaise créature n'est pas un secret pour moi ! Je l'ai découvert le soir même de mon arrivée ici.

Elle baissa les yeux sur son verre.

— Il ne m'a jamais caché qu'il l'aimait. Jamais il n'a tenté de me faire croire qu'il tenait à moi aussi peu que ce soit.

Martial était trop mal à l'aise pour continuer à soutenir son fils. Belle de visage, d'âme et de corps, Lysiane ne méritait pas d'être traitée avec une telle négligence. Les voisins, les amis et connaissances, tous appréciaient la maîtresse de Girasol. Les serviteurs n'avaient pas assez de mots pour dire combien ils l'adoraient. Et les enfants de la plantation, du plus loin qu'ils la voyaient arriver, se précipitaient pour l'embrasser.

Pour sa part, Martial ne l'aurait pas aimée davantage si elle avait été sa propre fille. Seule exception au concert de louanges... ce cabochard de Rohan.

Le dîner se déroula dans le plus profond silence. Après deux ou trois remarques en vue d'amorcer une conversation, Martial déclara forfait. A quoi bon faire des efforts ? Toute tentative de sa part se soldait par de vagues « oui, père » et autres « tout à fait d'accord, papa » indifférents. De guerre lasse, il se retira dans sa chambre, oubliant par mégarde de refermer la porte de la salle à manger.

Ce dont Poppy profita pour s'engouffrer dans la pièce habituellement interdite à tout animal. Et particulièrement à un petit bichon blanc de race incertaine.

— Tu es satisfaite ? lança Rohan en repoussant sa chaise.

Intriguée, la jeune femme releva les yeux de son assiette à dessert.

— Satisfaite de quoi ? demanda-t-elle, décontenancée.

— Tes bouderies ont chassé mon père de sa propre table.

Devant une telle mauvaise foi, Lysiane riposta avec un sursaut d'indignation.

— Ton humeur n'est guère plus réjouissante, elle est de nature à faire fuir le meilleur des pères.

Un « ça suffit ! » sans réplique lui répondit.

Prenant l'exclamation pour une invite, Poppy sauta sur les genoux de Rohan. Mais le cri outragé de ce dernier fit fuir le bichon qui se réfugia sous la chaise de sa maîtresse.

— Tu es fou de hurler aux oreilles de cette pauvre bête ! Si tu persistes à nous terroriser, Poppy et moi, nous quitterons cette maison. Et tu te dépatouilleras avec tes problèmes de cœur.

La menace produisit l'effet recherché. Rohan bondit sur ses pieds.

— Essaie un peu, pour voir ! Tu ne trouveras aucun endroit où aller, car ici personne n'accepterait d'héberger une épouse en fuite.

— Ah, oui ? dit Lysiane sur un ton qui exprimait les plus grands doutes.

Simple fanfaronnade ! Elle ne pouvait que s'incliner devant tant d'aversion.

Son rêve avait fait long feu. Incapable de supporter plus longtemps l'atmosphère de la pièce, elle en sortit, Poppy sur ses talons, sans remarquer l'air surpris de Cora-Lou qui apportait le café.

Le surlendemain, en début d'après-midi, Reine vint annoncer M. Escrebieux. Un instant plus tard, le front soucieux, il pénétrait dans le petit salon.

— Bonjour, madame Beauclerc. Veuillez pardonner mon intrusion à l'heure de la sieste.

— Vous êtes le bienvenu, monsieur Escrebieux.

Je rentre des Moques-en-Tôle et je n'ai aucune envie de faire la sieste.

— Je croyais vos cours terminés.

— C'était la dernière fois. Lundi matin, le nouvel instituteur prendra la relève.

— Très juste. Je l'avais oublié.

Après un bref silence, il demanda des nouvelles de Martial.

— Il va couci-couça. Un jour bien et l'autre pas. Le médecin n'est guère optimiste. Nous nous faisons beaucoup de souci à son sujet.

Devant sa réticence à évoquer une situation manifestement douloureuse, Rémi arbora un air accablé qui en disait long sur l'amitié qu'il portait à son ami d'enfance. Puis, désireux de mettre fin à la tristesse qui les gagnait à la perspective de la disparition d'un homme qu'ils aimaient tous les deux, il demanda :

— Rohan est ici ?

— Oh, non ! Comme chaque jour que Dieu fait, Rohan est dans les champs.

— Le métier de planteur n'est pas de tout repos. Et souvent je dis...

Il s'interrompit net, ne se sentant pas d'humeur à échanger des banalités.

— Accepteriez-vous de me parler de Finette ? reprit-il d'une voix brusque. La cuisinière m'a raconté que vous l'aviez trouvée, errant sur la route de Girasol.

La jeune femme crut entendre une note de reproche dans la voix de son interlocuteur.

— Nous ne l'avons pas trouvée sur la route mais dans un fossé.

Elle rougit en s'apercevant qu'elle avait haussé le ton et reprit plus calmement :

— Nous revenions des Moques-en-Tôle, Hector

et moi, lorsqu'il a cru apercevoir une forme dans le fossé. En effet, il y avait quelqu'un : Finette.

— Que faisait-elle sur la route de Girasol ?

— D'après ses explications, il semblerait qu'au carrefour, au lieu de prendre la route à gauche, elle ait continué tout droit.

— Tout droit ? Cette route mène au camp est, au fin fond de la plantation. Qu'allait-elle faire là-bas ?

Lysiane balança un instant, ne sachant s'il valait mieux dire la vérité ou faire semblant de tout ignorer.

— Je crois qu'elle voulait rejoindre le camp est où une case était prête pour elle, finit-elle par déclarer.

L'exclamation d'indignation de Rémi n'était pas feinte, il était bel et bien furieux.

— Mais bon sang ! Pourquoi a-t-elle quitté la maison ?

La jeune femme haussa les épaules en signe d'ignorance.

— Cela a-t-il un rapport avec mon épouse ? Elle n'est guère patiente avec les domestiques.

Le geste des deux mains de Lysiane signifia clairement qu'elle ne voulait rien entendre sur ce sujet.

— Ne craignez rien, je n'ai pas l'intention d'étaler nos différends conjugaux. La seule chose qui m'importe est la santé de Finette. Est-elle blessée ? Malade ?

— A cela, je peux vous répondre. Lorsque nous l'avons trouvée, elle était épuisée et presque inconsciente. Ses pieds étaient en sang et ne la portaient plus.

Devant l'air abasourdi de Rémi, la jeune femme hocha la tête pour confirmer ses dires.

— Je comprends de moins en moins. Elle a peine à se déplacer et n'a pour ainsi dire jamais franchi les limites du parc. Pourquoi a-t-elle entrepris ce long parcours ?

— Il vous revient de lui poser la question, monsieur Escrebieux. Si vous voulez bien me suivre, Finette est dans la cuisine. Je vais demander aux servantes de sortir et de vous laisser en tête à tête avec elle.

Quelles que furent les explications de la vieille nounou, lorsque Rémi sortit de la cuisine, il avait l'air furieux. Et ses joues, déjà fort colorées en temps normal, avaient viré au cramoisi. Un silence tendu s'instaura entre eux.

Que dire ? Que Solange était une garce sans cœur ? Nul ne l'ignorait.

Lysiane se faisait un sang d'encre au sujet de la vieille nounou.

— Je vous en prie, monsieur Escrebieux, laissez Finette à Girasol, implora-t-elle. Les personnes âgées ont besoin d'être entourées, choyées. Ici, nous savons faire cela, toutes autant que nous sommes.

— Vous êtes généreuse et compatissante, madame. Mais si la présence de ma vieille nounou venait à vous peser...

— Jamais ! Contrairement à ce que vous pensez, Finette est encore utile. Elle sait comme personne conter des histoires du passé. Du temps où elle était esclave. Comment n'être pas attendri quand elle évoque le jour où elle a perdu son bébé ? Et, le lendemain, lorsque Mme Escrebieux, votre mère, vous a confié à ses soins ? Elle nous décrit l'enfant que vous étiez, combien elle l'aimait alors et combien elle vous aime encore aujourd'hui.

— Jusqu'à quand pensez-vous la garder ici ?

— Tant que Dieu lui prêtera vie.

— Pourrai-je venir la voir ?

— Aussi souvent qu'il vous plaira. Vous êtes toujours le bienvenu à Girasol.

Lysiane détendit ses doigts crispés, elle avait craint un moment que Rémi ne décide de ramener Finette au Rhumé. Tout droit dans la maison de celle qui avait été trop heureuse de s'en débarrasser.

Rémi savait, par expérience, que le mutisme et le dédain constituaient la meilleure parade contre la langue de vipère de son épouse. Il suffisait de la contredire pour qu'elle contre-attaque avec une animosité accrue, et d'habitude, il s'en gardait bien.

Cette fois pourtant, il était résolu à mettre les choses au point. Ils étaient mariés pour le meilleur et pour le pire. Le meilleur... après trois années, Rémi l'attendait encore. Bien obligé d'assumer sa faillite conjugale, il s'en était accommodé. Certes, l'engouement de Solange pour le jeune Beauclerc avait fait jaser. Toutefois, il ne s'était pas complu dans la solitude. Oh, que non ! Au vu et au su de tous, il avait repris ses habitudes de célibataire auprès des belles pensionnaires du *Bougainvillier*. De notoriété publique, le maître du Rhumé n'approchait plus le lit de son épouse. Son honneur de mâle était — presque — sauf. Si Rémi n'était pas un homme heureux, au moins tentait-il de supporter stoïquement les inconvénients d'une union triste et stérile.

Le renvoi de sa vieille nourrice était la goutte qui faisait déborder une coupe pleine depuis très longtemps.

Finette l'avait aimé et soutenu dans toutes les circonstances. Satisfaite de son sort, elle ne demandait jamais rien pour elle-même. Pour quelle raison l'avait-on éloignée de la maison ? Pour quelle raison, bon sang ? Tout simplement parce qu'à soixante-dix-neuf ans la pauvre femme, handicapée par une cruelle arthrite, n'était plus d'aucune utilité !

Heureusement que des personnes au grand cœur l'avaient recueillie !

Fidèle à son habituelle sournoiserie, Solange avait profité de son absence pour se débarrasser de Finette. Si la cuisinière ne lui avait pas dévoilé le pot aux roses, le temps aurait passé sans que lui, le maître, s'inquiète de la disparition de sa vieille nounou. Il la croyait heureuse, à l'abri des vicissitudes de la vie. Alors que Solange méditait son mauvais coup. Avait-elle cru, l'idiote, qu'il ne l'apprendrait pas ?

Non seulement elle l'avait ridiculisé, mais elle avait fait le vide autour d'eux en évinçant tous ceux qui ne montraient aucune indulgence pour sa conduite légère.

Désormais, la politique des yeux fermés était révolue.

— Plus de quartier, elle veut la guerre, elle l'aura ! maugréa Rémi en franchissant le seuil de la porte.

« Où est Finette ? tonna-t-il en entrant dans la chambre de Solange.

L'air faussement détaché, elle esquissa un geste de la main pour signifier le peu d'intérêt qu'elle portait à la question.

— Justement, je voulais t'en parler, commença-t-elle.

— Vraiment ? Je croyais que plus rien ne pouvait me surprendre venant de toi, mais cette fois, tu t'es surpassée.

— Que t'a-t-on raconté ? s'exclama Solange, exaspérée par le ton coléreux de son mari. Finette désirait depuis longtemps se retirer au calme. J'ai accédé à sa demande, voilà tout.

— Solange...

Il prononça son nom la voix lourde d'un avertissement qu'elle choisit d'ignorer.

— Tu sais très bien que les domestiques racontent n'importe quoi, et toi tu gobes tous leurs cancans.

— Vaurienne! jeta-t-il en l'attrapant par le bras.

Raidie sous l'insulte, elle essaya vainement de se dégager.

— Lâche-moi! Finette est partie? La belle affaire! Qu'a-t-on à faire de cette vieille négresse?

— Satanée garce! s'exclama-t-il, la main levée.

Aussitôt, elle tenta de faire marche arrière. Excellente comédienne, elle porta la main à son front et poussa un soupir à fendre l'âme.

— Ecoute, chéri, ta vieille nounou est âgée et très fatiguée. Elle souhaitait se reposer loin du bruit. J'ai... cru agir pour le mieux.

— Tu mens! Je viens de voir Finette, lança-t-il en l'observant à la façon d'un chat guettant une souris.

— Tu... tu es allé... là-bas?

Rémi, les mâchoires contractées, resserra l'étau de ses mains sur le bras de Solange qui en grimaça de douleur.

— Je n'ai pas eu un si long chemin à faire, Finette est à Girasol. Mme Beauclerc l'a découverte agonisant au fond d'un fossé.

— La Beauclerc ne sait que raconter pour me nuire. Et d'abord, que faisait cette vieille folle dans le fossé? Elle devait être saoule, une fois de plus.

Elle se mordit les lèvres avec le sentiment de s'enferrer davantage.

Qui avait vendu la mèche? Les domestiques, bien sûr! Ceux du Rhumé et ceux de Girasol étaient comme cul et chemise. Ces moricauds étaient tous apparentés. En songeant que pas une servante du Rhumé ne l'avait mise au courant du séjour de Finette à Girasol, Solange avait envie de hurler. Ici, personne ne l'aimait. Et ailleurs, non plus. Sauf Rohan. Quoique... celui-ci paraissait l'éviter depuis son mariage. Ah, malheur de malheur! Si seulement elle pouvait crier sa rage ! Mais ce n'était pas le moment. La voix de Rémi contenait tant de ressentiment. Elle avait mieux à faire que récriminer. D'abord, recenser les points positifs : Dieu l'avait faite assez belle pour qu'elle puisse retourner son mari comme une crêpe, n'est-ce pas ?

Les beaux yeux noirs s'humectèrent. Rémi fronça les sourcils. Il la connaissait si bien, la vipère, et savait ce que valaient ses larmes de crocodile. Elle avait trop souvent usé de ce subterfuge pour qu'il puisse encore s'y laisser prendre. Bien décidé à lui montrer le peu de cas qu'il faisait de son stratagème, il la relâcha avec une brutalité calculée qui lui arracha un cri étouffé. Elle recula d'un pas en frottant son bras endolori.

— Ré... Rémi... bégaya Solange dont la peur rendait l'élocution difficile. Je... je pensais...

L'expression du visage de son mari la fit frissonner.

— Prie Dieu que Finette guérisse vite. Sinon, il ne te restera qu'à faire tes valises.

— Voyons, Rémi ! Où veux-tu que j'aille ?

Mais la porte était déjà refermée sur lui.

Dans la semaine qui suivit, la situation se dégrada au Rhumé. L'office et les communs donnaient sur l'aile arrière de la maison. Malgré la distance, les bruits de violentes disputes parvenaient jusqu'aux oreilles des domestiques. A vrai dire, ils entendaient surtout les éclats de voix du maître qui apostrophait durement son épouse. Les réponses de la maîtresse étaient rarement audibles. Sauf une fois, où ses glapissements furent nettement perçus.

— Ne me pousse pas à bout, Rémi ! Un jour, je partirai, je retournerai chez mes parents.

— Le plus tôt sera le mieux, espèce de harpie.

Le bruit d'un objet lourd qui tombait fut suivi d'un hurlement aigu.

Puis, l'état de Finette s'améliorant, les époux ennemis espacèrent leurs disputes.

10

La porte de la chambre s'ouvrit sur Cora-Lou dont le visage cramoisi témoignait de sa hâte à monter les escaliers.

— Ma'ame ! C'est vrai ce que raconte Nestine ! Les maîtres du Rhumé se disputent sans arrêt.

S'efforçant visiblement de cacher son exultation, elle installa une chaise devant la coiffeuse.

— Asseyez-vous, ma'ame, que je vous coiffe.

Comme chaque matin, Poppy s'empressa de sauter dans les bras de sa maîtresse qui le câlina un instant avant de le poser sur ses genoux.

Brosse en main, Cora-Lou ouvrit grands les bras en poussant un soupir dramatique.

— Ils crient tellement fort que leurs gens ne peuvent plus dormir.

— Cora-Lou, je t'ai dit plus de cent fois de ne pas répéter les cancans des uns et des autres, répliqua Lysiane d'une voix exaspérée.

— C'est pas les uns et les autres, c'est la marraine de ma belle-sœur, qui est bonne à tout faire au Rhumé, qui me l'a dit.

— Elle ferait mieux d'être plus discrète. Les histoires de ses maîtres ne la concernent pas.

Cora-Lou se rembrunit.

— N'empêche qu'elle n'est pas la seule à se plaindre d'être tenue éveillée par les grosses colères de M. Rémi. Si vous ne me croyez pas, demandez voir à Nestine ce qu'en pense la cuisinière du Rhumé, sa parente.

— Suffit, Cora-Lou ! Tu sais que je n'aime pas les commérages.

— Vérité n'est pas commérage ! Tout le monde au Rhumé a entendu M. Rémi crier à pleine voix qu'il allait, sauf votre respect, foutre sa femme dehors.

Mettre Solange à la porte ! Bonté divine !

Lysiane refoula le gémissement qui lui montait aux lèvres. C'était d'autant plus exaspérant qu'elle ne pouvait ouvertement critiquer ou approuver Rémi Escrebieux.

Les yeux des deux femmes se croisèrent dans le miroir de la coiffeuse et, l'espace d'une seconde, chacune soutint le regard embarrassé de l'autre.

— Que fait-on pour vos cheveux ? Relevés ou attachés avec un ruban ?

Lysiane haussa les épaules. Elle avait beau s'efforcer de fixer son attention sur ce que faisait Cora-Lou, ce qu'elle venait de lui rapporter ne cessait de résonner dans sa tête : Rémi Escrebieux menaçait de mettre son épouse à la porte. Solange le méritait largement. Et Lysiane se fichait éperdument du sort de cette virago. La réaction de Rohan seule la préoccupait. Que ferait-il ? Volerait-il au secours de « la femme de sa vie » ? Abandonnerait-il son épouse au mépris de toute morale ?

— Dites, ma'ame, vous croyez que la situation va s'arranger au Rhumé ?

— Comment veux-tu que je le sache !

Lysiane n'avait pas élevé la voix, mais le ton était tranchant.

La femme de chambre jeta un regard assombri vers sa maîtresse avant de se pencher pour prendre un ruban.

— Oh ! Vous étiez là, m'sieur Rohan ? s'exclama-t-elle.

Lysiane aperçut son mari dans l'embrasure de la porte. Depuis combien de temps était-il là ? Avait-il surpris leur conversation ?

Heureusement qu'elle n'avait pas pour habitude de se confier à Cora-Lou. D'ailleurs, que lui aurait-elle raconté ? Que l'homme appuyé contre le battant de la porte n'attendait que le bon moment de se débarrasser d'une épouse encombrante ? A peine avait-elle le courage de se l'avouer à elle-même !

Rohan s'adressa à Cora-Lou :

— Tu as fini ? Bien, laisse-nous.

Les yeux de la femme de chambre faisaient la navette de la maîtresse au maître.

— Eh bien ? lança-t-il. Qu'attends-tu encore ?

— C'est que... j'allais aider ma'ame Lysiane à s'habiller.

— Je m'en chargerai si besoin est.

Cora-Lou refermait déjà la porte derrière elle. Pensive, Lysiane observa son mari.

— Que me vaut cette visite matinale ?

— J'ai surpris ta conversation avec Cora-Lou.

— Involontairement, bien sûr ! riposta-t-elle sur un ton peu aimable.

Comme il acquiesçait d'un signe, elle poursuivit :

— A la lueur de ce que tu as surpris, quelle est ton opinion ? Penses-tu que la Belle Escrebieuse va s'en sortir sans y laisser des plumes ?

Que n'avait-elle dit là !

Le visage de Rohan se contracta perceptiblement. Lysiane en éprouva une vague satisfaction.

— Tu ne réponds pas, Rohan ?

Il lui adressa le regard excédé que l'on réserve habituellement aux enfants insupportables.

— Si tu y regardais à deux fois avant de te mêler des affaires des autres...

— ... tu aurais laissé Finette mourir dans son fossé, acheva-t-elle à sa place.

Il se contenta de hausser les épaules. Et Lysiane lui en voulut bien plus que s'il avait souligné ouvertement son exagération.

— Pour en revenir à la conversation que j'ai surprise, les affirmations de Cora-Lou sont exactes. Le torchon brûle chez les Escrebieux. Tu t'y attendais, non ?

— Si j'interprète bien tes paroles — et comment les interpréterais-je mal : elles sont si clairement exprimées —, je suis responsable du différend qui oppose les Escrebieux, renchérit-elle d'une voix mordante.

Vexé de s'être montré si peu psychologue, Rohan se rembrunit.

— Dorénavant, si je trouve un moribond sur la route, je tournerai la tête de l'autre côté, poursuivit Lysiane, avec des tremblements dans la voix.

Rohan sembla déconcerté ; il ne s'attendait manifestement pas à une réaction aussi excessive.

— Lysiane, ne rends pas la situation plus difficile qu'elle ne l'est. Essayons de ne pas prononcer des paroles que nous regretterions par la suite.

Il adopta un ton conciliant.

— Tu as eu raison de secourir Finette, je te l'accorde. Tu as le cœur généreux et c'est tout à ton honneur. Néanmoins...

Voyant Lysiane esquisser un geste de la main, Rohan s'imagina qu'elle allait se rebiffer.

— ... néanmoins, reprit-il en haussant la voix, tu agis par instinct sans réfléchir aux conséquences de tes actes.

La jeune femme respira très fort pour éviter de s'emporter.

— Non-assistance à personne en danger, tu connais ?

— Il ne s'agit pas de cela, répliqua-t-il sur un ton où perçait l'impatience.

Bien qu'il n'ait pas élevé la voix, Lysiane eut l'impression qu'il avait vociféré chaque mot. Même Poppy y fut sensible. Tête basse, il rampa sous le siège de sa maîtresse.

— Bon, admettons ! De quoi m'accuses-tu au juste ? lança Lysiane, contenant à grand-peine son exaspération.

— Je t'en prie, Lysiane, personne ne t'accuse de quoi que ce soit.

Ah, bon ? Et de quoi discutait-il donc depuis son entrée dans la chambre ? La mauvaise foi de Rohan la rendit momentanément muette, ce dont il profita, évidemment.

— Rémi a quitté Girasol, furieux contre son épouse, et depuis, il n'a pas décoléré.

— La pauvre ! Et elle s'en est plainte à toi, bien entendu !

Nullement impressionné par le regard furibond qu'elle lui décocha, il secoua la tête d'un air découragé.

— Que vas-tu chercher encore ?

— Rien que je n'aie déjà trouvé. L'ineffable Mme Escrebieux a fait de mon existence un véritable chaos.

Remarque qui faillit le faire exploser. Cependant, il se retint et décida de mettre l'égarement de Lysiane sur le compte du ressentiment.

— Je perds mon temps à discuter avec toi.

Lysiane cherchait une riposte fracassante, mais la discussion fut close par un « bang » sonore. Rohan venait de partir en claquant la porte de la chambre.

Elle se reprocha amèrement d'avoir laissé éclater sa rancœur, témoignant ainsi sa satisfaction d'apprendre que de violentes scènes opposaient les Escrebieux.

Le cœur serré, la jeune femme tenta d'analyser la situation. Qu'en penser, d'ailleurs ? Elle trouvait Rohan plus séduisant de jour en jour. Jamais elle n'aurait osé lui avouer qu'elle arpentait nerveusement la longue véranda s'il n'était toujours pas rentré à la tombée de la nuit. Que son cœur bondissait dans sa poitrine dès qu'elle le voyait déboucher derrière les arbres et qu'elle se contraignait alors de ne pas dévaler l'allée pour se jeter dans ses bras !

En vérité, dès qu'elle posait les yeux sur son mari, son sang circulait plus vite, l'irrésistible envie de se rapprocher de lui, de se pendre à son cou l'envahissait. Comment pouvait-on être assez stupide pour tomber amoureuse d'un homme épris d'une autre femme ? Très honnêtement, elle devait reconnaître que Rohan ne lui avait jamais rien promis d'autre qu'une sécurité matérielle. Il avait été très clair à ce sujet, elle n'était pour lui qu'une épouse intérimaire. De celles que l'on rejette avec soulagement dès qu'elles n'ont plus d'utilité. Autant l'admettre une fois pour toutes, l'amour n'était pas fait pour elle.

Lysiane caressait machinalement la tête de Poppy lorsqu'elle fut frappée par une évidence. Malgré leurs divergences et l'abîme qui les séparait, Rohan était bel et bien devenu le centre de sa vie.

Les jours suivants, nul accrochage ne les ayant opposés, le jeune couple adopta une sorte de *modus vivendi*.

Au grand désarroi de la jeune femme, l'emprise de Rohan sur elle allait croissant. Son mari s'insinuait dans chacune de ses pensées. Et lorsqu'il était dans la maison, s'éloigner de lui devenait impossible. Il ne s'écoulait pas une heure sans qu'elle recherche sa compagnie. Le dîner terminé, Martial se retirait dans ses appartements. Rohan s'asseyait alors dans un fauteuil, la tête penchée en arrière, les yeux clos. Lysiane en profitait pour l'observer. Les battements de son cœur s'accéléraient. Submergée par une émotion profonde qui bouleversait son être, elle se régalait à détailler chaque trait de son visage.

Toutefois, c'était aux heures sombres du soir qu'il la hantait le plus. Certaines nuits, en tapinois, elle allait même jusqu'à le regarder dormir.

Au fil des mois, elle avait pris soin d'ériger des barrières pour se protéger de l'irrésistible magnétisme qu'il exerçait sur elle. Où donc s'en était allée cette protection instinctive qui l'aidait à feindre l'indifférence ? Il n'en restait rien.

La passion s'était faufilée insidieusement dans son âme. Si seulement elle en avait pris conscience à temps, elle aurait combattu cette attirance. A présent, il était trop tard.

L'humeur de Rohan ne s'améliora pas les semaines suivantes. En dépit d'une situation éprouvante, Lysiane ne se laissait pas impressionner par ses airs renfrognés. Après tout, elle n'avait rien à se reprocher, elle ! La maison était très bien tenue et les visiteurs aimablement accueillis et bien reçus, n'est-ce pas ? Martial, son cher beau-père, dont l'état de santé se détériorait lentement, faisait l'objet de tous ses soins. Les domestiques n'avaient aucun motif de se plaindre. Quant à Finette, dorlotée comme un bébé, elle n'avait jamais été aussi choyée de sa vie.

Rohan était le seul à bouder sa compagnie. Certes, les disputes avaient cessé, mais les discussions aussi, hélas !

Lorsque Martial assistait au dîner, Rohan lui narrait les faits ayant jalonné sa journée. Il parlait avec animation mais prenait soin de ne jamais s'adresser directement à elle. Aussi la jeune femme se contentait-elle de sourire d'un air contraint quand l'un ou l'autre faisait mine de réclamer son avis.

La couronne de cheveux blancs s'était encore clairsemée autour de la calvitie luisante de Martial. La maladie et l'inactivité forcée l'avaient beaucoup marqué. Le corps amaigri, le teint blafard, il n'était plus que l'ombre de lui-même. Et, depuis sa dernière alerte cardiaque, il dînait rarement avec eux. Lorsque c'était le cas, Lysiane l'aidait à traverser lentement le long couloir longeant la véranda. Alors, tout essoufflé, il se laissait tomber sur une chaise pour attendre que son cœur ralentisse sa course folle. En le voyant ainsi prostré, Rohan et Lysiane sentaient l'angoisse leur serrer la gorge.

— Ça va, papa? s'inquiétait Rohan en écoutant la lourde respiration de son père.

Ce dernier souriait en fixant sur son fils et sa bru ses yeux doux et lucides.

— Allons, mes enfants, encore un mauvais tour joué par mon vieux cœur. Ce n'est rien du tout, affirmait-il dès qu'il était en état de parler.

Rohan ne voulait pas voir l'évidence, c'était dans sa nature, mais, confusément, il savait que son père mentait pour les rassurer.

Il se tournait alors vers Lysiane pour rencontrer un regard agrandi par l'anxiété.

Au début du mois d'octobre, Martial dut s'aliter. Rohan se rendait compte que son père allait de plus en plus mal. Néanmoins, comme l'idée qu'il puisse mourir lui était insupportable, il la repoussait au plus profond de son esprit.

Au fil des jours, l'état du malade empirait considérablement. Rohan se mit à passer ses moindres instants de loisir dans la chambre de son père et, dorénavant, il s'arrangeait pour rentrer déjeuner à la maison de façon à rester une petite heure à son chevet.

La deuxième semaine du mois, alors que l'été

s'annonçait, une humidité étouffante s'abattit sur Ste-Suzanne et ses environs.

Après avoir expédié le repas de midi, Rohan rejoignit son père. Allongé sur son lit, appuyé sur trois oreillers, Martial se reposait, le corps à demi couvert d'un drap. Il ouvrit les yeux. Un chaud sourire illumina son visage.

— Assieds-toi, invita-t-il, je ne dors pas, je réfléchis.

Rohan s'installa sur le bord du lit et, affectueusement, prit la main de son père.

— C'est incroyable tout ce qui peut passer par la tête lorsqu'on est couché. A l'instant même, j'étais en train de me dire que, dans mes vieux jours, j'aurais aimé avoir une abondante chevelure blanche...

Il rit malicieusement comme d'une bonne farce qu'il aurait mise au point. Rohan lui sourit tendrement et renchérit :

— Je vois : une crinière de lion vieillissant.

Les deux hommes s'esclaffèrent, et Martial reprit :

— Et ce n'est pas tout ! J'aurais voulu être aussi grand que toi. Te ressembler davantage.

Rohan n'en crut pas un mot. Car son père avait toujours fait grand cas de sa propre personne.

Le soleil tentait d'entrer dans la chambre à travers les rideaux tirés. Martial avala péniblement sa salive. Il avait soif mais décida d'attendre. Une immense affection le fit sourire à son fils si cher à son cœur.

— Rohan, tu m'as donné tout ce qu'un père peut souhaiter obtenir de son enfant. J'aimerais tant que tu puisses connaître ce bonheur, toi aussi. Lysiane est une merveilleuse jeune femme. Si tu acceptais de faire un effort...

Le visage de Rohan se rembrunit, expression que Martial n'apprécia pas beaucoup.

— S'il te plaît, papa ! Ne remets pas encore une fois le thème de mon mariage sur le tapis.

— Je veux que tu sois heureux. Est-ce trop demander ?

Le visage fermé, Rohan fit un geste pour se lever, Martial le rattrapa par sa manche.

— Ne pars pas, ce que j'en disais n'était qu'histoire de parler.

Sa voix était lasse. Il ferma les yeux et sentit à nouveau le poids de Rohan sur le lit.

— Alors n'en parlons plus. Je n'ai que faire d'un fils, puisque je t'ai. Nous n'avons besoin de personne entre nous, papa. Personne !

Ce dernier mot fut prononcé avec force. Martial émit un petit rire et ouvrit les yeux.

— Avant ta naissance, je ne me voyais guère en père de famille. Et pourtant... depuis le jour où tu es né, je remercie Dieu de t'avoir donné à moi. Je suis sûr — *sûr*, tu m'entends ? — que, si j'avais eu le choix entre tous les enfants de la Création, c'est toi que j'aurais choisi.

Il soupira et reprit pensivement :

— Oui, toi. Un fils est une bénédiction du ciel, Rohan.

Désireux de mettre fin à l'attendrissement qui les gagnait, Rohan déclara gravement :

— Et moi, je t'aurais choisi comme père, avec en option une abondante chevelure blanche.

Martial fut saisi d'un fou rire qui le redressa à demi. Il ouvrit la bouche, aspira l'air et retomba lourdement sur les oreillers, une main crispée sur sa poitrine.

— Papa ? Papa ? Réponds-moi, papa ! Ne me fais pas marcher. PAPA !!!

Il sortit en hurlant de toutes ses forces :

— Lysiane !

La jeune femme pénétra en trombe dans la pièce. Le cœur chaviré de peine, elle comprit au premier regard que son beau-père n'était plus.

— Mon Dieu, il est mort, balbutia-t-elle d'une voix brisée.

Rohan rétorqua violemment :

— Tu es folle ! C'est un simple malaise. Ne reste pas là comme une bûche. Envoie quelqu'un chercher le médecin.

Fou de désespoir, il attrapa Martial par le col de sa chemise et le secoua rudement.

— Papa ! Parle-moi ! Parle-moi, papa !

Le visage ruisselant de larmes, la jeune femme effleura l'épaule de son mari.

— C'est fini. Notre cher père nous a quittés.

Le dos de Rohan se raidit. Quant à l'expression de ses yeux lorsqu'il tourna un instant son regard vers elle, Lysiane aurait donné dix ans de sa vie pour ne pas l'avoir vue. Sa peine était immense ; Martial avait été si bon avec elle. Mais plus important était pour elle d'aider Rohan à supporter son horrible chagrin. Il souffrait tellement ! Elle glissa un bras autour de ses épaules et attira sa tête sur sa poitrine en lui caressant doucement le dos et en murmurant des mots apaisants.

Rohan ne pouvait détacher son regard du visage de son père qui se couvrait lentement d'une lividité bleuâtre, de ses yeux exorbités. Sa bouche, grande ouverte, pitoyable sous sa moustache blanche, semblait prête à parler.

Lysiane eut l'occasion de réaliser à quel point son beau-père avait su gagner l'estime et l'amitié des habitants de l'île. Il en arrivait de partout pour rendre un dernier hommage au défunt. A longueur de journée, Reine conduisait les visiteurs dans le petit salon où, mains jointes sur un chapelet, reposait le corps de Martial. Un signe de tête de la part de Rohan était la seule réponse aux expressions de réconfort et de sympathie. Aucune parole ne pouvait le consoler. Il venait de perdre à la fois son père et son meilleur ami.

Cependant, malgré la douleur et la confusion dans lesquelles il était plongé, il reconnaissait qu'en ces tristes circonstances son épouse était parfaite.

Prenant sur elle de régler le rituel des funérailles, Lysiane lui en épargna les détails pénibles. Quand, à bout de douleur, elle succombait à son chagrin, elle s'éloignait pour pleurer en cachette de Rohan. Et lui ne pouvait qu'admirer la dignité de son comportement.

Les averses torrentielles de la veille avaient momentanément cessé et Rohan commençait à transpirer. Lysiane ayant exigé la présence de Reine à l'enterrement, les deux femmes, toutes de noir vêtues, se tenaient aux côtés du nouveau maître de Girasol.

Le chapeau entre les mains, le visage ravagé par le chagrin, ce dernier écoutait les paroles solennelles du prêtre. Voisins et amis étaient venus grossir le petit noyau familial. Derrière eux se pressait la foule silencieuse des domestiques de Girasol et des plantations environnantes. Quelques femmes des Moques-en-Tôle, accompagnées de leur marmaille, avaient fait la longue route pour soutenir de leur présence la première maîtresse à s'être occupée de leurs enfants.

Lysiane ne voyait rien, ni personne. Elle ne se souciait que du chagrin de son mari.

La cérémonie terminée, les paroles de réconfort qu'elle murmura à son oreille ramenèrent Rohan à la réalité. Déjà, les voisins s'écartaient pour les laisser passer au milieu de murmures compatissants. Reine les escorta jusqu'à la petite chapelle dédiée à saint Gabriel où, selon l'usage, la famille endeuillée allait recevoir les condoléances.

— Comment te sens-tu ? interrogea Lysiane.

Rohan répondit brièvement :

— J'ai hâte de rentrer chez nous.

Le premier d'une longue file tendit la main.

— Je vous présente mes condoléances.

— Nous partageons votre douleur, dit le deuxième.

Ces phrases si souvent entendues depuis deux jours ne parvenaient plus jusqu'à leur cerveau embrumé. Ils remerciaient d'une manière mécanique, taraudés par l'envie de s'en retourner enfin chez eux où, selon l'usage, la famille et les amis ramèneraient le défunt. Il serait enterré à l'endroit bien exposé du jardin, où reposaient déjà son père et sa mère. Ensuite, tous rentreraient à la maison où des rafraîchissements leur seraient servis.

Le reste de la journée se déroula comme dans un cauchemar. Enfin, vint l'heure du dîner et les invités prirent congé.

11

Brisée de lassitude, Lysiane appuya sa tête contre le dossier du fauteuil. La tension qui avait pesé sur elle tout au long de ces épuisantes journées autour des funérailles commençait à se relâcher un peu.

Chaque matin, elle allait sur la tombe de Martial. Là, tout en arrangeant des fleurs fraîches, elle lui narrait par le menu les événements de la veille.

Imperceptiblement, Rohan s'était éloigné d'elle. La jeune femme esquissa un sourire nostalgique en se remémorant l'entente qui leur avait permis de faire front commun contre le malheur.

En apparence, la vie continuait normalement chez les Beauclerc mais, en réalité, la situation n'avait guère évolué. A plusieurs reprises, Lysiane avait tenté de se rapprocher de son mari.

Cependant, Rohan faisait toujours mine de ne pas s'en apercevoir. Il avait adopté envers elle une attitude de déférente froideur comme pour signifier que leur complicité temporaire n'avait plus de raison d'être.

Pourtant, force lui était de reconnaître que, peu à peu, il s'attachait à la jeune femme. Idée d'autant plus dérangeante qu'il était convaincu d'appartenir exclusivement à Solange.

Certains soirs, il fixait longuement Lysiane en silence et sans l'ombre d'un sourire. Luttant contre la confusion qui alors s'emparait d'elle, la jeune femme s'efforçait de soutenir bravement le regard impassible posé sur elle.

Malgré sa déception, elle le comprenait. Maintenant que la vie s'allégeait et que son chagrin s'estompait, Rohan voulait oublier. Et la présence de son épouse lui rappelait cette période insupportable de son existence.

Pour Lysiane, rien n'avait changé. Sinon qu'elle était encore plus profondément amoureuse de Rohan. Perdue lorsqu'il n'était pas là, troublée en sa présence, elle désirait passionnément lui plaire ou, tout au moins, lui faire plaisir. La jalousie la rongeait. Mais, plaçant le bonheur de Rohan avant le sien, elle n'aurait reculé devant aucun sacrifice pour lui arracher un sourire.

Ce soir-là, lorsque Rohan pénétra dans la salle à manger, Lysiane s'émut de l'épuisement qu'elle lut sur son visage. Il se laissa tomber lourdement sur une chaise. La jeune femme lui tendit spontanément un verre de rhum-coco qu'il but avidement.

— Tu ne te sens pas bien ? s'inquiéta-t-elle d'une voix anxieuse.

— Fatigué.

— Tu aurais dû rentrer plus tôt.

Il ferma les yeux.

— Trop de soucis pour écourter la journée.

— Quels soucis, Rohan ? Veux-tu m'en parler ?

— Rien qui te concerne.

Déclaration qui emplit Lysiane d'un mélange de colère et d'humiliation.

— Pas faim. Trop fatigué, marmonna-t-il en se levant péniblement.

— Va te coucher, je vais préparer une infusion et te la monter.

Il obéit sans protester, ce qui ne manqua pas d'étonner la jeune femme. Le voyant vaciller, elle lui tendit la main et perçut sous ses doigts les muscles fermes de son avant-bras et sa peau brûlante. Comme si ce contact lui déplaisait, Rohan s'écarta en grimaçant et affermit son pas pour traverser la pièce.

La lumière se fit dans l'esprit de Lysiane.

— Tu as bu ?

Il haussa les épaules et déclara d'une voix épaisse :

— Oui. Et j'ai de bonnes raisons pour cela.

Dans le couloir, il pressa son front contre le mur. Les raisons de boire ne lui manquaient certes pas ! Que peut faire d'autre un homme normalement constitué et dans la force de l'âge lorsqu'il est contraint de brider ses pulsions sexuelles ? N'avait-il pas plus que quiconque des excuses pour chercher dans l'alcool l'oubli de ses tourments ? Marié depuis plus d'un an, il ne partageait pas le lit de son épouse. De son fait, il était bien obligé de le reconnaître. En outre, il n'était toujours pas l'amant de la femme qu'il aimait. Ni tout à fait marié, ni célibataire, il restait sur la touche. Pour couronner le tout, il ne pouvait aller ouvertement au *Bougainvillier* sans risquer les critiques de ses pairs et leurs allusions plus ou moins déguisées. Il en était réduit à s'y faufiler en cachette aux petites heures du matin, tel un ecclésiastique honteux. Ce comportement sournois lui minait le moral. Il avait beau se répéter qu'il n'était qu'un homme avec des exigences normales, cela ne l'empêchait nullement de constater que son existence était devenue invivable.

Résultat, il avait craqué.

Des mois durant, persuadé que Lysiane n'était qu'un contretemps dans sa vie, il avait rêvé qu'un jour ou l'autre, venue du ciel ou d'ailleurs, une solution miraculeuse le libérerait de cette union née d'une imposture. Non consommé, ce mariage serait vite dissous par un divorce ou par une annulation.

C'était avant. Avant qu'il ne découvre que Lysiane était bonne, généreuse et compréhensive. Il avait eu maintes fois l'occasion de remarquer les efforts déployés par son épouse pour satisfaire l'éternel mécontent qu'il était devenu. Depuis son installation à Girasol, Lysiane avait tout accepté. Elle avait offert à tous loyauté et affection. En récompense, elle n'avait reçu de sa part que dédain et critiques. Sans se plaindre, elle avait même supporté l'humiliation qu'une autre femme tienne la première place dans le cœur de son mari.

Il monta laborieusement les escaliers, pénétra dans sa chambre et se jeta sur le lit.

L'irrésolution qui le tenaillait s'amplifiait de minute en minute.

Amoureux de Solange, il l'était, sans aucun doute. Quoique... A la réflexion, Solange ne répondait pas toujours à ce qu'il attendait d'elle. Mettant de côté son inébranlable fidélité pour Rémi, autre chose le tracassait. Sa belle avait parfois des mots malheureux. Ainsi lui avait-elle murmuré à l'oreille lors d'une rencontre tout à fait fortuite :

— Depuis l'enterrement de votre père, vous faites tout pour m'éviter...

Vraiment ? Il ne s'en était pas aperçu.

— ... vous lui étiez très attaché, c'est entendu, mais le temps de réagir est venu. N'oubliez pas que, sans lui, vous seriez toujours célibataire. Et que nous aurions pu continuer à nous voir et à être heureux.

Rohan s'était interdit d'analyser la déception ressentie. Néanmoins, le ton avec lequel elle avait émis cette réflexion l'avait perturbé, faisant remonter à sa mémoire les rosseries dont elle était coutumière. Dans la confusion où il se trouvait, ses remarques l'avaient vivement contrarié.

Il se releva et, titubant jusqu'à la fenêtre, ouvrit les volets avec une telle violence qu'ils heurtèrent bruyamment le mur avant de se refermer à demi. Alors, il entreprit d'enlever ses vêtements qu'il sema aux quatre coins de la pièce. Après quoi, il s'affala sur le lit.

Lysiane lui accorda un petit quart d'heure pour se déshabiller et se coucher avant de lui monter l'infusion de tilleul préparée à son intention.

La tasse à la main, la jeune femme emprunta l'escalier et gagna la chambre de son mari. Elle frappa doucement et attendit un moment avant de se décider à entrer.

En dépit des volets ouverts, il y régnait une chaleur étouffante.

— Rohan ? appela-t-elle doucement en se dirigeant vers le lit sur la pointe des pieds.

Il dormait comme une souche.

Avec avidité, elle le contempla longuement. Les rayons argentés de la lune s'infiltraient par les volets et, caressant sa poitrine couverte d'une fine pellicule de sueur, éclairaient la peau lisse et hâlée des épaules et du visage, laissant le reste du corps dans la pénombre.

La main de la jeune femme se tendit pour repousser en arrière une mèche collée sur le front de Rohan. Il esquissa un battement de paupières. Entre les cils noirs, deux pupilles grises brillèrent un bref instant. Lysiane retint son souffle, le temps que Rohan se rendorme en soupirant.

— Bonne nuit, mon amour, murmura-t-elle avant de repartir sur la pointe des pieds.

Alors qu'elle passait la porte, elle entendit Rohan s'agiter et émettre un grognement comme s'il était sur le point de se réveiller.

Deux heures plus tard, elle fut tirée de son sommeil par le grondement sourd d'un roulement de tonnerre lointain. Un instant figée, elle tenta de recouvrer ses esprits. Ce tintamarre ne risquait-il pas de réveiller Rohan ? Tout en enfilant son peignoir, elle courut pieds nus jusqu'à la porte de la chambre de son mari. Elle posa une main hésitante sur la poignée, mais la tentation de s'assurer qu'il allait bien était trop forte et elle n'y résista pas.

De longues secondes s'écoulèrent avant qu'elle n'ose s'asseoir au bord du lit.

La gorge nouée par l'émotion, elle se pencha sur lui. N'y tenant plus, elle frôla des doigts la chevelure brune. Puis sa main glissa le long de l'épaule et remonta caresser le visage. Le picotement d'une barbe naissante fit courir en elle un long frémissement. Rohan semblait si vulnérable. Le mari arrogant, qui ne cessait de jauger son épouse, n'était plus qu'un homme que le sommeil rendait aussi faible qu'un nouveau-né.

Lysiane se pencha un peu plus. Depuis des mois, elle rêvait de l'embrasser. Oserait-elle ? Il dormait si profondément qu'il ne s'en apercevrait pas. S'approchant plus près encore, elle se grisa de l'odeur de sa peau. En proie à une délicieuse exaltation, elle posa délicatement ses lèvres au coin de la bouche chaude. Il sursauta et referma les bras autour de Lysiane, laquelle se retrouva prisonnière de son étreinte, le visage enfoui au creux de son cou, là où une artère battait fiévreusement. Dans un élan, elle jeta les bras autour des épaules de Rohan qui étouffa un gémissement dans ses cheveux tandis que ses lèvres glissaient jusqu'à l'oreille de la jeune femme et qu'il murmurait :

— Je t'attendais. Oh, comme je t'attendais !

La chaleur, l'odeur de Rohan, ses paroles engloutirent Lysiane dans un océan de bonheur, l'enveloppèrent d'un délicieux nuage de volupté.

— Embrasse-moi, je t'en prie, chuchota-t-il.

Combien de fois n'avait-elle prié pour qu'un tel miracle se produise !

Elle cessa de penser dès l'instant où la bouche de Rohan fondit sur la sienne. Il plongea ses doigts dans l'épaisseur de ses cheveux pour la retenir contre lui.

Précaution inutile ! S'échappait-on du paradis ?

Le baiser s'approfondissait, explorait la bouche offerte. Quand la langue de Rohan toucha la sienne, Lysiane poussa un soupir rauque. Emportée par un tourbillon de sensations inconnues, elle s'abandonna lorsqu'il plaqua son corps contre le sien. Jamais, même dans ses rêves les plus fous, la jeune femme n'aurait pu imaginer qu'un baiser pouvait déclencher un émoi aussi intense. Une telle faim de Rohan, un tel désir de s'unir à lui la tenaillaient, qu'elle avait l'impression qu'un feu soudain l'embrasait.

Il lui emprisonna le visage entre ses paumes pour l'embrasser plus sauvagement encore. Ecartant le peignoir et la chemise de nuit de Lysiane, il chercha le contact de sa peau avec une avidité qui égalait la sienne. Incapable de prononcer un mot, la jeune femme se pressait fébrilement contre lui.

— Tu es si belle, murmura-t-il, si douce, si chaude.

Elle ondulait sous la caresse de ses doigts, délirante de bonheur.

— Je savais que tu étais parfaite. Je l'ai toujours su.

La voix passionnée de Rohan lui mettait les nerfs à vif autant que ses baisers. Partout où sa bouche se posait, il éveillait en elle de nouvelles sensations. Soudain, sans avoir compris comment, elle se retrouva nue entre ses bras ; libre de laisser son corps s'épanouir sous les mains de l'homme adoré. Elle savourait le bonheur de sentir les lèvres gourmandes de son mari parcourir sa peau. Quelle extase de le sentir trembler tout entier du désir de la posséder ! Lysiane s'abandonna à un plaisir primitif tissé de mille sensations plus aiguës les unes que les autres.

— Rohan... Rohan... murmura-t-elle comme une incantation.

Elle se noua autour de lui telle une liane et exhala un bref gémissement lorsqu'il vint en elle et qu'elle se sentit emportée par la vague puissante d'un plaisir plus merveilleusement beau que tout ce qu'elle aurait pu imaginer.

Très vite, la jouissance la submergea, la précipitant dans cette mystérieuse sphère qui n'appartient qu'aux amants. Ses gémissements incitèrent Rohan à la serrer plus fort encore contre lui.

— Ma Solange ! soupira-t-il. Rien ne pouvait empêcher qu'enfin nous nous appartenions.

Un froid glacial envahit Lysiane, lui transperçant

le cœur. Un instant, elle resta sans réaction, parvenant à peine à respirer.

Puis, avec un cri d'animal pris au piège, elle le repoussa, s'arracha de lui et se laissa glisser hors du lit. En toute hâte, elle rassembla ses vêtements dispersés, et rétablit de justesse son équilibre lorsque ses jambes se dérobèrent sous elle.

— Lysiane ? souffla Rohan, partagé entre l'incrédulité et l'indignation.

Elle se précipita vers la porte.

— Lysiane ! Attends ! Je n'avais pas l'intention de... J'ai cru que...

Mentalement, la jeune femme terminait toutes ses phrases, la dernière surtout : « J'ai cru que je faisais l'amour à la femme que j'aime. »

Profondément mortifiée, elle s'enfuit vers sa chambre.

Combien de temps resta-t-elle figée sur son lit, serrant nerveusement sa chemise de nuit contre elle ?

— Lysiane ?

Poppy, qui reposait paisiblement sur le lit de sa maîtresse, bondit brusquement et se mit à aboyer tandis que Rohan tambourinait à grands coups sur la porte. Lysiane tourna la tête dans la direction du bruit mais ne fit pas un geste.

— Ouvre-moi et fais taire ce chien, bon sang ! Nous devons parler !

Les coups se firent plus sourds comme s'il donnait de l'épaule contre le lourd battant de bois tandis que le bichon hurlait de plus belle.

— Lysiane, ouvre-moi ou j'enfonce la porte !

Elle ne bougea pas un cil.

Rohan devait avoir renoncé à sa menace car le martèlement de ses poings contre le bois avait repris, de même que les aboiements furieux de Poppy.

— Ouvre-moi, Lysiane. Je vais t'expliquer.

Expliquer ? Que Solange avait remporté la victoire ? Inutile, le message clairement exprimé était bien passé... et parfaitement compris.

Lysiane sombra dans une sorte de léthargie qui la maintenait hors d'une réalité trop cruelle. Se lever ? Ouvrir à Rohan ? L'idée ne l'effleura même pas. Seul surnageait le sentiment obscur qu'elle devait à tout prix refouler sa douleur.

— Lysiane ! Pour l'amour du ciel, écoute-moi ! C'est un malentendu. Sous l'effet d'une forte émotion, on peut faire une erreur. Lysiane ? Tu m'entends ?

Il avait dû se rapprocher de la porte car, bien qu'il ait baissé la voix, les mots se distinguaient plus nettement.

— Permets-moi de te rappeler que c'est toi qui es venue dans ma chambre. Ce sont tes caresses qui m'ont réveillé.

Le monstre ! Allait-il lui ôter toute dignité ? L'humiliation fit monter en elle une bouffée de honte.

— Je ne te reproche rien, Lysiane.

Encore heureux !

— Dis quelque chose, bon sang !

Une violente bourrasque de vent ouvrit la fenêtre de la chambre avec fracas ; Lysiane se précipita pour la refermer.

— Nous reprendrons la discussion demain, décréta Rohan avant de s'élancer dans le couloir en jurant contre ces maudits volets.

Une nouvelle rafale secoua la maison, éloignant la jeune femme de la fenêtre. Gorge sèche et cœur battant, elle retourna s'asseoir sur le lit et s'y recroquevilla, Poppy serré contre sa poitrine.

Tard dans la nuit, la tempêta s'apaisa. Après le bruit infernal du vent, le silence qui régnait soudain dans la maison et à l'extérieur semblait surnaturel. Lysiane succomba enfin à un sommeil entrecoupé de brusques réveils.

Un appel venu du dehors la fit se dresser sur son séant.

— M'sieur Rohan !

Une fois. Deux fois. N'y tenant plus, elle s'extirpa du lit et courut à la fenêtre.

— Qui est là ?

— C'est vous, ma'ame Beauclerc ? Dieu merci, vous êtes là !

— Je ne vois rien. Qui êtes-vous ?

— Sylvain, ma'ame, un contremaître du Rhumé. Je dois parler à m'sieur Rohan de toute urgence. C'est très grave.

— Je l'appelle immédiatement.

Elle se précipita vers la chambre de Rohan et frappa à la porte.

— Rohan ! Lève-toi. On t'attend en bas. Presse-toi, s'il te plaît.

La curiosité la dévorait, aussi n'attendit-elle que le grincement du lit pour dévaler jusqu'à la cuisine.

— Entrez, monsieur Sylvain. Mon mari arrive tout de suite.

L'homme pénétra dans la pièce en se frottant les mains, l'air à la fois impatient et embarrassé.

— Que se passe-t-il de si grave ?

Mal à l'aise, l'homme tourna autour du pot.

— Ben... c'est-à-dire que... la grosse tempête...

— Etait-ce un cyclone, monsieur Sylvain ?

— Pas encore, ma'ame, juste une tempête, s'empressa-t-il d'assurer.

— Je préfère cela. Mais continuez, je vous prie.

— Dans les plantations, il y a toujours une grande agitation à l'approche d'une tempête. Par précaution, au Rhumé, on rentre dans les hangars tout ce qu'on peut y fourrer. Vous trouvez pas que m'sieur Rohan met beaucoup de temps à venir ?

— Il va arriver, le calma-t-elle. Poursuivez, s'il vous plaît.

— Bon. Comme je vous le disais, on rentrait le plus de choses possibles. M'sieur Rémi était dans la rhumerie quand, tout à coup, la toiture s'est envolée et le bâtiment s'est effondré.

— Dieu du ciel! M. Rémi n'est pas blessé, j'espère?

— Hélas, ma'ame, il est mort. Navré de vous annoncer cette nouvelle si brutalement. Mais, voyez-vous, le temps presse. Il y a encore des ouvriers ensevelis sous les décombres. C'est pourquoi je suis venu chercher m'sieur Rohan.

Celui-ci déboula dans la cuisine. Apparemment, il avait entendu la dernière phrase. Lysiane devina l'énervement et l'appréhension qu'il tentait de contrôler, mais sa voix le trahit.

— Bon sang, Lysiane! Que fais-tu là? Remonte te coucher.

Il avait l'air inquiet. Des cernes ombraient ses yeux et ses traits accusaient la fatigue.

Sans doute se trompait-elle mais elle aurait juré qu'une fugitive expression de tendresse venait d'éclairer son visage. Déjà il s'adressait au contremaître:

— J'ai entendu ce que tu disais, Sylvain. Rémi serait...

— Hélas, oui, m'sieur Rohan. C'est la vérité, m'sieur Rémi a été écrasé sous les ruines du hangar.

— Mon Dieu, pauvre Rémi! Et Mme Escrebieux, comment va-t-elle? La malheureuse doit être effondrée.

Effondrée, Solange? Lysiane soupira lourdement. Apparemment Rohan n'avait aucune idée de la véritable personnalité de la Belle Escrebieuse.

Il toussota pour attirer l'attention de son épouse.

— Au Rhumé, on a besoin de toutes les bonnes volontés. J'y vais. Ne m'attends pas, je ne sais pas à quelle heure je rentrerai.

Jamais Rohan n'avait vu d'yeux plus vides que ceux de Lysiane. Il se contenta de lui lancer un regard préoccupé comme s'il la blâmait pour ses reproches muets.

En prélude à l'aurore, une imperceptible lueur mauve grignotait les ténèbres. Bientôt, les domestiques entameraient une nouvelle journée de travail. Lysiane ne parvenait pas à chasser Rohan de ses pensées.

Le moindre mouvement éveillait dans son corps le souvenir de leur étreinte et ravivait sa honte de s'être abandonnée à ses caresses la veille au soir. De plus, elle devait affronter une triste réalité. Dans son infinie candeur, elle avait cru voir de l'amour là où Rohan n'exprimait que du désir. Et quand il avait chuchoté le prénom honni, elle avait cru que le ciel lui tombait sur la tête.

Jamais l'avenir ne lui avait paru aussi sombre : trop de déception, trop de peine. Et comble d'infortune, l'immonde Solange était désormais libre.

Inutile de se leurrer. Rohan n'aurait rien de plus pressé que de se débarrasser de son indésirable moitié. Evidemment, il accorderait à Solange un temps de deuil raisonnable. Peut-être même pleurerait-il son ami Rémi, le temps de renvoyer en France celle qui — dans son esprit — n'était qu'une usurpatrice.

Fuir Girasol était sa seule échappatoire. Cela lui permettrait de se soustraire à la honte d'une répudiation. Tout bien pesé, rien de tel qu'un dépaysement pour panser les plaies de l'âme.

Lysiane enfouit sa tête entre les mains. En marge de tout bonheur, conjugal et familial, elle n'avait plus personne. Seul Martial aurait pu la retenir. Hélas, il n'était plus ! Rien ne la retenait à Girasol. Les domestiques lui manqueraient, bien sûr, mais la maison avait tourné rond sans elle pendant des décennies et cela continuerait. Quant à Rohan… Il n'avait besoin que d'une seule personne : Solange.

A quoi bon tergiverser davantage ? Elle ouvrit les armoires et empila quelques vêtements dans une valise. Sur la coiffeuse, un petit coffret en cuir bouilli renfermait des bijoux. Ils avaient appartenu, tour à tour, à l'arrière-grand-mère, à la grand-mère, et à la mère de Rohan, avant de lui être remis solennellement par Martial au cours d'une petite cérémonie familiale. Chaque maîtresse de Girasol y avait ajouté les bijoux offerts par son mari. Lysiane avait alourdi le trésor d'un collier de perles donné par Rohan au lendemain de leur mariage. Elle n'hésita pas un seul instant avant de glisser le coffret dans son sac.

Toujours ça que Solange n'aurait pas !

Enfilant un léger manteau de voyage, elle vérifia que personne n'était en vue. Puis, Poppy sous le bras, elle jeta un dernier regard sur ce qui avait été son domaine.

Son domaine ! Quelle vanité ! Rien ne lui avait réellement appartenu. Saisie d'une brusque impulsion, elle ôta son alliance avant d'entrer dans le bureau où elle griffonna un mot qu'elle posa sur une pile de papiers afférents à la plantation, et vida dans son sac une partie de l'argent de la maison.

Devant la cuisine, elle tendit l'oreille et se rassura. Comme toujours en pareil cas, les domestiques se délectaient à commenter les événements survenus au Rhumé.

Prenant grand soin de ne pas se faire voir, Lysiane gagna les écuries et attela à la carriole le cheval le plus docile.

Quitter Girasol lui demandait infiniment de courage. Cependant, compte tenu des circonstances, elle n'avait d'autre choix que le départ. L'amère réalité bravement affrontée, une calme détermination vint soutenir la jeune femme.

Elle fit trotter le cheval jusqu'à la gare de Ste-Suzanne. Là, elle s'enquit adroitement des moyens de quitter l'île et découvrit, consternée, qu'aucun bateau ne rallierait la métropole avant une quinzaine de jours.

La déception était cuisante. Ne voyant pas plus loin que son irrésistible envie de fuir, Lysiane avait cru que, aussitôt gagné la Pointe des Galets, il lui serait possible d'embarquer à bord d'un navire prêt à lever l'ancre.

D'abord, elle fixa les alentours de la gare d'un air absent, puis son esprit se mit à fonctionner à toute vitesse. Comment faire pour quitter l'île le plus vite possible ?

De l'impatience de Poppy vint la réponse. Fatigué de rester sur place, il tira sur sa laisse et, l'une suivant l'autre, ils prirent la direction du littoral où Lysiane apprit qu'elle trouverait peut-être la possibilité d'embarquer à St-Denis.

Un court trajet en train l'emmènerait de Ste-Suzanne à St-Denis. Avant de regagner la gare, la jeune femme conduisit la carriole jusqu'à une écurie publique et, là, demanda à un des manœuvres de loger, nourrir le cheval et de garder la carriole quarante-huit heures. Si elle n'était pas revenue dans deux jours, il devait emmener l'attelage à Girasol où ses services seraient alors largement rétribués.

A la Pointe des Galets, un couple d'Asiatiques attendaient près d'un rafiot. Ce modeste bateau naviguait d'île en île, transportant fret et passagers, au gré des demandes. Pressée de partir, Lysiane régla la somme demandée sans discuter et embarqua en début d'après-midi. L'équipage fort restreint était composé de quatre Noirs qui montraient une impatience évidente. L'expérience aidant, ils tenaient pour certain que les signes précurseurs d'un cyclone leur assuraient le temps nécessaire pour aborder l'île Maurice avant la tourmente. Et ainsi, débarquer leurs marchandises au nez et à la barbe des douaniers.

Quant au capitaine, il se préoccupait visiblement davantage de l'arrimage des marchandises que du confort de ses trois passagers.

A peine sur le pont, Lysiane s'empressa de pénétrer dans la minuscule cabine qu'elle partageait avec l'autre passagère. Laquelle se lamentait, moitié en anglais, moitié en chinois, sur le sort de son mari contraint de dormir sur le pont avec l'équipage. Lysiane écoutait d'une oreille distraite ce pidgin dont elle ne comprenait pas la moitié des mots. Libérer Poppy la préoccupait davantage. Faute de savoir si le capitaine acceptait la présence d'animaux à bord, la jeune femme avait caché le bichon dans son manteau roulé en boule. Comme de bien entendu, le polisson grogna et se débattit comme un diable dans l'eau bénite jusqu'au moment de sa délivrance.

Dans le calme relatif qui s'instaura, Lysiane se détendit. Des larmes lui piquèrent les yeux lorsqu'elle se remémora les visages familiers. En quittant la scène, elle avait renoncé à Girasol et à tous ceux qu'elle aimait : Reine, Cora-Lou, Nestine, Hector, et l'adorable Finette. Et... Oh, Rohan ! Vainement, elle essayait de le chasser de ses pensées mais des images s'imposaient derrière ses paupières closes. Rohan endormi, la poitrine nue. Rohan, le visage concentré alors qu'il lui faisait l'amour. Rohan...

Elle s'efforça de repousser ses souvenirs et décida de faire le point sur l'avenir immédiat. A St-Denis, il lui avait été confirmé que sous huitaine, à Port-

Louis, un navire quitterait l'île Maurice pour la France. Elle résolut d'y embarquer coûte que coûte.

De retour au pays, il lui faudrait gagner sa vie. Pourquoi pas en donnant des leçons de piano? Sans conteste douée pour la musique, elle n'était pas si mal armée pour se débrouiller dans la vie! Jeune, en bonne santé, le travail ne lui faisait pas peur. Elle était seule au monde? Et alors! Ne l'avait-elle pas toujours été? A part Martial et les domestiques, qui d'autre s'était soucié d'elle durant l'année passée à Girasol?

Avertis de la catastrophe, les planteurs voisins et leur personnel passèrent la journée et la plus grande partie de la nuit à déblayer les décombres de la rhumerie tandis que leurs épouses et les servantes aidaient les médecins à soigner les blessés et se relayaient auprès de la veuve du maître. Ces dames connaissaient trop bien l'antagonisme qui opposait Solange et Lysiane pour s'étonner de l'absence de cette dernière.

Au petit matin, les décombres consciencieusement fouillés, les ouvriers du Rhumé recensés, il s'avéra que plus personne ne manquait à l'appel.

Le dos brisé par leur fastidieuse besogne, les sauveteurs se redressaient péniblement. Trop occupés par leur harassante corvée, ils n'avaient pas pris garde aux signes annonciateurs d'un ouragan; le trop grand calme de la nature en attente, l'atmosphère lourde et moite, le ciel assombri, sans compter la multitude d'oiseaux marins venant de tous les points de l'horizon chercher refuge dans les terres.

Rohan était dans un tel état de fatigue qu'il parvenait à peine à lever les bras. Ses membres pesaient une tonne et un martèlement continu lui vrillait la tête. Dès qu'il fermait les yeux, il avait l'impression d'être dans un bateau tanguant sur une mer déchaînée. Il était grand temps de rentrer à Girasol et de dormir.

Plus tard, il reviendrait prendre des nouvelles de Solange. Pour l'heure, entourée par les maîtresses des plantations voisines, elle gémissait sur le sort cruel qui avait enlevé à son affection le meilleur des maris.

Le ciel plombé se fissurait de toutes parts. Un roulement de tonnerre ébranla l'air saturé d'humidité et se répercuta longuement sur les champs de canne avant de s'éloigner vers l'océan. Le vent soufflait avec violence en soulevant des tourbillons de terre et de branches cassées.

Lorsque Rohan atteignit Girasol, le ciel se déchira et commença à déverser des trombes d'eau.

Toute la maisonnée s'activait à renforcer les ouvertures en prévision de l'ouragan qui se rapprochait.

— Où est Lysiane ? s'enquit Rohan tout en aidant Reine à clouer les volets.

Le visage de la gouvernante afficha une vive surprise.

— Elle n'est pas avec vous ?

Un frisson traversa le dos de Rohan.

— ... comme elle est partie depuis hier matin, nous avons pensé qu'elle était au Rhumé.

En l'espace de quelques secondes, ils furent trempés jusqu'aux os et, comme il se révélait difficile de discuter sous la pluie, Rohan lança :

— Les portes sont bien calées ? Tous les volets cloués ? Bien ! Fais rentrer tout le monde, Reine, je vous attends dans la véranda.

Poussée par le vent, la porte s'ouvrit avec une telle violence qu'elle faillit sortir de ses gonds. Ils ne furent pas trop de deux pour repousser le battant.

— Il ne reste personne dehors, j'espère ? Bon.

Vous me devez des explications. Comment se fait-il que vous n'ayez pas remarqué l'absence de Mme Lysiane ?

Cora-Lou fit un pas en avant.

— On l'a bien remarquée, m'sieur Rohan. Seulement...

Rohan la fixa droit dans les yeux.

— Seulement quoi ? aboya-t-il.

La fureur qui vibrait dans sa voix effraya la femme de chambre au point de la rendre muette.

— Rohan, intercéda Reine, vous n'obtiendrez rien en terrorisant Cora-Lou.

Après une seconde d'hésitation, il esquissa un hochement de tête, invitant ainsi la jeune fille à poursuivre.

— On connaît tous la compassion de Mme Lysiane pour les gens dans le malheur. Alors, bien sûr, on a cru qu'elle était partie pour le Rhumé consoler Mme Escrebieux.

Elle jugea plus prudent de garder pour elle que l'Escrebieuse ne méritait pas tant d'égards.

A son tour, Hector intervint, affichant une expression perplexe :

— Pour nous, ça ne faisait pas un pli. Mme Lysiane allait au Rhumé, vu qu'elle est partie en carriole.

— Elle ne vous a rien dit en faisant atteler ?

Hector aurait de beaucoup préféré se trouver sous les trombes d'eau que sous le regard courroucé de son maître.

— C'est que Mme Lysiane ne m'a rien demandé. Elle a attelé elle-même.

— Cela ne t'a pas paru bizarre ?

Aucune réponse plausible ne lui venant à l'esprit, Hector se contenta de secouer la tête.

Excédé, Rohan haussa les épaules et reprit :

— Et vous autres ? N'avez-vous pas trouvé curieux ce départ précipité ?

Le doigt levé de Nestine retint l'attention générale.

— Oui, Nestine ?

— Ce qui m'a étonnée, c'est que Mme Lysiane a emmené Poppy avec elle.

— Moi aussi, renchérit Reine, après réflexion, cela aurait dû nous mettre la puce à l'oreille.

Du regard, elle fit le tour de l'assemblée.

— La présence d'un chien n'est pas recommandée là où le malheur a frappé, épilogua-t-elle sur un ton pénétré.

Chacun approuva et commenta son propre étonnement.

Reine les fit taire et suggéra au maître d'aller faire un tour dans la chambre de Mme Lysiane, là il trouverait probablement une explication à son absence.

Rohan grimpa les escaliers quatre à quatre, suivi de la totalité des domestiques qu'il eut le plus grand mal à renvoyer. Seules Reine et Cora-Lou restèrent avec lui.

Devant l'obscurité de la chambre, il pressentit qu'une grande contrariété allait s'abattre sur lui. Le front barré d'un pli soucieux, il alluma une lampe.

— Vérifie que tous les vêtements sont bien là, Cora-Lou.

A première vue, l'armoire semblait pleine. La femme de chambre arpenta la pièce de long en large avant de remarquer que les brosses et peignes de Mme Lysiane n'étaient plus sur la coiffeuse. Ne percevant pas encore l'entière signification de cet escamotage, Rohan ouvrit un tiroir de la commode et parut surpris de le découvrir vidé de son contenu.

— Cherchons partout, peut-être trouverons-nous

un indice qui nous permettra de comprendre où elle est passée.

Le vent secouait la maison, mais Rohan n'en avait cure. Un rictus au coin de la bouche, il examina minutieusement toutes les pièces, toujours suivi de Reine et Cora-Lou. Il termina par son bureau ; là, posés bien en évidence sur une pile de papiers, l'attendaient un billet et une alliance.

Notre mariage te pèse, tu as toujours été très clair à ce sujet. Je ne t'en veux pas car tu n'as jamais eu vraiment le choix.

Puisque, à présent, la femme de ta vie est libre, je lui cède la place.

Lysiane

P.-S. Sur mon âme, je jure que je ne suis pas coupable de l'imposture dont tu m'accuses.

— Que signifient ces propos stupides ? demanda-t-il à Reine en lui tendant le billet.

Sans attendre sa réponse, il murmura :

— Est-elle seulement à l'abri de l'ouragan ?

Paroles qui ne firent que confirmer l'angoisse de Cora-Lou, laquelle fondit en larmes.

— Je suis désolée, m'sieur Rohan, sanglota-t-elle. Si j'avais su…

Rohan l'observa fixement quelques secondes avant de lancer sèchement :

— Cesse de pleurnicher, va plutôt rejoindre les autres. Reine et moi avons des dispositions à prendre. Cora-Lou ! la rappela-t-il, pas un mot aux autres, n'est-ce pas ?

— Comptez sur moi, m'sieur Rohan, promit-elle avant de quitter la pièce.

Un sourire amer flotta sur les lèvres du maître de

Girasol : le silence des domestiques... autant ne pas y compter.

Il paraissait fasciné par le billet de Lysiane. Pourtant, ce n'étaient pas les mots qui retenaient son attention mais le souvenir d'une bouche ensorcelante aux lèvres gonflées par ses baisers et de deux grands yeux bleus.

Pourquoi avait-elle quitté Girasol ? Pour un misérable lapsus échappé dans un moment de folie ? Mais non ! Lysiane était une personne assez raisonnable pour mettre les choses à leur juste place. Mais où était-elle donc ?

Le vent redoublait de violence et Rohan n'avait même pas le réconfort de savoir son épouse en sécurité. Où était-elle ? Peut-être était-elle blessée... morte ? Immédiatement, il repoussa une aussi horrible perspective.

— Lysiane est... à l'abri. Elle est chez des amis, j'en mettrais ma tête à couper.

Gagnée par la pitié devant le regard désemparé de Rohan, Reine hocha la tête :

— Bien sûr qu'elle est en sécurité.

Sans lâcher la lettre, Rohan s'installa derrière son bureau.

— J'en ai gros sur le cœur, car tu ne sais pas tout, Reine.

— Que tu crois ! rétorqua-t-elle, revenant au tutoiement du temps où Rohan était encore un enfant.

Pour lui prouver qu'elle n'en savait pas autant qu'elle le croyait, il relata de manière succincte les événements de la veille. Gardant pour lui le déplorable lapsus qui avait mis le feu aux poudres. Perspicace, la gouvernante en devina plus sur ce que Rohan taisait que sur ce qu'il en disait. En femme avisée, elle ne chercha pas à approfondir ses explications. Convaincue que le comportement de son mari avait provoqué la fuite de Lysiane, elle n'exprima cependant pas ses pensées puisque, à l'évidence, le maître de Girasol en était arrivé à la même conclusion. Ce qu'il confirma en une phrase :

— Si je n'avais pas trop bu, hier soir, Lysiane serait toujours ici !

Reine approuva distraitement, l'esprit occupé par l'attitude de Rohan envers sa jeune épouse.

— Tu n'es pas le seul fautif dans cette histoire ; moi aussi, j'en ai à me reprocher. Depuis son arrivée, je n'ai cessé de demander à Lysiane d'être compréhensive, de t'accorder du temps. Seule une patience d'ange lui a permis de supporter tout ce que tu lui as fait endurer.

— Qu'est-ce que tu racontes ? Que lui ai-je fait endurer, s'il te plaît ?

— Solange Escrebieux.

Rohan respira profondément.

— Absurde ! Lysiane n'a jamais compris ce que j'éprouvais réellement pour Mme Escrebieux. Une grande amitié, rien d'autre.

La gouvernante hésita un instant, puis ajouta :

— On aurait pu s'y méprendre tellement c'était bien imité. Pour notre Lysiane, la mort de M. Rémi a été la goutte d'eau qui fait déborder la coupe.

— Je n'en vois pas la raison...

— Comme il est mentionné dans le billet que tu tiens à la main, Lysiane te rend ta liberté, poursuivit Reine, feignant d'ignorer l'agacement manifeste de Rohan.

Piqué au vif, il s'apprêtait à protester mais elle le devança en demandant d'une voix tendue :

— As-tu l'intention d'essayer de la retrouver ?

Ces mots giflèrent Rohan tel un seau d'eau jeté en plein visage.

— Evidemment ! Pour qui me prends-tu ? Je vais

d'abord envoyer quelqu'un vérifier qu'elle n'est pas chez les Houdé.

Un coup de menton significatif de Reine en direction des fenêtres occultées lui remit les pieds sur terre.

Le fracas de la pluie contre les volets cloués et les hurlements fous du vent marquaient bien mieux que des mots l'impossibilité de quitter la maison.

Un bruit terrible, un craquement sinistre suivi de cris, des pas rapides dans les couloirs, et les domestiques s'amassèrent sur le seuil du bureau.

Une nouvelle rafale secoua la maison.

— Allons vite dans la réserve ! cria Rohan pour dominer les cris de terreur.

Abri idéal contre le vent furieux et la pluie diluvienne des ouragans, la réserve, située au fin fond de la maison, ne possédait d'autre issue qu'une porte ouvrant sur la cuisine.

— M'sieur Rohan ? interpella Nestine, le cœur serré, on pourrait pas avant aller chercher Mme Lysiane ?

— Impossible, répondit Rohan en passant une main lasse dans ses cheveux. Nous devons attendre la fin de la tempête avant d'entreprendre quoi que ce soit.

Comme un murmure de protestation s'élevait dans l'obscurité, Rohan haussa le ton.

— Personne ne peut s'aventurer dehors par un temps pareil. En rentrant du Rhumé, j'ai cru que je n'atteindrais jamais la maison. Et pourtant, le vent ne soufflait pas aussi violemment.

— Je peux essayer, moi, proposa Hector.

— Essayer quoi ? De retrouver Mme Lysiane ? D'abord faudrait-il savoir dans quelle direction se diriger, rétorqua Rohan en esquissant un geste d'impatience. Pour l'instant, personne ne sort d'ici, toi pas plus qu'un autre.

Docile, Hector s'adossa contre le mur et se laissa glisser jusqu'au sol.

— Tant qu'à faire, déclara Reine en l'imitant, nous serons mieux assis que debout.

Elle tapota le sol près d'elle.

— Allez, m'sieur Rohan, reposez-vous un peu.

Recroquevillée, le menton sur les genoux, les yeux ouverts dans l'obscurité, elle épia le souffle de Rohan, guettant le moment où le sommeil le surprendrait.

Sur la brèche depuis plus de trente heures, le maître de Girasol avait grand besoin de récupérer. Lorsque sa respiration se fit régulière, Reine consentit enfin à se détendre.

Dans la nuit, une panne immobilisa le navire. Immédiatement, les marins s'agitèrent dans tous les sens.

Réveillée par le chahut, Lysiane se rendormit dès qu'elle perçut à nouveau le ronronnement des machines. Au matin, alors que, étendue, elle cherchait à comprendre ce qui s'était passé, une soudaine embardée l'envoya atterrir brutalement sur le sol où elle demeura étourdie.

Accrochée à sa couchette, sa voisine poussait des couinements terrifiés doublés par les jappements plaintifs de Poppy. Tout en luttant pour garder son équilibre, la jeune femme pressait son bichon dans ses bras. Au-dessus d'elle, des vagues déferlaient sur le pont et l'eau léchait la porte de la cabine.

Une secousse particulièrement brutale projeta les deux femmes contre la cloison. Un craquement assourdissant les fit trembler de frayeur.

Le bateau s'ouvrait en deux !

Dans un fracas épouvantable, une partie du plafond s'effondra sous leurs yeux épouvantés. Après s'être âprement débattu, Poppy s'échappa des bras de sa maîtresse et reçut de plein fouet un billot de bois.

— Poppy! cria Lysiane, avant d'être à son tour atteinte par une énorme poutre.

Rohan se réveilla en sursaut. Brusquement la mémoire lui revint: Lysiane, le Rhumé, l'ouragan.

Le vent tombé, un silence inquiétant régnait dans la maison. Si bien qu'entendre Reine chuchoter tempéra son angoisse.

— Rohan?

— Tu peux parler à haute voix, je suis réveillé.

Il se leva péniblement et étira ses membres douloureux.

— La tempête semble terminée. Des nouvelles de Lysiane?

La gouvernante secoua la tête. Rohan se mordit les lèvres avant de reprendre:

— Pas de blessés chez nous?

— Apparemment non. Ni ici ni dans la plantation. Un contremaître est venu faire un rapide compte rendu des dégâts. Comme vous étiez épuisé, je vous ai laissé dormir. Il sera toujours temps d'aviser.

— Aucune victime, c'est déjà ça, soupira Rohan, rassuré. Des dégâts à la maison?

— Un peu. Vous verrez par vous-même.

Rohan cligna des paupières sous la lumière aveuglante. Impérial, le soleil avait déjà reconquis le ciel. Impossible de croire que, quelques heures plus tôt, l'ouragan faisait rage. Et pourtant, poser les yeux sur les traces visibles laissées par les tourbillons de vent suffisait à faire réaliser l'ampleur du cataclysme. Le sol était jonché de débris de branches et de feuilles arrachées. La maison, en partie décapitée de son toit, témoignait de la violence des éléments déchaînés.

Dans les plantations voisines, mêmes scènes de désolation : arbres déracinés et cannes à sucre brisées jonchaient le sol.

Partout aussi, réponse identique à ses questions angoissées : personne n'avait vu Mme Beauclerc.

Domestiques, contremaîtres et ouvriers de Girasol furent mis à contribution afin de régler les problèmes urgents. Les autres, Rohan en tête, partirent prospecter les alentours. Douze heures plus tard, ils revinrent bredouilles, assurant que chaque personne rencontrée avait été interrogée et chaque pierre dûment retournée. Sans résultat. Comme Rohan ne tenait debout que par miracle, il décida d'interrompre les recherches qui reprendraient le lendemain à la première heure.

Après le passage de l'ouragan, les réparations occupèrent l'ensemble du personnel tant à la maison que dans les champs. Rohan rentrait le plus tard possible afin d'échapper aux lamentations des domestiques.

Les funérailles de Rémi Escrebieux avaient été écourtées car les planteurs avaient hâte de remettre leur domaine en état. Malgré ses nombreuses questions, Rohan était toujours sans nouvelle de Lysiane. Elle avait été vue pour la dernière fois lors de l'enterrement de Martial. Par la suite, toute invitation ayant été déclinée par les Beauclerc pour cause de deuil, nul ne l'avait revue.

C'était incroyable ! Lysiane disparue ? Impossible ! Bien que très inquiet, il mit tout d'abord son absence sur le compte d'un mouvement d'humeur. Pour lui, son retour rapide ne faisait aucun doute. Puis, l'angoisse se mit de la partie, le rongeant à petit feu. Le troisième jour, un charretier revint de Ste-Suzanne avec le cheval et la carriole empruntés par Lysiane. Interrogé, il expliqua que le maréchal-ferrant lui avait demandé de ramener l'équipage à Girasol. La dernière fois que l'homme avait vu Mme Beauclerc, celle-ci se dirigeait vers la gare.

Comme un fou, Rohan s'y précipita et, là, il apprit que la jeune femme était montée dans un train pour St-Denis. Où il fila sans perdre une seconde. Nouvelle déception. Personne n'avait remarqué une jeune dame en robe de deuil accompagnée d'un petit chien blanc. En définitive, ce fut l'allusion au bichon qui lui fournit un début de piste : un ouvrier se souvenait de la jeune dame bien mise et de son petit chien qui aboyait sans arrêt. L'une traînant l'autre, tous deux avaient quitté la gare. Depuis, nul ne les avait aperçus. A croire qu'ils s'étaient évaporés dans la nature.

Rohan rentra au bercail tête basse. Les cinq semaines suivantes furent abominables. L'espoir d'un retour de Lysiane s'amenuisait de jour en jour. S'il avait cru endurer le plus grand des chagrins à la mort de Martial et s'était imaginé que rien n'était plus intolérable que la perte d'un père, il s'était trompé. Lysiane était avec lui pour le soutenir dans cette épreuve. A présent, elle disparue, il savait ce que se morfondre voulait dire. Il l'avait cherchée partout. Où était-elle ? Elle si jeune, si naïve ! Et s'il lui était arrivé un accident ? Ou pire, peut-être...

Pendant ses heures tourmentées, le fait qu'il l'ait toujours traitée en épouse temporaire ne lui effleura même pas l'esprit. Tout comme il oubliait ses nombreuses déclarations sur l'attachement qu'il portait à Solange. Qu'il ait envisagé d'annuler leur mariage lui était également sorti de la mémoire. L'absence de Lysiane avait tout effacé.

Dans les plantations voisines, l'ordre revenait petit à petit. Partout. Sauf à Girasol où la maîtresse de maison manquait terriblement.

Pour ne pas se laisser submerger par une impression de vide insoutenable, Rohan se tuait au travail et ne recevait personne.

Lysiane l'aimait. Sinon, pourquoi serait-elle venue le retrouver dans sa chambre ? De toute évidence, la pauvre petite était tombée amoureuse de lui.

Parfois, il y croyait très fort. D'autres fois, il se disait que l'étreinte passionnée de leur unique nuit d'amour n'était qu'une illusion due à un excès de boisson.

Avec un soupir, Rohan s'assit sous la véranda. Dans la nuit noire et tranquille, les étoiles brillaient si intensément qu'il lui semblait n'avoir qu'à tendre la main pour les toucher.

Un profond sentiment de solitude et une poignante nostalgie le submergèrent.

Il observait d'un œil distrait un papillon de nuit qui voletait dans la flaque de lumière répandue par une lampe à pétrole, lorsque la voix véhémente de Reine le tira de sa torpeur.

— Puisque je vous dis que M. Beauclerc ne veut voir personne !

— Et je vous dis, moi, qu'il me recevra ! claironna Solange en se précipitant dans la véranda.

L'espace d'un instant, l'étonnement l'emporta sur la confusion dans l'esprit de Rohan.

— M'sieur Rohan, je ne sais pas quoi faire, intervint Reine dont le visage affichait une vive contrariété.

— Tout va bien, Reine. Calme-toi.

Sûre d'elle, Solange fit les yeux doux à son soupirant, avant de lancer à la gouvernante :

— La consigne ne vise que les importuns. Moi, je peux venir à Girasol quand j'en ai envie. Et maintenant, laisse-nous.

Reine quêta l'approbation de Rohan qui acquiesça d'un signe de tête.

— Apporte-nous des jus de fruits, s'il te plaît.

« S'il te plaît » à une servante ! Solange ne revenait pas d'un tel laisser-aller. Après leur mariage, elle reprendrait la situation en main. Mais le moment était mal choisi pour ce genre de réflexions. L'étiquette pouvait attendre, l'important étant d'être dans la place. Elle s'était habillée et maquillée pour séduire Rohan, le reste ne présentait aucune urgence.

— Très cher, roucoula-t-elle, vous ne m'invitez pas à m'asseoir ?

Il s'empressa d'avancer une chaise. Aussitôt, Solange lissa ses plumes, prête pour son habituelle parade de séduction.

— N'avez-vous donc pas de cœur ? Vous n'êtes plus venu au Rhumé depuis l'enterrement de mon mari. Ne pensez-vous pas qu'une telle absence mérite quelques explications ?

Pour une raison qu'il saisissait mal, le fin sourire dont Solange assortit sa réplique l'irrita. Il leva les mains au ciel dans un geste d'impuissance et se mit à marcher de long en large. Soudain, il s'arrêta devant elle, les bras croisés.

— Vous n'êtes pas sans savoir que Lysiane a disparu.

— Je l'ai appris, en effet. D'ailleurs, tous les habitants de l'île sont au courant. Allons, Rohan, asseyez-vous près de moi, nous avons tant de choses à nous dire.

Il l'observa et, inconsciemment, se mit à la comparer à Lysiane. Solange était une véritable beauté mais l'expression de son visage manquait de générosité.

— Vous m'écartez de vos problèmes, cher et tendre ami. Mon amour pour vous et tout ce que j'ai souffert à attendre aussi patiemment n'ont donc aucune signification pour vous ?

Les larmes qui mouillaient ses beaux yeux noirs n'étaient pas simulées, car l'éventualité de perdre son jeune amoureux suscitait en elle une sourde appréhension.

— Je suis seule maintenant, et libre. C'est bien ce à quoi vous aspiriez, non ? Votre trop jeune épouse a abandonné le domicile conjugal... Que vous en conceviez du dépit, quoi de plus naturel ?

Du dépit ! Mais bien sûr ! Comment n'y avait-il pas pensé ? Pauvre idiot qui s'était imaginé tout un roman alors qu'il ne s'agissait que de dépit ! Durant de longs jours, il avait même donné le nom de chagrin à ce qui n'était finalement qu'une déconvenue bien naturelle. Soudain, il respira plus librement. Jusqu'à ce que Solange reprenne la parole.

— A présent, nous sommes tous les deux libres.

— VOUS êtes libre, chère Solange, pas moi, rétorqua-t-il sans remarquer le pli soucieux qui barrait le front de la Belle Escrebieuse.

— Une chance s'offre à nous de refaire notre...

— Pas du tout, l'interrompit-il.

Il allait faire souffrir cette pauvre chérie, si délicate, si sensible.

— Mon ange, je vous dois la vérité. Je suis obligé de rester marié à Lysiane aussi longtemps qu'elle n'aura pas été retrouvée.

Brusquement, un frisson désagréable parcourut le dos de Solange. Elle mit un moment à accuser le choc. Puis, masquant sa déception, elle prit l'offensive :

— Elle est morte. Il ne peut en être autrement.

Prenant le silence atterré de Rohan pour un acquiescement, elle poursuivit d'une voix persuasive :

— Soyons réalistes, comment une faible femme aurait-elle pu survivre à un ouragan de cette envergure ?

— Je vous en prie, Solange ! lança-t-il sèchement.

Elle perdit un instant sa prestance de déesse et redevint une femme ordinaire, un peu perdue.

— Tout le monde en est persuadé, insista-t-elle d'une petite voix en battant des cils chargés de mascara. Ne pensez-vous pas à moi ? Dois-je en déduire que vous vous moquez de ce que je vais devenir ?

— Absolument pas et vous le savez bien. Vous aurez toujours la première place dans mon cœur. Mais, par pitié, acceptez donc la réalité.

A la sécheresse du ton, Solange comprit qu'il désirait mettre fin à une conversation qui, apparemment pour lui, ne les menait nulle part.

Ce qui était tout aussi bien, car Reine apportait les jus de fruits.

— Pose le plateau sur la table et va-t'en, ordonna Solange, impatiente de reprendre son œuvre de séduction.

L'expression mortifiée de la gouvernante en disait plus qu'un long discours. Rohan ne put le supporter.

— Madame Escrebieux, j'ai l'honneur de vous présenter ma tante Reine, lança-t-il à brûle-pourpoint.

— Votre tante ? Mais... c'est une femme de couleur ! s'exclama Solange en adressant un regard courroucé à Rohan.

Etait-il possible que sa douce Solange soit pétrie de préjugés à ce point ?

— Reine est la sœur de mon père.

Impressionnée par la fermeté de Rohan, Solange en resta coite un instant. Mais, se redressant, elle déclara d'un air entendu :

— Je vois... votre grand-père était sûrement un de ces joyeux lurons qui semaient des bâtards dans leurs plantations.

Elle s'interrompit, le temps de jeter un regard significatif vers Reine qui se retirait.

— Je n'ai pas à porter de jugement sur la conduite de mon grand-père, répliqua Rohan sur un ton tranchant.

Il se passait quelque chose d'anormal. Rohan semblait avoir beaucoup changé depuis la disparition de son idiote d'épouse.

— Je dois partir, annonça-t-elle en dissimulant ses craintes. A vous revoir très vite, Rohan chéri. Venez au Rhumé aussi souvent que vous le désirez et pensez à me donner des nouvelles de vos recherches. Peut-être Lysiane reviendra-t-elle saine et sauve, après tout.

— J'en suis sûr. Sa trace a été repérée à St-Denis.

— Ah ! Vous voyez ? Je vous avais bien dit que tout finirait par s'arranger !

Rohan n'avait rien entendu de tel, mais cela ne semblait pas gêner Solange le moins du monde.

Ni l'un ni l'autre n'avaient touché aux boissons. Refrénant l'envie de lui cracher sa déconvenue au visage, Solange afficha un air aimable tandis que Rohan la raccompagnait à son cabriolet.

Le cocher fit claquer le fouet et la voiture s'éloigna. Solange leva la main pour faire un signe d'adieu mais déjà Rohan regardait de l'autre côté. Comme si la belle, l'adorable Mme Escrebieux ne comptait plus pour lui.

— Pauvre idiot, murmura-t-elle, pauvre jeune idiot. Les gens de Ste-Suzanne se tiennent les côtes de rire en parlant de votre mésaventure. Après votre mère, votre épouse s'est enfuie, elle aussi. Moi, lorsque je serai maîtresse de Girasol, rien ni personne ne m'en fera partir. Je le jure.

12

L'île Maurice baignait dans la chaleur douce du soleil. Une légère brise faisait frissonner la cime des arbres. Par des trouées de verdure, on apercevait les filaos plantés sur la plage de sable blanc et, au-delà du lagon et des récifs, l'océan aux eaux de lapis-lazuli. Personne ne pouvait rester insensible à tant de beauté. Suzanne Castelain, native de l'île, moins que tout autre. Sous les roues du cabriolet, la route serpentait entre les cocotiers et les tamariniers.

La voiture longea les murs blancs de l'hôpital ; le bâtiment, délimité au nord par un mur et au sud par des tamariniers, se dressait face à la plage.

Le cabriolet arrêté, un Mauricien se saisit des rênes pour mettre l'attelage à l'ombre. Les vérandas débordaient de bougainvillées. Le souffle frais des alizés apportait le parfum des fleurs, de la mer et des plantes tropicales.

Suzanne Castelain respira profondément avant de gravir les quatre marches pour s'engager dans le corridor lambrissé de bois rouge, suivie de Flavie, sa femme de chambre porteuse d'un lourd panier.

Venue à leur rencontre, sœur Agnès les gratifia d'un rapide sourire de bienvenue.

— Comme c'est gentil à vous de venir visiter nos malades ! Notre mère supérieure ne tarit pas d'éloges sur vous et ne cesse de répéter que vous prenez vraiment à cœur vos devoirs de chrétienne.

Ce n'était pas uniquement pour cette raison que Suzanne Castelain, demoiselle de bonne famille d'une quarantaine d'années, accomplissait une fois par mois une tâche qu'elle avait toujours considérée comme allant de soi, pour une dame de la bonne société. Elle se réjouissait à l'idée du bien que l'on pensait d'elle et savourait les compliments que ne manquaient pas de lui adresser ses amies près desquelles elle faisait figure de personne hautement charitable.

Sans se retourner vers sa femme de chambre, elle lança :

— Suis-nous, Flavie, et ne balance pas ton panier.

Puis à la religieuse :

— Allons voir nos malades, sœur Agnès. Je leur ai apporté quelques douceurs.

— Dieu vous en tiendra compte, mademoiselle, récita machinalement la religieuse.

Et comme d'habitude, elle s'entendit répondre :

— Amen.

En escortant la visiteuse, sœur Agnès se rendit coupable de bavardage ; elle adorait papoter et Mlle Castelain lui prêtait toujours une oreille complaisante.

— J'espère que la dernière tempête n'a pas frappé trop durement votre domaine.

Un mois plus tôt, un cyclone avait secoué l'île de la Réunion. Fortement atténué en passant sur l'île Maurice, il n'y avait causé que des dégâts minimes. Le lendemain déjà, on ne décelait pratiquement plus aucune trace de son passage. La nature, habituée aux pluies tropicales et aux vents violents, avait immédiatement repris son rythme immuable. Les fleurs s'épanouissaient au soleil, les papillons voletaient avec grâce et les oiseaux chantaient. On avait peine à croire qu'un ouragan était passé par là. Aussi la visiteuse répondit-elle avec insouciance :

— Ce n'était qu'une queue d'ouragan. Quelques branches cassées, une ou deux toitures endommagées... trois fois rien, Dieu merci.

— Dieu merci, répéta sœur Agnès. La tempête n'a pas fait trop de dégâts ici. Parmi la population, nous n'avons eu à déplorer que trois fractures sans réelle gravité et quelques petites blessures. Ah, j'allais oublier! Nous avons eu aussi un cas que le Dr Janvier juge tout à fait intéressant.

Suzanne Castelain fut aussitôt tout oreilles.

— Vraiment?

— Vraiment! Figurez-vous que, le lendemain de la tempête, des pêcheurs nous ont amené une jeune fille qu'ils ont trouvée sur la plage, totalement inconsciente et à moitié enfouie sous le sable.

Au plus haut point intéressée, la visiteuse écarquilla les yeux.

— Chère sœur Agnès, racontez-moi tout ce que vous savez à son sujet.

La religieuse considéra un instant la grande et forte femme aux cheveux grisonnants. Elle hésita: pouvait-elle tout dire? Ne serait-elle pas punie pour ses papotages? D'autre part, comment résister à l'envie de bavarder? Dans les yeux de Mlle Castelain, outre une légitime curiosité, elle ne décernait qu'une grande bonté.

— Pas ça, mademoiselle! répondit enfin la religieuse en faisant discrètement claquer l'ongle du pouce sous sa dent.

— Dites-moi au moins qui elle est. Si elle est grièvement blessée.

— Ses blessures, assez superficielles dans l'ensemble; contusions, plaies plus ou moins profondes sont cicatrisées à présent.

Sœur Agnès se pencha pour murmurer confidentiellement:

— Elle est amnésique.

Instinctivement, Suzanne s'écarta de la religieuse. Qu'était cette maladie dont elle n'avait jamais entendu parler ?

— Amnésique ? répéta-t-elle. Est-ce contagieux ?

Sœur Agnès se permit un rire discret.

— Non, non. Ne craignez rien. La pauvre enfant a perdu la mémoire, c'est tout.

— Oh ! fit Suzanne, déçue. Une folle.

— Pas du tout. D'ailleurs, voici le Dr Janvier, il vous expliquera bien mieux que moi de quoi souffre notre jeune patiente.

Après avoir salué la demoiselle fortunée qui venait faire sa visite annuelle aux malades et leur apporter des friandises, le Dr Janvier l'observa longuement. Il la connaissait depuis des années. Naturellement charitable, elle ne venait pas à l'hôpital pour se donner bonne conscience, comme tant d'autres femmes bien nées de Port-Louis.

— Que désirez-vous savoir, mademoiselle Castelain ?

Il n'était pas dans les habitudes de Suzanne de tourner autour du pot.

— Si cela ne relève pas du secret professionnel, pouvez-vous m'en dire davantage sur la jeune personne dont m'a parlé sœur Agnès ?

— Bien sûr. Il n'y a rien de secret. Comme a dû vous l'apprendre sœur Agnès, notre patiente a été trouvée sur la plage après la tempête du mois dernier. La pauvre enfant est restée inconsciente pendant deux jours avant de recouvrer l'usage de ses sens. Au premier abord, nous avons cru qu'elle était muette, mais nous avons vite compris qu'elle était tout simplement amnésique.

— Une sorte de folie, n'est ce pas ?

— Aucunement ! protesta-t-il énergiquement. Perte de mémoire ne signifie pas folie.

— Pardonnez-moi, docteur. Ignorant tout de cette maladie, j'ai pensé que...

— L'amnésie peut avoir des raisons physiologiques, coupa le médecin. Cette jeune fille a été commotionnée. De plus elle souffrait d'un traumatisme crânien. Il peut également y avoir des raisons psychologiques liées à l'amnésie. La situation est si complexe qu'il est extrêmement difficile d'avoir un avis précis. Voyez-vous, mademoiselle, le cerveau est un étrange mécanisme. La science et la médecine n'en sont qu'à des balbutiements en la matière. En France, pendant mes études médicales, je n'ai vu qu'un seul cas d'amnésie totale. Il s'agissait d'un homme d'une cinquantaine d'années, trouvé errant dans les rues. Après quelques jours de recherches, on a pu mettre la main sur la mère et l'épouse de cet homme. Il ne se souvenait plus du tout d'elles et ne se rappelait rien de sa vie passée. Il refusait même de retourner à son ancienne vie qui, selon lui, n'existait pas.

— Oh, le pauvre ! A-t-il recouvré la mémoire ?

Le Dr Janvier haussa les épaules.

— Je l'ignore. Je suis parti ailleurs poursuivre mes études. Là, j'ai eu l'occasion d'entendre évoquer des cas de troubles de la mémoire dans lesquels l'amnésique agissait normalement. Parfois même, il se créait une nouvelle vie. Puis, sans qu'on puisse comprendre pourquoi et comment, la mémoire lui revenait.

— Si j'ai bien compris, les souvenirs resurgissent comme par miracle ?

— Il se peut que certaines guérisons se passent de cette façon. Mais, en principe, la mémoire se recompose par bribes, peu à peu.

— Donc, notre malade...

— Mademoiselle Castelain, Poppy est amnésique, elle n'est pas malade.

Un étonnement choqué s'inscrivit sur les traits de la visiteuse.

— Poppy? Vous avez dit Poppy? Quel drôle de prénom!

Elle se reprit vivement.

— Entendez par là qu'il n'est pas très... comment dirais-je?... usité dans notre île.

— C'est pourtant celui de cette jeune personne.

— Ne serait-ce pas plutôt un diminutif?

Le médecin acquiesça:

— C'est possible. Mais c'est le seul prénom que nous avons pu lui soutirer.

— Je ne comprends pas. Cette jeune fille a perdu la mémoire mais elle sait parler. N'est-ce pas surprenant?

— Comment vous expliquer? Poppy est atteinte d'une amnésie sélective qui n'affecte que ses souvenirs personnels. On connaît mal le fonctionnement du cerveau. Dans le cas qui nous occupe, la mémoire affective est perdue. Poppy est semblable à un petit enfant pour qui tout est neuf, et pour qui tout arrive pour la première fois, c'est d'ailleurs ce qui la rend si attachante.

— Voilà qui donne envie de la rencontrer. Pensez-vous qu'elle appréciera ma visite?

— J'en suis certain, mademoiselle. J'ai d'ailleurs l'intention de contacter quelques familles de l'île afin de leur exposer une requête. Poppy est une jeune fille intelligente et très bien élevée. Elle possède un excellent français, sait lire et écrire, elle comprend un peu le créole mais ne le parle pas...

— Donc, en dépit de son prénom, Poppy serait française.

— Probablement, mais pour en revenir à ma requête, mademoiselle Castelain, reprit le Dr Janvier, garder Poppy à l'hôpital ne se justifie plus. Je suis convaincu qu'un séjour dans un environnement familial lui permettrait de surmonter son handicap. Ce serait faire œuvre charitable que de l'accueillir quelque temps. Puisque nous en parlons, connaîtriez-vous des personnes honorables que ce généreux projet pourrait éventuellement intéresser ?

— J'en connais beaucoup et des meilleures. Est-ce que la jeune Poppy a besoin d'une assistance permanente ?

— Non, pour ce qui est du quotidien, elle se débrouille parfaitement. Mais, hors de l'hôpital, elle va perdre ses repères et devra tout réapprendre de la vie en famille. Pour la bonne âme qui s'en chargera, la tâche sera parfois fastidieuse mais gratifiante. L'esprit de notre Poppy est très ouvert quoique pareil à celui d'un enfant qui interroge interminablement sur ce qu'il voit ; les oiseaux, les plantes, ce que nous, adultes, ne voyons plus, tant nous y sommes habitués. Poppy peut se révéler un peu fatigante pour qui ne dispose pas d'un minimum de patience.

— Allons la voir, proposa Suzanne, votre petite protégée m'intéresse de plus en plus.

Le médecin scruta intensément le visage de son interlocutrice en se disant que le départ de sa jeune patiente n'était pas si urgent, après tout. D'autant que chacun ici était habitué à elle et appréciait sa gentillesse.

— Ne vous emballez pas, mademoiselle Castelain. Ne prenez pas de décision hâtive. Nous ne sommes pas à une semaine près, termina-t-il d'un ton un peu brusque.

— Je vous en prie, Dr Janvier, conduisez-moi près d'elle. Toi, Flavie, tu restes dans le couloir, ordonna-t-elle à la servante qui la suivait de près.

Frustrée, celle-ci obtempéra mais tendit l'oreille de façon à ne perdre aucune miette de la conversation.

Poppy regarda la visiteuse : elle n'avait jamais vu cette grande femme aux cheveux grisonnants, aux yeux bruns, ronds comme des boutons de bottine, et habillée d'une robe de la couleur du ciel avant la tombée de la nuit — bleu sombre.

— Voici notre Poppy, mademoiselle, lança le Dr Janvier. Poppy, je vous présente Mlle Castelain.

Une vraie beauté, pensa Suzanne en contemplant le visage aux traits délicats, les immenses yeux bleus et la masse des cheveux blonds tombant en vagues soyeuses jusqu'au milieu du dos de la jeune fille. Plus touchante que tout était son expression émerveillée.

— Bonjour, Poppy. Vous permettez que je vous appelle ainsi ?

— C'est comme ça que tout le monde m'appelle.

— Très bien, se réjouit la visiteuse. Je vous ai apporté des fruits de mes vergers et quelques friandises faites à la maison. Vous aimez les douceurs, n'est-ce pas ?

Poppy lança vers le médecin le regard désarmé d'une enfant qui attend qu'on lui explique comment se comporter.

— Je... je ne sais pas, avoua-t-elle.

— Mlle Castelain va vous expliquer de quoi sont faites ses douceurs, dit le Dr Janvier. Je vous laisse faire connaissance. Nous nous reverrons tout à l'heure.

Il inclina brièvement la tête et sortit de la chambre.

— Voici quelque chose que vous allez apprécier, assura Suzanne en lui offrant un petit gâteau. Tout le monde aime les madeleines fourrées et vous aussi, j'en suis certaine.

— Je suis désolée, je ne me le rappelle pas, murmura Poppy.

— Vous n'avez pas à vous excuser, répliqua

Suzanne avec bonhomie, goûtez simplement une de ces petites merveilles et dites-moi ce que vous en pensez.

Délicatement, Poppy mordit dans le gâteau sous le regard observateur de la visiteuse.

— C'est... délicieux, affirma-t-elle avec la mine d'une personne qui fait une agréable découverte.

Rassurée par l'air bienveillant de Suzanne, elle en croqua deux autres.

— Effectivement, ce sont de vraies merveilles. Je vous remercie de m'avoir donné l'occasion d'y goûter, mademoiselle Castelain.

Cette dernière la contemplait en silence. Poppy, étonnée, vit la grande femme se tamponner les yeux.

— Mademoiselle ? Vous aurais-je contrariée ?

— Non, mon enfant ! Vous êtes tout à fait charmante, répondit Suzanne avec un sourire attendri. Puis-je vous abandonner pour quelques minutes ? Je voudrais parler au Dr Janvier. Peut-être aurai-je de bonnes nouvelles à vous annoncer ensuite.

Poppy leva vers elle un regard interrogateur.

— Je reviens tout de suite, assura Suzanne.

En effet, elle revint très vite, le médecin sur ses talons.

— Après en avoir débattu, nous avons décidé que vous iriez passer quelque temps chez Mlle Castelain, expliqua le médecin.

— Mon Dieu... balbutia Poppy, l'air dérouté.

— Le domaine des Castelain est superbe et leur maison est magnifique, poursuivit-il pour la réconforter.

— Je veux rester avec vous.

Souriant, il lui tapota la joue.

— C'est parce que vous appréhendez de quitter le seul endroit qui vous est familier. Allons, mon petit, vous avez confiance en moi, n'est-ce pas ?

— Oui.

— Si je vous assure que vous serez aussi bien chez Mlle Castelain qu'ici, me croirez-vous ?

En la voyant lutter contre les larmes, il s'avança vers elle et, d'un geste plein de sollicitude, caressa son visage.

— Oh, docteur ! balbutia Poppy dans un sanglot.

Honteuse, elle tenta de détourner la tête pour cacher sa faiblesse. C'en fut trop pour Suzanne. Elle attira la pauvre petite sur son ample poitrine et la berça doucement.

— Je vous prie de me pardonner, mademoiselle, implora-t-elle d'une voix brisée, vous devez penser que je récompense bien mal votre bonté. En vérité, je meurs de peur à l'idée de quitter l'hôpital.

— Chut, chut, mon enfant. Vous n'avez rien à craindre. Chez moi, vous ne serez jamais seule. Je serai là aussi souvent que vous le souhaiterez et mon personnel vous sera entièrement dévoué.

— Votre personnel ? s'étonna Poppy, les yeux écarquillés. Vous habitez un hôpital avec des médecins et des infirmières ?

Suzanne Castelain partit d'un grand rire.

— Non, ma petite Poppy, dit-elle en reprenant son sérieux, quand je dis « personnel », cela signifie servantes et domestiques.

— Je vois, répondit la jeune fille, l'air perplexe.

En fait, elle ne voyait pas très bien. Elle connaissait le mot « servante ». Mais, pour ce qui était de « domestique », ce terme n'évoquait rien pour elle.

Remarquant l'ombre qui assombrissait à nouveau le regard de sa patiente, le médecin se hâta d'annoncer :

— Sœur Agnès va vous aider à préparer vos affaires.

— Aujourd'hui ? Ah, Seigneur !

— Le plus tôt sera le mieux. Je suis convaincu qu'un changement de résidence vous sera bienfaisant, votre état ne peut que s'améliorer dans un environnement chaleureux.

— Vous entendez, Poppy? Le Dr Janvier est convaincu que vous serez bientôt remise. J'espère sincèrement que votre séjour sous mon toit contribuera à votre rétablissement.

— Vraiment, docteur? interrogea la jeune fille avec un sourire où tremblait l'ombre d'un espoir.

— Vous allez même être étonnée des progrès que vous allez faire.

Il regarda longuement les deux femmes avant de disparaître dans le couloir.

Poppy retrouverait-elle un jour la mémoire? Les rouages du cerveau sont si mystérieux! En réalité, qui était-elle? Une enfant attachante et craintive? Ou une malade à la personnalité multiple?

Avec un soupir las, le médecin fut forcé de reconnaître qu'il ignorait quand, comment et surtout SI Poppy serait délivrée un jour du fardeau de son amnésie.

N'ayant à emballer que quelques effets dus à la charité des bonnes âmes de Port-Louis, les bagages de la jeune fille furent promptement terminés.

Avec un soupir de résignation, elle s'éclipsa en direction de l'aile réservée aux enfants malades. Elle éprouvait pour eux une adoration qu'ils lui rendaient bien. A l'encontre des grandes personnes, ils ne s'étonnaient jamais de ses paroles évasives. Ignorant eux-mêmes tellement de choses, ils acceptaient naturellement ses nombreux «je ne sais pas» en réponse à leurs questions.

La gorge serrée par une émotion grandissante, elle fit ses adieux de lit en lit, en promettant de revenir très vite les voir.

Quand sœur Agnès la rejoignit pour annoncer le départ imminent, une Poppy éteinte et abattue se mit en route vers son nouveau destin.

Sauveur, le cocher, attendait les trois femmes. Il aida sa maîtresse à monter dans la calèche et, se tournant vers Poppy, lui tendit la main.

Elle sourit gentiment au vieil homme aux cheveux blancs et crépus, dont le visage couleur café s'éclairait d'un regard rieur.

Flavie, la femme de chambre, s'installa sur la banquette avant, à côté du cocher. Elle brûlait de lui relater les événements qui avaient amené la jeune demoiselle blonde là où elle se trouvait. Evidemment, il n'était pas question de se laisser aller à papoter en présence de Mademoiselle et de son invitée, assises juste derrière eux. Mais Sauveur ne perdait rien pour attendre. Le récit longuement mis au point n'en serait que plus palpitant.

— Alors, ma chère enfant, est-ce que cet accord vous satisfait ?

Il était trop tôt pour que Poppy puisse avoir une opinion sur le sujet. Toutefois, la décision prise conjointement par Mlle Castelain et le Dr Janvier semblait être de bon augure pour son avenir.

— Vous êtes bonne de m'accueillir dans votre maison, mademoiselle, je vous en suis très reconnaissante.

La jeune fille se pencha vers le cocher.

— Je vous remercie... commença-t-elle à l'intention de Sauveur.

— Je crains qu'il n'y ait un malentendu, la coupa vivement Suzanne. Flavie et Sauveur sont des domestiques, il n'entre pas dans les habitudes de...

L'expression qui s'inscrivit sur le jeune visage tourné vers elle affichait une incompréhension complète. Renonçant pour l'heure à de plus amples explications, Suzanne esquissa un geste de la main et s'adossa confortablement contre la banquette.

— C'est sans importance, je vous apprendrai les

usages au fur et à mesure que les circonstances se présenteront.

— Bien, mademoiselle, acquiesça docilement Poppy.

Elle se pencha à nouveau vers les domestiques.

— Je vous prie d'accepter mes excuses.

— Poppy ! protesta Suzanne avant de faire un geste signifiant qu'elle abandonnait. Nous verrons cela plus tard.

La simplicité et la gentillesse de la jeune fille eurent tôt fait d'attendrir le cocher et Flavie qui balbutièrent une formule de bienvenue à laquelle Poppy ne prêta qu'une oreille distraite : la calèche venait de franchir la grille de l'hôpital pour s'engager sur une route bordée d'arbres par-delà lesquels on entrevoyait la plage et la mer.

— Que c'est beau ! s'extasia-t-elle à voix haute en balayant du regard le panorama qui s'offrait à ses yeux éblouis.

Ravie de cet enthousiasme, Suzanne rétorqua fièrement :

— C'est magnifique, n'est-ce pas ? Mais attendez, vous n'avez pas vu le plus beau.

— Plus beau encore ? souffla la jeune fille, abasourdie.

Son regard déférent rencontra les yeux vifs et perçants de Mlle Castelain, laquelle renchérit :

— Ma propriété est réputée pour être l'une des plus belles de l'île...

Si Suzanne disait une des plus belles de l'île, c'était pour s'épargner le péché d'orgueil ; en réalité, elle pensait la plus belle des Mascareignes.

— ... elle est couverte de fleurs magnifiques, de toutes les formes et de toutes les couleurs. Vous aimez les fleurs ?

— Je les adore.

— Alors, vous ne résisterez pas à leur charme.

— J'ai hâte de les admirer et d'en profiter au cours de mon séjour.

— Vous pouvez rester aussi longtemps qu'il vous plaira, répondit Suzanne, enchantée par la spontanéité de sa réaction.

— Mademoiselle ? Ma présence ne va-t-elle pas être considérée comme une intrusion par les personnes de votre entourage ?

Au premier abord, la réflexion parut d'abord sidérer Suzanne, puis elle expliqua avec un peu de hauteur :

— Je suis seule maîtresse du domaine et ne dois de comptes à personne.

Elle ajouta, le menton levé : N'en concluez pas pour autant que je n'ai aucune famille.

La vigueur de son affirmation surprit Poppy, qui s'empressa de poser la question que l'autre attendait :

— Vous avez de la famille, mademoiselle ?

— Un frère aîné et un neveu, répondit Suzanne avec une évidente satisfaction.

— J'en suis heureuse pour vous, mademoiselle.

Un frère aîné et un neveu ! Comme il devait être agréable d'avoir une famille !

— Je les reçois souvent. Surtout Denis, mon neveu. J'adore cet enfant, voyez-vous. Lorsque ma belle-sœur, la première épouse de mon frère, est morte en donnant le jour à Denis, mes parents — ils sont morts maintenant — ont élevé le petit conjointement avec moi. Ensuite, mon frère s'est remarié et Denis est allé vivre avec son père et sa belle-mère, poursuivit Suzanne en jetant un regard sur le visage attentif de son invitée. Mais nous nous voyons très souvent, conclut-elle.

Elle avait un air si plaisant en disant cela que Poppy ne put s'empêcher de sourire. Ainsi, la famille de Mlle Castelain comptait un enfant ? Un enfant à chérir ? Un enfant qui ne la considérerait pas comme une folle ? Que Dieu en soit loué !

Victoire posa la louche avec laquelle elle arrosait le rôti et, s'appuyant des deux mains sur la table de cuisine, observa Flavie d'un air dubitatif.

— La jeune fille qui vient de descendre du cabriolet ?

— Qu'est-ce que tu dis de ça ? Mad'moiselle Suzanne la ramène tout droit de l'hôpital. D'après ce que j'ai pu entendre, cette petite a le cerveau dérangé.

— Tu as encore mal compris, ma pauvre Flavie, ou alors tu inventes.

— J'ai entendu le médecin de l'hôpital en discuter avec mad'moiselle Suzanne ! Et tu sais où ils l'ont trouvée, la petite ? Sur la plage. Oui, ma'ame, allongée sur la plage et presque morte. Elle avait complètement perdu la mémoire.

Comme la cuisinière paraissait douter encore, Flavie ajouta :

— Quand ils lui ont demandé son nom, tu ne devineras jamais ce qu'elle a répondu...

Une lueur de triomphe étincela dans les yeux de la femme de chambre.

— ... Poppy ! Si ce n'est pas une preuve de démence, ça !

Victoire afficha un étonnement fortement teinté d'incrédulité.

— Elle a perdu la mémoire et se souvient de son nom ? A qui vas-tu faire croire ça ?

— C'est pourtant la vérité.

— Et, malgré ça, mad'moiselle Suzanne l'a invitée ici ?

— Faut croire. Oh ! la petite est aimable. Elle a

été jusqu'à remercier Sauveur de son invitation. Si tu avais vu mad'moiselle Suzanne... elle ne trouvait plus ses mots, c'est pour te dire !

— Parle plus bas. Si mad'moiselle Suzanne t'entend discuter d'une de ses invitées, tu vas te faire enguirlander, décréta Victoire, certaine de n'avoir en rien démérité, elle.

— Pour quelle raison devrais-je enguirlander Flavie ? questionna Suzanne Castelain en entrant dans la pièce.

Femme de chambre et cuisinière échangèrent un regard gêné.

— Je racontais à Victoire que vous receviez une invitée, répondit Flavie en arborant un calme qu'elle était loin de ressentir.

Mlle Castelain releva un menton dédaigneux. Si elle ne rechignait pas à prêter une oreille complaisante aux ragots et autres cancans, elle n'acceptait certainement pas qu'une de ses protégées en fasse les frais.

— Répète-moi donc ce que tu disais à l'instant, insista la maîtresse de maison.

— Deux fois rien, mad'moiselle Suzanne, seulement que la jeune invitée avait un peu... un peu perdu la tête, se défendit Flavie.

— Poppy est parfaitement sensée ; le Dr Janvier m'a expliqué que, suite à un accident, la pauvre petite souffre d'amnésie, trancha-t-elle avec hauteur.

Puis, réalisant que les deux femmes n'y comprenaient goutte, elle expliqua :

— « Amnésie » est un mot pour désigner la perte de la mémoire.

Le fait qu'elle n'ait jamais entendu parler d'amnésie auparavant n'entrait pas en ligne de compte, la maîtresse d'un grand domaine se devait de tout connaître.

— Dépêche-toi d'aller préparer la chambre bleue,

ordonna-t-elle à Flavie. Fais-toi aider par Nina. Surtout, n'oublie pas de mettre des fleurs dans les vases. Un peu d'activité te fera passer l'envie de donner ton avis sur des faits dont tu ignores tout.

La femme de chambre opina sans enthousiasme. Elle quitta la cuisine en se dandinant et en se creusant la tête sur la façon de propager la stupéfiante nouvelle, avant que Victoire n'ait l'occasion de lui couper l'herbe sous le pied.

Dès que la chambre fut prête, Mlle Castelain précéda Poppy dans le long couloir jusqu'à une porte en bois sombre qu'elle ouvrit.

— Voici votre domaine, Poppy.

— Oh! C'est ravissant! Absolument ravissant! s'exclama la jeune fille, éblouie.

Pour elle, qui n'avait d'autre point de comparaison que sa chambre d'hôpital, cette pièce était une splendeur.

Un grand lit recouvert de soie bleue trônait face à deux portes-fenêtres ouvrant sur un jardin fleuri, séparées l'une de l'autre par une coiffeuse en bois marqueté.

Ouvrant des yeux émerveillés, Poppy découvrait tour à tour un superbe miroir sur pied, un divan recouvert de la même soie que le jeté de lit et une petite table sur laquelle était posé un grand vase plein de fleurs multicolores.

— Pour moi ?

Elle posa l'index sur sa poitrine afin qu'il ne subsiste aucun doute.

Suzanne Castelain acquiesça, l'air attendri.

— Pour moi toute seule? insista Poppy. Vraiment ? A l'hôpital nous étions plusieurs par...

— Oubliez l'hôpital, coupa Suzanne. Cette chambre est la vôtre et je suis enchantée qu'elle vous plaise.

— Oh oui ! Elle me plaît infiniment. Merci, mademoiselle Castelain.

— Laissez tomber le « mademoiselle Castelain », ce formalisme n'est pas de mise entre nous. Voyons... comment pourriez-vous m'appeler ?

Désemparée par le terme « formalisme », Poppy s'efforça de dénicher dans la liste des mots qui encombraient son esprit lequel pouvait convenir pour une grande femme au cœur généreux.

— Si... si vous disiez tout simplement tante Suzie ?

— Vous êtes ma tante ? s'étonna la jeune femme, les yeux pleins d'espoir.

Suzanne considéra avec compassion la jolie fille au regard implorant.

— Non, hélas, je ne suis pas votre tante et je le déplore. Cependant, je trouve que tante Suzie sonne bien, et c'est plus affectueux que mademoiselle Castelain, n'est-ce pas ?

Poppy hocha la tête.

— Beaucoup plus affectueux, mad... tante Suzie.

— Bien ! Voilà une chose réglée. Maintenant, j'appelle Nina, elle va vous aider à vous installer. Nous nous verrons à l'heure du dîner. En attendant, reposez-vous dans votre belle chambre.

— Bien, tante Suzie.

Après avoir rangé le peu de vêtements rapportés de l'hôpital, Nina sollicita la permission de disposer. Poppy s'assit sur le lit. La pièce lui paraissait terriblement vide, à présent.

Se reposer, avait recommandé Mlle Castelain, ou plutôt, tante Suzie. Se reposer, c'était facile à dire. Comment se repose-t-on lorsqu'on n'est pas fatigué ? L'endroit était magnifique, certes, mais effroyablement étranger. Une tristesse infinie s'empara d'elle et des larmes glissèrent sur ses joues. Puis, dans un sursaut, elle décida de combattre sa détresse. Elle se leva et se dirigea vers la porte-fenêtre où une moustiquaire laissait entrer un flot de lumière. Une douce brise vint caresser son visage. Des oiseaux pépiaient avec ardeur dans le jardin abondamment fleuri.

— Doux Jésus, soupira Poppy. Comment être triste dans un pareil décor ?

Pendant ce temps, dans la cuisine, le colloque entre servantes se termina sur la résolution suivante : étant entendu qu'avec des malades mentaux on ne savait jamais sur quel pied danser, le mieux était encore de se tenir à carreau.

Deux jours plus tard, de la maîtresse à la plus simple des domestiques, tous s'accordaient à reconnaître que l'invitée de Mlle Castelain était une personne adorable et très accommodante.

13

Rentré depuis deux jours d'une tournée dans les plantations, Denis fut submergé par les commentaires concernant l'installation chez tante Suzanne d'une pauvre fille accablée de malheurs.

Une visite s'imposait. Contrairement à ses habitudes, il choisit d'arriver par les jardins avec l'espoir d'apercevoir l'invitée de sa tante avant qu'elle ne lui soit présentée. Ainsi, il aurait la faculté d'étudier son comportement. Et si, comme on le prétendait, elle était un peu folle, il pourrait toujours repartir en catimini.

Au détour d'une allée, il discerna une forme féminine penchée sur une vasque naturelle. Que faire ? La surprendre brusquement et courir ainsi le risque de susciter un comportement excentrique? Repartir sur la pointe des pieds?

Avant qu'il puisse opter pour l'une ou l'autre décision, la jeune fille se releva et, sans paraître le moins du monde étonnée par sa présence, posa un doigt sur ses lèvres et chuchota:

— Ne faites pas de bruit. Venez voir.

Peu rassuré, il approcha lentement de la vasque dans laquelle deux oiseaux très colorés s'ébrouaient en pépiant.

— Ne ressemblent-ils pas à des fleurs vivantes?

Passé les découvertes de sa prime jeunesse, Denis ne prêtait plus guère attention aux nombreux oiseaux de l'île. Il contempla la jeune fille: ses cheveux noués sur la nuque arboraient la couleur de l'or. Des mèches échappées du ruban encadraient un visage à l'ossature délicate. Ses sourcils fins faisaient ressortir un teint de porcelaine. Et de longs cils masquaient, pour l'instant, des yeux dont il brûlait de découvrir la couleur.

Immobile et fasciné, il réalisa subitement qu'il devait avoir l'air d'un parfait imbécile. Il toussota légèrement et les oiseaux s'envolèrent.

— Oh! Quel dommage! se désola-t-elle. Si vous n'aviez pas fait de bruit, ils seraient peut-être venus se poser dans mes mains.

Que répondre à cela? Il prononça les premiers mots qui lui vinrent à l'esprit:

— Vos yeux sont de la couleur du ciel.

— En effet, approuva Poppy en jetant un coup d'œil sur le ciel uniformément bleu.

Manifestement, la demoiselle disait ce qu'elle pensait avec la candeur d'une enfant.

Malgré son apparence aguichante, toute de courbes gracieuses, Denis avait la conviction d'être en face d'une très jeune fille, naïve et innocente. Vulnérable, aussi.

Un instinct protecteur jusqu'alors inconnu s'éveilla en lui.

— Permettez-moi de me présenter, je suis Denis Castelain, le neveu de Mlle Castelain.

La déception qui s'afficha sur le visage de Poppy troubla le jeune homme.

— Ma tante ne vous a pas parlé de moi ?

— Si, si. Seulement, j'ai cru comprendre que vous étiez un enfant, et j'espérais que... j'aime tant les enfants, dit-elle comme si cela expliquait tout.

— Mademoiselle Poppy... vous êtes bien Poppy, n'est-ce pas ?

Elle acquiesça, et il poursuivit :

— Ma tante m'a élevé, alors pour elle je resterai toujours un enfant. Mais en réalité, j'ai vingt-trois ans. Et vous, quel âge avez-vous ?

Perplexe, Poppy écarquilla les yeux.

— Je... je ne sais pas.

Denis se reprit vivement, mortifié de s'être montré aussi maladroit :

— Peu importe. Disons simplement qu'aujourd'hui nous avons tous les deux dix ans. D'accord ? Si vous en avez envie, je vais vous montrer la cabane que j'ai fabriquée autrefois. Enfin... je me vante un peu ; en réalité, c'est Sauveur qui l'a presque entièrement construite.

Il lui fit faire le tour du jardin en animant la visite d'une foule d'anecdotes sur son enfance. Puis, il l'entraîna tout au bout d'une allée, sous un arbre énorme ; là, il arbora l'air mystérieux d'un petit garçon prêt à partager un grand secret.

— Regardez là-haut...

La jeune fille obéit et aussitôt s'extasia en découvrant une cabane dans les branches.

— Oh ! Une petite maison dans un arbre ! s'émerveilla-t-elle, pour le plus grand plaisir de Denis. Le plus bel endroit du monde !

Elle baissa les yeux pour regarder l'homme à qui elle devait cette découverte. Son expression était si ingénue qu'il en fut bouleversé. Malgré son évidente jeunesse, il émanait d'elle une séduction naturelle due tout autant à la douceur de ses traits qu'à la grâce de ses mouvements.

En l'entraînant vers la maison, il songea qu'une aussi jolie demoiselle avait certainement dû donner du fil à retordre aux garçons de son entourage. Repoussant cette pensée, il entra dans le salon, Poppy sur ses talons.

— Ma tante, claironna-t-il, vois donc le bel oiseau que je viens de dénicher dans le jardin!

Un oiseau? Poppy ouvrit de grands yeux. Il n'avait rien déniché du tout. Sinon elle s'en serait aperçue.

— Un très bel oiseau, en effet, répliqua Suzanne, heureuse de revoir son neveu.

Poppy tourna un regard désemparé vers Suzanne. Celle-ci éclata de rire.

— Ma chère enfant, j'oublie toujours que les expressions imagées te sont difficilement compréhensibles.

Depuis la veille, elle s'était mise à tutoyer sa petite protégée. Laquelle se taisait, perturbée par des subtilités de langage difficilement assimilables pour elle.

— C'est une façon de parler. Denis aime et admire les oiseaux. En l'occurrence, le bel oiseau, c'est toi. N'est-ce pas, mon garçon?

— En effet, s'empressa d'affirmer le jeune homme. Puis-je me permettre de vous rappeler que vous-même compariez les oiseaux à des fleurs vivantes?

— C'est vrai! reconnut-elle avec un sourire lumineux, voilà donc ce qu'on appelle une façon de parler?

Jamais journée ne parut plus agréable à Denis.

La jeune fille était si fascinante qu'il en oubliait de manger. Il ne se lassait pas de la regarder, de l'écouter. Quant à la chère enfant, elle se tournait sans cesse vers lui pour sourire et partager une plaisanterie lancée par tante Suzie, très en forme ce jour-là.

Délicieusement détendue par la présence de son cher neveu, Suzanne pétillait comme du champagne et fourmillait de projets. Avant de présenter Poppy au monde, elle entendait tout d'abord s'occuper de ses toilettes. Activité qui allait lui prendre des après-midi entiers. Tant mieux! Couper des robes lui avait toujours beaucoup plu. Et comme devant une machine à coudre Flavie était imbattable, la chose s'annonçait à merveille.

Quant aux tissus, aucun problème! assura Suzanne dont les armoires regorgeaient de coupons achetés par ses parents quelque vingt ans auparavant, au temps où ils espéraient la marier à un jeune homme aux vagues allures de prétendant. Les choses ne s'étant pas passées comme ils le prévoyaient, les précieux tissus, trop beaux pour des toilettes ordinaires, dormaient depuis lors dans leurs papiers de soie.

— J'ignorais cela, ma tante, avoua Denis. J'ai toujours cru que le mariage ne te tentait pas et que rester célibataire relevait de ton choix.

Sans acrimonie, Suzanne admit qu'elle ne regrettait rien. Evidemment, si le prétendant agréé par ses parents s'était déclaré, elle l'aurait volontiers épousé.

— Seulement, conclut-elle, avant même qu'il ne me fasse sa cour, une de mes bonnes amies, séduisante et coquette, me l'a volé à mon nez et à ma barbe.

— Votre barbe? bredouilla Poppy. Vous vous faites raser?

— Pardon ? fit Suzanne, ahurie.

— Vous dites que votre amie vous a volé un prétendant à votre barbe...

Le rire de Suzanne fusa, suivi par celui de Denis. Partagée entre embarras et gaieté, la jeune fille avança timidement :

— Est-ce encore une façon de parler, tante Suzie ?

Cette dernière hocha la tête en s'esclaffant :

— Me faire raser...

Finalement, Poppy mêla son rire aux leurs.

Ce fut une journée charmante, agréable pour tous.

La semaine suivante, Denis vint à trois reprises rendre visite à sa tante. Et à la jeune personne qui vivait sous son toit.

Ce vendredi matin, juchée sur une chaise au milieu du salon, Poppy tournait lentement sur elle-même pour permettre à Flavie d'épingler à bonne hauteur l'ourlet de sa nouvelle robe.

Tandis que, au bras de son neveu, Suzanne faisait le tour du jardin en admirant une fois de plus la belle ordonnance des massifs fleuris, une servante se précipita au salon pour annoncer la visite de Mlle Vernier. Poppy sauta vivement à terre.

— Tante Suzie est dans le jardin, Mlle Vernier pourrait peut-être...

Trop tard, une grassouillette jeune femme pénétrait déjà dans le salon d'un pas décidé.

— Inutile de m'annoncer, jeta-t-elle d'une voix amène.

Puis, s'adressant à la servante, elle ajouta :

— Tu peux nous laisser.

Elle reprit sur un ton enjoué :

— Je suppose que vous êtes Poppy ? Un prénom

singulier mais charmant. Je suis Louisa Vernier, une amie intime de Suzanne et de Denis Castelain.

Plaisante, franche et directe, Louisa était, selon l'expression, bonne comme du bon pain. Agée de vingt-deux ans, un tantinet trop ronde et d'un physique assez banal, elle n'avait jamais reçu la moindre demande en mariage. Mais elle s'en moquait. Depuis sa plus tendre enfance, elle n'aimait qu'un seul garçon, Denis Castelain.

— Bonjour, mademoiselle, dit Poppy, que cette aimable personne fascinait.

— Alors, ma chère petite, il paraît que vous souffrez d'amnésique ?

— Amnésie, rectifia Poppy machinalement.

— C'est pareil, riposta Louisa gentiment. Si j'ai bien saisi, vous ne vous souvenez de rien.

Elle vint se planter en face de son interlocutrice, et la regarda d'un air attendri et compatissant.

— Ecoutez, petite Poppy, un jour vous retrouverez ceux que vous aimez. Le ciel vous doit bien ça. En attendant, laissez Suzanne vous choyer, c'est une chose qu'elle fait à merveille.

Tandis que Poppy approuvait de la tête la sympathique Louisa, celle-ci reprenait déjà :

— Vous ne pouviez trouver famille plus généreuse que les Castelain. Suzanne est l'incarnation même de la bonté.

— Certainement, approuva Poppy, désarçonnée par ce flot de paroles.

— Vous avez fait la connaissance de Denis ? Ce charmant garçon est mon ami depuis toujours. En fait, on peut même dire qu'il m'appartient. Nous sommes promis l'un à l'autre depuis notre enfance et, un jour, nous nous marierons. Cette confidence n'est pas destinée à vous mettre mal à l'aise mais seulement à vous dissuader de faire des rêves impossibles au sujet de Denis. Vous comprenez ?

Les yeux de Louisa brillaient d'une chaleureuse cordialité. Soudain, son visage s'illumina en apercevant le jeune homme et sa tante.

— Quel plaisir de vous voir, mademoiselle Castelain! Je passais par ici, alors j'ai décidé de vous rendre une rapide visite. Nous devisions aimablement, votre protégée et moi. La pauvre enfant me disait justement qu'elle avait oublié son véritable prénom. L'idée qu'on puisse ne pas se rappeler qui on est me paraît aussi effrayante qu'incroyable.

Elle se tourna vers Denis.

— Je t'attendais. Habituellement, lorsque tu rentres de tournée, tu viens toujours me voir. Cette fois...

— J'avais l'intention de rendre très prochainement visite à tes parents.

Louisa n'allait pas se contenter de cette brève excuse.

— Comme je le faisais remarquer à la protégée de ta tante, nous sommes amis depuis toujours. Plus qu'amis, d'ailleurs...

Au regard qu'elle reçut en réponse, Louisa comprit qu'elle dépassait les bornes.

Tante Suzie haussa les épaules et, prenant Poppy par le bras, l'entraîna vers la porte.

— Excusez-nous, Louisa, Poppy et moi avons à parler. Je ne vous retiens pas à déjeuner car je suppose que vous êtes pressée, puisque vous n'êtes passée que pour un rapide salut.

— Je raccompagne Louisa jusqu'à sa voiture et je vous rejoins, ma tante.

Et, sous prétexte de l'escorter jusqu'à sa voiture, Denis poussa doucement son amie vers la sortie.

Amoureuse du jeune homme depuis sa tendre enfance, Louisa le connaissait par cœur. Réalisant qu'il ne désirait pas discuter plus avant, elle essaya de tergiverser.

— J'ai tout mon temps. En fait, je ne suis pas à une heure près.

« Le pauvre Denis n'est pas au bout de ses peines », pensa Suzanne qui connaissait la ténacité de Louisa.

— Je reviens tout de suite, ma tante, répéta Denis.

« Compte là-dessus, mon pauvre neveu ! » Néanmoins, Suzanne acquiesça en silence, avant d'entraîner Poppy hors de la pièce.

Tante Suzie et son invitée bavardaient avec animation lorsque Denis les rejoignit pour déjeuner.

— Louisa est partie ? s'enquit Suzanne.

Denis hocha la tête et s'adossa contre sa chaise en observant Poppy. Il était sidéré par la grâce que revêtaient ses gestes les plus simples.

— Denis appartient à Louisa, lança Poppy en reposant la louche dans la soupière posée devant elle.

Manifestement déconcertée par les regards que tante Suzie et Denis lui lancèrent, elle se tut aussitôt.

— D'où te vient cette idée ?

— C'est elle qui me l'a dit.

— Ah ? Et qu'a-t-elle raconté d'autre ?

— « Depuis notre enfance, nous sommes promis l'un à l'autre. »

Tante et neveu ne purent retenir un sourire ; ils croyaient entendre Louisa en personne, tant Poppy l'imitait bien.

Tante Suzie se reprit rapidement.

— Louisa est la gentillesse personnifiée. Cependant, elle est capable de raconter n'importe quelle baliverne pour impressionner une innocente comme toi.

— Qu'il doit être bon d'appartenir à quelqu'un ! Est-ce que vous appartenez à Denis, tante Suzie ?

Cette dernière jeta un coup d'œil attendri vers son neveu.

— Dans la mesure où je suis sa tante et son amie, nous pouvons dire que nous nous appartenons l'un à l'autre.

— Et moi ? J'appartiens à quelqu'un ?

— Mon Dieu... éluda sa bienfaitrice.

Inutile d'en entendre davantage, la conscience de sa différence amena des larmes aux yeux de la jeune fille.

— ... un jour, la mémoire te reviendra, et tu retrouveras tes parents, tes amis.

Devant le regard bouleversé que Poppy lui lança, elle ajouta précipitamment :

— En attendant, tu resteras ici. Une fois pour toutes, considère-toi comme faisant partie de notre famille. N'aie aucun souci de ce côté-là.

Denis approuva avec force hochements de tête.

Tout cela était bel et bon, mais combien de temps perdurerait une telle générosité ? Un mois ? Deux mois ? Un an ?

Face à cette incertitude, Poppy se mordit les lèvres pour ne pas fondre en larmes. Elle balbutia d'une voix brisée :

— Je ne veux pas que vous vous sentiez obligée de me garder avec vous. Je peux travailler, m'occuper d'enfants. Ils s'attachent facilement à moi, et moi, je les adore.

— Tais-toi ! Je ne tolérerai pas que tu ailles te placer comme bonne d'enfants, rétorqua avec véhémence tante Suzie.

Poppy allait riposter quand Denis se mit de la partie.

— Est-ce ainsi que vous remerciez ma tante de son hospitalité ? Voulez-vous l'embarrasser devant tout Port-Louis ?

La jeune fille secoua la tête d'un air chagrin.

— Poppy ! regardez-moi, s'il vous plaît.

Elle obéit en silence ; des larmes perlaient à ses paupières.

— Ne parlez plus de nous quitter. Ma tante vous est très attachée. Et moi aussi.

— Que puis-je faire ? Je ne vais pas vivre à vos crochets toute ma vie !

— Si c'est ce qui te gêne, rassure-toi, cela ne me pose aucun problème. Si tu ne retrouves pas la mémoire, j'ai l'intention de t'adopter. Si tu es d'accord, bien entendu. Tu m'apportes tant de bonheur, ma chérie.

— A moi aussi, assura Denis.

Poppy les regarda tour à tour, puis acquiesça, des étoiles plein les yeux.

— Merci beaucoup.

— Le chapitre est clos, affirma tante Suzie avec force. Nous ne l'aborderons plus.

De l'avis général, Suzanne Castelain était une femme impulsive. Une preuve s'il en était : cet engouement subit pour une jeune malade de l'hôpital qu'elle avait accueillie chez elle, quasiment sur un coup de tête.

Vis-à-vis d'autrui, elle tirait gloire d'une détermination qui, selon elle, valait mille fois mieux que la passivité.

Néanmoins, il arrive parfois que les meilleures dispositions soient bousculées par un événement imprévu.

Alors que les deux femmes s'apprêtaient à déjeuner, un messager dépêché par l'hôpital apporta une lettre du Dr Janvier assortie d'une aimable mais pressante invitation à venir le voir. Un fait nouveau, de nature à orienter les recherches concernant Poppy, avait été porté à sa connaissance.

Assise bien droite devant la table dressée, Poppy n'écoutait que d'une oreille les exhortations de Suzanne.

— N'y allons pas, tante Suzie... je vous en prie, je ne veux pas retourner à l'hôpital.

— Sois raisonnable, nous ne ferons qu'un aller et retour. Nous ne pouvons pas ignorer une convocation du Dr Janvier. Peut-être a-t-il fait des découvertes intéressantes sur tes antécédents ?

— Peut-être, acquiesça Poppy de mauvaise grâce.

— Nous n'avons rien à perdre à savoir de quoi il retourne, n'est-ce pas ?

— Oh ! tante Suzie... balbutia la jeune fille dans un sanglot.

Une infinie détresse se lisait dans son regard embué par les larmes.

— Allons, ressaisissons-nous ! D'abord, déjeunons, et ensuite, nous nous mettrons en route.

Bien carré derrière son bureau, le Dr Janvier reçut les deux femmes avec son aménité coutumière. Il résuma les faits en quelques phrases. L'avant-veille, des pêcheurs avaient découvert l'épave d'un bateau à un mille de la barrière rocheuse. Alertées, les autorités avaient dépêché deux plongeurs, lesquels avaient remonté à la surface des lots de marchandises transformées en détritus informes, plus nombre de planches et bois divers, visiblement les restes de la charpente d'un navire éperonné par les rochers. Plus quatre cadavres quasiment réduits à l'état de squelettes.

Enfin, après plusieurs plongées, divers bagages avaient été retrouvés complètement détériorés. Mais rien qui puisse aider à établir l'identité du bateau, de son équipage et d'éventuels passagers.

Rien... sauf un petit coffret de cuir dans un état

de décomposition avancée dont le contenu, par contre, était intact. Il s'avéra que les objets qu'il contenait, bien que ternis par l'eau de mer, étaient des bijoux. Quant à savoir le nom du bâtiment et depuis quand il gisait par quinze mètres de fond sous la mer... on en était réduit à des conjectures. Seul fait positif de l'avis des pêcheurs, avant l'ouragan, aucune embarcation n'avait été signalée en perdition par-delà la barrière de rochers.

— Voici pourquoi je vous ai demandé de venir : le naufrage semblerait coïncider avec le moment où vous avez été découverte sur la plage. Ce qui nous amène à penser que vous étiez peut-être à bord de ce bateau.

— Je ne m'en souviens pas, balbutia Poppy en pressant nerveusement ses doigts sur ses tempes.

— Voulez-vous jeter un coup d'œil sur ces bijoux ? Le maire les a fait nettoyer avant de me les confier afin de voir s'il vous était possible de les reconnaître.

Une grande lassitude envahit la jeune fille.

— A quoi cela servira-t-il ? J'ai la tête vide. Il me semble avancer à tâtons dans un endroit où il n'existe pas de chemin.

— C'est pourquoi il ne faut dédaigner aucune piste susceptible de nous éclairer.

Le médecin extirpa d'un tiroir une serviette en toile et la déroula sur le bureau.

— Oh ! s'exclama Suzanne. A qui appartiennent ces merveilles ?

— Nous l'ignorons. Les plongeurs les ont trouvées dans l'épave.

Il ajouta, en détachant les mots à l'intention de Poppy :

— Ces bijoux étaient enfermés dans un petit coffret en cuir. Vous entendez, mon petit ? Regardez-les bien, peut-être réveilleront-ils votre mémoire.

Poppy examina rapidement les bijoux étalés devant elle et secoua la tête.

— Aucun souvenir de ces choses-là.

— Prenez votre temps, mon enfant, nous ne sommes pas pressés.

Par-dessus le bureau, le médecin lui prit la main et la tapota gentiment.

— Examinez-les attentivement, recommanda-t-il en poussant les bijoux vers elle.

Poppy hésita une seconde avant de saisir une bague ornée d'un beau diamant. Lentement, elle l'approcha de sa main droite. Une voix d'homme excédée émergea de sa mémoire : « Pas celle-là, la gauche ! »

Elle glissa alors la bague à son annulaire gauche, et contempla sa main tendue. Soudain, son expression se modifia. Suzanne et le Dr Janvier retinrent leur souffle.

Poppy plissa les paupières. Une ombre vague la menaçait ; si ce souvenir lui revenait, il déclencherait un processus inéluctable d'événements qu'elle ne pourrait plus maîtriser.

Elle ôta précipitamment la bague et la jeta sur le bureau.

— Non, vraiment, cela ne me rappelle rien.

Le médecin ramassa les bijoux et les remit dans la serviette.

— Dommage... murmura-t-il. J'espérais...

— Poppy, n'as-tu pas envie d'aller voir les enfants ? proposa Suzanne qui brûlait de rester seule avec le médecin. S'ils savent que tu es ici, ils doivent attendre ta visite avec impatience.

— Avec plaisir, tante Suzie. J'y vais tout de suite.

La porte à peine refermée, Suzanne questionna :

— Qu'en pensez-vous, docteur ?

Celui-ci réfléchit un instant, puis hocha la tête.

— Il s'est passé quelque chose, mais peut-être n'est-ce qu'une fugace réminiscence du passé.

— Qu'en concluez-vous ?

— Ma conclusion... dit-il après un silence. Je ne crois pas qu'on puisse considérer une vague réminiscence comme un retour de la mémoire. Prenez soin d'elle, entourez-la de votre affection. Toutefois, essayez de ne pas trop vous impliquer dans cette histoire, si cela vous est possible. Car vous risqueriez d'être fortement déçue le jour où Poppy retrouvera la mémoire.

« Mais, d'après votre air désappointé, docteur, ce n'est pas demain la veille », pensa Suzanne en laissant échapper un soupir de soulagement. Peut-être aurait-elle à expier pour son égoïsme. Néanmoins, pour l'instant, sa petite protégée restait sous son aile.

Et en regard de ce sursis, le reste importait peu.

14

Deux jours plus tard, un entrefilet dans la *Gazette* de Port-Louis relatait qu'une jeune fille résidant au domaine des Castelain était l'unique rescapée du naufrage d'un navire. Lequel, d'après une partie de proue remontée récemment, s'appelait — pour autant qu'on en pouvait juger — *Le Grand Cormoran*.

Toute personne susceptible de posséder des informations sur le sujet était priée de se présenter à la mairie ou au poste de police.

En réalité, le maire et les policiers ne se faisaient guère d'illusions. D'après le peu qui en avait été récupéré, il s'avérait que le bâtiment était ce qu'on appelait pudiquement un intermittent. En clair, un trafiquant d'articles de contrebande. En infraction avec la loi, aucun de leurs clients ne se montrerait assez stupide pour se faire connaître.

Suite à cet article, la curiosité étant à son comble, les invitations se mirent à pleuvoir au domaine des Castelain. Il ne fallait plus espérer laisser à Poppy le temps de s'habituer à sa nouvelle vie.

A Port-Louis, où les soirées étaient plus familiales que mondaines, Poppy fut appréciée à divers titres.

Par les demoiselles d'abord, parce qu'elle ne se mettait jamais en avant et n'essayait pas d'attirer sur elle l'attention des jeunes gens. Ceux-ci s'avouaient charmés par cette jolie fille blonde qui les changeait agréablement des hypocrites et de leur fausse candeur.

Les parents, eux, trouvaient la jeune protégée de Suzanne Castelain fort bien élevée. Elle n'était pas de ces perruches jacassant sur n'importe qui ou n'importe quoi. Poppy conversait sur des sujets dont les adultes raffolaient ; elle leur parlait d'eux-mêmes, d'abord, ensuite de leurs enfants, et enfin de leurs joies, de leurs soucis, de leurs problèmes de santé. En un mot, de ce qui les préoccupait avant tout.

Quant à Denis... dès qu'il apercevait l'ombre de son chapeau, il tombait positivement sous le charme.

Seule fausse note au concert, Louisa. Cette dernière avait le cœur trop lourd pour s'associer aux louanges dont on accablait la protégée de Suzanne Castelain.

Ce soir-là, après avoir présenté Poppy à quelques personnes inconnues d'elle, tante Suzie lui proposa de rejoindre les jeunes gens de son âge. Dès que la jeune femme se retournait pour guetter l'arrivée de Denis, elle croisait le regard méfiant de Louisa qui se dérobait aussitôt. Cette surveillance constante commençait à lui peser.

Le modeste orchestre local, toujours présent à ces soirées, se produisait juché sur une estrade. Partagée entre l'embarras et l'incertitude, Poppy s'y réfugia un instant pour échapper aux regards insistants de Louisa qui l'enveloppaient tel un filet. Se cacher n'était pas la bonne solution, mais que faire d'autre ? Elle resta un long moment à l'ombre de l'estrade en essayant de se composer une attitude. Que lui voulait Louisa, à la fin ? Poppy avait beau tourner le problème sur toutes ses faces, elle ne trouvait aucune réponse à sa question.

L'orchestre s'accordant une courte pause, le cœur de la jeune femme bondit dans sa poitrine en percevant soudain un son familier : celui d'un piano. Au domaine, il n'y avait pas d'instrument de musique. Tante Suzie n'éprouvait aucune honte à avouer que les Castelain n'étaient en rien musiciens. Certes, comme tout un chacun, ils aimaient écouter de beaux airs agréablement exécutés, mais il ne fallait pas leur en demander plus.

Comme dans un rêve, Poppy s'approcha de l'instrument au clavier tapoté par une dame d'âge mûr, le nez collé à sa partition.

— Comme on se retrouve ! lança une voix que Poppy aurait reconnue entre mille. Le piano vous inspire, on dirait ?

Poppy fit face à l'attentive Louisa.

— Je suis sûre que vous adoreriez l'essayer, continua celle-ci. Car vous savez en jouer, n'est-ce pas ?

— Il se peut que... je n'en suis pas certaine.

Poppy la fixa droit dans les yeux avec tant d'innocence que son interlocutrice faillit rendre les armes. Mais elle se raidit. L'amour de son bien-aimé était en jeu. Pas de pitié pour qui essayait d'embobiner Denis avec des airs de biche effarouchée ! Sa décision fut prise en un instant. En trois pas, elle fut au milieu de la salle de réception et frappa bruyamment dans ses mains.

— Mesdames et messieurs, mes chers amis...

Retardé par un incident de dernière minute, Denis venait d'entrer dans la pièce ; il s'immobilisa en entendant la voix de son amie d'enfance s'élever haut et clair.

— ... vous connaissez tous Poppy, la protégée de Suzanne Castelain ! Elle a accepté de nous donner un aperçu de ses talents de pianiste ; je suis sûre que vous mourez tous d'envie de l'entendre exécuter un morceau.

Un bourdonnement rompit le silence et Louisa poussa sa rivale vers le piano libéré de son interprète.

Poppy s'apprêtait à réitérer son incertitude lorsqu'elle sentit deux mains la pousser en avant et peser sur ses épaules. Louisa approcha son visage à quelques centimètres du sien et s'enquit mielleusement :

— Désirez-vous une autre partition ?

Impuissante, Poppy s'installa sur le tabouret.

— En réalité, je n'ai pas la moindre idée de...

— C'est parfait ! Montrez-nous vos talents, ordonna l'autre avec un geste éloquent en direction du clavier.

Ses doigts hésitants effleurèrent les touches, s'enhardirent et bientôt les accords légers de la *Chanson du Printemps* de Mendelssohn s'élevèrent dans un profond silence.

Louisa se mordit les lèvres de dépit, car déjà les invités, manifestement sous le charme, se rapprochaient du piano.

Le concerto terminé sur une note allègre, Poppy

resta un instant les yeux fermés. Bouleversée d'entendre des applaudissements éclater, elle releva les paupières et aperçut Denis, debout à côté de tante Suzie. Son visage, mouillé de larmes, s'illumina.

— Je manque un peu d'entraînement. Oh, tante Suzie, quel grand bonheur ! murmura-t-elle d'une voix fêlée par l'émotion.

Tous alors se précipitèrent pour la féliciter. Les dames la pressèrent dans leurs bras et les messieurs lui serrèrent amicalement la main.

Tous, excepté Louisa. La mâchoire crispée, un pli creusé entre les sourcils, elle fixait sa rivale d'un regard éperdu.

Une lourde sensation de malaise envahit soudain Poppy.

Denis, réalisant ce qui se passait, poussa doucement les personnes attroupées autour du piano et prit la jeune fille par la main.

— Allons prendre l'air, Poppy, dit-il en l'entraînant vers une croisée ouverte.

La semaine suivante, Suzanne se démena comme un beau diable pour acquérir un piano.

— Une urgence, prétendait-elle à tout venant. Il nous en faut un, à n'importe quel prix.

Elle fit tant et si bien qu'un instrument fut installé dans son salon moins d'une semaine après la soirée où, à sa grande fierté, sa protégée s'était couverte de gloire.

Au cours de cette même semaine, une discussion opposa Louisa et Denis. Ce dernier, témoin de l'inconséquence de son amie d'enfance envers Poppy, tenait à mettre les choses au point une fois pour toutes.

— Que t'arrive-t-il, Louisa ? Si tu cherches un

affrontement, ne t'en prends pas à Poppy, elle n'est pas de taille à le supporter.

Louisa avait toujours eu le caractère facile mais, pour conserver l'affection de Denis, elle était prête à se défendre bec et ongles.

— Si tu t'occupais un peu moins d'elle ! rétorqua-t-elle vivement. Dès qu'elle rôde dans les parages, plus personne ne compte à tes yeux.

Le regard que Denis lui lança l'incita à modérer ses réactions et à avancer avec prudence.

— Tu vois, dès qu'il s'agit de Poppy, tu t'emportes, l'accusa-t-il. Tu oublies que la pauvre petite n'a plus de nom. Sans identité, elle n'existe pas. Mets-toi à sa place. Imagine ce qu'on peut ressentir dans ces cas-là.

Louisa aurait volontiers fait l'impasse sur sa mémoire si, en retour, elle avait pu bénéficier de l'amour de Denis.

— Elle s'accroche à toi, c'est évident.

— Comment as-tu le cœur de le lui reprocher ? Depuis que Poppy a quitté l'hôpital, elle n'a personne d'autre que nous sur qui compter, riposta-t-il avec vivacité.

Louisa soupira :

— Ce que je vois surtout, c'est que tu t'attaches à elle, et de plus en plus.

Un haussement d'épaules, voilà tout ce que méritaient ces paroles. Bien sûr qu'il traitait Poppy avec délicatesse. C'était facile à comprendre, bon sang ! La pauvre enfant était si vulnérable, si fine, si jolie, si précieuse pour lui, qu'il n'osait même pas la frôler d'un doigt. Qu'il pense constamment à elle prouvait simplement qu'il avait du cœur et que les malheurs d'autrui ne le laissaient pas indifférent. Si Louisa appelait cette disposition « attachement », tant pis pour elle.

Peu à peu la controverse s'étiola. Louisa ne

répondait que par monosyllabes, le débat ne l'intéressait plus et elle finit par accepter tout ce que Denis proposa pour modifier son comportement, il est vrai, peu agréable.

Promesse plus facile à faire qu'à tenir! En dépit des efforts de son ami, Louisa n'arrivait pas à établir un climat favorable à l'éclosion d'une attitude plus ouverte.

Comme pour sa part Poppy prenait tout au premier degré et ne comprenait goutte à ses subtiles allusions, tout allait beaucoup mieux. D'autant que la jeune fille passait désormais des heures délicieuses devant son piano.

Les semaines défilèrent, les mois devinrent un semestre.

15

Lysiane l'avait quitté. Les jours passaient sans que Rohan parvienne à y croire. Au début de leur mariage, certes la séparation avait été envisagée, mais que le diable l'emporte s'il avait un jour présumé que l'initiative viendrait d'elle. Deux longues semaines s'étaient écoulées depuis sa fuite, sans la moindre nouvelle de la jeune femme. Chaque jour, il espérait trouver dans son courrier une lettre d'elle et l'attendait avec impatience.

Dans la maison, plus aucun rire, pas même la plus petite taquinerie de la part de Reine. Quant aux servantes, elles boudaient et marchaient sur la pointe des pieds. On entendait voler les mouches.

Comme si ce n'était pas suffisant, Solange s'était mise de la partie. Une dispute les avait mis aux prises le jour où, Finette décédée, Rohan avait tenu la promesse faite par Rémi à sa vieille nounou, à savoir qu'elle serait inhumée dans le caveau des Escrebieux. Solange avait poussé les hauts cris. « Quoi ? Une ancienne esclave dans le caveau des maîtres ! Pas question ! » Aucun argument avancé par Rohan n'avait pu la faire changer d'avis ; aucune requête, rien. Force avait été de constater que non seulement Solange avait l'esprit étroit mais qu'en outre elle était plus obstinée qu'un régiment de mules. Finalement, la vieille nounou avait été enterrée près de celui qu'elle avait toujours chéri comme son propre enfant, ainsi que Rémi l'avait souhaité.

Les visites de Solange à Girasol s'espacèrent. Priver Rohan de sa compagnie était, lui semblait-il, la pire des punitions qu'elle pouvait lui infliger. Il allait voir ce qu'il en coûtait de lui tenir tête !

Elle attendit une semaine, certaine qu'il viendrait solliciter son pardon. Ne voyant rien venir, elle débarqua à Girasol comme si de rien n'était.

— Mon cher Rohan, n'est-il pas temps de mettre fin à notre première querelle d'amoureux ?

Querelle d'amoureux ? Vite dit ! Pour Rohan, il s'agissait d'un différend bien plus grave qu'une bouderie sentimentale.

Déjà, Solange reprenait :

— A quoi bon rester fâchés ? Admettons que je ne vous en veux pas et que vous, de votre côté, n'avez rien à me reprocher. Voilà ! D'accord, mon chéri ?

Autant garantir ses arrières. Il l'aimait toujours, le pauvre trésor, ça ne faisait pas l'ombre d'un doute. Seulement, la vie lui avait appris à regarder plus loin que le bout de son nez.

— Et puis, qu'importe le reste du monde, ne pensons qu'au jour où nous serons réunis, vous et moi.

— N'oubliez pas que j'ai une épouse, rétorqua

Rohan sans remarquer le pli soucieux qui barrait le beau front de Solange.

Celle-ci se rebiffa :

— Une épouse ? Ah oui, où est-elle ? En avez-vous la moindre idée ? Tout le monde vous considère comme libéré de vos liens. Quant à moi, je suis veuve...

— Je vous prie de ne pas aborder encore ce sujet, coupa-t-il. Combien de fois faudra-t-il vous répéter que rien n'est possible tant que Lysiane n'aura pas été retrouvée ?

— Si vous étiez libre, vous m'épouseriez, n'est-ce pas ?

Rohan acquiesça d'un signe, peu désireux de s'engager dans une discussion stérile.

— C'est tout ce que je voulais savoir, soupira-t-elle. L'impossible va donc être fait pour retrouver cette petite sotte, morte ou vive.

— Solange !

Le ton sonna comme un rappel à l'ordre.

Elle réalisa immédiatement qu'elle n'aurait pas dû lui dévoiler ses véritables pensées. Des larmes emplirent ses admirables yeux noirs.

— Pardonnez-moi, mon cher amour. Au souvenir de tout ce que nous avons enduré et de ce qui nous attend, je ne suis plus moi-même.

Elle semblait si désemparée et il l'aimait depuis tellement longtemps ! Il essuya une larme qui roulait sur sa joue.

— Tout s'arrangera pour le mieux, ma chère amie, promit-il.

Rémi Escrebieux était en terre depuis plus de six mois et les formalités de la succession étaient toujours au point mort. La cause de cette stagnation revenait en grande partie à la mauvaise volonté de son épouse. La lecture du testament lui avait causé la très amère surprise de n'être pas l'unique bénéficiaire des biens de feu son mari. En effet, fortune, plantations et domaines devaient être partagés en parts égales entre la veuve et les sœurs du maître du Rhumé. A charge pour elles de se mettre d'accord quant à la répartition des biens.

Enfin, on commençait à entrevoir le bout du tunnel. Après un semestre de tractations, une réunion allait se faire au Rhumé pour mettre au point les modalités du partage. Ce qui promettait maints crêpages de chignon. Car les sœurs Escrebieux ne pouvaient souffrir Solange, lui reprochant entre autres d'avoir fait un enfer de la vie de leur grand frère. Cependant, puisque, de son vivant, Rémi l'avait accepté sans broncher, elles avaient mis leurs récriminations personnelles en veilleuse. N'empêche qu'elles en avaient gros sur le cœur. De son côté, Solange exécrait ses pimbêches de belles-sœurs, sauf la benjamine, Estelle, qu'elle n'avait pas revue depuis son mariage. La plus jeune habitait Maurice, et elle n'était plus revenue à la Réunion. Même pas pour l'enterrement de son frère qui avait eu lieu lors de la grande tempête.

Précédant ses sœurs d'une journée, Estelle, ses enfants et leur petite escorte atteignirent le Rhumé en fin de journée.

Le lendemain, les autres membres de la famille se présentèrent au domaine des Escrebieux, prêts à entamer des discussions qui s'annonçaient épineuses. Après une première journée difficile, une pause fut décrétée à l'unanimité. Chacune rendit visite à ses anciennes amies, qui habitaient les domaines situés aux alentours du Rhumé.

Pour sa part, Estelle avait grande envie de revoir Girasol. Elle avait fort bien connu Martial et souhaitait se recueillir sur sa tombe avant de rendre visite à Rohan. A l'époque où, petite demoiselle, elle commençait à reluquer les jeunes gens, le fils Beauclerc lui en avait fait voir de toutes les couleurs. De dix ans son cadet, le garnement avait l'imagination fertile. Que de niches et de farces ce petit monstre ne lui avait-il jouées ! Que de fois ne l'avait-elle voué au diable ! A présent, ces tours pendables n'étaient plus qu'aimables souvenirs.

Le Rohan qu'elle découvrit ne correspondait en rien au garçon de jadis. Elle avait appris par Solange que son épouse l'avait quitté sans une explication. Le trouvant fort assombri, Estelle s'efforça de lui changer les idées. Confortablement installés dans la véranda, un verre de limonade à la main, les deux anciens adversaires devisèrent gentiment. Amorcée sur des considérations climatiques, la conversation glissa sur leurs souvenirs de jeunesse. Quand une des farces de Rohan particulièrement cuisante leur revenait en mémoire, ils s'esclaffaient tous les deux. Pendant ce temps, dépitée de ne pas être le centre de l'attention, Solange rongeait son frein. Plusieurs fois, elle tenta de ramener la conversation vers des sujets, à son sens, plus intéressants : elle, par exemple. En désespoir de cause, elle questionna sa belle-sœur sur les potins concernant les habitants de l'île Maurice, surtout sur les personnes qu'elle avait fréquentées avant de venir vivre à la Réunion. Après quelques considérations sur l'une ou l'autre de leurs relations, Estelle adopta un ton rieur pour narrer les démêlés d'une petite-cousine de Solange.

— Tu te rappelles Louisa Vernier ? Son père est cousin germain avec ta mère. La pauvre a perdu son embonpoint, tant elle est désolée de voir son promis entiché d'une autre fille.

— Ce sont des choses qui arrivent, déclara

Solange avec un haussement d'épaules pour souligner que cela arrivait... aux autres.

— Oui, mais cette fois, les circonstances sont assez extraordinaires. Figure-toi que la personne dont le jeune homme s'est amouraché est une parfaite inconnue. Cette petite a été découverte à demi morte sur la plage, le lendemain de l'ouragan. Elle est amnésique et ne se souvient ni de son nom, ni de son âge, ni d'où elle vient...

— Il est des jours où j'aimerais oublier, moi aussi, intervint Solange. En ce moment, par exemple, où des tas d'ennuis me tombent sur le dos.

Sans tenir compte de son interruption, Rohan demanda :

— Que sais-tu de cette personne, Estelle ?

— Eh bien... voyons... Elle paraît avoir entre dix-huit et vingt ans. C'est une très jolie blonde, bien élevée. Ah, autre chose ! C'est une véritable virtuose au piano.

Rohan eut l'impression que son sang se figeait dans ses veines.

— Personne ne connaît le nom de cette perle ? ironisa Solange qui voyait rouge dès qu'était évoquée la beauté d'une autre femme.

— Poppy. Enfin... c'est ce qu'elle a dit lorsqu'elle a repris connaissance.

Rohan questionna d'une voix blanche :

— Quel nom, dis-tu ?

— Poppy.

La gorge serrée, il murmura :

— Poppy... Ah, mon Dieu, c'est Lysiane !

Solange sursauta comme si une vipère l'avait mordue.

— Quoi ? rugit-elle d'une voix furieuse. Bon sang, si c'était Lysiane, elle s'en souviendrait quand même ! La fille dont parle Estelle est folle, c'est une malade. Vous n'allez pas vous mettre en tête qu'il s'agit de votre femme, Rohan !

Mal à l'aise face à la violence verbale de sa belle-sœur, Estelle s'éclaircit la gorge et, dans sa hâte à la calmer, bredouilla :

— Ne te fâche pas, Solange. Personne ne prétend que Poppy est l'épouse de Rohan.

Impatient, Rohan se tourna vers Estelle sans plus se soucier de Solange.

— Raconte-moi tout ce que tu sais la concernant.

Solange changea de couleur. Son visage déformé par la rancœur blêmit, puis la colère l'emporta et elle rougit violemment.

Comprenant toutefois que toute objection serait malvenue, elle se leva gracieusement et, pour bien signifier que le sujet ne l'intéressait pas, elle s'installa face au jardin qu'elle fit mine de contempler avec attention.

— Je crains de ne pas avoir grand-chose à te raconter, Rohan, répondit Estelle sur un ton d'excuse. Sauf un conseil, si tu permets : ne t'emballe pas. La déception serait trop cuisante s'il s'avérait que Poppy n'est pas celle que tu crois.

— Son épouse, la tendre Mme Beauclerc, a filé, affirma Solange, les yeux toujours fixés sur le jardin. Tu penses bien qu'elle est loin à présent. Et peut-être pas seule.

— Si vous voulez que nous restions en bons termes, je vous suggère de vous taire, Solange ! s'emporta Rohan.

Partie sur ces bases, la conversation tourna court et la visite se termina rapidement.

Estelle était déjà installée dans le cabriolet lorsque Solange revint sur ses pas et chuchota à l'oreille de Rohan :

— Une discussion en tête à tête s'impose, je reviendrai ce soir dès que tout le monde sera couché.

Elle tourna les talons et monta dans la voiture avant que Rohan n'ait eu le temps de protester. Un chaos d'émotions tournoyait dans sa tête et il aurait été incapable d'articuler le moindre mot.

Lysiane! Qu'y avait-il de vrai dans le récit d'Estelle?

Une jeune femme trouvée sans connaissance sur une plage...

Pour quelle raison Lysiane serait-elle allée à Maurice?

En admettant qu'elle ait embarqué à bord d'un navire, quel capitaine aurait été assez imprudent pour prendre la mer malgré les signes évidents de l'imminence d'un ouragan?

Poppy? Que penser du nom donné par l'inconnue de Port-Louis? Coïncidence? Peut-être... peut-être pas. Vingt ans, blonde, jolie... des milliers de femmes répondaient à ce signalement. En revanche, vingt ans, blonde, jolie ET excellente pianiste... cette description raccourcissait la liste des hypothèses.

Lysiane?

A quoi bon hésiter plus longtemps? La réponse se trouvait à Port-Louis. Il allait de ce pas prendre le prochain bateau pour Maurice. Une fois sur place, il entreprendrait des recherches.

On se couchait tôt à Girasol. Pourtant, ce soir-là, à cause des révélations que Rohan n'avait pu garder secrètes, une effervescence inaccoutumée tenait la maisonnée éveillée. Et chacun de répéter à l'envi: «Mme Lysiane est retrouvée! Dieu fasse que ce soit vrai!»

Aussi, lorsque Solange se présenta, Cora-Lou faillit lui claquer la porte au nez. Quant à Rohan, il avait tout simplement oublié sa visite annoncée. Il n'avait pas pensé une seconde à elle de toute la soirée et ne savait quelle contenance prendre. Toutefois, il ne pouvait se dérober à un entretien qu'il prévoyait pénible.

— Bonsoir, Rohan chéri, roucoula la Belle Escrebieuse. Vous vouliez me voir, alors me voici.

Il s'abstint de lui faire remarquer qu'il n'avait rien réclamé. Au contraire ! Il avait du travail pardessus la tête. Une absence du maître se préparait soigneusement et il disposait de très peu de temps avant son départ.

Les nerfs à vif, Solange épiait ses réactions.

— Ne tenez aucun compte des bavardages d'Estelle. Elle a toujours aimé faire son intéressante. Rohan ? J'espère que vous n'allez prendre aucune décision hâtive.

Il dut se forcer pour revenir à la réalité.

— Je pars pour Port-Louis dès demain matin.

— Vous n'y pensez pas ! Croyez-vous réellement que la folle de Port-Louis puisse être Lysiane ? Mon pauvre ami, vous allez vous déplacer pour rien, j'en suis certaine.

— Il se peut, en effet, que ce voyage soit inutile, mais je veux en avoir le cœur net. Tout ne vaut-il pas mieux que l'incertitude ?

— Ce n'est pas votre femme, j'en suis sûre. Mais, au cas improbable où la démente serait bien Lysiane, que comptez-vous faire ? Pas la ramener ici, j'espère ?

— Bien sûr que si. Lysiane est mon épouse, l'auriez-vous oublié ?

Malade d'humiliation, Solange fit volte-face, prête à fuir.

— Attendez, Solange ! Ecoutez-moi. C'est la première piste qui m'est offerte depuis la disparition de Lysiane. Mon devoir est tout tracé, je dois aller là-bas.

Une lueur féroce traversa les yeux noirs de la Belle Escrebieuse.

— Ce que je vois, moi, c'est que vous allez passer pour un imbécile, à courir ainsi après une traînée.

— Il est préférable que vous partiez, l'interrompit-il, sinon nous risquons d'échanger des paroles que nous allons regretter.

Avec un haussement d'épaules méprisant, Solange tourna les talons et sortit en claquant la porte derrière elle.

D'après les informations recueillies près des autorités de l'île, la jeune amnésique retrouvée six mois plus tôt sur la plage séjournait chez Suzanne Castelain, une demoiselle d'un certain âge, jouissant d'une belle aisance.

Tout au long du voyage, en ressassant les arguments qu'on lui avait opposés, Rohan s'était défendu de trop attendre quant au résultat de ses recherches.

Après un petit déjeuner rapidement expédié, il partit à la chasse aux renseignements. Les ayant obtenus, il se dirigea résolument vers la maison de Mlle Castelain. A présent qu'une sourde fébrilité le tenaillait, il s'exhortait à la patience. Aucun indice ne lui permettait d'espérer un résultat positif de la rencontre qu'il venait solliciter. Si, par miracle, la jeune amnésique était bien Lysiane, deux éventualités étaient à envisager : soit elle le reconnaissait, et dans ce cas une franche explication serait propre à résoudre le différend qui les avait séparés, soit elle était vraiment amnésique — ce dont il ne pouvait s'empêcher de douter — et il n'aurait d'autre choix que de se plier aux circonstances.

— Mademoiselle Castelain ?

— C'est moi-même, monsieur... ?

— Rohan Beauclerc. Mademoiselle, pourriez-vous m'accorder un entretien ? Je désirerais vous parler de la jeune femme que vous avez recueillie.

Une vive contrariété se peignit sur le visage de Suzanne.

— Puis-je en connaître la raison, monsieur ?

— Ce que j'ai appris sur cette personne laisse supposer que cette jeune femme peut être mon épouse.

Suzanne sursauta si brusquement que, l'espace d'une seconde, Rohan crut qu'elle allait lui bondir à la gorge.

Il se tut un instant pour méditer sur la meilleure façon de présenter les faits. La preuve, en l'occurrence une photographie format carte postale, prise le jour de son mariage, était restée à l'hôtel, dans sa valise.

De son côté, Suzanne se demandait comment interpréter le silence de l'homme qui risquait de lui enlever l'innocente enfant qu'elle considérait d'ores et déjà comme sa fille adoptive.

— Mademoiselle, permettez-moi de vous faire une brève description de ma femme : Lysiane — c'est son prénom — a vingt ans, elle est blonde aux yeux bleus, ses traits sont fins. Elle mesure un mètre soixante. Autre détail, elle possédait un petit chien qu'elle adorait, lequel s'appelait Poppy ; elle l'emmenait partout. Je conclurai en ajoutant que c'est une pianiste d'une grande virtuosité.

A cette dernière précision, le visage de Suzanne s'empourpra.

— Très bien. A mon tour, monsieur : Poppy — c'est le prénom de ma protégée — n'a jamais mentionné un éventuel mari. Je suppose qu'une femme ne peut oublier un attachement de cette sorte !

Soudain, l'hésitation de Poppy devant la bague et l'éventualité avancée par le Dr Janvier sur un éclair de lucidité de sa patiente lui revinrent en mémoire. Elle redressa le menton : on pouvait lui reprocher pas mal de défauts mais certainement pas celui de se soumettre sans résister.

— Juste une précision : vous ignoriez réellement où était passée votre épouse ? Car, si j'ai bien compris, elle est partie comme ça, sans que vous vous en souciiez.

— Un différend nous a opposés dans des circonstances que Lysiane a dû juger insupportables. Si l'ouragan n'était pas survenu justement ce jour-là, nous aurions pu avoir une explication.

— J'ai cependant l'impression que votre mariage battait de l'aile. Est-ce que je me trompe ?

Il était temps de mettre cartes sur table. Seule une parfaite honnêteté les aiderait à avancer.

— En effet, notre mariage a connu des débuts difficiles. Avec le temps, la situation semblait sur le point de s'arranger. Lysiane et moi avions enfin trouvé un terrain d'entente. Comment alors aurais-je pu prévoir une fuite éventuelle ? Elle m'a laissé un mot pour m'avertir de son départ sans m'en indiquer la destination. Enfin, mardi dernier, six mois après son départ, une première piste s'est présentée ; une personne de Maurice a évoqué une jeune femme amnésique dont le signalement correspondait à celui de mon épouse. Quand le talent de pianiste de la jeune dame en question a été mentionné, j'ai repris espoir. C'est pourquoi je me suis permis de venir sonner à votre porte.

Suzanne s'absorba dans ses réflexions, puis poussa un soupir à fendre l'âme.

— Le mieux est que vous puissiez observer Poppy sans vous montrer. Si ce n'est pas votre femme, repartez discrètement. Mais au cas où…

La voix de Suzanne se brisa. Courageusement, elle reprit :

— Dans le cas contraire, je vous prierai de contacter le Dr Janvier pour discuter avec lui de la meilleure manière d'assurer la protection de Poppy. Sachez toutefois que je ne vous permettrai pas de l'aborder sans auparavant avoir la preuve formelle qu'elle est bien votre épouse.

— Cette preuve est à l'hôtel, mais n'ayez aucune crainte, je vous l'apporterai.

— Un mot encore, je dois vous avertir que Poppy est moralement aussi vulnérable qu'une petite fille et ne peut en aucun cas être traitée en femme adulte.

— Etes-vous en train de prétendre que... qu'elle est mentalement malade ?

— En aucune façon ! Poppy a perdu la mémoire, ce n'est pas une débile pour autant.

— Il en sera comme vous le souhaitez.

— J'y compte. Maintenant, veuillez me suivre, dit-elle en le précédant jusqu'à une double-porte qu'elle ouvrit. Installez-vous derrière la fenêtre, je vais la chercher.

— Attendez ! la stoppa-t-il alors qu'elle gagnait la sortie. Faites en sorte que je puisse l'observer attentivement.

Elle s'arrêta brusquement et fit volte-face.

— C'est bien mon intention. De votre côté, ne vous montrez sous aucun prétexte, lança-t-elle avant de quitter la pièce.

Malgré le silence environnant, Rohan avait l'impression d'être assourdi par les battements accélérés de son cœur. Le doute s'installait dans son esprit. Il tenta de faire le point. Quelle histoire absurde ! Cette jeune fille n'avait probablement rien de commun avec Lysiane. Il était ridicule de penser que la femme qu'il connaissait n'avait plus aucun souvenir. L'espace d'un instant, il fut traversé par l'envie irrésistible de fuir loin du domaine et il dut se faire violence pour ne pas filer ventre à terre vers le port pour prendre le premier navire en partance vers la Réunion.

Brusquement, des voix féminines le ramenèrent à la raison. Il s'approcha de la porte-fenêtre. Là, devant lui, séparées par la largeur de la terrasse, Suzanne Castelain tenait par l'épaule une jeune femme blonde nimbée des rayons du soleil : Lysiane !

Instinctivement, Rohan recula derrière le rideau pour se cacher. Les yeux rivés sur la silhouette qui traversait la terrasse d'une démarche légère, il serra les dents, décontenancé par l'émotion soudaine qui le submergeait.

Devant la fenêtre, Suzanne, après une halte, fit habilement pivoter la jeune femme face au jardin, et leva des yeux anxieux vers l'homme tapi de l'autre côté. Rohan écarta prudemment le rideau et hocha la tête en lui décochant un regard entendu. Suzanne étouffa une exclamation.

— Que se passe-t-il, tante Suzie ? Une bête vous aurait-elle piquée ?

— J'ai été surprise par une guêpe mais elle ne m'a pas touchée, mentit Suzanne.

Elle grommela pour noyer le poisson :

— Dis donc ? Ne tournicotais-tu pas dans la cuisine autour des servantes en train de faire des confitures ?

— Serait-ce moi qui attire les guêpes avec l'odeur de ces confitures ? Oh, tante Suzie, je suis désolée ! J'aidais la cuisinière à dénoyauter les fruits. Nous nous amusions beaucoup, je vous assure.

— Pas étonnant, elle fait tes quatre volontés. Tu en profites, n'est-ce pas, vilaine fille !

« Si Mlle Castelain continue à traiter Lysiane comme une gamine, elle va se rebeller », se dit Rohan.

Eh bien, pas du tout ! La jeune femme éclata de rire.

— Tante Suzie ! C'est amusant au possible. Victoire m'a permis de touiller la confiture et même d'y mettre le doigt. C'est tellement bon ! s'extasia-t-elle d'une voix ravie.

La jeune femme confiante et rieuse qui s'exprimait avec une spontanéité aussi enfantine ne pouvait être Lysiane.

Derrière son rideau, Rohan craignait de rompre le charme, de faire un mouvement qui trahirait sa présence. Néanmoins, il se pencha légèrement pour détailler celle que Mlle Castelain appelait Poppy. Sous la lumière vive du soleil, le visage à l'ovale parfait de la jeune femme resplendissait de beauté naturelle. Une lourde tresse de cheveux blonds descendait jusqu'à ses reins. Sa silhouette avait gagné en rondeurs, ce qui la rendait plus féminine encore.

La voix de Mlle Castelain le tira de sa torpeur.

— Puisque cela t'amuse tellement, tu peux retourner à la cuisine. Mais c'est la dernière fois.

— Merci, merci, merci, tante Suzie ! Je n'ennuierai personne, je vous le promets.

Le Dr Janvier reçut Rohan dès qu'il se présenta à l'accueil de l'hôpital. Les nouvelles circulaient vite à Port-Louis. Aussi, Rohan eut à peine le temps de décliner son identité et de justifier le motif de sa visite que déjà le médecin entrait dans le vif du sujet. Il décrivit l'état de prostration physique et mentale de sa patiente lors de son hospitalisation, poursuivit par le détail de l'évolution et de la guérison de ses blessures, pour conclure sur l'amnésie affective dont était atteinte la jeune femme.

— Voyez-vous, monsieur Beauclerc, perdre la mémoire affective, c'est comme avoir perdu la clé d'une porte derrière laquelle sont bloquées toutes les données de son passé. Heureusement, Poppy a eu la chance de rencontrer la providentielle Mlle Castelain, laquelle a su l'entourer d'une affection quasi maternelle. Dans cette ambiance familiale, la jeunesse de Poppy, sa bonne constitution physique lui ont permis de surmonter ce handicap dont l'évolution est, encore à ce jour, imprévisible. Vous me demandez si votre épouse recouvrera la mémoire ? En vérité, je l'ignore. Il se peut que son amnésie soit irréversible. Je ne puis que vous engager à avancer prudemment en veillant à ne pas la traumatiser par des affirmations trop véhémentes. Poppy doit être traitée avec ménagement. Elle a oublié son mariage et a fortiori les obligations conjugales. En résumé, elle est aussi innocente qu'une fillette et doit être considérée comme telle. Je vois que vous m'avez compris.

Rohan, reconnaissant le bien-fondé de ces recommandations, promit de les respecter à la lettre. Après quoi, il quitta l'hôpital abasourdi par cette avalanche de conseils. D'après le Dr Janvier, Lysiane était indubitablement amnésique. Et s'il se trompait ? Etait-elle aussi vulnérable qu'il le prétendait ? Ou alors n'était-elle qu'une simulatrice et dupait-elle son monde ?

— Nous ne sommes pas rentrés à Girasol, marmonna-t-il en s'installant dans le cabriolet loué pour la journée.

16

— Vous devrez patienter, l'avait averti Mlle Castelain, je dois préparer Poppy à cette confrontation. Pour ne rien vous cacher, je redoute le pire. La pauvre enfant a retrouvé une certaine sérénité, qu'en restera-t-il après votre entretien ? Monsieur Beauclerc, je vous conjure de suivre à la lettre les consignes du Dr Janvier, il y va de la santé mentale de votre femme.

Une fois seul, Rohan tenta de faire le vide dans son esprit. Pendant le trajet du retour, il avait fait accélérer l'allure de son cheval et, à présent, il déplorait de ne pas disposer d'une ou deux heures supplémentaires avant d'aborder le sujet difficile. Faute de pouvoir arrêter une direction, il décida de s'en remettre au ciel pour la suite des événements. Si, quelques mois auparavant, on avait annoncé que Lysiane était morte, il l'aurait accepté ; maintenant, alors qu'il était enfin sur le point de lui parler, il devait faire un énorme effort pour y croire. Il ne ressentait ni joie ni peine, simplement une sorte de vide mental comme après une trop longue attente.

Soudain, il perçut un bruit de pas et Suzanne entra dans le salon, une main sur l'épaule de Lysiane qu'elle tenait fermement.

Sensible à l'atmosphère tendue, la jeune femme dévisagea tour à tour l'homme debout près de la fenêtre et Suzanne vers qui elle tourna un regard irrésolu.

— Que se passe-t-il, tante Suzie ?

Suzanne s'adressa à Rohan d'une voix fêlée par l'émotion :

— Je n'ai pas réussi à lui faire comprendre... Peut-être que vous, monsieur...

Seigneur, non ! Par où commencer ? Prudence et circonspection, avait recommandé le Dr Janvier. Déterminé à s'exprimer le plus délicatement possible, Rohan résolut de choisir soigneusement ses mots.

— Bonjour, Lysiane. Est-ce que tu me reconnais ?

Aucun signe de compréhension n'apparut sur le

visage de la jeune femme; seulement de la perplexité et l'inquiétude suscitées par les paroles de l'étranger.

Il avança d'un pas, elle recula instinctivement. Qui était cet homme? Il la confondait manifestement avec une autre personne.

Les yeux de Rohan se tournèrent vers Suzanne, implorant une aide que celle-ci lui refusa.

— Je vous laisse la parole, monsieur, moi, je n'en ai pas le courage.

— Dans ce cas... Lysiane, je m'appelle Rohan Beauclerc, déclara-t-il, oubliant la prudence qu'il s'était pourtant promis d'observer. Je suis ton mari et je...

Un cri l'interrompit.

— Non! Ce n'est pas vrai! Expliquez-lui, tante Suzie, que ce n'est pas possible.

— Hélas, ma chérie! M. Beauclerc m'a présenté les preuves de ce qu'il avance. Ecoute au moins ses explications.

Lysiane essaya encore de protester. Ses lèvres bougèrent mais aucun son n'en sortit. Elle tituba et serait tombée si Rohan ne l'avait rattrapée par le bras.

— Lysiane, je t'en prie. Tu as toujours été courageuse. Tu ne dois pas te laisser aller. Mlle Castelain? Aidez-moi à la convaincre.

Mais cette dernière n'était pas disposée à lui prêter main-forte, ce qu'il comprit aussitôt.

Il soupira bruyamment. Par où commencer?

— Tu t'appelles Lysiane Beauclerc, ton nom de jeune fille est Leroy. Tu es née en France, dans le Nord. Tu y as habité jusqu'à notre mariage civil — un mariage par procuration où j'étais représenté par M. Houdé. Ce nom te dit-il quelque chose?

— Non!

Il s'y attendait. Il reprit néanmoins:

— Tu as voyagé avec lui et sa femme pour venir me rejoindre à la Réunion. Nous nous sommes unis religieusement à l'église de Ste-Suzanne, une ville proche de Girasol, le domaine où nous résidons. Girasol ? Ce nom ne te rappelle rien ?

Non, bien sûr ! Le contraire l'aurait étonné.

— Nous y avons vécu ensemble jusqu'au jour où tu es partie, il y a six bons mois. T'en souviens-tu ?

Toujours non.

Lysiane secouait continuellement la tête pour réfuter tout en bloc. Lorsqu'il se tut, elle lui jeta un coup d'œil soupçonneux.

— Qu'est-ce qui me prouve que vous dites la vérité ?

— Ceci, répondit-il en sortant une photo de son portefeuille.

Le cœur serré de la jeune femme manqua un battement.

— Non !

— J'insiste, regarde bien cette photo, elle a été prise dans notre jardin, le jour de notre mariage.

— Non ! Vous mentez. Je ne sais pas pourquoi, mais vous mentez !

Rohan ne savait plus à quel saint se vouer.

— Mademoiselle Castelain, je vous en prie, faites-lui entendre raison.

Prise entre son attachement pour la jeune femme et la preuve évidente de la bonne foi de Rohan, Suzanne se trouvait dans une situation délicate.

— Ma chérie, cela ne t'engage à rien de jeter un coup d'œil sur cette photographie.

Visiblement dépassée, la jeune femme haussa les épaules avant de se décider à obéir. Les yeux fixés sur le cliché, elle resta un long moment silencieuse.

Les traits de Rohan se crispèrent.

— A Girasol, les domestiques et moi-même t'aiderons à recouvrer la mémoire. Toutefois, si malgré notre bonne volonté nous échouons, j'ai la ferme intention de suivre scrupuleusement les directives du Dr Janvier.

Bouche bée, Lysiane ouvrait des yeux grands comme des soucoupes. Aussi continua-t-il ses explications en détachant chaque mot. L'espace d'une seconde, l'image d'une femme brune pendue au cou de l'homme dansa dans sa mémoire. Faisant un effort sur elle-même, elle secoua la tête.

— Je suis désolée, mais...

Rohan lui décocha un long regard où une lueur d'incertitude vacilla un instant. Il approcha la photo tout près des yeux de Lysiane.

— Là, debout près de la chaise, c'est moi. Tu me reconnais ?

Elle le dévisagea longuement.

— Non.

Une telle mauvaise foi le laissa pantois. Il esquissait un geste d'impatience lorsqu'il découvrit sur le visage de la jeune femme une expression d'intense désarroi.

— N'aie pas peur. Allons devant une glace, proposa-t-il avec gentillesse. Allez, viens.

Trois mètres la séparaient du miroir suspendu au-dessus de la cheminée, distance qu'elle couvrit avec une lenteur réticente. Puis, elle contempla pensivement son reflet et celui de l'homme qui prétendait être son mari.

— Maintenant, observe bien cette photo et regarde-moi. Alors ?

Elle garda le silence pendant un petit moment, puis reconnut à contrecœur :

— Il y a effectivement un air de ressemblance.

— Bon, c'est un début. Maintenant, examine bien la mariée et regarde-toi dans le miroir. Qu'y vois-tu ?

— Une étrangère qui semble avoir un vague air de famille avec moi.

Rohan leva les yeux au ciel. « Seigneur, donnez-moi la patience. »

— Un air de famille d'autant plus marquant que c'est de toi qu'il s'agit.

De l'impatience perçait dans sa voix. Un court instant de silence s'instaura pendant lequel il retint son souffle. Puis, décidé à se dominer coûte que coûte, il reprit :

— Le bâtiment à l'arrière-plan, c'est notre maison.

— Je ne me le rappelle pas, murmura-t-elle d'une voix presque inaudible en passant une main sur son front, comme si ce geste pouvait réveiller sa mémoire endormie. Je ne me souviens de rien.

Il en fut bouleversé, bien plus perturbé par le geste que par ses paroles.

Tout aussi émue, Suzanne adressa un sourire d'encouragement à Lysiane avant de proposer à son visiteur :

— Ne pourrait-on s'asseoir et parler posément ?

Sans attendre sa réponse, elle se dirigea vers un sofa et s'y installa avant de tapoter le siège.

— Viens à côté de moi, ma chérie. Voulez-vous prendre place, monsieur ? invita-t-elle en désignant un fauteuil.

Suzanne n'avait pas encore une idée très claire du changement qui se profilait. En ce moment particulier, seul surnageait le désir de garder sa fille adoptive sous son toit.

La tête renversée contre le dossier, Lysiane ferma les yeux en soupirant. Son attitude, le pli buté sur son front, son air fermé, tout en elle exprimait la plus extrême réticence. Si seulement elle pouvait dormir et ne plus entendre les déclarations inconcevables de cet étranger, alors elle oublierait son angoisse. En dépit de ses explications, elle ne se souvenait pas de lui. Ni de son nom ni de son visage. Il prétendait l'avoir épousée. Vérité ou mensonge ? Elle prit une profonde inspiration.

— Honnêtement, monsieur, êtes-vous réellement mon mari ?

Sur le visage de Rohan, le changement fut saisissant. Ses traits se contractèrent, tandis que la compassion qui brillait dans ses yeux s'effaça pour laisser place à une détermination farouche.

— Tu es ma femme, Lysiane. J'y mettrai le temps nécessaire, mais tu en conviendras.

Ces paroles lui valurent un regard vide.

— Je ne me souviens pas de vous. Que dois-je faire pour vous en convaincre ?

Pendant une longue seconde, il la dévisagea intensément, comme s'il cherchait au fond de ses yeux la preuve qu'elle avait véritablement tout oublié.

Chacun campant sur ses positions, la discussion ne menait nulle part, alors Suzanne décida d'y mettre fin, quitte plus tard à revenir sur le sujet.

— Avez-vous des enfants, monsieur Beauclerc ?

La respiration coupée, Lysiane se pencha vers l'étranger, aussi anxieuse que tante Suzie d'entendre sa réponse.

Rohan hésita, apitoyé par la jeune femme qui l'implorait du regard.

— Non, répondit-il, nous n'avons pas d'enfants.

Lysiane tourna vers Suzanne un visage désolé.

— Nous n'en avons pas, tante Suzie.

A la résignation contenue dans sa voix, Rohan sentit que Lysiane commençait enfin à entendre ses arguments.

D'un geste de la main, Suzanne attira l'attention de son visiteur, avec un hochement de tête comme pour souligner ce qu'elle avait à dire.

— J'ai fait appeler mon neveu, il est de très bon conseil.

Le sang de Rohan ne fit qu'un tour. La situation ne nécessitait nullement l'intervention d'un tiers. Il ouvrit la bouche pour protester mais ses paroles se coincèrent au fond de sa gorge devant le visage radieux de Lysiane.

— Denis ! Quel bonheur ! Je n'espérais pas le voir avant samedi.

Il échangea un regard avec son hôtesse qui, subitement alertée, s'était levée. Visiblement l'expression déconcertée de Suzanne montrait clairement qu'elle n'avait jamais envisagé une quelconque inclination de Lysiane pour ledit neveu.

Soufflé lui aussi, Rohan semblait sur le point de faire une réflexion, mais le regard que lui lança Suzanne l'en dissuada.

— Lysiane, je ne savais pas que tu appréciais autant les visites de Denis.

— Si je les apprécie, tante Suzie ? Mais je les adore. Denis est si gentil, si beau...

Elle s'interrompit un instant pour refouler son émotion.

La tournure que prenait la conversation ne passionnait visiblement pas Rohan, car il émit un grognement d'ours excédé.

Après avoir échangé un bref regard et un signe de tête, Suzanne et son visiteur attendirent la suite.

— ... J'aime tout en lui : son visage, sa voix, son allure. Je suis heureuse quand il est là et triste quand il s'en va...

Autrement dit, elle en était amoureuse.

— Un homme comblé, ce Denis !

L'ironie dans la voix de Rohan était si discrète que Suzanne fut la seule à la percevoir. Troublée, elle observa Lysiane à la dérobée et son visage prit un air buté qui n'était qu'une parade contre son envie de fondre en larmes.

Lysiane et Denis ! Un rêve qu'elle n'aurait jamais osé faire. Heureusement. Car l'arrivée de cet homme chassait jusqu'à l'idée d'une union entre les deux enfants qu'elle adorait.

— Tais-toi, ma chérie, recommanda-t-elle. J'ai l'impression que tu ne te rends pas bien compte de la situation.

Quelle situation ? Elle aimait Denis et Denis l'aimait. C'était l'évidence même. Il ne lui avait pas encore avoué ses sentiments, mais cela ne saurait tarder.

Tournant un regard désappointé vers l'étranger pour quêter son soutien, elle ne rencontra qu'un visage fermé.

Courageusement, elle repartit à l'assaut.

— J'aime Denis. Personne ne parviendra à changer mes sentiments.

Pour se rassurer, Rohan se répéta qu'il n'avait aucune raison de s'inquiéter, que les paroles d'une innocente privée de mémoire ne prêtaient nullement à conséquence.

D'ordinaire si sûr de lui, il détestait l'appréhension qui nouait ses nerfs et le rendait vulnérable.

— Avez-vous déjà été amoureux, monsieur ? s'enquit-elle.

Les traits contractés, Rohan balaya l'air d'un geste de la main censé exclure toute comparaison entre leurs positions, mais il rétorqua calmement :

— Comment peux-tu demander cela ? Dois-je te rappeler que nous sommes mariés ? Cela a une signification, non ?

Son amabilité inattendue inquiéta la jeune femme. Cherchait-il à la ramener à lui en invoquant un prétendu passé commun ?

L'arrivée de Denis fut saluée par les explications enflammées de sa tante, ponctuées des jérémiades de Lysiane en appelant à ses bons offices. Abasourdi par les éclats de voix, il mit quelques secondes à trier les données qui s'amassaient, et leva les deux mains pour rétablir le calme.

— Mesdames ! Je n'y comprends rien. Une seule à la fois ! Ma tante, à toi d'abord.

Suzanne débita tout ce qu'elle avait sur le cœur. Elle n'en était pas au milieu de sa diatribe que déjà Denis se mordait les doigts. L'homme assis près de la fenêtre n'était autre que le mari de Poppy !

De son côté, Rohan jaugeait le nouvel arrivant. Ainsi, c'était là le freluquet dont Lysiane se disait amoureuse ? Comptait-elle vraiment lui faire gober cette absurdité ? Si encore il avait été beau et bien bâti. Même avec un effort d'imagination, il voyait mal cet être falot en amoureux transi. A première vue, il paraissait assez sympathique, mais était-ce suffisant pour tourner la tête d'une pauvre fille à la mémoire perdue ?

L'heure suivante, Rohan se plia docilement à un interminable interrogatoire à base de : *Qui ? Quoi ? Où ? Quand ?* Sans préjudice des : *pourquoi* et autres *comment*. Tout en répondant aux questions de Denis et de sa tante, il jugea plus prudent de taire les circonstances de son mariage et l'imposture qui en était la source. De même qu'il s'abstint d'évoquer le rôle de Solange dans leur couple. Pour le reste, il se cantonna à des réponses exactes, bien qu'évasives.

Au fur et à mesure de ses explications, Denis passa lentement de l'incrédulité à la consternation. A un point tel que Suzanne se sentit de plus en plus mal à l'aise. Lysiane, tout à la joie de retrouver son cher Denis, paraissait imperméable à la tension qui régnait dans la pièce.

— Ça suffit! s'impatienta brusquement Rohan. Je crois avoir répondu à toutes vos questions. En conclusion, une seule chose importe: Lysiane est bien ma femme. Et cela, vous ne pouvez le contester.

— Soyez raisonnable, monsieur Beauclerc, intervint Suzanne. Il ne me paraît guère possible pour vous de reprendre le fil de votre vie comme si rien ne s'était passé. Poppy est amnésique, cette donnée est à prendre en compte.

Nullement démonté, Rohan riposta:

— Nous repartirons de zéro. Nous réapprendrons à nous connaître.

Ces derniers mots firent sortir Lysiane de sa bienheureuse léthargie. Une expression inquiète se peignit sur ses traits.

— Je n'ai aucune envie de vous connaître, moi! lança-t-elle en croisant les bras sur sa poitrine en un geste puéril de défi.

Denis la gratifia d'un sourire contraint avant de s'interposer.

— Au vu des preuves produites, nous avons tout lieu de croire à vos affirmations. Mais il est difficile d'ignorer que ce mariage était un échec. Difficile également d'oublier que Poppy vous a quitté.

— J'ignore pourquoi Lysiane est partie, affirma Rohan sans sourciller, mais elle me l'apprendra le jour où elle aura retrouvé la mémoire.

Nullement impressionné, Denis continuait à le toiser avec méfiance. Son interlocuteur feignit de ne pas s'en apercevoir.

— Et dans l'éventualité où Poppy refuserait de vous suivre...

Le regard orageux de Rohan fusilla le jeune blanc-bec. Il allait remettre à sa place ce petit morveux et lui faire voir de quel bois il se chauffait.

— J'agirai comme bon me semblera. Mes histoires matrimoniales ne vous regardent en aucune façon, monsieur Castelain !

— Denis ! Monsieur Beauclerc ! Se disputer n'amène jamais de résultat positif !

La voix de Suzanne, bien que peu assurée, n'en exprimait pas moins son désir de calmer les esprits.

— Vous avez raison, mademoiselle. Avez-vous une solution à nous proposer ?

— Peut-être serait-il bon de demander conseil au Dr Janvier.

— Encore ! s'emporta Rohan. Je suis allé le consulter ce matin. Il a préconisé de ménager mon épouse. Que peut-il ajouter que nous ne sachions déjà ?

Un sourire sans joie sur les lèvres, Denis se tourna vers Lysiane.

— Une seule chose compte : la guérison de Poppy...

— Lysiane, le reprit sèchement Rohan.

— Lysiane, si vous voulez, concéda Denis. Pour l'instant vous ne réalisez sans doute pas très bien la gravité de son état.

La voix acerbe de Rohan l'interrompit à nouveau :

— Parce que vous le comprenez, vous ?

— Oui. Et je suis d'accord avec ma tante pour vous engager à prendre l'avis du médecin qui connaît bien le cas de Pop... Lysiane. Avant d'entreprendre quoi que ce soit, allez à l'hôpital, Pop... Lysiane, ma tante et vous. Ecoutez les prescriptions du Dr Janvier et, je vous en prie, suivez-les.

Il marqua une seconde d'hésitation.

— Pour le bien de Poppy, je m'inclinerai, quelles qu'en soient les conditions.

— Vous n'avez pas d'autre choix, mon vieux.

Cette remarque peu amène plongea Lysiane dans une profonde perplexité. Jusqu'à ce jour, elle avait considéré Denis comme la référence absolue à laquelle chacun se soumettait. Voilà que, tout à coup, il baissait pavillon devant un parfait étranger. Cela dépassait son entendement. En plus, son prétendu mari affirmait qu'il était le seul à pouvoir décider !

— Nous irons à l'hôpital dès demain matin.

Suzanne jeta un regard entendu à son neveu et tapota le bras de Lysiane. Ainsi c'était fait ? Quel que soit le verdict du Dr Janvier, elle devrait obéir ?

C'était vraiment trop injuste !

17

Après de longues et âpres discussions, le Dr Janvier suggéra aux trois personnes dans l'attente de ses directives un compromis selon lequel Rohan rentrerait chez lui, à Girasol, avec son épouse, étant entendu que Mlle Castelain les accompagnerait et résiderait chez eux. Si, au bout d'un laps de temps à définir, l'état de la patiente n'avait pas évolué, une autre solution devrait être envisagée. Une consultation auprès d'un éminent professeur spécialiste de l'amnésie serait souhaitable. Par malheur, il n'y en avait aucun dans les Mascareignes.

A eux trois de débattre de l'éventualité d'un voyage en métropole. L'hôpital de la Salpêtrière à Paris comptait plusieurs maîtres susceptibles de s'occuper d'un tel cas et peut-être même de le guérir. Cependant, le Dr Janvier se refusa à garantir la guérison. Ce qui relança la controverse à laquelle il mit un terme en leur rappelant que d'autres malades l'attendaient.

A la maison Castelain, Denis faisait les cent pas dans l'allée. La cuisinière se tenait dans l'encadrement de la porte tandis que les servantes et Sauveur arpentaient silencieusement la cour des communs en guettant leur retour.

— Tout va bien, les rassura Suzanne avant de renvoyer les domestiques à leur travail.

Puis, redressant les épaules, elle attrapa Denis par le bras et s'écarta pour laisser passer Rohan et Lysiane. Elle entra dans la véranda, Denis sur ses talons. Une fois à l'abri des oreilles indiscrètes, Suzanne relata à son neveu la discussion houleuse qui s'était déroulée dans le cabinet du Dr Janvier, et les suggestions de ce dernier.

— Attends, attends ! Que signifie ce « nous allons partir pour la Réunion » ?

Consciente de la peine qu'elle allait causer à son neveu, Suzanne hésita.

— Poppy et moi allons séjourner quelque temps chez M. Beauclerc et...

— Quoi ? Tu as accepté ? Tu avais pourtant promis...

— Nous tournons en rond, Denis, il faut en sortir. Le Dr Janvier estime que le retour de Poppy là-bas peut considérablement aider à sa guérison.

A cet instant, les Beauclerc, pénétrant dans la pièce, entendirent la dernière phrase. Rohan attendit, le temps que Suzanne Castelain reprenne sa respiration, pour mettre les choses au point.

— Lysiane est ma femme et je suis le seul à décider de ce qu'il convient de faire.

La jeune femme se précipita vers Suzanne qui la prit dans ses bras et la berça doucement en fustigeant le fâcheux.

— Vos méthodes sont inqualifiables. Si vous croyez faire avancer les choses en bousculant tout le monde, vous vous trompez lourdement.

— Ecoutez, mademoiselle, se défendit Rohan qui commençait à en avoir par-dessus la tête des Castelain...

— Je ne veux pas partir, le coupa Lysiane.

— Il te faut l'envisager, ma chérie. Tu as entendu le médecin ?

Soudain envahie par le sentiment d'avoir été trahie, elle se dégagea des bras de Suzanne.

— Denis, je vous en prie, gardez-moi avec vous.

C'était plus que le jeune homme n'en pouvait supporter. Bouleversé, il se pencha vers elle.

— C'est impossible, Poppy. Croyez bien que si... Oh, non ! ne pleurez pas, je vous en supplie.

Ils se regardèrent longuement et, l'espace d'un instant, oublièrent la présence des deux autres.

Le charme fut brutalement rompu par la voix sèche de Rohan.

— Enlevez vos pattes ! Je vous interdis de toucher ma femme !

Il semblait fou de rage et Lysiane eut l'impression qu'une bise glacée courait le long de son dos. Ses lèvres se mirent à trembler.

— Gardez-moi près de vous, Denis, supplia-t-elle à nouveau.

En silence, Denis lui caressa la joue puis recula jusqu'à la fenêtre.

— Allons, Lysiane, l'exhorta Rohan, tu vas être heureuse à la maison. A Girasol, tout le monde t'adore.

— Ici aussi, intervint Suzanne. Au fait, pourquoi Poppy s'est-elle enfuie si elle était aussi appréciée que vous le prétendez ?

— Je commence à en avoir assez ! J'ai déjà répondu à cette question. Néanmoins, et bien que cela ne vous regarde pas, pour la dernière fois je vous répète que Lysiane et moi avons eu un différend.

Voyant que tante Suzie n'abandonnait pas la lutte, Lysiane reprit du poil de la bête.

— Je ne m'en souviens pas. Pourtant, je suis sûre que vous avez été cruel avec moi. Et que vous allez recommencer. Le cas échéant, soyez assuré que je m'enfuirai à nouveau. Encore et encore. Autant de fois que vous me rattraperez. Vous ne me garderez pas chez vous, je le jure !

Suzanne poussa un cri horrifié.

— Mon Dieu, Poppy... te rends-tu compte de ce que tu dis ? Tu vas nous faire mourir d'inquiétude...

— Je suis désolée, tante Suzie, mais je ne resterai pas chez ce... cet homme. Il n'est rien pour moi. J'aime Denis, vous le savez. Lui, de son côté...

Elle essaya de poursuivre mais les mots se coincèrent dans sa gorge. Ses paupières battirent comme les ailes d'un papillon affolé. Denis ne lui avait jamais dit qu'il l'aimait. Peut-être s'était-elle trompée ? Elle ne pouvait que le regarder fixement, incapable de supporter un démenti. Heureusement, il se détendit et hocha la tête. Soudain défaillante, elle cligna des yeux.

— ... de son côté, Denis m'aime, déclara-t-elle enfin, immensément soulagée.

La nuit tombante calma quelque peu les esprits surchauffés. Mlle Castelain ne lui offrant pas l'hospitalité, Denis s'apprêtait à prendre congé et Rohan fut contraint de l'imiter. Ce qui mit provisoirement fin à un conflit qui s'éternisait.

Au cours de la semaine suivante, chacun restant fermement campé sur ses positions, la situation n'évolua ni dans un sens, ni dans l'autre. Jusqu'à ce que, à bout de patience, Rohan menace de faire appel à un juge pour obtenir le droit de ramener son épouse chez lui. Les Castelain durent céder, à leur corps défendant.

L'attitude de Lysiane ne varia pas d'un iota. La

moindre allusion à un éventuel départ hérissait la jeune femme qui menaçait alors Rohan de fugues à répétition. Pour ce dernier, la position devenait intenable, il en avait assez d'écouter le catalogue des menaces et autres doléances de son épouse. Et lorsqu'elle entamait le couplet de sa passion pour ce mal dégourdi de Castelain... la situation virait du pathétique au grotesque.

Le pauvre n'était pourtant pas au bout de ses peines. Averti par la rumeur, toute la communauté de Port-Louis vint leur rendre visite. Qui pour plaider la cause de Poppy, qui pour lui faire ses adieux. Tant et si bien que, excédé, Rohan prit la décision de confier à Mlle Castelain une partie de la vérité sur son mariage. Suzanne décréta aussitôt qu'elle n'écouterait aucune confidence hors la présence de Poppy, ce que Rohan admit de bonne grâce.

Son épouse confortablement installée, Rohan referma soigneusement la porte en déclarant qu'il espérait que la conversation se déroulerait dans le calme. Cette remarque s'adressait plus particulièrement à Lysiane qui paraissait prête à se livrer à un éclat regrettable. Lèvres pincées, elle redressa le dos, bien décidée à ne pas ouvrir la bouche.

D'un signe de la main, Suzanne signifia qu'elle donnait la parole à Rohan. Lequel poussa un profond soupir et, se carrant contre le dossier de sa chaise, attendit quelques secondes avant de se lancer.

— Ce que j'ai à dire n'est pas facile, aussi vous prierai-je de m'écouter sans m'interrompre. Lorsque mon père et moi sommes allés en France...

Succinctement, il rapporta les événements qui l'avaient amené à épouser Lysiane avant de révéler la particularité de leur mariage. Assuré du silence de sa femme, il omis délibérément de mentionner les tensions conjugales dues à Solange.

— Mon père souffrait d'une grave maladie cardiaque, et il ne rêvait que d'une chose : me voir marié et père de famille.

Ces précisions ne semblèrent pas enchanter Suzanne, ce dont Rohan se réjouit. Il marqua une pause, le temps de dévisager Lysiane, puis il s'adressa à elle :

— Tu ne souhaitais pas cette union. Moi non plus. Les débuts de notre vie de couple ont été, disons... épineux.

Comme la jeune femme gardait le silence, il reprit à l'intention de Mlle Castelain :

— La santé de mon père était chancelante. Alors, inutile de préciser que Lysiane et moi faisions tout pour lui cacher nos dissentiments.

Un long silence s'installa. Puis, Rohan reprit :

— Mon père est mort l'année dernière au mois d'octobre.

La méfiance s'inscrivit sur le visage de Lysiane.

— Pourquoi ne pas avoir évoqué nos problèmes conjugaux plus tôt, monsieur Beauclerc ?

— Parce que tu n'étais pas prête à entendre la vérité.

— Qu'est-ce qui vous fait penser différemment aujourd'hui ?

— Après en avoir discuté, Mlle Castelain et moi...

Lysiane bondit.

— Vous me l'aviez caché, tante Suzie !

Les hochements de tête de Rohan avouaient explicitement qu'il approuvait pleinement l'attitude adoptée par Suzanne.

Lysiane le fusilla du regard.

— M. Beauclerc et moi avons décidé qu'il lui appartenait de t'en parler lui-même. Etant entendu que ces révélations se feraient en ma présence. J'ai pensé que tu supporterais mieux la vérité, sachant que je te soutiendrai et te protégerai toujours. Ma chérie, M. Beauclerc essaie de débrouiller une situation inconfortable pour chacun d'entre nous, laissons-le aller au bout de ses explications, s'il te plaît.

D'un signe de la main, Suzanne invita Rohan à poursuivre.

— Bien, remercia-t-il. Pourquoi tergiverser plus longtemps ? Si les conditions météorologiques sont favorables, nous embarquerons pour la Réunion à la fin de cette semaine, et rejoindrons Girasol.

Dans l'espoir que le nom éveillerait un écho dans la mémoire de Lysiane, Rohan le répéta à deux reprises. Mais la jeune femme ne réagit pas. Ce nom ne lui disait vraiment rien. Pas plus aujourd'hui que les jours précédents.

— Ensuite, nous irons à Paris, pour consulter un spécialiste, ce serait bien le diable que tu ne parviennes pas à guérir.

— Nous l'espérons vivement. Mais si aucun changement ne se produit ? Si Poppy ne retrouve pas la mémoire ? s'enquit Suzanne, plus tendue que jamais.

Rohan se tourna vers elle, les yeux durs comme des silex. Entendre appeler Lysiane « Poppy » commençait à lui porter sur les nerfs.

— Nous aviserons le moment venu.

— Permettez-moi de vous rappeler vos propres paroles, intervint Lysiane. A savoir que, pour nous, ce mariage de convenance n'impliquait pas un engagement à vie.

Suzanne abonda dans son sens à grands renforts de hochements de tête.

« J'aurais été bien inspiré de me taire », se reprocha Rohan. Mais ce qui était dit était dit. Il s'adressa à Suzanne.

— Il sera temps alors de discuter d'une éventuelle annulation de notre mariage.

Une bouffée de chaleur empourpra le visage de la jeune femme. Elle retint son souffle, espérant que Rohan ne s'en apercevrait pas. C'était mal le connaître. Attentif à la moindre de ses réactions, il l'interrogea doucement :

— Quelque chose te contrarie ?

— Si... si j'ai bien saisi, si la mémoire ne me revient jamais, je reviendrai vivre chez tante Suzie ? Et un nouvel avenir serait... heu... envisageable ?

Par « avenir », elle entendait « Denis », évidemment.

Rohan s'en tira avec un : « Pourquoi pas ! » Auquel Suzanne acquiesça d'un signe de tête résolu.

Après tout, il fallait arriver à sortir de cette pénible situation. Puisque temporisations et autres atermoiements n'avaient servi à rien, il devenait urgent de prendre le taureau par les cornes. Avant tout, sortir Lysiane de l'ambiance infantile où on la maintenait. Cette ingénuité, acceptable chez une jeune adolescente, était tout simplement ridicule de la part d'une femme mariée. Il espérait que, une fois soustraite à ces enfantillages, le retour à la normale s'accomplirait enfin.

Suzanne ayant recueilli Lysiane à un moment où celle-ci se trouvait complètement perdue, Rohan se sentait redevable d'une dette envers elle. Mais pas au point de lui abandonner ses droits de mari.

A leur manière, chacun avait lieu d'être satisfait. Mlle Castelain, car elle escomptait un retour rapide de sa protégée libre des liens qui la tenaient à la merci de son malotru de mari. Lysiane, pour qui épouser Denis n'était plus un rêve impossible. Et enfin, Rohan qui avait obtenu gain de cause, le retour de son épouse à la maison, un endroit où il serait à même de prendre les décisions qui lui convenaient.

Les dés étaient jetés.

Les adieux se révélèrent éprouvants. Durement ressentis par l'ensemble du personnel, ils furent un véritable crève-cœur pour Denis qui se comporta de façon puérile. Au grand dam de Rohan, le jeune blanc-bec n'arrivait pas à lâcher les mains de sa chère Poppy, laquelle de son côté pleurait comme une Madeleine.

Dieu merci, Louisa, armée de son solide bon sens, vint à la rescousse. Elle soutint son ami avec une fermeté sans défaillance, mêlant ses larmes aux siennes et ses exhortations à celles de Suzanne. Louisa comprenait assurément combien il lui était pénible de quitter la jeune femme. Que le spectacle de la voiture qui s'éloignait, emportant la tendre et bien-aimée Poppy, lui arrachait le cœur ! Pourtant, il devait se résigner à l'inévitable, disait-elle à un Denis effondré. N'avait-il pas une amie dévouée près de lui ? Mine de rien, Louisa marquait son terrain. Car, en vérité, elle ne croyait pas au retour de Poppy. Comment oublier que celle-ci avait un mari ? Ce n'était pas pécher que lui souhaiter bon vent, et au plaisir de ne plus la revoir ! Ni elle ni l'homme qui avait semé la panique chez les Castelain. Toutefois, ces pensées-là furent gardées secrètes.

Le cheval allait au trot. La tête de Lysiane oscillait au rythme du balancement du cabriolet tandis que la jeune femme tentait de reprendre pied dans la pénible réalité. Comment était-ce possible ? Tante Suzie, l'homme qui prétendait être son mari et elle dans cette voiture ? En route vers le port où ils embarqueraient pour une île inconnue, une maison étrangère!

La longue route s'incurvant, la maison des Castelain ne fut plus visible.

Ouf! Le visage de Rohan se détendit tandis qu'une infinie détresse se lisait dans les yeux noyés de larmes de Lysiane. Elle se taisait, pelotonnée contre Suzanne qui peinait à conserver un air impassible.

— Tante Suzie? Reviendrons-nous bientôt à la maison?

Rohan serra fortement les mâchoires et s'abstint de spécifier que sa maison était désormais à Girasol.

A quoi bon mettre les points sur les *i*, puisque Lysiane ne comprenait rien à rien!

Son regard lourd de contrariété se posa sur la bouche tremblante de la jeune femme et s'attarda sur ses lèvres sensuelles. « Pauvre enfant, se reprit-il, la situation est fort éprouvante pour elle. »

Que n'eût-elle donné pour retourner chez tante Suzie! La jeune femme sentait les yeux gris de Rohan étudier la moindre de ses expressions. Depuis que cet homme l'avait arrachée des bras de Denis, ils n'avaient pas échangé un mot. Heureusement, tante Suzie se dévouait à soliloquer dans le vide. Quand elle aborda le sujet de Girasol pour s'enquérir de l'importance du domaine et de l'apparence de la maison, Rohan dut se résoudre à rompre son silence.

Lysiane n'avait jamais daigné s'intéresser à ce qui avait trait au domaine. A présent, il était temps d'en apprendre au moins un minimum. Aussi tendit-elle l'oreille pour entendre les explications de Rohan.

— Vous serez agréablement surprises, mesdames, du moins j'ose l'espérer.

La jeune femme n'en était pas si sûre. L'endroit était peut-être joli mais il n'en restait pas moins vrai qu'elle n'avait pas dû y être heureuse.

— Avions-nous de gros problèmes, Rohan ?

Il lui jeta un coup d'œil. Ce n'était pas du bluff, elle ne se rappelait vraiment rien.

— Oui. Nous n'étions pas faits pour nous rencontrer. Sans ton oncle et ses dettes, nous ne nous serions probablement jamais connus.

— Pourquoi voulez-vous tellement que je revienne ? Pourquoi ? Je ne saisis pas.

— Lysiane ! Ne t'ai-je pas cent fois demandé de ne plus me vouvoyer ?

— S'il vous est facile de tutoyer quelqu'un que vous ne connaissez pas, ce n'est pas mon cas.

— Ne recommence pas ! Un petit effort, s'il te plaît. Les domestiques vont être suffisamment déroutés par ton amnésie, inutile d'en rajouter. Tu ne crois pas ?

Percevant un véritable désarroi au fond de ses yeux bleus, il reprit d'une voix plus douce :

— Ecoute, essayons de faire de notre mieux. Tu veux bien ? Maintenant, revenons à nos moutons... peut-être nos problèmes s'arrangeront-ils... sinon, nous déciderons alors de la conduite à tenir.

— Vous élevez des moutons ?

Désarçonné, Rohan ouvrit des yeux ronds et Suzanne dut lui expliquer :

— J'ai oublié de vous avertir du fait que Poppy à du mal à saisir le sens des expressions imagées. Vous avez évoqué des moutons et la chère petite en a déduit que vous en faisiez l'élevage.

— Ah ! Oui, bien sûr. Bon ! Où en étions-nous ?

— Vous en étiez à « nous déciderons alors de la conduite à tenir », lui rappela Lysiane, mortifiée de s'être ainsi fourvoyée.

— Merci. Nous prendrons les mesures nécessaires et, ensuite, nous aviserons…

Jusqu'au port, le bavardage incessant de Suzanne leur épargna d'autres commentaires.

Sans cesse, des personnes de connaissance se précipitaient pour saluer Mlle Castelain, dire au revoir à la charmante Poppy et souhaiter une bonne traversée aux trois voyageurs.

18

Deux incidents mineurs marquèrent la traversée, par ailleurs très tranquille.

Au gré de la houle, les planches du ponton semblaient osciller sous leurs pieds. Un vague souvenir vacillant à l'orée de sa mémoire, Lysiane jeta à Suzanne un regard anxieux.

— Ai-je déjà voyagé sur un navire, tante Suzie ?

— Nous avons tout lieu de le croire, ma chérie, puisque Maurice est une île, plaisanta Suzanne. Nous en avons parlé à plusieurs reprises, l'aurais-tu oublié ?

— Non, non. Seulement ce balancement me rappelle…

Elle s'interrompit, les yeux fixés sur Rohan.

— Quoi donc, Lysiane ? questionna-t-il d'un ton pressant. Que te rappelles-tu ?

— C'est si… tellement… quelque chose de vaguement douloureux lié à un bateau.

D'un geste de la main, elle montra l'horizon, le pont et la mer. Rohan marqua un temps avant de répondre, comme s'il choisissait soigneusement ses mots.

— La première fois que tu as pris le bateau, c'est

le jour où tu as embarqué pour la Réunion, vers un mari qu'on t'avait imposé. Je suppose qu'une telle contrainte ne t'a certainement pas laissé de bons souvenirs.

Lysiane eut un geste d'impatience.

— Bons ou mauvais, je n'en ai plus, combien de fois devrai-je vous le répéter ?

— Allons, calme-toi. Si tu fais un monde de chaque phrase, les conversations ne vont pas être faciles, entre nous.

Suzanne renifla de contrariété. Il avait raison, c'était évident, mais elle n'allait pas l'admettre aussi facilement.

— Vous n'obtiendrez rien en houspillant Poppy, n'oubliez pas les recommandations du Dr Janvier : de la patience et encore de la patience.

Rohan réprima un soupir. Si Mlle Castelain se mettait de la partie, il n'était pas au bout de ses peines.

— Rassurez-vous, ajouta-t-il plus doucement. Je tâcherai de peser chacun de mes mots.

— Nous y comptons, monsieur Beauclerc.

La jeune femme courba la tête pour cacher un sourire. Content ou pas, son prétendu mari venait bel et bien de se faire moucher par tante Suzie.

— Ceci réglé, puis-je continuer, mesdames ?

Suzanne hocha la tête tandis qu'une moue engageante se dessinait sur ses lèvres.

— J'allais vous en prier, monsieur Beauclerc.

— Merci, ironisa-t-il en regardant la pointe de ses chaussures pour signifier à Suzanne Castelain qu'il se fichait pas mal de sa permission et qu'il tenait à le lui faire savoir.

Puis, il s'adressa à son épouse.

— La deuxième fois où tu es montée à bord d'un navire, c'était pour quitter Girasol.

Lysiane ne le laissa pas terminer.

— Et vous n'y étiez pour rien, bien sûr !

— La question n'est pas là, éluda-t-il. J'essaie de t'expliquer pourquoi tu te sens aussi mal à l'aise depuis que nous sommes à bord ; c'est parce que les souvenirs que tu gardes de ces traversées sont liés à des moments difficiles.

Comme tante Suzie approuvait silencieusement, Lysiane se crut obligée d'en faire autant. Cette explication rationnelle lui convenant, elle n'en demanda pas davantage.

Assise très droite sur une chaise de toile installée sur le pont avant, Lysiane soupirait fréquemment. Chaque nœud parcouru l'éloignait de la paisible demeure de tante Suzie, du seul endroit qui lui soit familier. Devant, derrière, sur les côtés et jusqu'au bout de l'horizon, on ne voyait que de l'eau. Tant et si bien qu'elle s'efforçait de garder les yeux fermés. Soudain, un aboiement la fit sursauter. Près de la rambarde, une femme entre deux âges tenait dans ses bras un petit chien blanc qui se débattait frénétiquement. Fascinée par le spectacle, Lysiane tapota le bras de Rohan et leva vers lui des yeux éperdus. Elle semblait sur le point de fondre en larmes.

— Lysiane ? Tu ne te sens pas bien ? s'alarma-t-il.

D'un signe de menton discret, elle désigna le chien blanc.

L'espace d'un instant, Rohan s'inquiéta. Que faire ? Le Dr Janvier leur avait fortement recommandé de ne pas s'interposer entre son passé et elle. Si des souvenirs remontaient à sa mémoire, ils devaient revenir à leur rythme. Une aide extérieure ne pouvait que perturber la jeune femme.

C'est pourquoi, en réponse à son interrogation muette, il se contenta de lancer d'un ton léger :

— C'est un chien. N'en as-tu jamais vu ?

Ses pensées s'embrouillant, Lysiane se remit à fixer l'animal en silence.

Rohan en était encore à chercher un dérivatif lorsque Suzanne intervint :

— Bien sûr qu'elle en a vu ! Des dizaines. Voyons, Poppy, tu ne peux pas l'avoir oublié ?

— Pendant un instant, j'ai cru...

Elle laissa sa phrase en suspens. Rohan s'empressa de dévier la conversation sur la couleur bleu d'azur du ciel. Du coup, Suzanne retint ses commentaires tout en esquissant une moue réprobatrice. Si ce beau M. Beauclerc croyait arriver à ses fins en agissant de la sorte, il se mettait le doigt dans l'œil. Avec l'aide de Dieu, elle comptait bien tirer sa fille adoptive des griffes de cet homme pour la ramener dare-dare à Maurice. Dans son île, là où Denis, toute la famille et les amis espéraient son retour. En attendant ce jour béni, elle rongerait son frein, se ferait toute petite, foi de Suzanne Castelain.

A part ces menus incidents, somme toute bénins, ce fut une belle traversée.

C'en était fait du Rhumé. Incontestable, le testament de Rémi Escrebieux n'offrait aucune alternative. Le domaine devait être morcelé et partagé en cinq parts égales, une pour chacune des filles Escrebieux et une pour sa veuve. On en jasait dans les plantations. « Si Rémi a fait si peu de cas de son épouse, c'est bien la preuve qu'il avait à lui reprocher plus sérieux que des peccadilles », se chuchotait-on de bouche à oreille. Plus d'un se rappelait le temps où la Belle Escrebieuse faisait des pieds, des mains (et du reste, comme d'aucuns ne se gênaient pas à prétendre), pour mettre le fils Beauclerc à sa botte. Qui sait même si l'Escrebieuse n'était pas directement la cause du départ impromptu de la jeune Mme Beauclerc ?

Convaincue qu'on la jalousait pour sa beauté, Solange se moquait éperdument du qu'en-dira-t-on. Par contre, les dettes s'accumulaient depuis la mort de Rémi et les affaires restaient en suspens en attendant le futur partage. Elle ne pouvait donc plus se permettre la moindre erreur.

Depuis le départ de Rohan, elle allait et venait à sa guise dans la maison de Girasol qui, elle n'en doutait pas, deviendrait sous peu son nouveau foyer. En définitive, elle n'était pas fâchée de quitter le Rhumé. Les bâtiments, anciens et vétustes, ne lui manqueraient nullement. Et les domestiques encore moins ! Prenant prétexte qu'à peine arrivée dans les lieux elle leur avait interdit de s'exprimer bruyamment et de chanter à tue-tête, ces imbéciles rôdaient dans la maison avec des mines sinistres. La mort accidentelle de leur maître n'avait rien arrangé. Depuis, ils arboraient des visages désolés de fin du monde. Qu'arrive enfin le temps de les quitter pour s'installer au domaine des Beauclerc, la maison y était plus confortable et le personnel moins compassé !

En femme qui voyait loin, Solange se rendait souvent à Girasol, bien décidée à marquer nettement son territoire. Sous couleur d'inspecter, elle abreuvait le personnel de conseils inutiles sur des sujets dont elle ignorait tout et dont s'occupaient parfaitement et depuis toujours les servantes. Faisant la sourde oreille, ces dernières vaquaient à leur besogne sans un regard pour l'intruse. Pour l'heure, Solange mettait ce dédain dans sa poche et son mouchoir par-dessus. Mais elles ne perdaient rien pour attendre, ces insolentes ! Dès que Rohan serait libéré de son stupide mariage, les choses reviendraient à la normale et il ne resterait plus à ces souillons qu'à courber le dos. Ce n'était qu'une question de temps et de patience.

Deux jours après sa dernière visite à Girasol, Solange revint faire ce qu'elle appelait sa tournée de surveillance. La maison avait l'air d'une volière. Cuisinières, femmes de chambre et servantes semblaient particulièrement excitées. Arborant des mines de conspiratrices, elles chuchotaient et lui lançaient des regards en coulisse comme si elles se réjouissaient de détenir un secret connu d'elles seules.

L'air désapprobateur, Solange toisa Cora-Lou.

— Que se passe-t-il ici ? aboya-t-elle avec un regard d'avertissement en direction des servantes aux sourires goguenards. Si vous n'avez rien à faire, je vais vous trouver du travail, moi !

La cuisinière fit un signe de la main et toutes s'échappèrent de la pièce en poussant des cris de joie, laissant en plan l'impossible Mme Escrebieux.

— Revenez ici, tas de fainéantes ! brailla Solange sans obtenir d'autre réponse que des rires retentissants.

Alors ça... ça dépassait les limites permises aux gens de maison. Rohan allait en entendre parler ! Et vu l'offense subie, des mesures seraient prises. Tant pis pour ces effrontées !

Elle se précipitait pour leur donner l'ordre de rentrer immédiatement et de se remettre au travail, lorsqu'un bruit d'attelage la fit sursauter. Sous ses yeux écarquillés d'étonnement, elle vit surgir une voiture qui pila devant la porte d'entrée. N'était-ce pas Lysiane qui se cramponnait au bras d'une femme d'âge mûr ? Faisant fi de ses recommandations, Rohan ramenait cette petite sotte. Pourquoi, bon sang, ne s'en tenait-il pas au programme convenu ? Pourtant, l'idée de laisser Lysiane à Maurice avait paru le séduire. Enfin... presque.

Plus qu'embarrassé par la présence inopportune de Solange, Rohan fit d'abord mine de ne pas la voir. Il mit pied à terre et tendit une main à Mlle Castelain pour l'aider à descendre, puis il se tourna vers Lysiane qui portait une brassée de fleurs offerte par Marie-Edmée. Comme tous les habitants de la plantation, avertis par une lettre du maître envoyée à Reine et largement commentée, Marie-Edmée avait appris le retour de la maîtresse de Girasol. Son enfant dans les bras, elle l'avait attendue à la grande grille pour lui remettre ce bouquet de bienvenue.

Si mal à l'aise qu'il soit, Rohan ne pouvait ignorer Solange plus longtemps. Il pivota vers elle et, comme si elle n'avait pas des yeux pour le voir par elle-même, lança :

— J'ai la... joie de vous informer du retour de Lysiane.

La joie ? Mais... divers sentiments se peignirent sur le visage crispé de Mme Escrebieux. Ses fins sourcils s'incurvèrent en accent circonflexe et des éclats d'onyx s'allumèrent dans ses admirables yeux noirs. Ses narines frémirent et ses lèvres se pincèrent. A l'évidence, les servantes, prévenues du retour imminent de leur maîtresse, avaient omis de l'en avertir. Les garces !

De son côté, Rohan s'en était bien gardé. Une discrétion si parfaite frisait la négligence. S'il ignorait combien ce retour affecterait gravement celle qu'il prétendait aimer à la folie... son amour était sérieusement sujet à caution.

La Belle Escrebieuse redressa sa haute taille, le regard planté droit sur Rohan. L'instant d'après, elle tournait les talons aussi dignement que le lui permettait sa colère, saluée par les cris d'allégresse des servantes qui se précipitaient pour accueillir leur maîtresse retrouvée. La main levée de Rohan refréna leur bruyant enthousiasme.

— Du calme ! Dois-je vous rappeler les termes de ma lettre concernant Mme Lysiane ?

Elles secouèrent la tête en chœur.

— Bien ! Pour l'instant, Mme Lysiane ne vous reconnaît pas. Oui, je sais, c'est dommage, mais c'est comme ça. Suite à un accident, votre maîtresse souffre d'une perte de mémoire temporaire.

Perte de mémoire ? A voir Mme Lysiane tellement semblable à elle-même, Nestine, Cora-Lou et les autres éprouvaient la plus grande difficulté à accepter, ce qu'il fallait bien appeler, son handicap.

— Avancez, allons ! Je vais vous présenter. Lysiane, voici Nestine, et... où est donc Reine ? demanda-t-il à la cantonade.

Soudain intimidées, les servantes se contentèrent de sourire furtivement à leur malheureuse maîtresse.

— Reine est en train de fleurir la chambre de Mme Lysiane. C'est qu'on ne vous attendait pas si tôt. Alors on...

Un cri interrompit brusquement les explications de Cora-Lou. Bras grands ouverts, Reine s'élançait au-devant de sa chère Lysiane.

— Quel bonheur ! Quel bonheur de vous revoir saine et sauve ! Je...

Incapable de poursuivre, elle la pressa contre elle, écrasant les fleurs de Marie-Edmée par la même occasion.

— Bonjour, madame, balbutia Lysiane, déstabilisée par la familiarité de cette femme au teint ocre éclairé par des yeux gris.

Elle sourit timidement.

— Je suis désolée, madame, mais je ne vous reconnais pas.

Reine jeta un bref coup d'œil à Rohan puis entreprit d'expliquer :

— Je suis la gouvernante. Puis-je me permettre de vous rappeler que vous m'appeliez Reine ?

— Je vous en remercie. Reine, je vous présente ma tante Suzie, elle va s'installer ici pendant quelque temps.

Rohan haussa les sourcils : quelque temps, oui, mais pas trop longtemps, tout de même.

La gouvernante se tourna vers Suzanne.

— Madame, commença-t-elle.

— Mademoiselle ! corrigea Suzanne par habitude.

— Pardon. Mademoiselle, au nom de tout le personnel, je vous souhaite la bienvenue à Girasol.

— Merci, répondit sèchement Suzanne qui sentait en Reine une rivale dans l'affection de sa fille adoptive.

Ces salamalecs ennuyant Rohan, il se remit aux présentations.

— Lysiane, je t'ai présenté notre Nestine, Reine l'a fait elle-même. Voici Cora-Lou, ta femme de chambre, et...

D'un geste large, il désigna les deux jeunes bonnes qu'il n'arrivait jamais à différencier l'une de l'autre.

— Reine te présentera au fur et à mesure les autres membres du personnel, il te sera plus facile ainsi de les mémoriser.

La jeune femme s'apprêtait à rétorquer qu'elle ne demeurerait pas suffisamment longtemps à Girasol pour arriver à tous les connaître, lorsque Suzanne lui prit le bras.

— Je trouve cette solution très raisonnable, Poppy.

Quatre exclamations s'élevèrent de concert :

— Poppy !

On entendit Nestine interroger haut et clair :

— Au fait, où est le chien? On ne l'a pas encore vu, ce petit pirate.

Trop tôt! Trop direct! Rohan ne put contenir sa contrariété. Il attrapa Lysiane par les épaules et l'entraîna à l'intérieur de la maison, suivi de Suzanne chagrinée d'avoir inconsciemment éveillé la curiosité des domestiques.

— Cora-Lou! appela Rohan, prends les valises de Mlle Castelain. Mademoiselle, la femme de chambre va vous conduire à votre appartement.

« Et vite, avant que vous ne fassiez une nouvelle gaffe », termina-t-il *in petto*.

— Tout ce remue-ménage a dû te fatiguer. Va dans ta chambre, Lysiane, et repose-toi jusqu'à l'heure du dîner.

— Où est ma chambre?

Reine et Rohan échangèrent un regard de commisération.

— Venez, madame Lysiane, je vais vous y emmener, proposa-t-elle doucement. Elle est magnifique et vous y serez très bien, je vous l'assure.

Cette certitude suffit à rasséréner la jeune femme et à lui rendre sa bonne humeur.

— Allons-y! J'espère que la chambre de tante Suzie est proche de la mienne.

La plus proche était celle de Rohan, ce que Reine s'abstint de mentionner.

— Ne vous inquiétez pas à ce sujet, elle n'est pas loin de la vôtre.

Lysiane jeta un regard un peu inquiet à la gouvernante qui lui offrit en retour un sourire d'encouragement.

— J'essaierai de n'être pas trop exigeante. Mais... je ne connais personne ici, sauf tante Suzie.

Reine parut sur le point de faire une remarque mais elle se ravisa.

— Et M. Beauclerc, ajouta Lysiane vivement.

— Et Rohan, bien sûr, approuva l'autre, conciliante.

En montant l'escalier, Reine ruminait l'inquiétante situation : la maîtresse de Girasol n'avait plus toute sa tête. Pauvre Lysiane, elle qui avait été considérée comme un ange bénéfique le jour même de son arrivée à Girasol ! M. Martial l'aimait comme sa propre fille. Le personnel tout entier était à sa dévotion, les enfants l'adoraient. Jusqu'à la vieille Finette, qui s'était éteinte avec son prénom sur les lèvres. Tous étaient sous le charme de la jeune femme. A part cette tête de cochon de Rohan. Toutefois, pouvait-on lui en tenir rigueur, ensorcelé comme il l'était par les intrigues de la maléfique Escrebieuse ?

— Madame ?

— Vous avez promis de m'appeler Reine, lui rappela la gouvernante.

— Excusez-moi. Reine, dès que j'aurai vu ma chambre, je vous saurais gré de me conduire auprès de tante Suzie.

— Avec plaisir, Lysiane.

Reine se mordit les lèvres.

— Je voulais dire… madame Lysiane.

— « Lysiane » fera très bien l'affaire.

Un large sourire aux lèvres, la gouvernante hocha la tête pour approuver cette judicieuse décision.

Rohan resta un long moment au pied de l'escalier, à tambouriner nerveusement des doigts sur la rampe, si bien qu'il était toujours à la même place lorsque Reine réapparut.

— Mlle Castelain a appelé Lysiane du nom de Poppy. Où se trouve le chien ?

— Suis-moi, l'invita Rohan en se dirigeant vers la véranda.

Elle lui emboîta le pas, résolue à connaître l'affaire dans ses moindres détails. Son neveu narra ce qu'il savait sur le naufrage, le séjour à l'hôpital et la quasi-adoption de Lysiane par la famille Castelain. Un peu par amour-propre, un peu par embarras, il se garda pourtant de révéler le penchant de Lysiane pour le neveu de Mlle Castelain, un garçon à peine plus vieux qu'elle.

— Votre lettre n'en disait rien et c'est parfaitement compréhensible, mais cela n'explique pas pourquoi Lysiane est appelée Poppy, lui rappela Reine.

En deux phrases, Rohan le lui expliqua.

— La pauvre petite ! Elle semble très attachée à Mlle Castelain. Pourvu qu'elle accepte de se séparer d'elle, le jour où celle-ci rentrera à l'île Maurice.

— Assez ! s'emporta Rohan, agacé par ce lamento. Il ne sert à rien de se désoler par avance, reprit-il plus calmement dans un sursaut de bon sens. Ne te ronge pas les sangs pour Lysiane. Elle est certainement moins fragile que nous ne l'imaginons.

Il avait eu l'occasion de la voir se démener et ruer dans les brancards pour ne pas quitter Maurice. Et avec quelle énergie !

Aidée, il est vrai, par Mlle Castelain et son stupide neveu.

— Nous allons faire tout ce qui est en notre pouvoir pour lui rendre tous ses esprits.

— Si, en dépit de nos soins, Lysiane ne retrouvait pas la mémoire ? coupa Reine qui s'interrogeait sur une maladie inconnue dont elle n'avait jamais entendu parler à ce jour et dont le sens lui semblait chargé de menaces.

— Nous l'avons envisagé, Mlle Castelain et moi. Et avons prévu que, alors, j'emmènerais Lysiane à Paris consulter le meilleur spécialiste du monde pour les cas de ce genre.

— Mlle Castelain vous accompagnera-t-elle à Paris ?

— Non. Elle compte demeurer ici environ un mois. Ensuite, elle rentrera chez elle pour y attendre la suite des événements.

— Très bien. Je crois que Lysiane guérira d'autant plus vite qu'à partir de maintenant elle sera entourée de personnes qui la connaissaient bien avant son accident.

La tête de Rohan oscilla longuement pour approuver ces paroles pleines de bon sens. Pour lui, le compte était réglé ; mémoire retrouvée ou pas, Lysiane ne retournerait pas chez les Castelain, et en dépit de leurs prévisions, son mariage ne serait pas annulé. Quant à la pauvre Solange... elle souffrirait, bien sûr, mais, tout comme lui, serait obligée de faire avec. Curieusement, cette perspective ne le déprimait pas. Au contraire. Plus tard, un sentiment de frustration viendrait peut-être le titiller lorsque Solange lui apparaîtrait à nouveau comme la femme de sa vie... Mais pour l'instant, si bizarre que cela puisse paraître, cette pensée le laissait indifférent.

— A chaque jour suffit sa peine. Aussi nous contenterons-nous de prendre le temps comme il se présente.

Reine ne put qu'approuver la sagesse d'un tel raisonnement.

19

Rohan referma la porte de sa chambre avec un soupir excédé. Quelle situation insolite que la sienne ! D'un côté, Solange dont il fallait ménager la susceptibilité à vif et calmer l'impatience, de l'autre, sa femme-enfant qu'il devrait prendre en charge jusqu'à ce qu'elle soit en mesure de s'assumer toute seule.

A leur manière, chacune lui compliquait l'existence. L'une avec ses exigences impératives qui ne souffraient pas d'ajournement, l'autre avec son désintérêt évident pour lui. Deux jours de pénitence, au cours desquels il avait fait preuve d'une grande diplomatie tant avec Solange qu'avec Lysiane et Mlle Castelain, mirent Rohan sur les genoux. Et ce n'était qu'un début!

Il en était là de ses réflexions, lorsque Lysiane frappa à la porte.

— Entre, Lysiane, invita-t-il avec la voix veloutée qu'il prenait pour s'adresser aux enfants en bas âge... ou à elle. Qu'est-ce qui t'amène?

Elle put à peine masquer l'agacement que lui inspirait son paternalisme. Pourquoi ce diable d'homme lui parlait-il comme si elle était une parfaite demeurée? Au lieu de l'aider à recouvrer la mémoire, il lui faisait perdre un temps précieux qu'il lui aurait été plus agréable de passer avec Denis.

— Alors, Lysiane, raconte-moi ce qui te tracasse.

— Je veux quitter Girasol. Aucun souvenir ne me rattache à ce lieu, je le sens. Et puis... j'ai hâte de rentrer à la maison.

— Qu'est-ce qui se passe? On n'est pas gentil avec toi?

— Si, mais... je me languis de Denis et je veux rentrer chez moi, s'entêta-t-elle.

— Pour le moment, c'est hors de question, déclara-t-il fermement pour lui signifier que la discussion était close.

Pas pour Lysiane! Elle se planta devant lui, ignorant qu'un débat ainsi engagé débutait sur de mauvaises bases.

— Vous voulez me retenir de force, c'est ça? Tante Suzie ne le permettra pas, j'aime autant vous prévenir. Elle n'est pas femme à se laisser marcher sur les pieds. Si vous espérez n'en faire qu'à votre tête, vous vous préparez de drôles de surprises!

Les réflexions désagréables se bousculaient dans l'esprit de Rohan. Il avait de plus en plus l'impression d'avoir affaire à une gamine attardée avec qui rien ne sert de raisonner. Des « non ! » péremptoires étaient finalement plus efficaces. Mieux valait ne laisser place à aucun recours, sinon c'était la porte ouverte à des arguties interminables. Il se contenta donc de rétorquer :

— Tu resteras ici aussi longtemps que je le voudrai. Je suis ton mari et, à ce titre, je n'accepte aucune discussion sur le sujet.

La jeune femme le dévisagea, médusée.

— Par ailleurs, je te demande... non, j'exige que tu me tutoies.

— Vous êtes méchant! Je ne vous aime pas, bougonna-t-elle d'une voix geignarde d'adolescente maussade. Je suis certaine que c'est à cause de votre cruauté que je vous ai quitté.

— TA cruauté... TE quitter, la reprit-il.

Passant outre l'observation, elle poursuivit :

— Dieu merci, Denis ne vous ressemble pas. Il m'aime, lui. Il est aussi gentil que vous êtes dur, aussi tendre que vous êtes insensible.

— Tu dois être des plus intime avec lui pour être si bien informée sur lui.

La tête légèrement penchée sur le côté, elle le lorgna par en dessous.

— Evidemment que je le suis! Tante Suzie m'a assuré qu'il était permis d'échanger des baisers entre fiancés.

Des baisers ! Et puis quoi encore ?

Mlle Castelain ne perdait rien pour attendre. Que son morveux de neveu se soit permis de prendre Lysiane dans ses bras fit bouillir son sang.

— Tu vas me faire le plaisir d'oublier ce jeune fat. Tu m'entends, Lysiane ?

Un peu, qu'elle l'avait entendu ! Il avait même hurlé assez fort pour que toute la maisonnée profite de ses vociférations.

Conscient d'exagérer l'importance de l'infantile inclination de Lysiane pour ce garçon, il s'efforça d'endiguer la colère qui grondait en lui. Ils s'affrontèrent quelques secondes en silence. Soudain, l'air bravache de Lysiane se transforma en moue désolée et ses yeux s'emplirent de larmes. Pour le coup, Rohan en fut désarçonné. Allons, crier ne servait à rien. D'autant que Lysiane n'était pas en état de raisonner normalement.

— Que se passe-t-il, Lysiane ? demanda-t-il gentiment.

— Vos cris me font peur, avoua-t-elle en reniflant. Je veux voir tante Suzie.

Avec un haussement d'épaules fataliste, il rendit les armes. Il ne devait pas perdre de vue que la pauvre enfant n'avait plus l'esprit en place depuis son accident.

Après une profonde inspiration, il saisit le bras de la jeune femme et l'entraîna vers la porte.

— Va te coucher. Demain, il fera jour et nos idées seront plus claires.

Encore sous l'effet de l'algarade, Lysiane se dégagea d'un mouvement coulant, mais néanmoins, elle lui emboîta docilement le pas.

Le lendemain matin, tandis que, assise sur la plus haute marche de la véranda, Lysiane rêvassait, Solange arrêta son cabriolet devant l'entrée.

A bout de patience et les nerfs à vif, la Belle Escrebieuse débarquait avec l'intention d'aller au fond des choses. Un tête-à-tête avec Rohan était urgent ; elle le mettrait en demeure d'éclaircir la situation et il avait intérêt à obtempérer car elle bouillait de rage contenue. Si, depuis le retour de sa petite cruche, Rohan ne savait plus sur quel pied danser, elle allait *illico* lui remettre les idées en place ! Ce stupide garçon ne sollicitait-il pas sa compréhension pour la folle tête vide qu'était désormais Lysiane ? Sa compréhension à elle ! Solange, qu'il prétendait adorer ! Et pour qui ? Pour une petite garce de simulatrice. Car elle jouait la comédie, c'était flagrant. Mais Rohan refusait d'admettre l'évidente mauvaise foi de son épouse. Comme la plupart de ses congénères, il se prenait pour un aigle, alors qu'il ne voyait pas plus loin que le bout de son nez. Tout comme Rémi qui, en son temps, avait été un parfait exemple du mari aveugle.

Dorénavant, finis les atermoiements ! Rohan devait prendre les mesures nécessaires pour mettre un terme à ce mariage ridicule ou aller voir ailleurs s'il pouvait trouver une femme aussi jolie que la Belle Escrebieuse ! Solange souligna la fin de ses réflexions en frappant sèchement contre la porte de la cuisine.

Comme si la situation n'était pas assez frustrante, Reine se mit de la partie en annonçant que M. Beauclerc et Mlle Castelain, engagés dans une discussion importante, souhaitaient ne pas être dérangés.

— Madame peut revenir demain, proposa Reine. A moins que Madame n'ait le temps d'attendre…

Attendre, attendre ! Depuis la mort de son mari, elle ne faisait que cela.

— Va m'annoncer, ordonna-t-elle, et avertis ton maître que je lui accorde un quart d'heure, après quoi, je pars.

La gouvernante se retira et Solange soupira bruyamment en se promettant que son premier geste de maîtresse de Girasol serait de mettre cette moricaude à la porte. Qu'elle soit la tante de Rohan n'entrerait pas en ligne de compte. Il ferait beau voir qu'un homme amoureux refuse quoi que ce soit à sa femme, surtout pendant leur lune de miel.

Toutefois, avant de songer à la lune de miel, elle devait d'abord appâter le futur mari.

Histoire de se changer les idées, Solange détailla longuement le hall et la salle à manger en faisant mentalement le compte de ce qui lui déplaisait et qu'il lui faudrait remplacer au plus vite. Mille fois vus lors de ses visites, meubles et bibelots lui parurent soudain vieillots et hideux. Tout était à renouveler pour du neuf, du moderne.

Dans quel état allait-elle trouver les autres pièces ?

D'un pas lent, elle parcourut la maison, l'œil scrutateur, en marmonnant à mi-voix : « A la poubelle, au rebut. A jeter, à jeter ! » Enfin, elle atteignit la dernière pièce, la véranda.

— Voyez donc qui est là ! s'exclama-t-elle.

— Madame… fit Lysiane d'une voix hésitante.

Elle n'avait pas la moindre idée du nom de cette personne. La dame brune la connaissait, elle, c'était évident. Qui était-ce ? Une relation, une habituée de la maison ? Une amie ? Sûrement non à en croire l'expression plus hostile qu'amicale de son visage.

— Tiens, tiens, comme on se retrouve ! Votre nouveau rôle vous plaît-il ?

Que répondre à cela ? La gorge nouée, la bouche entrouverte, Lysiane se tint coite. Ce dont l'autre profita, évidemment.

— Il est de notoriété publique que vous avez perdu l'esprit. Mais, moi, ma petite, on ne me trompe pas si facilement.

Il y avait de la colère dans les yeux de Solange lorsque, dans un cliquetis de bracelets, elle porta la main à ses cheveux.

— En confidence, dites-moi la vérité, vous n'êtes pas plus amnésique que moi, hein ?

— Je ne comprends pas ce que vous voulez dire...

— Ecoutez, petite sainte-nitouche, nous sommes seules, vous et moi, alors inutile de jouer la comédie, c'est par trop dégradant.

Sa tirade laissa Lysiane perplexe, elle n'avait pas la moindre idée de sa signification. Silencieuse, elle fixa le beau visage.

— Alors, on a perdu sa langue ? ironisa Solange.

Lysiane rougit jusqu'à la racine des cheveux, moins à cause du désir manifeste de blesser de son interlocutrice, que du regard haineux qu'elle lui lançait.

— Comédienne ! Poursuivez donc vos simagrées, justement Rohan cherche des armes contre vous.

Lysiane lui jeta un regard stupéfait, tâchant de trouver un rapport entre le début et la fin de sa tirade.

— Pauvre gourde ! Vous n'avez pas compris que Rohan n'attend que le bon moment pour vous faire interner dans un asile de fous ?

— Vous mentez ! se rebiffa enfin Lysiane. Vous êtes méchante.

La porte s'ouvrit, livrant passage à Suzanne.

— Que se passe-t-il, ici ? On entend vos éclats de voix jusque dans le hall.

Lysiane se tenait droite, les oreilles bourdonnantes, les yeux agrandis par l'horreur.

— Parle, ma chérie ! l'exhorta Suzanne en lui serrant fortement la main.

— Rohan veut me faire enfermer dans un asile d'aliénés.

— Qui t'a raconté une monstruosité pareille ?

D'un geste éloquent, la jeune femme tendit le menton en direction de Solange.

Tout en maudissant l'intruse, Suzanne prit Lysiane dans ses bras.

— C'est faux ! Archifaux ! Et si l'idée lui en venait, crois-tu que je le laisserais faire ?

— Cette femme est mauvaise. Si cela ne dépendait que d'elle, elle me ferait enfermer.

Si cela dépendait d'elle, Solange la tuerait plutôt de ses propres mains, oui. Elle décocha un regard venimeux à Suzanne qui le lui rendit bien. Cependant, il en fallait beaucoup plus pour abattre la superbe de Mme Escrebieux qui se redressa pour toiser Suzanne de toute sa hauteur.

— Si vous croyez à de telles élucubrations, vous êtes bien crédule, madame.

— Mademoiselle !

Une expression faussement pensive s'inscrivit sur les traits parfaits de Solange.

— Ah, je vois... une vieille demoiselle ! Voilà qui explique votre ignorance des choses de la vie.

Lysiane s'apprêtait à prendre la défense de sa chère tante lorsque cette dernière, fulminante, lui fit signe de garder le silence. Préférant jeter elle-même à la face de cette vipère en robe de deuil tout le mal qu'elle pensait d'elle.

— J'ai entendu dire que vous veniez de Maurice. Vous êtes une fille Rousselet, n'est-ce pas ? On a beaucoup parlé de vous là-bas. Votre réputation laisse à désirer, m'a-t-on dit.

Solange sursauta comme si on l'avait frappée.

— Je ne vous permets pas... tenta-t-elle de riposter.

Mais on ne clouait pas si facilement le bec à Mlle Castelain.

— J'en sais beaucoup sur votre compte : vous êtes une mauvaise créature et vous n'apportez que désordre et malheur à ceux qui ont la malchance de vous rencontrer.

Une dure à cuire, cette vieille fille ! De celles qui s'entendent à convaincre les autres qu'elles ont toujours raison.

— Lysiane est extrêmement sensible, aussi je vous prierai de la laisser tranquille.

Manifestement froissée d'avoir été si rudement remise en place, Solange lança, sans chercher à cacher sa hargne :

— Dieu me garde d'approcher cette folle !

Rencontrant le regard glacé de Mlle Castelain, elle ajouta sèchement :

— Nous verrons ce que pensera Rohan de ce charmant accueil. Car je vais de ce pas lui rapporter de quelle façon vous m'avez traitée !

Sur cette ultime flèche, elle sortit, la tête haute, pas assez vite cependant pour s'épargner une insulte retentissante.

— Immonde garce !

Le moral plus bas que terre, Lysiane s'écroula dans un fauteuil en rotin, le regard perdu, les bras ballants, refusant d'écouter les exhortations de tante Suzie qui pourtant ne ménageait pas sa peine pour la rassurer.

— Les parents de cette punaise ont été trop heureux de s'en débarrasser. C'est une affreuse sorcière tout juste bonne à distiller son venin. Elle ne mérite pas les larmes de ma petite fille chérie.

— Et ceci et cela… Rien n'y faisait.

Jusqu'à ce que Rohan surgisse dans la véranda.

— Vous voici bien sérieuses, mesdames, plaisanta-t-il, heureux d'avoir éclairci la situation avec

Mlle Castelain. Voyons ? Que t'arrive-t-il, Lysiane ? Tu es aussi penaude qu'un chaton mouillé.

En toute autre circonstance, l'idée d'être comparée à un petit chat aurait fait sourire la jeune femme. Mais, émanant de Rohan, la remarque la blessa. Ses prunelles bleues se voilèrent et les coins de sa bouche s'affaissèrent.

— Lysiane ? s'inquiéta Rohan. Qu'y a-t-il ?

Comme c'était à prévoir, Mlle Castelain répondit à sa place :

— Pour je ne sais quelle raison, une grande dame brune est venue ici et elle s'est permis d'agresser Lysiane.

— Co... comment ? Qu... qui ? bégaya-t-il, bien que l'identité de la dame en question ne fasse aucun doute pour lui.

— Elle était là, le jour de notre arrivée à Girasol, mais elle est partie avant que vous n'ayez eu le temps de nous la présenter.

Suzanne s'exprimait avec une vigueur qui fit tiquer le maître de maison dont le visage s'empourpra.

— Je sais qui est cette personne.

— Moi aussi, j'ai déjà eu l'occasion d'entendre parler de cette demoiselle Rousselet. Sa réputation n'est pas fameuse dans notre île.

— Je vous prie de ne pas toucher à cette dame ! rugit Rohan d'une voix que l'indignation avait fait monter d'une octave.

Il ne supportait toujours pas que l'on dise du mal de sa Solange, la femme de sa vie.

Cependant, il en fallait bien plus à Suzanne pour l'empêcher d'exprimer ce qu'elle avait sur le cœur.

— Sachez toutefois que cette... a accusé Lysiane d'être une simulatrice.

Il haussa les épaules comme pour souligner le

caractère anodin de l'accusation. Dans les premiers temps, ne l'avait-il pas cru, lui aussi ?

— La douce dame a révélé également à Lysiane ce que vous aviez pris soin de nous cacher. A savoir, votre intention de la faire interner dans un asile d'aliénés.

Les yeux écarquillés de Rohan se fixèrent sur Suzanne. Impossible qu'il ait bien entendu.

— Excusez-moi, mais pourriez-vous me redire ça ?

Après que Suzanne eut répété l'accusation, il dut se rendre à l'évidence : il avait bien entendu.

— Vous ne croyez pas que... ? Jamais je ne commettrais une telle infamie !

Il parcourut les quatre pas le séparant de Lysiane et, se penchant vers elle, lui prit le bras.

— Ne me touchez pas, se défendit la jeune femme avec plus de vigueur que ne le laissait deviner son air dolent. Je ne veux plus vous voir.

Tout en parlant, elle essayait de se dégager de son étreinte. Alors Rohan lâcha prise et leva les mains, paumes en avant, en signe de reddition.

Il restait tout de même un point d'entente à trouver avec elle.

— Que dirais-tu d'embarquer sur le prochain bateau pour la France ?

— Quand ?

— D'ici deux semaines environ.

Lysiane jeta un regard interrogateur en direction de Suzanne.

— Nous accompagnerez-vous, tante Suzie ? s'enquit-elle d'une petite voix.

Celle-ci, la contemplant avec bonté, garda un instant le silence.

— Non, mon enfant, répondit-elle enfin, il était entendu que vous partiriez seuls, M. Beauclerc et toi. Tenons-nous-en à ce programme.

— Tante Suzie ! protesta Lysiane, des larmes plein la voix.

— Allons, ma petite fille. Dois-je te répéter une fois de plus ce qui était convenu ? M. Beauclerc va t'emmener consulter le meilleur spécialiste, grâce à lui tu recouvreras peut-être la mémoire. Voilà qui serait bien, non ?

La mauvaise volonté de la jeune femme à admettre le bon côté de la chose était plus que flagrante.

— N'oublie pas qu'ensuite tu pourras revenir à Maurice. M. Beauclerc s'y est formellement engagé.

Les traits de Lysiane s'illuminèrent.

— Je reverrai Denis. Ah, quel bonheur !

Les mâchoires de Rohan se crispèrent. Si ces dames envisageaient une telle perspective, elles n'allaient pas tarder à déchanter.

D'un pas raide, il passa devant les deux femmes et, sans un regard pour elles, se dirigea vers la porte qu'il fit claquer derrière lui.

— Malappris ! cria Suzanne, outré par ses manières.

Un grognement d'ours lui répondit. Puis, plus rien.

— Qu'est-ce qui lui prend ? s'étonna Lysiane. Un instant, il est tout sucre, tout miel, et brusquement il devient fou furieux.

— Ton mari est un caractériel, un enfant gâté et mal élevé.

Presque certaine de son impunité, Solange était cependant dans ses petits souliers. En son for intérieur, Rohan était sûrement en parfait accord avec elle quant à l'embarrassante présence de Lysiane. A l'évidence, la seule solution était de l'interner, ce qui lui permettrait d'attendre sereinement l'annulation de son mariage. En dépit de cette certitude, Mme Escrebieux ne s'était pas risquée à remettre les pieds à Girasol. D'ailleurs, aussi longtemps que Mlle Castelain y résiderait, Solange devrait veiller à rester sur ses gardes.

Comment et par qui apprit-elle l'imminence de leur départ ? Elle aurait eu peine à le dire. Il semblait que chacun, à sa façon, se soit fait un devoir de la renseigner sur une situation qui divertissait beaucoup les habitants de Ste-Suzanne.

Que Rohan ait oublié de l'en informer la mortifiait. Mais cela n'allait pas se passer comme ça ! Ne faisant ni une ni deux, elle s'habilla avec plus de recherche que jamais, histoire de montrer à Rohan ce qu'il risquait de perdre, tout autant que pour l'inciter à renouer au plus vite avec leurs projets d'avenir.

En toute hâte, elle dépêcha un domestique pour annoncer au maître de Girasol que Mme Escrebieux souhaitait être reçue séance tenante.

Cora-Lou savait à quoi s'en tenir sur la malveillance de Mme Escrebieux à l'égard de leur maîtresse. Aussi, lorsqu'elle se présenta à la porte d'entrée, Cora-Lou fit-elle mine de ne pas la reconnaître.

— Va dire à ton maître que je l'attends dans la véranda, ordonna-t-elle avec une impatience hautaine. Allez, file !

Bien que tenaillé par l'envie de se soustraire à cette visite, Rohan ne pouvait se dérober à un entretien qu'il prévoyait pénible.

— Bonsoir, mon cher Rohan, roucoula-t-elle, le temps me semblait long sans vous. Alors, me voici.

La réticence de son soupirant était si évidente que la Belle Escrebieuse s'en alarma.

— Je vous sens loin de moi, se plaignit-elle.

Elle s'approcha de lui à le toucher. Il fronça le nez, gêné par les effluves envahissants de son parfum. Malgré lui, Rohan la voyait désormais d'un regard neuf. Sans qu'il s'en aperçoive, son esprit était empli de Lysiane, de sa tendre beauté, de la forme gracile de son corps. Aussi trouvait-il à sa grande surprise la taille de Solange trop forte et sa poitrine trop lourde.

Il dut se forcer pour revenir au moment présent.

— J'embarque pour la France la semaine prochaine.

— Vous n'y pensez pas! Vous vous trompez si vous espérez qu'un voyage ramènera cette gamine à la raison. Elle est trop profondément atteinte...

— Sortons, proposa Rohan, se sentant épié.

Pas sans raison. Car, aussi longtemps que cela lui fut possible, Suzanne suivit le couple d'un œil intéressé. Elle avait pu constater par elle-même combien les propos de Solange, portés à sa connaissance, avaient contrarié le maître de Girasol. Aussi ne put-elle s'empêcher d'exulter. L'heure de la revanche avait sonné et la mauvaise fée allait être prise au propre piège de sa méchanceté.

Sitôt passé le tournant dans l'allée, Solange reprit:

— Mon pauvre ami, ce déplacement est inutile, j'en suis certaine. Et, faites-moi confiance, je ne me trompe jamais.

Elle se tenait là, devant lui, telle qu'elle avait toujours été, avec sa vanité et son amour immodéré d'elle-même. Tout ce que Rohan avait toujours su sans vouloir l'admettre. Décontenancé, il réalisait soudain que, s'il ne s'était aussi passionnément épris d'elle, il ne l'aurait même pas trouvée sympathique.

— Il se peut, en effet, que le voyage soit inutile. Mais je veux en avoir le cœur net.

— Elle est incurablement folle, c'est indéniable. Qu'allez-vous faire d'elle au cas, improbable, où elle guérirait ? Pas la ramener ici, j'espère ?

Qu'est-ce qui l'avait tant attiré chez elle ? Sa beauté ? Son orgueilleuse prestance ? Plus il y réfléchissait, plus il se demandait comment il avait pu aimer une créature aussi imbue d'elle-même.

— La place de Lysiane est à Girasol, rétorqua-t-il sèchement.

Solange eut un sursaut de révolte.

— Et moi ? Que vais-je devenir ?

La contemplant, il réalisa avec stupéfaction que maintenant il supportait à peine sa présence.

— Que vais-je faire sans vous ? gémit-elle. Personne ne m'aime au Rhumé. Ni ailleurs. Me laisseriez-vous seule, sans soutien ?

— Vous êtes forte, Solange, je suis sûr que vous reprendrez très vite le dessus.

Quoi ? Il avait l'intention de l'abandonner ? Impossible, il lui appartenait. Elle n'allait pas se laisser faire sans réagir. La situation valait bien un léger sacrifice. Pourquoi ne pas lui accorder ces privautés dont les amoureux sont tellement friands ?

Elle hésita un instant, sur le point de renoncer. Mais elle se rappela le prochain départ de Rohan. Qui sait dans quel état d'esprit il reviendrait ? Elle ferma les yeux et pressa contre lui son corps aux contours amples.

Rohan se méprit sur son abandon. Pour la première fois, il la crut physiquement troublée. Un an plus tôt, une telle attitude aurait affolé ses sens.

— Prenez-moi, murmura-t-elle. Je suis à vous. A toi.

Il scruta longuement le noir regard glacé. Le sentant si proche, elle se raidit, reprise par son instinctive aversion physique pour les hommes. Tel un pantin de bois, les yeux clos, elle attendait une étreinte que son corps n'appelait pas.

— A quel jeu jouez-vous, Solange ? demanda-t-il sèchement. Ne me dites pas que vous avez changé au point de me jouer la comédie de la défaillance amoureuse.

Malgré l'évidente rebuffade, elle persévéra dans sa manœuvre de séduction.

— Je vous assure que...

Il s'écarta d'elle.

— Que m'assurez-vous ? Que vous êtes folle de désir et prête à vous donner ici même, sous cet arbre ? Passionnée au point d'oublier les grands principes dont vous vous êtes si souvent servie pour repousser mes ardeurs ? Troublée au point d'oublier votre sacro-saint honneur de femme vertueuse ? Allons donc !

Les yeux de Rohan tournèrent au gris orage.

— Ignorante que vous êtes ! Une femme qui désire un homme ne ressemble en rien à vous en cet instant. Vos yeux, votre corps démentent vos paroles. Vous êtes rigide. Une femme qui aime est souple contre son amant. Elle s'abandonne, tendre et chaude. Ses bras, ses mains appellent à l'amour. Un homme épris est incapable d'y résister.

Il la fouaillait avec des mots crus, se remémorant inconsciemment le souvenir brûlant de sa nuit avec Lysiane, les images qui hantaient sa mémoire. Jetant ces reproches à la face de Solange, il lui criait sans s'en apercevoir son amour pour une autre.

Tandis que, le visage enfoui dans ses mains, elle respirait lourdement, il reprit :

— Pendant des années, je me suis soumis à vos

fantaisies. Je croyais vous aimer. Et vous disiez m'aimer. Juste assez pour attiser mon désir, mais pas suffisamment pour l'assouvir. Un bel amour, en vérité !

Solange ébaucha un geste de protestation qu'il arrêta.

— Que cherchiez-vous avec moi ? Le plaisir de me soumettre ? Si vous m'aviez aimé, si vous aviez réellement désiré être mienne, rien ni personne n'aurait pu nous séparer.

Percevant sa déception, elle releva la tête et lança d'une voix dure :

— Et vous ? Que cherchiez-vous, sinon une belle maîtresse pour la bagatelle ? Avec moi, vous êtes tombé sur un bec, mon cher. Mais il en fallait plus pour vous décourager. Vous prétendiez alors comprendre mes scrupules et les partager.

Rohan fut frappé par la justesse de la riposte. Rien n'était plus vrai. Il la regardait, atterré de ressentir un vide immense en lui.

— Que vais-je devenir à présent ? Moi qui ne vivais que dans l'espérance du jour où vous m'épouseriez.

L'épouser ! A l'idée qu'il avait failli tomber dans ses filets, un frisson lui parcourut le dos. La vie avec Solange aurait été un enfer. Un bref instant, il imagina ces interminables années aux côtés de cette éternelle coquette. Soulagé de s'en être sorti à si bon compte, il affirma, bon prince :

— Allons, je suis sûr que vous allez rapidement surmonter cette déception.

— Surmonter ma déception ? Alors que vous voulez m'abandonner après avoir ruiné ma réputation ! s'écria-t-elle d'une voix aiguë.

— Et vous la mienne, ne vous déplaise !

— Vous m'insultez, monsieur Beauclerc !

Malade d'humiliation, elle fit demi-tour, prête à fuir.

— Quoi que vous en pensiez, Lysiane est et restera la maîtresse de Girasol.

Une lueur féroce traversa les magnifiques yeux noirs de la Belle Escrebieuse.

— Ramenez donc cette folle à Girasol, pauvre sot ! Tout le monde rira de vous à s'en rendre malade.

— Allez-vous-en ! l'interrompit-il avec véhémence. Nous n'avons plus rien à nous dire, vous et moi.

Comment avait-il pu vivre autant d'années avec un bandeau sur les yeux, pour aujourd'hui découvrir une réalité qui ne s'accordait en rien aux aspirations de sa jeunesse ?

Le voile tombé, il n'éprouvait plus qu'une vague rancune pour la femme qu'il avait pourtant adorée.

Il était guéri d'elle. Définitivement.

20

Durs à supporter, les derniers moments à terre, tout autant pour Rohan que pour Lysiane et sa bienfaitrice. Suzanne serrait sa protégée dans ses bras alors que la jeune femme s'accrochait désespérément à son cou en suppliant sa chère tante Suzie de rester avec elle. Avec une abondance de larmes incongrue pour une jeune femme de bonne famille.

Si bien que Rohan demanda comme un service à Mlle Castelain de partir avant que le bateau n'appareille. Puis, attrapant son épouse éplorée à bras-le-corps, il l'entraîna à bord tel un ballot, sans se soucier des cris perçants des deux femmes horrifiées par le procédé.

Ameuté par leur raffut, l'officier en second vint s'enquérir des raisons de ce tapage.

— Est-ce que tout va bien, monsieur Beauclerc ?

Le front plissé de contrariété, Rohan se tourna vers le second.

— Ma femme a beaucoup de mal à quitter sa mère.

— Ah, les belles-mères ! soupira l'officier avec un sourire entendu. Prenez patience, monsieur. Dès que nous serons au large, votre femme se fera une raison.

Effectivement, lorsque Lysiane s'aperçut que tante Suzie n'était plus sur le quai, elle se calma.

Un chaud soleil brillait sur le pont. Excités par l'imminence du départ, les passagers se bousculaient autour d'eux. Rohan, réalisant qu'ils encombraient le passage, prit le bras de Lysiane, juste au moment où, glissant comme une anguille, la jeune femme tentait une fois de plus de lui échapper pour sauter sur le quai. Ayant prévu la manœuvre, il la tenait fermement. A opiniâtre, opiniâtre et demi ! Non, mais !

A son grand soulagement, le navire leva enfin l'ancre. Il était temps. Les tentatives de fuite de Lysiane commençaient à l'énerver sérieusement.

Au bas de l'escalier, il poussa une porte et ils se retrouvèrent dans leur cabine.

En découvrant la petite pièce bien agencée dans laquelle deux lits jumeaux étaient fixés à une cloison, Lysiane, paralysée par la surprise, ne put articuler un son.

— Lysiane ? Qu'y a-t-il encore ? maugréa-t-il en tentant de prendre une main qui se déroba prestement.

La jeune femme retrouva miraculeusement sa voix.

— Est-ce ma cabine ou la vôtre ?

— La nôtre, ma jolie.

Sa combativité retrouvée, Lysiane croisa les bras, une expression de défi affichée sur son visage.

— Vous pensiez partager cette cabine avec moi ? Eh bien, vous vous trompiez, monsieur Beauclerc.

Toute son attention concentrée sur sa jeune femme, Rohan émit un petit rire aux inflexions chaudes. Il admirait la finesse de sa silhouette, les éclairs d'or de sa chevelure nimbée des rayons du soleil qui se faufilaient à travers les hublots.

— Dans la mesure où nous allons voyager ensemble un certain temps, nous pourrions peut-être faire la paix, madame Beauclerc. Et, pourquoi pas, essayer de devenir amis.

— Vous n'avez pas répondu à ma question, lui rappela-t-elle.

— La réponse est oui, nous allons partager cette cabine, naturellement.

La jeune femme pâlit et inspira profondément pour refouler sa déception. Elle avait escompté se réfugier le plus souvent possible dans la solitude et ses espoirs s'effondraient. Comment imaginer un aussi long voyage flanquée de Rohan vingt-quatre heures sur vingt-quatre ? Cette pensée lui donnait la nausée.

— Pas d'autres questions, Lysiane ?

Elle secoua la tête, tandis que l'envie de lui crier ce qu'elle avait sur le cœur nouait sa gorge.

L'observant avec attention, Rohan remarqua que les traits de son épouse arboraient maintenant un air frondeur. Pour la taquiner, il tapa dans ses mains comme si tous leurs problèmes étaient désormais résolus.

— Ne t'avais-je pas prédit que tout se réglerait

au plus vite ? Nous allons être bons amis et partager la même cabine. D'accord, Lysiane ? insista le tenace.

A moins d'argumenter sans fin, que faire d'autre sinon acquiescer ?

— D'accord, d'accord ! plia-t-elle, excédée.

Haussant les épaules, elle ajouta avec un soupir découragé :

— A mon corps défendant, je suis dans l'obligation de partager MA cabine. Pour le reste, amitié, familiarité et autres intimités, ne vous faites pas trop d'illusions.

Un sourire désarmant et complice de son mari mit fin à des explications sur ce qu'elle considérait comme une ligne de conduite à ne pas transgresser. Quant à Rohan, aussi longtemps qu'il la laisserait en paix — si toutefois c'était dans ses cordes —, elle ne lui en demanderait pas davantage.

La jeune femme le considéra longuement sans souffler mot. Cet homme était une véritable énigme. Plus elle le côtoyait, moins elle le comprenait.

De son côté, il commençait à en avoir assez de parler dans le vide. Il sortit et referma la porte derrière lui non sans avoir auparavant scruté longuement le visage de sa capricieuse épouse.

Enfin seule ! Lysiane jeta un regard d'envie en direction des couchettes. Ce serait si bon de s'allonger entre les draps, de dormir et d'oublier ! Si agréable de ne plus penser aux jours prochains qui s'annonçaient fort sombres !

Epuisée par des nuits sans sommeil, elle se laissa choir sur le lit de gauche, cala l'oreiller sous sa tête et s'assoupit.

Une heure plus tard, une exclamation la réveilla.

— Debout, belle endormie !

Se redressant vivement, elle heurta la cloison, ce qui la réveilla tout à fait.

— J'espère que tu as faim, reprenait déjà Rohan. Tu as juste le temps de t'habiller. La salle à manger est ouverte et le repas sera servi d'ici une demi-heure.

Il se pencha au-dessus d'elle pour vérifier qu'elle avait bien les yeux ouverts.

— Voulez-vous sortir afin que je puisse me lever ? demanda-t-elle en luttant contre l'oppression provoquée par sa trop proche présence.

Tandis qu'elle s'appuyait contre la cloison pour s'éloigner de lui, Rohan ne la quittait pas du regard. Le spectacle de sa jeune femme aux cheveux blonds ébouriffés et aux pommettes roses le ravissait.

Lysiane vit le visage de Rohan s'éclairer, ses yeux étinceler.

Lui, il ressentait confusément l'urgence de se préserver des charmes de celle qui le troublait beaucoup trop.

— Reculez, voulez-vous ? fit-elle plus sèchement.

— Bien volontiers, si toi, tu fais l'effort de me tutoyer.

Elle hocha la tête, un demi-sourire sur les lèvres. Elle le croyait froissé, il se montrait charmant. Décidément, cet homme ne cessait de la surprendre.

— Recule, Rohan, répéta-t-elle docilement. Et sors, s'il te plaît. J'aimerais faire un brin de toilette avant de me changer.

Les yeux brillants de satisfaction, il tendit la main pour l'aider à se lever. Elle dut réprimer un mouvement de recul avant de poser le bout de ses doigts dans la paume offerte. Il la contempla si longuement, s'attardant sur son visage, sa poitrine avec une telle intensité, que Lysiane croisa les bras sur son buste.

— Merci, dit-elle en s'écartant de lui.

Ses yeux innocents rappelèrent à Rohan qu'elle n'était plus la Lysiane d'autrefois et que, pour l'heure, c'était une jeune femme ignorante des réalités de la vie conjugale.

Il soupira. Et après l'avoir informée qu'il allait l'attendre au bar de la salle à manger, il lui fit un léger signe de la main et tourna les talons.

Les jours succédaient aux jours. La gentillesse de Lysiane avait conquis tous les passagers. Si elle avait voulu se montrer coquette et séduire la gent masculine, elle aurait pu rivaliser avec les plus belles des passagères. Rohan ne put ignorer longtemps les nombreux regards admirateurs qui convergeaient fréquemment vers son épouse. A sa fierté d'avoir une si jolie femme se mêla une pointe de jalousie. Toutefois, il était heureux de constater que Lysiane dédaignait les discrètes avances. Jamais elle n'avait manipulé l'art des sous-entendus ni les jeux de séduction propres à éveiller l'attention et le désir des hommes. Et, Dieu merci, en cela, elle n'avait pas changé.

En dépit du serment qu'il s'était fait de résister aux attraits évidents de son épouse, ses charmes naturels, dénués d'artifices, l'enchantaient, il en était heureux, comblé.

Il s'en défendait, attribuant son euphorie tantôt à la mer d'huile, tantôt au soleil radieux ou aux alizés, si doux en cette saison. Et refusait d'imaginer qu'il pouvait perdre cette Lysiane enfantine ou pensive, l'adorable jeune femme aux yeux pétillants ou graves, au rire spontané ou à l'expression nostalgique. Cette merveilleuse compagne enfin, parfois vive comme le vent, à d'autres moments engourdie par les tourments d'un avenir incertain.

Toutefois, la traversée ne fut pas toujours idyllique, loin s'en fallait ! Aussi difficile à cerner qu'une enfant, Lysiane se montrait calme et sereine jusqu'à ce que le souvenir des heures heureuses de son séjour chez les Castelain revienne la hanter. Son regard alors s'emplissait de détresse, elle se montrait nerveuse ou apathique. Dans le premier cas, elle était intarissable sur son sujet favori : les Castelain. Quand elle abordait le thème de l'ineffable Denis, Rohan se sentait au bord de l'explosion.

Denis était... ceci, cela... très... tellement...

Après avoir subi une longue litanie d'éloges sur l'objet des pensées de son épouse — car elle était son épouse, que diable ! —, Rohan aurait aimé hurler pour se défouler. Il se contentait de rabrouer gentiment la jeune femme afin de tempérer un peu son débordement verbal. Dans ces moments-là, Lysiane considérait Rohan comme un homme odieux, un jaloux de la pire espèce. Pour le fuir, elle se réfugiait dans la bouderie.

Protégée du soleil par une ombrelle assortie à sa toilette, elle arpentait le pont, gracieuse et souriante. Ou recherchait l'ombre pour s'absorber dans une lecture. La bibliothèque du bateau offrait un large choix de romans d'amour qu'elle dévorait avidement. D'autant qu'ils se terminaient invariablement bien. Les héros, enfin réunis, goûtaient un bonheur de tous les instants avec la promesse d'un avenir sans nuage. Ainsi en serait-il d'elle et de Denis.

Bien entendu, il n'y avait pas que la lecture dans la vie à bord. Il y avait aussi le plaisir de découvrir ses compagnons de voyage. Elle aimait les amener à parler d'eux-mêmes, à les interroger sur leur famille, leur profession, leurs voyages. Enchantés par ces attentions, les passagers assuraient à qui mieux mieux que Mme Beauclerc était vraiment charmante.

Lorsqu'une personne lui affirmait que son épouse montrait toujours un vif intérêt pour son prochain,

Rohan avait un certain mal à en convenir. Gentille, attentionnée, généreuse, Lysiane l'était avec tous. Sauf avec son mari. Aussi, le visage de Rohan s'allongeait-il de jour en jour.

Il éprouvait des sentiments dont la nouveauté le surprenait. Et se montrait plein d'égards pour la jeune femme. Premier levé, il quittait tôt la chambre pour ne pas la gêner, et se couchait bien longtemps après qu'elle se fut retirée pour la nuit.

Au bout d'une semaine de traversée, le comportement de la jeune femme effectua un revirement total.

Un soir, après dîner, elle vint s'accouder à la rambarde à côté de son mari.

— Une dame m'a fait remarquer que tu n'avais pas l'air très heureux, déclara-t-elle avec la spontanéité qui la caractérisait. Tu n'es pas heureux ?

Au soulagement qu'il ressentit, Rohan réalisa combien il désirait enfin exister aux yeux de sa femme.

— Que t'a-t-elle dit ?

— Que tu souffrais peut-être du mal de mer et que tu t'efforçais de le cacher.

— Oh ? Le mal de mer me paraît difficile à dissimuler, rétorqua-t-il, amusé.

— Premier point acquis, tu n'es pas souffrant, c'est déjà ça. Est-ce d'avoir quitté Girasol qui te rend aussi mélancolique ?

— Non. C'est toi.

— Moi ! s'exclama-t-elle en lui lançant un regard d'enfant meurtrie. Que t'ai-je fait ?

Il lui sourit gentiment.

— Demande-moi plutôt ce que tu n'as pas fait.

— Apprends-le-moi.

Il choisit ses mots pour lui expliquer que, Suzanne Castelain s'interposant systématiquement entre eux, il n'avait jamais eu vraiment l'opportunité d'aborder avec elle la question de leur passé.

— Tante Suzie ne voulait que mon bien, riposta vivement la jeune femme, toujours prompte à défendre sa chère bienfaitrice.

— Je n'en disconviens pas, ma chérie, mais c'est aussi parce qu'elle craignait de te perdre, tu comptes tellement pour elle.

Sans ce dragon, Lysiane et lui auraient eu une bonne et franche discussion, ce qui aurait sans aucun doute amélioré leurs relations. Toutefois, ce n'était pas le meilleur moment pour en discuter. D'ailleurs, Lysiane l'aurait-elle compris ?

Pour l'heure, déroutée de s'entendre appelée « ma chérie », la jeune femme se cantonna dans un silence prudent.

Il soupira, résigné :

— Je sais que la situation n'est pas facile pour toi et que tu as besoin d'un peu de temps pour t'y adapter.

Incapable de prononcer un mot ou de détacher les yeux de son visage, Lysiane le regardait fixement.

De son côté, Rohan guettait une expression, une lueur dans son regard qui puissent l'inciter à poursuivre. Mais il n'y vit rien, que de l'incompréhension. Il ferma un instant les yeux, puis les rouvrit d'un air las.

— Par où commencer ?

Il lui narra son arrivée à Girasol, sans toutefois insister sur les circonstances qui l'y avaient amenée.

— Nous en avons déjà parlé, tu t'en souviens ?

Ne sachant si la question ne cachait pas un piège, la jeune femme lui jeta un coup d'œil suspicieux.

C'était compter sans la détermination de son mari qui n'allait certes pas reculer, maintenant qu'elle semblait disposée à l'écouter.

— Te le rappelles-tu, oui ou non ?

— Je me souviens d'une discussion concernant des événements qui ont, selon toi, provoqué mon départ de France. C'était chez tante Suzie et Denis assistait à cette réunion.

Le souvenir de Denis balayant son angoisse, elle ponctua sa déclaration d'un sourire satisfait qui s'évanouit lorsqu'elle vit l'effet que sa déclaration produisait sur Rohan.

— Pour en revenir aux débuts de cette histoire, il me semble inutile de te demander si tu te souviens de ton oncle et de la pression qu'il a exercée sur toi pour t'obliger à accepter ce mariage. Je t'avoue que j'ai eu beaucoup de mal à croire qu'il ait pu manifester autant de dureté à ton égard.

Son oncle ? Perplexe, la jeune femme chercha sur le visage de Rohan un indice qui lui permettrait de voir où il voulait en venir. Il hocha la tête, furieux contre lui-même. Bon sang ! Quand donc tiendrait-il sa langue ? Ce n'était pas en bousculant Lysiane qu'il obtiendrait un résultat positif. Désormais, il veillerait à tourner sept fois sa langue dans sa bouche avant de parler. Sa jolie jeune femme lui était de plus en plus chère. Mais elle n'avait aucune conscience de l'importance qu'il accordait à sa présence.

— Je suggère de passer l'éponge sur les agissements de ton oncle, proposa-t-il comme s'il lui faisait une faveur.

Monsieur était trop bon ! Que devait-elle faire ? Applaudir à tant de mansuétude ? Baiser ses pieds pour le remercier d'une telle générosité ?

— Tu as entendu, Lysiane ? Je ne te parlerai plus de ton oncle.

Elle ravala de justesse un commentaire peu aimable.

— Cela étant posé, je continue…

Mariage, Martial, invités, tout y passa. Hormis Solange et ses manigances. Pendant près d'une heure, il palabra à s'en dessécher la bouche. Chagrinée par des références à un passé dont elle ne se rappelait rien, Lysiane l'écoutait, tête baissée.

Lorsque la cloche sonna pour inviter les passagers à rejoindre la salle à manger, la jeune femme, heureuse de ce prétexte, s'empressa d'aller se changer pour la soirée.

A peine eut-elle franchi le seuil de la cabine, qu'elle referma la porte contre laquelle elle s'adossa pour essuyer les larmes qui ruisselaient sur ses joues. A entendre Rohan, des joies et des peines les unissaient tous les deux. Pas besoin d'être prophète pour en déduire qu'il allait être difficile, pour ne pas dire impossible, de rompre leur mariage.

Et Denis ? Qu'adviendrait-il de lui ? Devrait-elle renoncer à lui ? Ses larmes redoublèrent.

Enfin, comme en dépit de tout la vie continuait, Lysiane changea de toilette et, repoussant ses pensées moroses, se dirigea vers la salle à manger pour rejoindre la table où l'attendait l'homme qu'elle avait épousé... et oublié.

Comme si elle n'en avait pas suffisamment entendu, Rohan se mit à discourir à n'en plus finir sur les qualités professionnelles du professeur mondialement réputé qu'elle allait rencontrer à l'hôpital de la Salpêtrière. Minimisant au maximum les problèmes possibles, il l'assura d'une guérison complète.

Fatiguée de l'entendre pérorer, la jeune femme se coucha tôt avec la perspective peu réjouissante de devoir consulter un médecin censé la libérer d'une amnésie qui, tout compte fait, l'arrangeait plutôt.

En dépit de ses appréhensions, la traversée se poursuivit dans le calme.

Depuis le jour où Lysiane avait permis à Rohan d'évoquer leur passé commun, elle traînait les pieds comme une enfant récalcitrante dès qu'il était question de faire appel à sa mémoire. Afin de n'être pas importuné par des passagers, il l'emmenait près de la rambarde pour lui répéter encore et encore combien, avant qu'elle ne le quitte, la vie à Girasol était magnifique. Ce refrain, longuement seriné, dégoulinait de douceur de vivre, de bons sentiments, et de l'espoir d'y revenir ensemble. A l'entendre, non seulement toutes les personnes qui vivaient à Girasol, mais également celles qui travaillaient dans leurs plantations, l'adoraient. Avait-elle oublié le bébé confié par ses soins à Marie-Edmée ? Et Finette ? Se souvenait-elle de la vieille nounou ? Non ? Pourtant, elle lui avait bel et bien sauvé la vie. Parfaitement, sauvé la vie !

Loin de la réjouir, ces révélations n'apportaient aucune réponse à la question qui tourmentait Lysiane : « Pourquoi ai-je quitté cet endroit idyllique ? » Elle ne trouvait d'explications ni dans sa mémoire défaillante, ni dans la lénifiante douceur dont Rohan l'abreuvait.

Toutefois, les souvenirs évoqués par son mari l'enchaînaient chaque jour davantage au rappel de sa désertion. Comment avait-elle pu abandonner des personnes qui l'avaient entourée de leur affection ? Et surtout, péché inqualifiable, pourquoi avait-elle oublié son mariage et était-elle tombée amoureuse de Denis ? Que pensait Rohan de cette trahison ? Apparemment, il semblait ne pas lui en tenir rigueur.

Et tous les « t'en souviens-tu, Lysiane ? » ne changeaient rien à l'ambiguïté de leur situation.

Pas plus que les questions qu'elle lui posait.

— Comment étais-je avec toi ? Et toi, comment te comportais-tu à mon égard ? Tu affirmes que nous étions heureux, pourquoi alors t'ai-je quitté ? Si un différend nous a opposés, tu dois m'en parler.

Embarrassé, il biaisait.

— C'est-à-dire que... nous étions comme tous les couples. Nous avions de bons moments et d'autres plus difficiles.

Il attendait, guettant un signe, une parole. Rien. Rien que l'incertitude, un vide à mi-chemin entre passé et présent.

Il se méprisait pour sa lâcheté. Que Lysiane se rappelle ou non le passé, il ne pourrait éviter d'évoquer Solange. Le rôle qu'elle avait joué dans leur vie. Il se promettait de le faire, plus tard, lorsqu'il serait assez fort pour accepter la décision de Lysiane, quelle qu'elle soit. Suffisamment fort pour supporter de vivre sans elle. Dire que, les premiers mois de leur mariage, il s'était appliqué à ignorer sa femme alors qu'il lui aurait été si facile de la séduire ! Aujourd'hui, alors qu'il était en grand danger de la perdre, Lysiane lui était devenue indispensable et il ne pouvait imaginer un avenir dont elle aurait été absente.

Il avait désiré de nombreuses femmes au cours de son existence, mais, pour la première fois, à son désir se mêlait de l'appréhension. Il craignait de blesser Lysiane, de ne pas savoir la protéger. De la perdre. Surtout de la perdre.

Chaque soir se renouvelait le supplice. De sa couchette, il écoutait le souffle de sa respiration. Son sommeil était peuplé de rêves brûlants et il devait lutter contre son envie forcenée de rejoindre, d'étreindre dans ses bras et de caresser sa ravissante épouse.

Il se remémorait leur seule nuit ; le parfum des fleurs exalté par l'approche de l'ouragan, la chaleur étouffante de la chambre, les cris des oiseaux... le corps adorable plaqué contre le sien et leur étreinte enfiévrée. Instants magiques qu'il avait sottement gâchés. Et pour qui, grands dieux? Pour la vaine, l'orgueilleuse Solange!

Comme regrets et remords n'apportent jamais avec eux que morosité, Rohan décida de chasser ses idées noires et de se tourner résolument vers l'avenir. D'autant plus raffermi dans sa détermination que Lysiane n'évoquait plus Denis Castelain. En effet, elle avait constaté que, à la moindre allusion au jeune homme, Rohan s'assombrissait. Et que «contrarié» était un mot faible pour qualifier l'expression qu'affichait alors son visage.

Les derniers jours de la traversée, Rohan se montra de plus en plus prévenant et attentionné avec son épouse. Et cette gentillesse toucha Lysiane bien plus profondément qu'elle ne l'aurait souhaité.

A 17 heures 20, ce jeudi-là, le navire accosta à Marseille. Au pied de la passerelle, les cris de la foule assemblée montaient jusqu'aux passagers. Sur le quai, personne n'attendait les Beauclerc qui, le soir même, prirent le train pour la capitale.

— Resterons-nous longtemps à Paris? demanda Lysiane en frissonnant sous le vent frais.

Rohan essaya de lui réchauffer les bras en les lui frottant à travers ses vêtements.

— Juste le temps d'être reçus par le professeur Briastre. Puis celui de visiter un peu la ville. Ensuite, nous rentrerons à Girasol.

Comment ça, à Girasol? N'était-il pas entendu qu'elle devait retourner à Maurice, chez tante Suzie? Rentrer à Girasol ne figurait pas dans son programme. Néanmoins, la jeune femme s'abstint de contredire son mari.

Rendez-vous fut pris pour le surlendemain, à la Salpêtrière. Afin de distraire la jeune femme de cette consultation qu'elle redoutait, Rohan loua une loge à l'Opéra de Paris où se donnait *La Traviata*.

Dans la loge tendue de velours rouge, Lysiane vibrait de bonheur anticipé, attentive aux odeurs, aux bruits de la salle et à ceux de la fosse d'orchestre dans laquelle les musiciens accordaient leurs instruments. Le regard de Rohan posé sur elle lui brûlait les joues.

— Suis-je déjà venue ici ?

— Pas avec moi, en tout cas, répondit gaiement Rohan.

Touchée par l'intonation affectueuse de sa voix, Lysiane lui sourit.

L'orchestre entama l'ouverture. Immobile, le souffle suspendu, la jeune femme se laissa envahir par une sensation de plénitude.

— Dieu que c'est beau ! murmura-t-elle, à peine consciente d'avoir parlé.

Lorsque Rohan se pencha vers elle, elle eut l'impression que son sang se retirait de ses veines.

— Je me rappelle... commença-t-elle à voix basse, d'une voix hésitante.

Elle s'interrompit, les yeux rivés sur le rideau.

— Que te rappelles-tu, mon ange ? chuchota Rohan, suspendu à ses lèvres.

— J'ai... l'impression que cet endroit est lié à ma vie.

En pleine confusion, elle secoua la tête.

— Tes parents étaient musiciens dans cet orchestre. C'est ici qu'ils se sont connus. On a dû souvent te le raconter.

Désemparée, elle soupira.

— Ah ? Je croyais me remémorer un souvenir personnel.

— Ne perds pas espoir. Lorsque le docteur t'aura examinée, il te donnera le traitement qui convient, et tout rentrera dans l'ordre, je te le promets.

Pourquoi alors arborait-il une expression sombre et amère ? Evidemment, elle était loin d'imaginer que Rohan redoutait par-dessus tout l'instant où lui reviendrait le souvenir des événements qui avaient provoqué son départ.

Le rideau se leva sur le chœur. Les yeux et les oreilles de la jeune femme n'étaient pas assez grands pour admirer et écouter les belles dames et les superbes messieurs qui évoluaient sur scène.

Enchanté par l'expression ravie qu'affichait son visage, Rohan observait son épouse captivée par l'histoire, envoûtée par la musique.

Lorsque, d'une voix déchirante, la diva entonna l'air décrivant l'intensité de sa passion pour son bel amant et la douleur de le perdre, Lysiane ne put contenir ses larmes. Attendri, Rohan prit sa main et se pencha vers elle. C'est alors qu'il l'entendit murmurer d'une voix brisée :

— Denis me manque.

Un lourd soupir échappa à Rohan et la déception fit battre son cœur à se rompre. Il lui fallut quelques minutes pour recouvrer son calme. Mais, ému tant par la fragilité de sa jeune femme que par sa peine, il ne put en supporter davantage. Et, l'attirant contre lui, il posa son menton sur ses cheveux en se disant qu'aucun homme au monde n'était capable de résister au désir de consoler un tel chagrin.

Surprise par son geste, Lysiane se tint un instant sur la défensive, puis, avec un soupir d'abandon, elle appuya sa tête contre la poitrine de Rohan. Là, bien à l'aise pour pleurer tout son soûl, elle se laissa aller à verser toutes les larmes de son corps sur l'absence de Denis, sur Rohan si gentil. Et aussi sur la pauvre Violetta qui, sur scène, chantait tellement bien ses malheurs.

Le professeur Briastre, chef du service psychiatrique, se déclara en tous points d'accord avec le diagnostic de son confrère mauricien. En conclusion, il conseilla d'emmener la jeune femme sur les lieux de sa petite enfance, ensuite de la laisser progresser à son propre rythme. Rohan ignorant tout de l'enfance de sa femme, le psychiatre leur proposa une autre solution. A savoir, la ramener sur les lieux de sa dernière résidence connue.

Bien qu'ils n'en aient jamais discuté ensemble, Rohan croyait se rappeler qu'autrefois la jeune femme habitait chez son oncle, à Lille.

Ils ne s'étaient pas engagés dans le couloir que déjà Lysiane contestait le bien-fondé des conseils du médecin.

— Cette visite nous prouve que le professeur Briastre n'en sait pas plus long sur le traitement de l'amnésie que le Dr Janvier. Nous aurions été bien avisés de nous épargner ce voyage.

— Tout n'est pas négatif dans les prescriptions du professeur. Ne dit-il pas que la mémoire te reviendra…

— Reviendra… peut-être! rappela la jeune femme.

— Peut-être, concéda Rohan. Mais j'ai confiance en lui. Je suis sûr que tu guériras, comme nous le souhaitons tous les deux.

Lysiane le considérait d'un air dubitatif; il insista:

— C'est bien ce que tu souhaites, n'est-ce pas?

Incertaine, elle se mordit les lèvres. Avait-elle envie de se rappeler le passé? Pas si sûr!

Relevant la tête, elle lui adressa un petit sourire d'excuse. D'instinct, il sut qu'il n'allait pas apprécier ce qu'elle s'apprêtait à dire.

— Sincèrement, je n'en sais rien. Si guérir doit me séparer de Denis... j'aimerais autant que...

Une exclamation exaspérée échappa à Rohan.

— La peste soit de ce Denis !

Il la prit par le bras et ajouta :

— Viens, allons nous renseigner sur les horaires des trains pour Lille.

— Sommes-nous obligés d'y aller ? implora-t-elle d'une voix enfantine. Ne pourrions-nous retourner à Maurice ?

Retourner à Maurice ! Pas à Girasol, non, à Maurice ! Il soupira bruyamment.

— Nous ne sommes pas très loin de Lille, alors nous y allons, trancha-t-il en faisant signe à un fiacre vide.

La jeune femme lui jeta un regard rancunier avant de se diriger vers la voiture qui se rangeait le long du trottoir.

A la perspective de revoir une famille dont elle avait perdu le souvenir, une étrange appréhension lui noua la gorge.

21

— Cette vieille maison n'a pas changé, toujours aussi triste, n'est-ce pas ? fit Rohan en tirant la sonnette.

Lèvres serrées, Lysiane observait la grande bâtisse sombre qu'elle ne reconnaissait pas. La conscience de son handicap lui fit monter les larmes aux yeux.

Les traits de Rohan se crispèrent ; il se serait battu ! Il n'eut pas le temps de s'étendre plus avant sur sa légèreté, car la porte venait de s'ouvrir sur une femme âgée, vêtue d'une robe noire éclairée d'un long tablier blanc.

— M. Leroy est-il ici ? demanda-t-il. Nous désirerions le voir. Mme Beauclerc, mon épouse, est la nièce de M. Leroy.

La servante s'avança vers eux, un large sourire sur son visage parcheminé.

— Bienvenue, madame Lysiane. C'est une joie de vous revoir. Bienvenue à vous aussi, monsieur.

— Merci. Voulez-vous nous annoncer, s'il vous plaît ?

— M. et Mme Leroy sont à Cormieux, comme tous les ans au moment des fêtes de Pâques, expliqua la servante en se tournant vers Lysiane comme pour la prendre à témoin.

— Mais oui. Ça m'était complètement sorti de la tête, se hâta de rétorquer la jeune femme en espérant de toute son âme que Rohan ne révélerait pas à un tiers le fait qu'elle ait tout oublié de son passé.

— C'est fâcheux, constata Rohan.

— En effet, monsieur, et je le regrette. Puis-je toutefois vous suggérer de faire le voyage jusqu'à Cormieux ?

— Où se situe cette ville ?

— Près de Boulogne-sur-Mer. C'est une petite ville que madame Lysiane connaît bien. Attendez un instant, je vais vous écrire l'adresse sur un papier.

— Nous vous en serions très reconnaissants. N'est-ce pas, Lysiane ?

— Extrêmement reconnaissants, marmonna celle-ci du bout des lèvres.

Alors qu'ils repartaient pour la gare, la jeune femme pila sur place.

— N'y allons pas, Rohan, s'il te plaît. Je n'en ai pas envie. J'ai peur.

— Peur ? Peur de quoi ?

Elle se borna à répondre que ce voyage lui semblait placé sous de mauvais augures.

— Où es-tu aller pêcher une idée aussi extravagante ? s'étonna Rohan, perplexe.

— Mon oncle me déteste...

— Tu te souviens de lui ? s'enquit-il, soudain intéressé.

— Ce n'est qu'une intuition.

Il enveloppa ses épaules d'un bras protecteur.

— Dis-moi ce que tu ressens exactement.

Elle croisa son regard attentif et secoua lentement la tête.

— Ce nom de Cormieux me semble maléfique. C'est assez confus. Un peu comme quand un mot vous échappe alors qu'on l'a sur le bout de la langue. Tu comprends ?

Il acquiesça d'un signe de tête.

— Un mauvais pressentiment m'oppresse. N'y allons pas. Rejoignons plutôt Marseille où nous prendrons le premier bateau en partance pour les Mascareignes, afin d'y retrouver ceux qui nous aiment.

Soudain refroidi, Rohan fit la sourde oreille. N'eût été l'insistance de Lysiane, assortie d'une allusion implicite à l'île qui avait sa préférence, il aurait certainement cédé. Car, finalement, qu'apporterait une visite à Bertrand Leroy ? Rien sinon de savoir où Lysiane avait vécu ses jeunes années.

Comme ils ne comptaient pas séjourner plus de quelques heures à Cormieux, ils se mirent en quête d'un hôtel où passer la nuit.

Le jour commençait déjà à décliner lorsque, leur installation terminée, Rohan proposa de se rendre au plus tôt chez les Leroy.

— Pas ce soir tout de même ? s'indigna la jeune

femme que le plaisir de revoir son oncle n'étouffait pas.

— Si ! Inutile de perdre plus de temps que nécessaire. Une heure nous suffira pour exposer à ton oncle l'objet de notre visite.

— As-tu l'intention de le mettre au courant de mes troubles de mémoire ?

Elle avait horreur qu'on évoque son cas et supportait mal que ce soit fait en sa présence. Les mines apitoyées que prenaient alors les gens la déprimaient.

— Il le faudra, puisque nous sommes venus pour ça, répondit Rohan d'une voix patiente.

Debout, le dos à demi tourné, Bertrand Leroy examina par-dessus son épaule le jeune couple qui se dirigeait vers lui. Cette visite impromptue du fils Beauclerc ne lui disait rien qui vaille. Pour quel motif l'homme qui était son créancier, pour un bon moment encore, venait-il le surprendre ? Pour réclamer des comptes ? Des explications concernant son mariage par procuration ? Ou des détails sur la pression exercée sur Lysiane pour qu'elle accepte ce mariage ?

La vie lui ayant appris à faire face en toutes circonstances, Bertrand Leroy marcha vers eux, la main tendue.

— Quel bon vent amène chez moi le fils de mon vieil ami et son épouse, ma chère nièce ? s'enquit-il avec la bonhomie d'un homme à la conscience tranquille.

Malheureusement, sa voix puissante et autoritaire contredisait ses efforts d'amabilité.

Il s'était empâté en prenant de l'âge, et sa mine, faussement avenante, faisait paraître plus lourde encore son épaisse mâchoire.

— Soyez les bienvenus, mes chers enfants.

Sa jovialité de façade n'abusa pas Rohan. Autrefois, il estimait peu le père Leroy, mais il ne l'appréciait pas davantage aujourd'hui.

— L'espace d'un instant, j'ai cru que vous ne me reconnaissiez pas, monsieur.

— Monsieur ! Mais, je vous en prie, appelez-moi oncle Bertrand. N'êtes-vous pas le mari de ma nièce préférée ?

— Puisque vous le proposez, oncle Bertrand... à présent, si vous le permettez, je voudrais vous entretenir de l'affaire qui nous amène.

Bertrand Leroy tendit le dos ; avec ce qui pesait sur sa conscience, il n'augurait rien de bon de cette visite. Toutefois, à l'évocation de l'amnésie dont souffrait Lysiane, son visage se décrispa progressivement.

Que voilà une heureuse nouvelle ! Quand Rohan en arriva aux conseils du professeur Briastre et du peu d'espoir qu'il mettait dans leurs vertus curatives, l'oncle déclara que tous ces pontes de la médecine n'étaient au fond que des charlatans. Qu'il ne fallait rien espérer d'eux. Soulagé de n'être pas sur la sellette, il se fit disert, et aurait bien continué sur ce registre, mais Rohan venait d'aborder l'objet de sa visite. Aussitôt, l'oncle se récria et entreprit de lui démontrer qu'aller sur les lieux où sa pauvre nièce avait passé son enfance ne l'aiderait pas à recouvrer la mémoire.

— Orpheline de mère, la chère petite a été élevée par sa grand-mère maternelle. Elles habitaient près de Valenciennes, dans une vieille maison d'un quartier aujourd'hui disparu. Tout a été démoli pour faire place à un jardin public. Après le décès de son aïeule, Lysiane a été mise en pension. Lorsque mon frère nous a quittés, j'ai été nommé tuteur de ma chère nièce. A ma demande, je tiens à le souligner, se rengorgea-t-il.

Rohan balbutia une vague approbation. Mais, en roublard qu'il était, l'autre reprit d'une voix songeuse :

— J'y pense, tout à coup, puisque j'ai assumé les frais d'éducation de Lysiane, je dois avoir gardé l'adresse de l'établissement où elle a fait ses études.

— A défaut d'autres pistes, nous pourrions aller là-bas, soupira Rohan.

A ce moment, Mme Leroy parut sur le seuil de la pièce.

— Oh, pardon ! J'ignorais que... je vous prie de m'excuser.

Immédiatement, Bertrand Leroy adopta un ton doucereux pour lui reprocher gentiment :

— Clara, tu ne reconnais pas notre nièce ? Ni son mari Rohan Beauclerc ?

Mme Leroy hocha vigoureusement la tête pour manifester que, bien sûr, elle les reconnaissait parfaitement et de sa bouche jaillit un flot de paroles volubiles.

— Monsieur Beauclerc, bien sûr ! Je ne vous avais pas très bien distingué dans la pénombre. Et toi, ma chérie, comment vas-tu ? A quel heureux hasard devons-nous votre visite ? Comment ? Vous vous êtes installés à l'hôtel ? C'est hors de question ! Nous avons ici toute la place nécessaire et nous serions ravis de vous offrir l'hospitalité. N'est-ce pas, Bertrand ?

— J'allais justement le proposer, mentit celui-ci d'une voix atone.

— Voilà, c'est dit ! exulta Mme Leroy. Je vais envoyer quelqu'un à l'hôtel pour annuler votre réservation, et je fais immédiatement préparer votre chambre.

Lysiane s'apprêtait à refuser mais Rohan lui pressa le bras.

— N'aie pas peur, ma douce, murmura-t-il à son oreille de cette voix caressante désormais si familière à la jeune femme.

Désirant confirmation de la bouche même de l'intéressée, Bertrand posa d'office la question qui le tracassait :

— Il paraît que tu as oublié ton oncle Bertrand ?

Dans la semi-obscurité du vestibule, elle ne pouvait distinguer la couleur des yeux de son soi-disant oncle, en revanche, elle percevait leur expression : une inimitié fielleuse prête à l'affrontement.

— J'ai perdu la mémoire, monsieur, balbutia-t-elle.

— Lysiane ! Fais-moi confiance, ce monsieur est bien ton oncle, certifia Rohan.

Un bref conciliabule s'ensuivit que Bertrand Leroy eut tôt fait de dominer de sa voix puissante.

— Allons, allons, ne vous chamaillez pas, et toi, petite, appelle-moi oncle Bertrand ainsi que tu l'as toujours fait.

— Pensez-vous que... commença Lysiane.

Mais une pression de la main de son mari la dissuada de discutailler davantage.

L'apparition de Mme Leroy interrompit leur bavardage. Engageant d'un sourire ses invités à la suivre, elle les conduisit dans une chambre spacieuse et sombre située à l'extrémité d'un long couloir.

Une demi-heure plus tard, tandis que Rohan s'entretenait avec Bertrand Leroy, Lysiane, les nerfs en pelote, arpentait la pièce où ils avaient été installés pour une nuit, deux au maximum. Brusquement, elle s'arrêta devant le miroir de la cheminée. « Tu ne vas quand même pas te laisser mener par le bout du nez par cet oncle, un homme que tu ne reconnais pas ? » maugréa-t-elle en s'adressant à son reflet.

Depuis l'instant où elle avait repris connaissance à l'hôpital de Port-Louis, tout le monde décidait à sa place : elle devait faire ou ne pas faire ceci, dire ou ne pas dire cela...

Le temps était venu de prendre elle-même ses propres décisions.

Tout d'abord, demander à Rohan... non, lui intimer l'ordre d'avancer la date de leur retour. Par la même occasion, lui enjoindre de ne plus lui donner de petits noms tels que « chérie » ou « mon ange » ou, pis encore, « cœur de mon cœur ». Il devait bien se rendre compte que cela l'exaspérait au plus haut point ! De plus, il devrait cesser de lui caresser les cheveux, les bras, les joues. Un tel comportement frisait le ridicule.

Elle cessa de déambuler lorsque Rohan pénétra dans la chambre ; finalement, elle lui parlerait plus tard. Mieux valait s'appliquer à garder son calme plutôt qu'agiter des pensées agaçantes.

— Ta tante et ton oncle nous attendent pour dîner.

Une servante les conduisit à la salle à manger, ouvrit la porte et s'effaça devant eux au moment même où une forte voix masculine chargée de ressentiment tonnait.

— ... Jouer avec le feu ? Que de simagrées, ma chère ! Comme si la situation nous le permettait...

S'apercevant brusquement de la présence des invités, Bertrand Leroy échangea avec sa femme un regard lourd de sens.

Mme Leroy se précipita à leur rencontre.

— Venez à table, mes enfants, fit-elle en leur désignant une place.

La salle à manger sombre, aux meubles de bois

massif et foncé, n'était pas propice à réchauffer l'atmosphère.

Pourtant, elle s'allégea lorsqu'un délicieux fumet de volaille rôtie vint chatouiller leurs narines. Le poulet se révéla succulent, finement relevé et tendre à souhait.

— C'est délicieux, madame, félicita Rohan entre deux bouchées. N'est-ce pas, ma chérie ? ajouta-t-il en se tournant vers Lysiane.

La jeune femme acquiesça d'un sourire complaisant.

— Chère Lysiane, ton oncle et moi avons décidé de te montrer nos photos de famille.

— Une suggestion de ta tante, souligna oncle Bertrand en levant son verre en direction de son épouse, signifiant par là qu'il approuvait cette initiative.

Son regard erra vers sa nièce et, aussitôt, un sourire froid modifia sa physionomie. Il se leva lourdement, se dirigea vers le buffet d'où il extirpa un album de photos.

Au cours de la soirée, Rohan eut souvent l'occasion d'être en proie à des sueurs froides. Il l'avait échappé belle ! L'album renfermait plus que son compte de portraits de Liliane, la fille des Leroy. Une grande perche, sèche comme un pruneau, avec la mine hautaine d'une parvenue. Une surabondance de bijoux la parait comme un arbre de Noël. En outre, elle n'avait pas l'air d'avoir inventé le fil à couper le beurre. Silencieusement, il en appela au ciel pour bénir l'oncle Bertrand de lui avoir envoyé Lysiane à la place de sa girafe de fille.

De son côté, Lysiane avait mal au cou à force de secouer la tête pour signaler qu'elle ne reconnaissait personne.

A la secrète satisfaction de tous, la soirée se termina tôt. Mme Leroy accompagna ses invités jusqu'à leur chambre et se retira en leur souhaitant une bonne nuit.

Bonne nuit ! Alors que Lysiane et lui allaient dormir dans le même lit !

Bonne nuit ! Alors qu'il tremblait de désir à la seule vue de sa jeune épouse évoluant de la chambre au cabinet de toilette.

— Il est tard, Rohan. Je vais me coucher.

Se coucher ? Là, dans leur lit ? Ah, Seigneur !

« Votre épouse a tout oublié des réalités du mariage », avaient décrété médecins et professeurs. Psychiquement, elle était aussi innocente qu'une enfant.

Rien d'étonnant à ce qu'elle soit aussi sereine ! Il n'en était pas de même pour lui, hélas !

— Bonne nuit, Rohan. Je suis très fatiguée.

— Moi aussi. Je crois que je vais bien dormir, répondit-il avant de se ruer dans le cabinet de toilette.

Bouillonnant de rage, Bertrand lança en entrant dans leur chambre :

— Quel besoin avais-tu de les inviter à dormir ici ?

— Ne te mets pas martel en tête, Bertrand, l'apaisa-t-elle. Demain, nous les occuperons toute la journée. Après-demain, ils seront partis.

— Si seulement tu les avais laissés à l'hôtel... maugréa-t-il sur un ton qui trahissait la crainte qu'il s'efforçait de dissimuler.

Il arpentait la pièce de long en large, les épaules rentrées, le front soucieux. Sa colère contenue à grand-peine, il fusilla sa femme du regard pour bien lui faire mesurer l'ampleur de sa bévue.

— J'espère m'en sortir sans trop de dommages.

— Tu n'as rien à te reprocher, bien au contraire,

tu as géré au mieux les biens de ta nièce. Le testament de ton père était très clair : prendre Lysiane sous ta tutelle et t'occuper de ses intérêts jusqu'à sa vingt-cinquième année.

— Ou jusqu'à son mariage, compléta-t-il. Grâce à Dieu, les Beauclerc ignorent tout de l'héritage de Lysiane. Et j'ai également omis de signaler au notaire que ma pupille s'était mariée.

Ecartant d'un geste ce détail anodin à ses yeux, Mme Leroy reprit :

— Les Beauclerc sont riches comme Crésus. Ne t'ont-ils pas prêté de l'argent ? C'est bien la preuve qu'ils n'ont pas besoin du petit bien de Lysiane. A part cette omission, que peut-on te reprocher ? Pas ça ! conclut-elle en faisant claquer l'ongle de son pouce sur une dent.

La mine ombrageuse, Bertrand acquiesça en silence.

Il n'avait rien à se reprocher... Enfin, presque.

Sauf une tentative de meurtre sur sa pupille. Un instant de folie qu'il imputait à l'angoisse de perdre tout ce pour quoi il avait tant travaillé. Sans l'entêtement de Lysiane, rien ne serait arrivé. Qu'exigeait-il d'elle ? Tout simplement qu'elle consente à devenir la maîtresse d'un grand domaine dans un pays de rêve ! Butée, la petite cruche ne savait que répéter non et non. Elle avait changé de registre lorsqu'elle avait réalisé qu'il était à bout. Et elle s'était mise à hurler, à se débattre.

Tout compte fait, était-ce vraiment une bonne chose que son épouse soit arrivée à ce moment-là ? Car, finalement, si la petite entêtée avait été victime d'un malheureux accident, cela aurait fort bien arrangé les affaires de la famille.

A présent, puisque manifestement la gamine ne s'était confiée à personne et que l'incident n'avait pas eu de suites, Bertrand se considérait absous d'un mouvement impulsif resté sans conséquence. Il y pensait rarement et uniquement pour se féliciter de s'en être tiré à si bon compte.

Seul élément positif de la visite inopportune des Beauclerc, l'amnésie providentielle de Lysiane.

Le silence méditatif de son mari encouragea Mme Leroy à reprendre :

— Quel caractère inquiet ! Si tu veux mon avis, tu es bien trop scrupuleux. Dis-toi que les Beauclerc n'espèrent de leur visite que la guérison de la pauvre Lysiane. Et, comme tu as pu le constater, rien n'est moins sûr. J'espère me tromper, mais je crains que cette petite ne reste dans cet état jusqu'à la fin de ses jours.

— Peut-être, répondit Bertrand, une pointe d'espoir dans la voix. Peut-être...

Après tout, la vie lui devait bien ça. Il avait travaillé plus dur que n'importe qui à l'usine. Cela ne méritait-il pas récompense ?

En conclusion, il ne servait à rien de se compliquer l'existence. N'avait-il pas déjà réussi à circonvenir sa nièce par le passé ? Bien sûr, la présence du mari rendrait les choses un peu plus difficiles. Mais puisque Lysiane ne se souvenait plus de rien...

Allons, il suffisait de patienter, la visite des deux importuns s'achèverait sous peu.

Entre veille et sommeil, ses rêveries nébuleuses confinaient à l'inconscience. Une vague vision émergea de sa mémoire, elle était dans les bras de Rohan, vibrante d'une faim indéfinissable. Une émotion confuse s'empara d'elle et la fit s'éveiller tout à fait.

Sa toilette terminée, elle courut à la salle à manger où oncle Bertrand l'informa que Rohan était allé se promener sur les falaises.

— Tu t'es bien reposée ? s'enquit-il.

— Très bien. De plus, j'ai l'impression que mes souvenirs commencent à resurgir.

Bertrand jura à mi-voix. La tasse de café que la jeune femme s'apprêtait à porter à ses lèvres s'arrêta à mi-chemin. Lorsqu'elle découvrit l'expression de son oncle, le sang se retira de son visage.

— Des souvenirs, c'est vite dit ! Tu as l'esprit faible, ma pauvre petite. Il est possible que tout s'embrouille dans ta tête.

Une nuance dédaigneuse dans la voix de son oncle la piqua au vif.

— Je n'ai pas l'esprit faible !

Se levant de table, elle ajouta :

— Je ne prendrai pas de petit déjeuner. Pouvez-vous m'indiquer la direction des falaises ? Je vais aller au-devant de Rohan.

— La direction des falaises ? Tu te moques de moi ! Tu y allais chaque jour pendant tes vacances...

— Merci, je trouverai, coupa Lysiane avant de quitter la pièce.

Le vent violent qui soulevait les vagues dissuada la jeune femme de mettre le nez dehors. L'absence de Rohan se prolongeant jusqu'au repas de midi, toute la matinée, elle prit soin de ne plus se retrouver face à Bertrand Leroy. Pendant le déjeuner, elle s'efforça de ne pas regarder dans sa direction. Lorsque, involontairement, cela arrivait, un frisson la traversait devant le sourire figé sur les lèvres de cet homme hostile, dont les yeux brillaient d'un éclat inquiétant. Dieu merci, dès le lendemain matin, Rohan l'emmènerait loin de cette débilitante demeure et de son malveillant propriétaire.

— Bertrand, pourquoi ne pas emmener Lysiane et son mari faire une visite guidée de nos souterrains ? suggéra son épouse. Tu sais combien cette curiosité est appréciée par nos invités. Habituellement, tu te fais un devoir de respecter la tradition familiale en les y emmenant.

Au moment où, les nerfs en pelote, elle l'implora de ne plus tourner en rond et, pour la dixième fois, lui conseilla une visite des souterrains, Bertrand perdit patience.

— Non, mon amie. Ne réveillons pas le chat qui dort. Moins Lysiane en verra de la maison, mieux nous nous porterons.

— Mais, Bertrand...

— Inutile d'insister.

Sur cette déclaration péremptoire, il se retira afin de méditer tranquillement dans la bibliothèque, la seule pièce où sa femme ne mettait jamais les pieds.

Il avait beau se répéter que l'heure du départ des gêneurs finirait bien par sonner, il était rongé par une appréhension à tendance coléreuse. Le passé tournoyait dans sa tête, obsédant, corrosif. Ramenant à la surface ses échecs successifs, et ses efforts régulièrement contrecarrés. Il avait sué sang et eau pour sortir des difficultés une filature qui, faute de modernisation, marchait cahin-caha. A qui imputer l'avortement de toutes ses tentatives pour maintenir l'affaire à flots ?

La mort du vieux Leroy et le partage de ses biens avaient accéléré le processus du déclin. La mort du frère aîné, dont la communauté religieuse s'était empressée de réclamer la part, n'avait fait qu'aggraver l'état précaire de leurs finances. Quant au décès de Régis, le cadet, un bon à rien de la pire espèce, cela avait été le coup de grâce.

Ces trois empêcheurs de travailler en paix, partis pour un monde prétendu meilleur, la situation aurait dû s'améliorer. Eh bien, pas du tout ! Régis laissait une héritière. Et, pour l'instant, alors que Bertrand épargnait sou à sou en vue de rembourser la somme empruntée aux Beauclerc, l'argent de Lysiane servait à faire tourner l'usine. Mais il ne fallait pas se leurrer, un jour ou l'autre sa nièce retrouverait la mémoire et il serait mis en demeure de lui restituer son héritage. A qui devrait-il de se retrouver sur la paille ? A cette gamine à demi folle.

Ses rancœurs longuement mitonnées se focalisèrent sur la jeune femme.

Allant à grands pas de la fenêtre à la porte, il tentait de maîtriser sa rage. Un coup de sang le guettait s'il continuait ainsi, il lui fallait de toute urgence un dérivatif. Sur une impulsion, il ouvrit l'armoire aux livres factices et, poussant sur l'un d'eux, déclencha l'ouverture d'un panneau.

Rohan proposa une courte promenade en sa compagnie. Invitation que Lysiane déclina. Le vent soufflait trop fort. Toutefois, elle n'allait pas se cloîtrer dans sa chambre pour autant.

Après s'être assurée que l'oncle Bertrand ne rôdait pas dans les parages, elle résolut d'aller demander à sa tante d'évoquer à son intention les années passées. La trouvant occupée, la jeune femme se mit en quête d'une lecture. La porte ouverte de la bibliothèque semblait l'attendre. Tout en longueur, la pièce était située à l'arrière de la maison. Lysiane s'attarda devant la fenêtre pour contempler la mer agitée. La force des courants soulevait de hautes lames qui venaient s'abattre sur les écueils et rebondissaient avec fracas au pied de la falaise.

Un bon roman aiderait à lui remettre les idées en place.

La porte entrouverte de l'armoire du fond attira son attention. Elle l'ouvrit, examina les étagères et avança la main pour saisir un volume. Elle s'aperçut alors que certains d'entre eux étaient factices. Voulant repousser d'un doigt un livre qui dépassait, elle eut la surprise de voir le panneau reculer, tandis qu'un souffle froid s'engouffrait dans la pièce. Réprimant une impérieuse envie de fuir, elle appuya à nouveau sur le livre. Le panneau pivota un peu plus, révélant une volée de marches qui s'enfonçaient dans l'obscurité. Les yeux fixés sur l'escalier de granit, elle prit une profonde inspiration puis repoussa le panneau à fond. Né d'un vertige, un souvenir sombre tremblait à la lisière de sa mémoire. Comme poussée par une force supérieure, elle s'engagea lentement sur les marches. Une longue descente l'amena dans une grotte aux parois inégales et rugueuses taillées directement dans la falaise. Devant elle s'ouvraient deux galeries vaguement éclairées. Sans hésiter, elle s'engagea dans celle de droite en direction d'une clarté opaque dont elle découvrit la source au-delà d'un tournant : une salle longue et étroite, dont la percée s'ouvrait sur la mer mugissant en contrebas de la falaise.

La lueur qui baignait la caverne de sa lumière diffuse lui permit de distinguer une silhouette trapue.

Sa gorge se noua, ses jambes mollirent et elle dut s'appuyer contre la paroi rocheuse pour ne pas tomber.

— Oncle Bertrand ?

22

— Oncle Bertrand ?

La volte-face esquissée par Lysiane fut brusquement interrompue par Bertrand qui l'avait saisie par le bras, la contraignant à s'immobiliser. Il la fit tourner et lui opposa un visage fermé aux mâchoires crispées. La fureur qu'elle lut dans ses yeux sombres lui donna la chair de poule. Soudain, il la repoussa avec une telle brusquerie qu'elle chuta sur une roche, et y resta assise, terrorisée.

— Mon oncle !

Sensible au changement de sa voix, à la façon dont elle avait dit « mon oncle », comme autrefois, Bertrand, frappé par une idée soudaine, la scruta attentivement.

— Ça y est, tu te rappelles...

La phrase resta en suspens tandis qu'il fixait toujours la jeune femme qui n'avait qu'une envie : courir se mettre hors de sa portée. Mais, rivée sur place par la terreur, elle ne put esquisser le moindre geste. Les images se pressaient en flots bouillonnants dans sa tête.

— Vous... avez tenté de me jeter en bas de... bredouilla-t-elle, le souffle court, incapable de terminer sa phrase.

Le voile du passé venait de se lever.

La tension qui serrait leur poitrine rendait l'atmosphère irrespirable. L'oncle ébaucha un sourire dénué de repentir.

— Comme je regrette d'avoir manqué mon coup !

La jeune femme frémit ; de courts sanglots lui échappèrent et elle se mit à trembler de tous ses membres.

— Que vous ai-je fait, mon oncle ? Par pitié, dites-moi si je vous ai, un jour, fait le moindre mal.

Que lui répondre ? Qu'elle était la seule survivante de ceux qui avaient constamment réduit ses efforts à néant, le symbole de ce qu'il haïssait, de ce qu'il aurait voulu anéantir à jamais. Et surtout, offense impardonnable, qu'elle le mettait en face de l'homme cruel, prêt à tout que, par sa faute, il était devenu.

— Laissez-moi partir, implora-t-elle.

Elle fit un effort sur elle-même pour essayer de fuir. Mais l'oncle ne l'entendait pas ainsi. Une lueur meurtrière dans le regard, il abattit sa main sur son épaule et la cloua sur place.

— Ne me touchez pas ! lança-t-elle dans un sursaut. Lâchez-moi immédiatement ou...

Un éclat effrayant étincela dans les yeux de Bertrand. La saisissant brutalement par les poignets, il l'obligea à se remettre debout, ce qu'elle fit en poussant un cri de douleur.

— Ou quoi ? proféra-t-il en amortissant les mots entre ses dents. Ou tu vas te plaindre à ton mari ?

— Oui, à mon mari, à ma tante votre femme et à... aux gendarmes !

— Imbécile ! Que vaut la parole d'une folle contre celle d'un citoyen honnête, au-dessus de tout soupçon ? Prends garde, si tu ne veux pas finir dans un asile d'aliénés !

Le ton de son oncle était si lourd de menaces que la jeune femme s'affola.

— Personne ne vous croira. Surtout quand on apprendra comment vous avez falsifié les documents nécessaires à mon mariage avec Rohan.

— Foutaises ! Tu racontes n'importe quoi.

— Mon... mon mari est au courant.

Un instant s'écoula avant qu'il ne se décide à rétorquer :

— Ton idiot de mari changera de point de vue lorsqu'il apprendra que tes prières et tes supplications ont eu raison de moi. A l'idée de laisser échapper un riche planteur, tu étais complètement hystérique. Alors, comment résister à tes arguments ?

— C'est faux !

Dans un sursaut de révolte, elle mordit la main qui la retenait prisonnière.

— Sale bête ! cria-t-il.

— Vous ne vous en tirerez pas comme ça. Le maire qui a procédé aux formalités de ce mariage saura en dénoncer l'imposture. J'étais votre pupille et mineure, souvenez-vous. Vous ne vous êtes pas opposé à la cérémonie, que je sache ! De plus, vous m'avez menacée de mort pour m'obliger à accepter.

Il la regarda fixement, méditant sur ces paroles, et porta machinalement sa main à la bouche comme pour atténuer la douleur de la morsure.

Son souffle suspendu, Lysiane guettait l'instant qui lui permettrait d'échapper à son tortionnaire.

— Tu ne peux rien prouver. Dommage pour toi, Lysiane, car je sens que, dans une crise de démence, ma pauvre nièce va se jeter dans la mer déchaînée... Hélas, trois fois hélas, moi qui étais si près d'elle, je n'ai rien pu empêcher...

— Non ! hurla la jeune femme terrorisée.

En se débattant, elle parvint à se glisser le long du mur. Mais son oncle la rejoignit d'un bond et, l'empoignant vigoureusement, il l'entraîna vers l'ouverture sur le vide.

Tout en tentant de se dégager de l'étreinte du fou qui la cramponnait férocement, elle hurla de toutes ses forces. Soudain, la soie de son corsage se déchira, mais l'oncle tint bon, accroché au bras de la jeune femme ; il exerçait des pressions furieuses pour la contraindre à ouvrir les doigts et à lâcher le rocher qu'elle agrippait de toutes ses forces.

Un à un, ses doigts glissèrent...

Mme Leroy cligna des yeux, une fois, deux fois avant de se redresser vivement.

— Pardonnez-moi de troubler votre repos, s'excusa Rohan, mais je cherche ma femme.

— Je ne dormais pas, je... réfléchissais, mentit-elle.

En fait, dans le calme du salon, elle était bien sur le point de s'endormir.

— Avez-vous vu, Lysiane ?

— Pas depuis le déjeuner. Et je doute fort qu'elle soit sortie par un temps aussi venteux. Mon mari pourrait éventuellement vous renseigner. Vous le trouverez dans la bibliothèque. Peut-être Lysiane y est-elle, elle aussi ?

Connaissant l'aversion de Lysiane pour son oncle, Rohan en doutait fort.

— Voulez-vous que je vous y conduise ? Par la même occasion, je vais demander à mon mari de vous emmener visiter les souterrains. Saviez-vous que la maison a été construite sur un repaire de contrebandiers ?

Chemin faisant, elle lui donna des précisions sur les grottes dans lesquelles les contrebandiers entreposaient leurs marchandises. Elle narra comment les canots y accédaient à marée haute par une passe étroite entre deux hauts récifs. Elle en était à la façon dont elle s'y était prise pour retrouver ces vestiges et leur histoire, lorsqu'elle s'arrêta brusquement devant une porte entrebâillée.

— Je m'en doutais ! s'exclama-t-elle. Vous voyez le mur du fond, les panneaux du passage secret sont ouverts. Si cela vous chante, il ne tient qu'à vous d'aller rejoindre mon mari. Je parierais que Lysiane est avec lui.

L'espace d'une seconde, Rohan hésita. Une visite des souterrains s'imposait-elle alors qu'il était à la recherche de Lysiane ? Laquelle n'était pas femme à se lancer tête baissée dans les découvertes. Surtout en compagnie d'un parent dont elle n'appréciait guère la présence. Cependant, si par lubie elle était en bas... Avait-il réellement le choix ? Non.

— Je vais vous donner une lanterne, monsieur Beauclerc.

— M'accompagnerez-vous, madame ?

— N… non. Les souterrains n'ont plus beaucoup d'attraits pour moi depuis…

Baissant le ton comme si elle s'apprêtait à livrer un secret, elle expliqua :

— … la dernière fois que je l'ai emprunté, j'ai fait une chute et me suis brisé le poignet. A présent, je me garde bien d'y mettre les pieds.

Il s'appuya des deux mains aux panneaux grands ouverts et son regard plongea dans les ténèbres en contrebas. Prédisposé à la claustrophobie, Rohan évitait les endroits fermés. Néanmoins, désireux de ne pas perdre la face, il pivota vers son hôtesse en s'efforçant d'arborer un air satisfait, comme si s'engager dans cet escalier obscur était l'un de ses vœux les plus chers.

— J'y vais, annonça-t-il fermement en posant le pied sur la première marche.

Sa résolution perdit de sa vigueur au fur et à mesure que s'allongeait l'escalier chichement éclairé par la lanterne qu'il tenait à la main.

Enfin, il déboucha dans une salle taillée dans le roc. Là, il hésita devant deux galeries, esquissa un mouvement vers celle de droite avant de se raviser pour s'engouffrer d'un pas résolu dans la galerie de gauche.

Impressionné par le profond silence, il appelait à intervalles réguliers : « Lysiane ? »

L'odeur iodée de la mer était nettement perceptible. Le sol inégal remonta sur quelques mètres avant de s'incliner en pente raide avec de brusques virages. Puis, tout aussi brutalement, la déclivité fit place à une surface plate.

En proie à une sensation d'étouffement, Rohan, d'une main, tira sur le col de sa veste et de l'autre balaya le sol et le plafond de sa lampe avant de s'engager plus profondément dans l'obscurité. Soudain, le bruit assourdi des vagues lui parvint. La galerie fit un coude court sur la gauche et un autre plus long sur la droite, et la clarté jaillit d'un amas de rochers qui, bien qu'occultant la vue sur la mer, laissait filtrer un peu de lumière entre les blocs accumulés là depuis la nuit des temps. Rohan eut beau pousser de toutes ses forces, il ne réussit qu'à se meurtrir l'épaule. Autant accepter l'évidence : pas d'issue de ce côté-ci. Seule solution possible, retourner sur ses pas et explorer la galerie de droite. Déjà il faisait demi-tour, lorsqu'il lui sembla percevoir des éclats de voix.

La lanterne tenue à bout de bras éclaira une fissure étroite entre les rochers d'où lui parvenait la voix étouffée de l'oncle Bertrand recouverte par intermittence par le mugissement des vagues s'écrasant contre la falaise.

« Parole d'une pauvre folle... soupçon... Prends garde... aliénés... » Suivi chaque fois d'un bourdonnement de voix inaudible.

« Sale bête ! » La vocifération claqua tel un aboiement, puis fut couverte par le bruit des flots déferlant. Un cri perçant, celui d'une femme terrifiée, retentit :

« Non ! »

La poitrine comprimée comme dans un corset de fer, Rohan eut soudain la sensation d'étouffer.

— Lysiane ! hurla-t-il. Lysiane !

Le mugissement de la mer déchaînée couvrit son appel.

— Lysiane !

S'efforçant de s'accrocher à chaque saillie de la muraille, il se mit à sauter bruyamment avec l'espoir insensé d'être entendu dans la galerie voisine.

Jusqu'au moment où l'inutilité de ses efforts lui apparut clairement.

Faisant volte-face, il reparcourut à toute vitesse le chemin, dont chaque bosse, chaque trou avait été minutieusement évité à l'aller. Dix fois, il trébucha, dérapa et tomba sur les genoux. Dix fois, il se remit debout et poursuivit sa route, essoufflé, vacillant, agité de tremblements nerveux. « Lysiane ! » Le prénom hurlé fouettait sa volonté. Plus vite ! Plus vite ! Il aspirait avidement de grandes goulées d'air et repartait de plus belle pour chuter une nouvelle fois deux mètres plus loin.

A l'endroit où la montée s'accentuait, dans la portion du souterrain aboutissant à la salle et, de là, à la galerie parallèle, Rohan dut s'agripper à toutes les aspérités à portée de main. Tant pour ne pas perdre l'équilibre que pour ne pas ralentir sa course.

Enfin, il parvint à la galerie de droite et s'y engagea en hurlant :

— Lysiane ?

Aucune réponse.

— Lysiane !

Rien, toujours rien.

Le sol se dérobait ! Lysiane tomba lourdement, entraînant son agresseur dans sa chute. Des hurlements lui échappaient, couverts par le fracas assourdissant des vagues déferlant sur les rochers. Le visage crispé par l'effort, l'oncle la poussait des pieds et des mains vers l'ouverture encadrée par deux saillies rocheuses. Allongée sur le dos, la tête hors de la grotte, elle apercevait le sommet de la falaise quelque dix mètres plus haut. Le souffle lui manquait. Son corps était parcouru de frissons violents, la panique nouait sa gorge. Les poumons en feu, elle étouffait.

Lysiane l'avait supplié de ne pas aller chez les Leroy. Que ne l'avait-il écoutée ! Dorénavant, il tiendrait compte de ses prémonitions — Dieu fasse qu'il y ait une prochaine fois ! —, il ne la quitterait plus une seconde. Plus jamais, jamais.

Rohan ferma un instant les yeux et lutta de toutes ses forces pour ne pas hurler sa peur de perdre la femme qu'il aimait.

Le dernier tournant passé, l'obscurité fit place à la lumière. Et là... tout au bout de la galerie... au bord du vide, deux silhouettes luttaient.

— Lysiane ! s'époumona-t-il en courant sur le sol inégal. Tiens bon !

Ses cris étaient vains. Nul ne pouvait les entendre dans le tumulte du vent et des flots déchaînés. L'homme d'action qu'il était reprit le dessus.

Les épaules dans le vide, Lysiane apercevait en contrebas les rochers noyés d'écume et la mer en furie. Elle résistait avec l'énergie du désespoir, mais l'instant arriverait où, à bout de force, elle basculerait dans le gouffre hérissé de pointes rocheuses et s'y fracasserait.

Soudain, elle entendit l'exclamation furieuse de Rohan qui, déboulant comme une avalanche, se jeta sur le forcené dont le visage convulsé faisait peur à voir. Il lui fit lâcher prise et libéra Lysiane de l'horrible étreinte. Agrippés l'un à l'autre, les deux hommes roulèrent sur le sol en échangeant des coups. Rapidement, Rohan eut le dessus. Il se releva, redressa brutalement son adversaire et, de toute la force de sa rage, lui envoya son poing en pleine figure. Puis, pour l'empêcher de tomber, il appuya son avant-bras sur la gorge de Bertrand, l'acculant violemment contre la muraille, et lui lança un grand coup de genou dans le ventre, ce qui lui arracha un grognement de douleur.

Le souffle court, la vision brouillée, Lysiane se sentait incapable de penser. La scène qui se déroulait sous ses yeux lui était incompréhensible. Rohan l'avait retrouvée et elle était toujours en vie, c'est tout ce qu'elle comprenait. Cédant à l'angoisse du cauchemar qu'elle venait de vivre, elle se laissa glisser le long du mur et resta prostrée sur le sol, sans bouger un cil.

Son visage touchant celui de son adversaire, Rohan articula d'une voix haletante :

— Vous tentiez de jeter ma femme dans le vide, ignoble monstre... Je vais vous tuer.

Puis, il relâcha lentement son étreinte.

L'oncle s'affaissa sur le côté, ses forces l'abandonnèrent et il lui sembla que son cœur éclatait dans sa poitrine. Il balbutia quelques mots inaudibles et sentit les ténèbres se refermer sur lui.

Rohan aida Lysiane à se remettre sur pied puis il la serra farouchement entre ses bras. Exténuée, elle nicha son visage au creux de l'épaule de son sauveur. Haletant, il posa doucement sa joue sur les cheveux emmêlés de sa chère femme, miraculeusement retrouvée saine et sauve.

Tremblants d'épuisement, ils restèrent un long moment serrés l'un contre l'autre. A bout d'horreurs, Lysiane ne sentait plus rien. Peu à peu, la tension provoquée par la peur se relâcha, une douce tiédeur détendit ses membres crispés et ses crises de tremblements s'espacèrent. Avec d'infinies précautions, Rohan lui releva la tête. Sous les taches de terre qui maculaient ses joues, la peau de la jeune femme était presque translucide et ses lèvres exsangues ; des cernes mauves ombraient ses yeux qui paraissaient immenses dans son visage livide.

Elle le regardait fixement, incapable de prononcer un mot, de détacher son regard du visage de son mari, y guettant une expression, une lueur. Lorsqu'elle vit des larmes briller dans ses yeux, elle éclata en sanglots.

— C'est fini, ma chérie. Je ne laisserai jamais plus personne te faire du mal, chuchota Rohan en l'étreignant de toute la force de son émotion.

Il effleura d'un doigt tendre les joues de la jeune femme, respira son visage et le couvrit de baisers comme pour en prendre possession.

— Lysiane?

Prononcé par la voix de Rohan, rauque d'avoir tant crié, son prénom la fit frissonner.

Ce fut comme si une porte s'ouvrait à elle, d'où des mots hachés, des phrases surgirent brusquement en un flot désordonné. Aux souvenirs récents se mêlaient les souvenirs anciens. Son oncle, expliqua-t-elle d'une voix hachée, avait déjà tenté de la jeter au bas de la falaise dans cette même grotte.

Alors qu'il la tenait dans ses bras, l'écoutant déverser ce qu'elle avait sur le cœur, Rohan réalisa soudain que la jeune femme avait recouvré la mémoire. Trouverait-il les mots pour exprimer l'amour qui le submergeait à présent pour sa chère épouse, celle qui était entrée dans son âme pour y rester à jamais?

— Tu te sens mieux, chérie? s'enquit-il tendrement lorsque, à bout de souffle, elle cessa de parler.

Lentement, elle acquiesça d'un signe. Sans relâcher son étreinte, il jeta un regard à la forme inerte étendue sur le sol, à deux pas de là.

— Il ne bouge plus, constata-t-il.

Ignorant la protestation étouffée de Lysiane, il prit sa main et l'entraîna vers le corps.

— Juste une vérification. Ne regarde pas, mon amour.

— Prends garde qu'il ne s'agisse d'un de ses tours, avertit Lysiane tandis que Rohan se penchait sur l'oncle Bertrand.

— Il ne fera jamais plus de mal à personne ; il est mort, annonça-t-il en se relevant.

— Je n'arrive pas à y croire, murmura Lysiane d'une voix blanche. Mon oncle avait déjà eu une attaque, avant qu'il ne m'oblige à t'épouser. Il devait ménager son cœur. Malgré la menace d'une crise cardiaque, il n'a pas pu s'empêcher de perpétrer un mauvais coup. Je crois que la hantise d'abandonner une partie de ses biens lui a fait perdre la tête.

D'une main compatissante, Rohan pressa l'épaule de sa femme avant de passer un bras protecteur autour de sa taille.

S'aidant mutuellement, ils s'entraînèrent l'un l'autre loin de la grotte maudite qu'ils avaient hâte de quitter.

Le pied sur la dernière marche, juste avant de pénétrer dans la bibliothèque, Lysiane se fit implorante.

— S'il te plaît, Rohan, ne pourrait-on déclarer que mon oncle a succombé à une attaque cardiaque sans entrer dans les détails ? Ma pauvre tante ignorait l'avidité de son mari. Elle sera suffisamment éprouvée par sa mort sans avoir à y ajouter la liste de ses méfaits.

Rohan marqua un temps d'arrêt. Malgré les circonstances dramatiques auxquelles Lysiane venait d'échapper, elle pensait, comme toujours, d'abord aux autres.

— D'accord. Nous raconterons que cette balade dans les galeries a beaucoup fatigué M. Leroy, qu'il s'est brusquement affaissé et que nous avons vainement tenté de le ranimer. Laisse-moi parler. Tu en as suffisamment supporté pour aujourd'hui.

— Merci, chuchota Lysiane d'une voix fatiguée.

Au milieu de la consternation causée par la disparition brutale du maître de maison, il n'y eut personne pour s'étonner de l'épuisement du jeune couple, pas plus que des ecchymoses qui ornaient le visage de la nièce du défunt. Après avoir réconforté sa tante dans sa terrible épreuve, Lysiane se retira dans sa chambre. Bouleversée tant par l'agression perpétrée par son oncle et par sa mort que par sa mémoire miraculeusement recouvrée, la jeune femme ne tarda pas à s'endormir comme une masse.

La voix de Rohan la fit sursauter.

— Lysiane ? Il faut enlever tes vêtements et te glisser entre les draps.

Bien trop lasse pour répondre, elle se retourna de l'autre côté.

Avec un grand soupir, Rohan s'assit près d'elle et l'aida à se redresser.

— Je vais te déshabiller.

Lorsque la robe fut tombée, il tint sa jolie femme serrée contre lui, le temps d'attraper la chemise de nuit posée sur la table. Lysiane sentit la douceur de la soie glisser sur elle avant de s'enfoncer profondément dans le sommeil. Elle n'entendit pas Rohan murmurer dans son cou : « Je t'aime, mon amour… je t'aime. »

Il était prêt à le lui répéter dès qu'elle ouvrirait les yeux, au risque d'être, encore une fois, repoussé au profit de Denis.

Le visage tendu, il la contempla longuement. Aucune femme ne l'avait ému à ce point, songeait-il, désemparé. Et des femmes, il en avait connu. Mais aucune n'avait vraiment compté pour lui.

Avec Lysiane, c'était différent. Au début de leur mariage, il la croyait coupable d'imposture et lui prêtait une sécheresse de cœur que la pauvre petite aurait été bien en peine d'assumer. L'âme de

Lysiane était claire comme le jour. Chacun de ses actes témoignait de sa générosité. Et, si l'oncle Bertrand était sorti vivant de cette aventure, nul doute qu'avec son incurable bonté Lysiane lui aurait pardonné.

Face à son épouse, Rohan se sentait vulnérable. Tout au long de leur voyage, il avait eu le loisir d'analyser ses sentiments et de les accepter. Le jeune imbécile qui idolâtrait une femme intransigeante, imbue d'elle-même et de sa beauté, n'existait plus. Par sa fragilité, Lysiane l'avait contraint à s'affirmer en homme responsable. Maintenant, plus il essayait de se délivrer de l'attachement qu'il éprouvait pour elle, plus celui-ci prenait de l'ampleur. Enchaîné par son amour, il rêvait d'un avenir commun. Dire que, par le passé, cette perspective l'avait rebuté au possible ! Désormais, il voulait être aimé de Lysiane, passer le reste de sa vie avec elle et avoir d'elle des enfants conçus dans l'ivresse d'une passion partagée.

Qu'en était-il des sentiments de Lysiane ? Elle semblait si fort éprise de Denis !

Lié par la parole donnée, il devait ramener la jeune femme à Port-Louis. Cette pensée le mit au bord du désespoir. Toutefois, il eut la sagesse de s'interroger sur ce qu'attendait Lysiane d'un retour à Girasol. Pourquoi retournerait-elle vivre dans une maison où son mari n'avait jamais daigné lui prêter attention ?

Sauf la fameuse nuit de la tempête.

Des larmes embuèrent ses yeux lorsqu'il se rappela que, même là, alors qu'il avait le bonheur de tenir Lysiane dans ses bras, alors qu'elle venait de lui offrir ce qu'une femme ne peut donner qu'une fois dans sa vie… il avait irrémédiablement gâché cet instant-là.

L'implorer de lui accorder l'aumône d'une

seconde chance ? Et si elle le repoussait ? Il craignait de ne pas pouvoir s'y résigner, de se comporter en quémandeur, en lâche. Supporterait-il que Lysiane soit témoin de sa faiblesse ?

On frappa doucement à la porte ; un domestique venait rappeler à Rohan sa promesse d'assister à la veillée mortuaire. En accord avec Lysiane, il avait accepté de tenir compagnie à Mme Leroy jusqu'à l'arrivée de ses enfants.

Un tendre regard vers Lysiane profondément endormie et il rejoignit les domestiques rassemblés autour de leur maîtresse, dans le salon où reposait M. Leroy.

Le lendemain et les jours suivants allaient être consacrés à la famille et aux funérailles. Les explications entre Lysiane et lui devraient être reportées. Pas annulées, hélas. Autant s'armer de patience et de courage. Et prier Dieu que la jeune femme trouve en elle la force de lui pardonner.

Lorsque Rohan entra dans la chambre, très fatigué par sa nuit de veille, Lysiane se hâta de détourner les yeux en découvrant la tristesse qu'affichaient ses traits défaits.

— La nuit a dû être très pénible pour ma tante.

Elle énonça cette évidence dans l'unique but de remplir un silence tendu.

— Pénible et fatigante pour tous, reconnut-il. A présent, il nous faut discuter, Lysiane. Je sais que la mémoire t'est revenue...

Pas maintenant, pas déjà ! Un mot en amenant un autre, la conversation les entraînerait inévitablement vers un dénouement propre à anéantir son avenir.

Redoutant ce qu'il allait dire, elle s'empressa de prendre les devants.

— Plus tard ! Après les obsèques de mon oncle. Pour l'instant, ma tante a sûrement besoin de moi.

— Si telle est ta décision... céda Rohan avec un sourire las.

D'un geste machinal, il se massa la nuque, comme si ses muscles le faisaient souffrir. Sous son calme apparent, il était aussi nerveux qu'elle.

— Une discussion s'impose. Nous ne pourrons la repousser éternellement. Tôt ou tard, il faudra se résoudre à...

— Ce n'est pas le moment ! coupa-t-elle. Pas avec mon oncle sur son lit de mort.

Elle avait conscience de l'aberration du prétexte mais c'est tout ce qu'elle put trouver pour l'empêcher de prononcer le nom de Solange. Si jamais Rohan faisait allusion à cette vipère... ses nerfs à vif n'y résisteraient pas.

— Mes souvenirs sont toujours confus, biaisa-t-elle. Il m'est encore difficile de les mettre en ordre. Est-ce trop te demander que de m'accorder un peu de temps pour y parvenir ?

La mâchoire de Rohan se crispa, mais il se contenta de déclarer d'une voix tendue :

— Si c'est ce que tu veux... Je comprends qu'il n'est facile ni pour toi ni pour moi de réveiller le passé et son cortège de souvenirs pénibles, tels que le naufrage...

De cela, elle voulait bien parler, puisqu'il ne concernait pas leur avenir. Elle narra donc volontiers le peu qu'elle se rappelait : le rafiot et son équipage pressé de quitter la Réunion pour se mettre à l'abri de l'ouragan à l'île Maurice. Puis, dans la nuit sombre, le réveil, l'effrayante tempête et le trou noir.

— Mon pauvre Poppy... Que lui est-il arrivé ? soupira-t-elle avant de fondre en larmes.

Pour essayer d'atténuer sa peine, Rohan prétendit que le bichon était certainement mort sans réaliser ce qui lui était arrivé. Ce qui, en soit, n'était pas une grande consolation. Mais que trouver d'autre à dire pour la réconforter ?

Tout au long des jours précédant les funérailles de son oncle, Lysiane surprit le regard de Rohan constamment fixé sur elle. A plusieurs reprises, elle eut l'impression qu'il s'apprêtait à aborder l'évolution de leur situation. Elle avait si peur d'entendre les mots qui les sépareraient définitivement, qu'elle neutralisait toute tentative de discussion. Plus tard, elle serait assez forte. Plus tard, elle serait en état d'admettre que après s'être laissé prendre au piège de ses sentiments, elle s'était donnée à son mari avec l'espoir insensé qu'il puisse parvenir à l'aimer.

Pour l'heure, elle refusait d'entendre Rohan lui rappeler les conditions de ce mariage arrangé par le vieil escroc qui reposait dans le salon mortuaire ; et de lui assener que ce qui était pour elle un moment de merveilleux bonheur n'avait été pour lui qu'un élan sensuel dédié à la Belle Escrebieuse, la seule femme qui comptait vraiment dans sa vie.

Les funérailles de Bertrand Leroy furent célébrées en grande pompe à Notre-Dame de la Treille, cathédrale de Lille, où la famille réunie accompagna avec une grande dignité le doyen de la branche aînée des Leroy.

L'après-midi, tous se retrouvèrent au grand complet à l'étude de Me Bisiaux, notaire de la famille. Lequel révéla à l'assemblée ébahie qu'une part de l'héritage, assortie des intérêts courants depuis le décès d'Arthur Leroy son grand-père, revenait à Lysiane Leroy épouse Beauclerc. En son temps, les biens avaient été partagés en trois parties égales dont une revenait à la petite-fille du testateur, ci-dessus mentionnée.

Le chahut provoqué par la nouvelle fut apaisé par le notaire qui attesta, document à l'appui, qu'après le décès de Régis, fils cadet d'Arthur Leroy, Bertrand avait été nommé tuteur de Lysiane Leroy sa nièce, et administrateur de ses biens jusqu'à son mariage. Ou, à défaut, jusqu'au jour de son vingt-cinquième anniversaire. Avec l'air condescendant qu'affectent volontiers les notaires dans l'exercice de leurs fonctions, Me Bisiaux souligna le fait que cette clause testamentaire était des plus classiques. Certes, le tuteur aurait dû signaler en son temps le mariage de sa pupille et se démettre de sa charge d'administrateur au profit du mari de celle-ci. Malgré ce regrettable oubli, Bertrand Leroy avait parfaitement géré les biens de sa nièce.

Ce satisfecit accordé, les enfants de Bertrand mirent leurs gémissements en veilleuse et cessèrent de crier au scandale. Toutefois, ils se renfrognèrent et lancèrent aux Beauclerc des regards aussi coupants que des scalpels lorsque Rohan stipula que, en tant que mari et porte-parole de son épouse, il entendait que la succession soit apurée et les biens de Lysiane remis à sa légitime propriétaire au plus tôt, sous peine de poursuites judiciaires. Sans préjudice du remboursement du prêt accordé par les Beauclerc père et fils, payable à expiration, intérêts et principal sans ajournement ni retard.

Dès que Lysiane eut signé les documents afférents à cet héritage inespéré pour elle, Rohan l'emmena sans attendre la fin de la réunion et sans saluer personne, hormis Mme Leroy.

23

Ils prirent le train pour Paris en début de soirée. Là encore, Lysiane put esquiver la discussion cruciale grâce aux voyageurs qui partageaient leur compartiment. Comme s'il avait saisi la raison du léger soupir émis par son épouse, Rohan murmura à son oreille :

— Nous parlerons, Lysiane, ce n'est que partie remise et tu le sais.

Evidemment ! Comment oublier qu'elle ne pourrait repousser indéfiniment le temps des explications en prétendant que l'instant était mal choisi ?

Finalement, la conversation à la fois redoutée et attendue se déroula après dîner.

Sous le fallacieux prétexte de vérifier que la chambre de Lysiane offrait tout le confort qu'on est en droit d'attendre d'un grand hôtel, Rohan s'installa sur une bergère, étendit ses longues jambes devant lui et débuta par une information d'apparence anodine.

— Je vais télégraphier à la compagnie maritime pour réserver deux places sur le prochain bateau. Où as-tu l'intention d'aller ? Directement à Port-Louis ou à Girasol ? questionna-t-il comme si cette question n'était pas, en fait, le fond du problème.

Le silence qui s'ensuivit se prolongea si longtemps que Rohan commençait à se sentir mal à l'aise.

— Lysiane… je t'en prie, murmura-t-il.

Tentée, l'espace d'un instant, de feindre une soudaine perte de mémoire, la jeune femme finit néanmoins par esquisser un sourire timide. Intuitivement, elle sentait l'angoisse de Rohan comparable à la sienne, en intensité.

L'heure n'était plus à la dérobade.

— Je vais rentrer à Girasol...

Un éclair fulgurant brilla dans les yeux gris.

— ... quelques jours...

La lueur s'éteignit et un tic nerveux agita la mâchoire crispée de Rohan, tandis qu'elle ajoutait :

— ... le temps de rassembler mes affaires.

Quelle drôle d'impression que de parler normalement alors que son cœur menaçait d'éclater !

— Et ensuite ? Tu retourneras à Port-Louis ?

— Eh bien, je... oui, certainement.

— Nous devons en discuter.

— Tout a été dit.

— Tout reste à dire, au contraire. Je me suis mal conduit avec toi et...

— De grâce, Rohan, coupa-t-elle d'une voix forte pour couvrir la sienne. Tu ne m'as jamais menti, même lorsque la vérité était blessante. Alors, ne commence pas aujourd'hui.

— Il faut pourtant que je...

— As-tu un jour prétendu que tu tenais à moi ? Jamais ! En revanche, tu ne t'es pas gêné pour proclamer sur tous les tons que les chaînes conjugales te pesaient...

— Je le reconnais mais...

— J'ai toujours su que nous divorcerions. J'ai fini par l'accepter et les formalités seront effectuées dès notre retour à Girasol. Ensuite, je partirai.

— Pauvre Lysiane, rien ne s'est déroulé comme tu étais en droit de l'espérer.

— Ce n'est pas tout à fait ta faute, lui accorda-t-elle. Mais reconnais que ce n'est pas la mienne non plus. Cela a commencé en France. Un jour, je me suis réjouie de partir en vacances chez mon oncle, le lendemain il menaçait de me tuer si je n'épousais pas l'homme de son choix. Et à peine cet homme m'aperçoit-il qu'il me traite d'usurpatrice et hurle à l'imposture.

— Je regrette. Si tu savais... j'aurais tant voulu !

— Bien sûr ! poursuivit Lysiane sans l'écouter, le problème est que tu voulais l'impossible : épouser celle qui, pour toi, était la seule femme digne d'être la maîtresse de Girasol, de porter ton nom, et d'élever tes enfants. Eh bien, sois heureux, Rohan Beauclerc, je te libère. Tu peux retourner près de celle que tu aimes.

— Lysiane ! Vas-tu m'écouter, à la fin ?

La riposte fut reçue sans l'ombre d'une émotion. Bien au contraire, la jeune femme insista avec une sorte de violence désespérée.

— Peux-tu honnêtement affirmer que tu ne regrettes pas le quiproquo survenu le soir de la tempête ?

— Ah, oui, je le regrette ! Tu ne peux savoir à quel point ! répondit Rohan en hurlant si fort que tous deux en restèrent cloués sur place, tels des adversaires en plein affrontement.

Avoir vu juste n'apaisa pas la peine de Lysiane et n'atténua pas son désespoir d'entendre Rohan convenir de son erreur.

Mais lui secoua la tête, comme pour chasser un souvenir dérangeant, avant de reprendre avec emportement :

— La plus grande erreur de ma vie a été de m'amouracher de Mme Escrebieux ! Sa beauté affolait tous les malheureux qui l'approchaient de trop près. Mon engouement se serait vite éteint si elle n'avait jeté son dévolu sur moi. Extrêmement flatté qu'une telle déesse s'intéresse à sa personne, le jeune idiot que j'étais a perdu la tête et le sens commun. « La Belle Escrebieuse en pince pour toi », me répétaient mes amis jaloux. Ce qui renforçait mon sentiment de supériorité. Fier comme un coq, je flottais sur un nuage. On confond facilement amour et vanité lorsqu'une réputation de séducteur est en jeu.

Le souffle court, Lysiane n'arrivait pas à assimiler le sens des mots prononcés par Rohan. La crainte d'être le jouet d'un rêve la faisait trembler.

— Naturellement, quand mon père a formulé cette idée d'un mariage de convenance, j'ai cru sincèrement que le désespoir minait ma belle amie.

— Le désespoir? s'exclama Lysiane, la voix soudain revenue au rappel de cette hyène d'Escrebieuse. Ah, c'est bien d'un amant de se leurrer ainsi!

— Solange n'a jamais été ma maîtresse.

Et voilà! Il n'avait pu se retenir de citer le nom honni. Le visage de Lysiane se ferma.

— Un beau mensonge pour préserver la réputation de «la femme de ta vie»!

— Sur ma part de paradis, c'est la vérité, je le jure.

La moue incrédule de Lysiane l'incita à rectifier.

— En vérité, le mérite en revient à Solange.

Fidélité, décence, honnêteté, vertu, il cita en vrac les mots de la belle Solange destinés à freiner ses impétuosités de jeune mâle.

Il se remémora le pauvre amoureux ébloui. Certain que la beauté d'une femme provocante allait de pair avec une sensualité débridée. Il avait tout gobé; l'appât, l'hameçon et la ligne. Les réserves émises par sa belle amie l'avaient promptement ramené à la raison, suscitant en lui une intense frustration. Sans le savoir-faire des charitables pensionnaires du *Bougainvillier*, sans leur compréhensive — et vénale — compassion, il n'aurait jamais tenu le coup. Au reste, ses yeux se seraient plus vite dessillés s'il avait compris plus tôt que, toute belle qu'elle était, Solange était un vrai glaçon. D'ailleurs, à part les premiers temps où il s'était comporté en jeune chien fou, Solange ne l'avait jamais sexuellement attiré. Normalement, il aurait dû la désirer, mais... ce n'était pas le cas. Il se morigénait en constatant que les filles des maisons galantes l'inspiraient physiquement bien plus que la femme aimée et il se demandait alors si une malédiction n'avait pas fait de lui un client à vie de Mme Nelly, maîtresse en titre du *Bougainvillier*.

Pour quelles obscures raisons avait-il repoussé Lysiane de toutes ses forces ? Etait-ce parce qu'il se reprochait l'attirance qu'il éprouvait pour elle ?

Le moindre de ses frôlements le mettait au supplice, alors que Solange le laissait de glace. N'y avait-il pas là de quoi perdre le nord ?

Le soir de la tempête, lorsque, l'esprit engourdi par l'alcool, il avait senti une présence féminine dans son lit, il s'était alors dit que — la malédiction abolie — désormais rien ne l'empêcherait plus d'honorer sa belle.

Quand il avait réalisé sa méprise...

Ses pensées moroses s'achevèrent sur un lourd soupir qui en disait long sur le prix payé pour cette bévue.

— Lysiane, écoute bien, car je ne crois pas être capable de te le demander une nouvelle fois. Es-tu amoureuse de Denis ?

C'était plus un appel pathétique qu'une vraie question.

Que répondre ? Si elle acceptait d'être honnête, peut-être le serait-il également ?

— Je l'aimerai toujours. Il a été très bon pour moi.

Nullement enclin à accepter le fait que sa femme soit amoureuse de ce blanc-bec de Castelain, Rohan ajouta plus doucement :

— Je ne vois pas pourquoi...

— J'y arrive, l'interrompit-elle. Un matin, je me suis réveillée, je n'étais plus personne. Et puis, tante Suzie m'a prise sous son aile. Ensuite Denis est entré dans ma vie. Toujours aux petits soins, toujours présent. Pour notre entourage, j'étais la fiancée de Denis Castelain, et lorsqu'il me donnerait son nom, je ne serais plus une pauvre fille privée d'identité, trouvée inconsciente sur une plage.

— Je ne vois toujours pas...

— Laisse-moi éclairer ta lanterne; sans même me connaître, Denis m'a accueillie à bras ouverts, alors que toi, tu n'as vu en moi que l'exécutrice des basses œuvres de mon oncle sans chercher à savoir qui j'étais.

— Je te l'accorde volontiers, tenta de placer Rohan.

— En outre, non content de fouler aux pieds ce qui pour moi avait de la valeur, tu m'as exclue de ton existence. Denis, lui, m'offrait l'espoir d'une vie heureuse avec un homme loyal qui me témoignerait de l'affection...

Elle baissa la tête pour dérober son visage à Rohan qui l'observait intensément, les sourcils froncés.

— ... J'en suis encore à m'interroger sur les mobiles qui t'ont conduit à Maurice, poursuivit-elle sans oser le regarder. Retrouver une femme qui t'était indifférente ? J'en doute !

Elle frémit lorsque Rohan, d'un doigt sous son menton, la contraignit à lever les yeux. Vagues, assombris par l'émotion, ils traduisaient une douleur trop semblable à la sienne pour qu'il ne puisse la reconnaître.

— Je t'ai causé tant de peine, murmura-t-il.

Scrutant les traits de son visage, la jeune femme n'y lut que désespoir et contrition.

— Lysiane. Oh, Lysiane ! Tu ne m'as jamais laissé

indifférent. Bien au contraire. Tu me surprenais constamment. Chaque matin je me demandais : « Que va-t-elle inventer aujourd'hui ? »

— Ne prétends pas que tu t'intéressais à moi.

— Comment faire autrement ? Tu ne savais qu'imaginer pour te faire apprécier de ceux qui te côtoyaient. Aller courageusement aux Moques-en-Tôle pour recueillir un nouveau-né... l'aimer, le protéger... faire la classe aux enfants défavorisés... sauver la vie d'une vieille nounou...

Les lèvres de la jeune femme tremblèrent ; elle tenta de lutter contre l'émotion qui menaçait de l'envahir.

— L'adorable Finette me rappelait tellement ma chère grand-mère ! balbutia-t-elle d'une voix fêlée.

— Ta générosité me fascinait, ainsi que la tendresse que tu portais à tous ceux que tu aimais. Longtemps je me suis cru jaloux de la sympathie dont ils t'entouraient. Jusqu'au jour où je me suis aperçu que leur amitié à ton égard n'était pas en cause, mais plutôt l'affection que tu leur offrais. Tous bénéficiaient de ton amabilité, de ta douceur. Une seule personne en était exclue : moi.

Marquant une brève pause, Rohan ajouta sur le ton désabusé qui lui était désormais familier :

— Et qu'ai-je fait pour changer cela ? Rien !

Des larmes embuèrent les yeux de Lysiane quand elle vit l'expression douloureuse de Rohan.

— J'aurais dû remercier Dieu de t'avoir trouvée dans mon lit, là où était ta vraie place...

La phrase restée en suspens prouvait mieux qu'un long discours l'étendue de sa peine.

Etait-ce vraiment Rohan qui parlait ainsi ? Elle s'écarta de lui, ses yeux reflétant un mélange d'incertitude et d'espoir. Il fallait qu'elle sache.

— Solange Escrebieux ? interrogea-t-elle en une

ultime défense contre l'allégresse qui était sur le point de la submerger.

Rohan poussa un long soupir et plongea son regard au fond du sien.

— Que ce soit bien clair entre nous et une fois pour toutes! Solange était l'incarnation des fantasmes de tous les jeunes gens de Ste-Suzanne. J'ai été plus bête et naïf que les autres et plus longtemps, voilà tout. En vérité, Solange n'a jamais accordé ses faveurs, ni à moi ni aux autres.

Toutes les obsessions qui hantaient la jeune femme s'évanouirent soudain. Elle balbutia d'une voix brisée:

— N'en parlons plus. Explique-moi plutôt pourquoi tu étais si distant. Même pendant notre long voyage, tu n'as jamais baissé ta garde un seul instant.

Il répondit d'une voix si troublée qu'elle eut peine à la reconnaître.

— Baisser ma garde? Te révéler combien ton indifférence me faisait souffrir? Te dévoiler la profondeur de mon désespoir à l'idée de t'avoir perdue? T'avouer que la jalousie me rongeait lorsque je te surprenais à penser à un autre? Te confier que l'envie de te prendre dans mes bras était parfois si intense que j'avais l'impression de mourir à petit feu?

Comme Lysiane écarquillait des yeux stupéfaits, il poursuivit:

— Tu es, depuis notre départ, l'objet de mes tourments, celle qui m'obsède et m'empêche de trouver le sommeil.

Eperdue, la jeune femme vacilla. Le monde tournait autour d'elle. Si ce n'était qu'un rêve, aurait-elle la force d'affronter une nouvelle désillusion? Après autant d'épreuves, sa capacité de résistance était épuisée.

— Je ne veux pas...

Rohan l'interrompit :

— De quoi ne veux-tu pas ? De mon amour ? Que tu le veuilles ou non, tu l'as, avec ma tendresse, mon désir, ma jalousie...

Brusquement, sa voix s'enroua.

— ... tous ces sentiments, je te les offre, car toi seule as su les susciter. Je ne te demande rien, hormis ton pardon.

Son pardon ! Il était pardonné depuis si longtemps que les mots manquèrent pour le lui dire.

Il perçut son trouble et s'enquit à mi-voix :

— Qu'y a-t-il, Lysiane ? Est-ce que je t'embarrasse en avouant ce que j'éprouve ?

— Ces sentiments, je les connais, avoua-t-elle dans un souffle. Souffrance, jalousie, je les ressens très fort moi aussi. De même que la crainte de te perdre. Et l'envie d'abattre les barrières qui nous séparent.

A mesure qu'elle s'exprimait, Rohan reprenait vie. Déjà elle était dans ses bras et il l'étreignait éperdument.

— Lysiane, je t'aime tellement. Si je t'avais perdue... murmura-t-il tandis que sa bouche errait sur le visage de la jeune femme avec une faim avide qui ne lui laissait plus le loisir de penser.

Elle retrouvait enfin les sensations oubliées depuis le soir de la tempête. Sentir sur son visage les lèvres de l'homme qu'elle aimait était le plus doux, le plus merveilleux supplice. Soudain, avec une ardeur inconnue, elle attira Rohan contre elle et plaqua ses lèvres sur les siennes. Il lui répondit avec tant d'élan que leur étreinte se mua en une tornade emplie de fougue et de fièvre. Lorsqu'il approfondit son baiser, elle noua les bras autour de son cou, folle de bonheur, et il la serra si fort qu'elle pouvait sentir chacun de ses muscles. La force de son désir la bouleversa, et elle se fondit en lui, acceptant sa domination avec une ferveur gémissante.

— Qu'y a-t-il, ma chère âme ? Tu as peur ?

— Un peu, reconnut-elle d'une voix tremblante.

— Moi aussi. Tu me troubles comme personne avant toi. Mon amour, veux-tu être mienne comme moi je veux être à toi ?

Sa voix, tendue par une émotion sincère, lui ôta ses derniers doutes.

— Je le veux de toute mon âme, chuchota-t-elle.

Il enleva les épingles qui maintenaient le chignon de la jeune femme et le bel édifice élaboré avec soin s'écroula. Il regarda, fasciné, la chevelure dorée retomber en cascade sur les épaules de Lysiane et glisser jusqu'au creux de ses reins. Il y enfouit son visage et s'enivra de sa senteur soyeuse, éprouvant à son contact un plaisir sensuel, parfait.

— Je n'arrive pas à croire qu'enfin tu es là, si tendre, si douce, chuchota-t-il d'une voix altérée par l'émotion.

Pour seule réponse, elle couvrit son visage de baisers éperdus.

Vacillants, ils titubèrent un instant avant de se laisser tomber sur le lit. Ils se regardaient intensément, chacun cherchant à faire comprendre à l'autre ce qu'ils n'osaient exprimer de peur de compromettre ce moment de bonheur. Lentement, Lysiane ferma les yeux et rejeta la tête en arrière, vaincue. La passion la rendait attirante, si belle.

Du bout des doigts, Rohan traça un tendre chemin le long de ce doux visage, de son cou, vers le chaste décolleté du corsage qu'il déboutonna avec une affolante lenteur, portant à son comble l'émoi de la jeune femme.

Aucun obstacle ne lui interdisait plus l'accès à la poitrine ronde et ferme qu'il caressa d'une main frémissante.

— Ouvre les yeux, mon amour, je veux que tu me regardes.

Obéissant à son injonction passionnée, elle contempla le visage ébloui de son mari. Jamais elle n'aurait pu imaginer que l'homme qui l'avait épousée la contemplerait un jour avec une telle intensité. Un gémissement voluptueux lui échappa. Elle posa une main tremblante sur celle qui lui dispensait des sensations troublantes à en mourir.

— Qu'as-tu ? Veux-tu que j'arrête ?

Ses yeux bleus noyés de désir lui montrèrent combien elle partageait son émotion.

Incapable de lui répondre, elle se cambra sous sa main, attisant davantage encore la flamme qui brûlait leurs corps.

Alors, il défit les cordons de la fine chemise et en écarta le léger tissu.

Instinctivement, elle resserra l'étoffe sur sa gorge.

— S'il te plaît, murmura-t-il. N'aie pas peur.

Pourquoi en effet aurait-elle peur, puisqu'ils s'aimaient ?

Elle s'abandonna à la volupté que faisait naître en elle la bouche de Rohan descendant lentement du creux de son cou jusqu'à sa poitrine. Lorsque ses lèvres se refermèrent délicatement sur la pointe d'un sein, elle s'arqua contre lui.

— Rohan… Rohan…

Sa voix sensuelle trahissait la passion qui l'enfiévrait. L'entendre ajoutait encore au délicieux supplice qui le faisait trembler.

— Laisse-moi te déshabiller, murmura-t-il à son oreille. Je veux découvrir ton corps, embrasser ta peau nue et ton intimité la plus secrète avant de te posséder.

— Oui… oui…

Elle crut perdre conscience sous le baiser fébrile qu'il lui donna. La main de Rohan s'aventurait sous sa lingerie, sur ses hanches, effleurait ses cuisses. A peine si elle s'aperçut qu'il la dénudait. Lorsqu'elle le sentit s'écarter, elle tendit la main et ferma les yeux pour ne pas voir qu'il s'éloignait, l'abandonnait une fois encore.

— Juste un instant, mon petit cœur, que j'enlève mes vêtements.

Dès qu'il reprit sa place, elle chuchota son nom et se lova contre lui.

Désormais, plus rien ne s'interposait entre leurs corps brûlant d'une même flamme ; le souffle de Rohan s'accéléra lorsqu'il l'entoura de ses bras et l'attira à lui.

— Je veux te posséder, vivre avec toi des heures merveilleuses où nous serons l'un à l'autre, unis dans le même bonheur.

A son tour, elle le caressa. Instantanément, le désir de Rohan se fit plus exigeant, plus impérieux. Rien ne pouvait entraver leur mutuelle faim de s'appartenir. Et Lysiane s'abandonna au délicieux miracle de ce délire amoureux avec toute l'exaltation de sa nature passionnée.

Dans cette chambre anonyme, leurs rêves les plus fous devinrent réalité et dépassèrent même en enchantement tout ce qu'ils avaient pu un jour oser rêver.

ÉPILOGUE

Le retour des maîtres de Girasol fut salué à grands cris par tout le personnel. De nouveau, des rires fusèrent dans la maison qui avait retrouvé enfin son âme. Timidement d'abord, puis de plus en plus ouvertement, on entendit chantonner. A l'exclusion de Reine qui se remettait mal de la mort de son demi-frère.

Lysiane reprit l'habitude d'aller chaque matin sur la tombe de son beau-père. Là, ciseaux en main, elle coupait l'herbe autour de la dalle de pierre et arrangeait des fleurs en relatant à mi-voix les menus faits de la veille.

Les premiers jours, elle lui résuma succinctement les événements survenus depuis son départ de Girasol jusqu'à son retour triomphant au bras de son amour de mari.

— Nous étions convenus, Rohan et moi, de passer d'abord à Maurice. Vous comprenez, père, il était urgent de clarifier la situation vis-à-vis de Denis. L'entrevue a été pénible et je la résumerai en quelques mots : larmes, cris, grincements de dents. Le moins qu'on puisse dire, c'est que Denis ne se résignait pas à me perdre. J'ose vous l'avouer, Rohan et moi, nous nous sommes sauvés à toutes jambes.

Chaque matin, le monologue portait sur des sujets différents. La jeune femme éprouvait un réel réconfort à se confier sans réserve, hors des habituelles limites imposées par la discrétion.

— De vous à moi, père, vous n'avez jamais caché l'aversion que vous éprouviez pour Solange. Aversion que je partageais. Retenez à ma décharge que les raisons de haïr cette venimeuse ne m'ont pas manqué. Cela dit, passons aux informations agréables. Le partage des biens de Rémi Escrebieux a, en son temps, nécessité la vente du Rhumé. Parmi les éventuels repreneurs, un planteur du Sud était désireux d'acquérir le domaine pour un de ses fils. L'affaire ne s'est pas conclue. Mais a eu des suites inattendues. En effet, un cousin de cet homme, un Français, l'accompagnait. Comme de bien entendu, Mme Escrebieux lui a tapé dans l'œil. La qualité de Français de métropole et surtout la fortune du prétendant ont séduit l'intéressée. Aussi, père, j'ai l'immense joie de vous annoncer que le départ définitif pour la France de la Belle Escrebieuse a eu lieu peu avant notre retour à Girasol. Une soirée d'adieu a été donnée au Rhumé. Les planteurs et leurs épouses n'ont pu se dispenser d'y assister. Au cours de la réception, la toujours charmante Solange a confié à ses invités sa hâte de quitter le Rhumé tant elle craignait le retour annoncé de la pauvre démente, c'est-à-dire moi, dont le voisinage immédiat la rendait nerveuse. Ces propos répétés ne m'ont fait ni chaud ni froid, trop heureuse que cette garce d'Escrebieuse, passez-moi l'expression, soit partie hanter d'autres lieux.

— Il fait très beau ce matin, père. Trop beau même pour être tracassée. Mais, les ennuis ne tenant pas compte des conditions météorologiques, nous avons appris que Denis Castelain a sombré dans une sorte de neurasthénie. Rohan, qui ne le porte pas dans son cœur, qualifie la chose d'un seul mot : « Chiqué ! »

— De meilleures nouvelles aujourd'hui. Une lettre de tante Suzie nous informe que Denis se remet lentement. Il recommencerait même à voir du monde. « Pas trop tôt que ce blanc-bec réagisse ! » a dit Rohan.

— Ce matin, je n'ai pas le cœur aux petits potins. Père, vous savez combien j'aime votre fils. Notre entente est parfaite à tout point de vue et se renforce chaque jour davantage. Nous souhaitons ardemment un enfant. Les mois passent, je commence à m'inquiéter car je crains d'être stérile. Pour ne pas me faire de la peine, Rohan se garde d'évoquer nos espoirs déçus. Il prétend que seul notre amour est important. J'abonde dans son sens tout en sachant qu'un enfant serait la consécration de l'amour qui nous lie. Pardonnez-moi, je vais cesser de pleurer, promis, et je ne mentionnerai plus ce sujet qui doit vous mettre en peine.

— Hier, nous avons reçu un courrier de Port-Louis. Au grand soulagement de la famille Castelain, Louisa est allée voir Denis pour lui secouer les puces. Elle l'a traité de mollasson. Sévèrement remis à sa place, il a repris du poil de la bête. Tante Suzie pense qu'il est même envisageable que ces deux-là donnent un tour plus tendre à leur amitié d'enfance. Comme le dit judicieusement Rohan : « Espérons que la situation évolue dans ce sens. Ainsi, nous n'aurons plus à subir les jérémiades épistolaires de Suzanne Castelain. » J'adore tante Suzie, mais ses lamentations sur les états d'âme de Denis sont, il est vrai, quelque peu lassantes.

— Grande nouvelle, père ! Tante Suzie arrive demain. Comme à son précédent séjour, je resterai muette lorsqu'elle m'accompagnera ici. Mes soliloques risquent trop de la surprendre et de l'amener à douter de ma guérison. Mais n'ayez aucun souci, père, dès qu'elle sera partie, je reviendrai me confier à vous.

Comme prévu, Lysiane et Rohan accompagnèrent Suzanne Castelain à la Pointe des Galets où l'attendait une place sur un navire en partance pour Port-Louis. La voyageuse était désolée de ne pouvoir passer les fêtes de fin d'année avec sa fille adoptive. En fait, on ne lui avait pas laissé le choix ; les fiançailles de Denis et Louisa allaient être annoncées au cours d'une soirée donnée par les deux familles, le jour de Noël. Sa présence était donc indispensable.

Cordialement invités, les Beauclerc s'étaient excusés. Ils ne se voyaient ni l'un ni l'autre jouer les trouble-fête dans une réunion familiale.

A présent résigné, Rohan rattrapait le temps perdu à geindre sur l'enfant qui tardait à venir. Puisque leur plus cher désir ne se réalisait pas, Lysiane et lui vivraient au jour le jour, en amassant du bonheur à la pelle.

En ce matin de Noël, magnifiquement doux et ensoleillé, le ciel était radieux. Accoudés à la balustrade de la terrasse, un homme et une femme contemplaient les arbres qu'un vent léger faisait frissonner. Derrière eux, se dressait la grande maison des Beauclerc où les servantes s'affairaient à préparer le repas de fête.

— Avant déjeuner, allons nous asseoir un moment dans le jardin, proposa Rohan.

Ils se dirigèrent vers un banc de pierre, d'où on avait une vue superbe sur les parterres de fleurs exotiques.

La conversation reprit sur le ton joyeux qui était de rigueur en ce jour de réjouissances.

— En l'honneur de ton anniversaire, tante Suzie

va venir s'installer quelque temps chez nous, début juillet, annonça Lysiane.

Il ouvrit de grands yeux: son anniversaire n'était que dans sept mois!

— J'ai l'intention de te faire un cadeau qui, à coup sûr, te plaira.

— Tu t'y prends bien à l'avance, ma chérie. Il s'agit probablement d'un ouvrage de longue haleine. Tu vas le confectionner toi-même?

— En quelque sorte, oui.

— Puisque c'est une surprise, je suppose que tu ne veux pas me dire en quoi consiste ce cadeau?

Elle lui adressa un sourire radieux.

— Justement, c'est une surprise en deux étapes, la première sera mon cadeau de Noël: mon chéri, le ciel nous a enfin accordé la réalisation de notre vœu le plus cher… nous allons avoir un bébé.

Elle risqua un œil pour voir de quelle façon il recevait la nouvelle, et sa mine s'allongea en voyant le sourire de Rohan s'effacer graduellement.

— Tu… tu en es certaine? s'enquit-il après s'être éclairci la voix.

— Sûre et certaine.

Cinq mois d'affilée, Lysiane s'était désolée de n'être pas enceinte et, alors qu'enfin lui était accordé ce merveilleux bonheur, Rohan semblait absent.

— Tu n'es pas heureux?

— Heureux? s'écria-t-il d'une voix fêlée par l'émotion. Comment peux-tu en douter?

Il l'enferma dans ses bras et la serra à l'étouffer.

— Toi, l'être que je chéris le plus au monde, tu m'annonces que tu gardes dans ton corps une partie de moi qui grandira et sera notre enfant… Et tu me demandes si je suis heureux! Je suis fou de joie!

Des larmes de bonheur roulèrent sur les joues de la jeune femme, étonnée de rire et pleurer à la fois.

— Ne pleure pas, mon amour. L'heure est à la

joie. Si seulement mon père avait pu vivre un peu plus longtemps... il aurait été comblé par cette merveilleuse nouvelle !

— Il sait, je la lui ai annoncée ce matin. De là où il est, il se réjouit avec nous. Je lui ai même promis que, si c'est un garçon, nous l'appellerons Martial, en souvenir de son merveilleux grand-père. Si toutefois tu es d'accord.

La gorge nouée par l'émotion, Rohan acquiesça. Puis il s'éclaircit la voix avant d'énoncer :

— Etant le dernier membre de la famille Beauclerc, je propose d'instituer nos traditions personnelles. A savoir que, désormais, chaque premier fils de nos descendants portera le prénom de Martial.

— Il n'existe aucun autre Beauclerc ?

— Apparemment non. Nous avons cherché, mon père et moi, et n'en avons pas trouvé. Mais j'y pense, tout à coup... ne dit-on pas que le fils aîné de la branche aînée d'une famille en devient le patriarche ? Donc, lorsque notre enfant viendra au monde, je serai à mon tour le patriarche en titre de la famille Beauclerc.

Lysiane tapota de l'index la poitrine de son mari.

— Tu sais quoi ?

Il recula un peu pour l'interroger du regard.

— ... ce futur patriarche, j'en suis follement amoureuse.

Intensément heureux, Rohan baissa les paupières et murmura à mi-voix :

— Arrête-toi, instant, tu es si beau !

C'était un de ces jours bénis où les dieux dispensent leurs bienfaits avec une telle largesse que les mortels les plus sceptiques osent enfin croire à l'immortalité du bonheur.

Coutiches, le 20 décembre 1997

5283

Composition Interligne B-Liège
Achevé d'imprimer en Europe (France)
par Maury-Eurolivres – 45300 Manchecourt
le 29 juillet 1999.
Dépôt légal juillet 1999. ISBN 2-290-05283-3
Éditions J'ai lu
84, rue de Grenelle, 75007 Paris
Diffusion France et étranger : Flammarion